本書獲福州外語外貿學院學術著作出版基金資助

閩海文獻叢書

叢書主編 陳慶元

彙選那菴全集

(明)商梅 撰

陳慶元 編著

廣陵書社

圖書在版編目（CIP）數據

彙選那菴全集 / （明）商梅撰 ; 陳慶元編著. -- 揚州 : 廣陵書社, 2019.1
（閩海文獻叢書 / 陳慶元主編）
ISBN 978-7-5554-1199-4

Ⅰ. ①彙… Ⅱ. ①商… ②陳… Ⅲ. ①古典詩歌一詩集一中國一明代 Ⅳ. ①I222.748

中國版本圖書館CIP數據核字(2019)第016190號

書　　名　彙選那菴全集
著　　者　(明)商　梅撰
編　　著　陳慶元
責任編輯　張　敏　李　潔
出 版 人　曾學文

出版發行　廣陵書社
揚州市維揚路 349 號
郵編　225009
電話（0514）85228081（總編辦）
85228088（發行部）
http://www.yzglpub.com
E-mail:yzglss@163.com
印　　刷　無錫市海得印務有限公司
裝　　訂　無錫市西新印刷有限公司

開　　本　889 毫米 × 1194 毫米　1/32
印　　張　23
字　　數　360 千字
版　　次　2019 年 1 月第 1 版第 1 次印刷
書　　號　ISBN 978-7-5554-1199-4
定　　價　120.00 圓

點校凡例

一、商梅著有《黍珠樓詩稿》《彙選那菴全集》兩種。《黍珠樓詩稿》早年所作，已佚。《彙選那菴全集》僅有崇禎刻本，本次點校此本作爲底本。該本藏日本内閣文庫。

一、異體字如『窓』『皷』『矦』『恠』等，徑改爲『窗』『鼓』『侯』『怪』等。

一、『己』『已』『巳』，『戊』『戌』『戍』相混，據文意酌定，不另出校；『楊州』之『楊』，逕改爲『揚』；『候官』之『候』逕改爲『侯』等，不另出校。

一、俗字『斈』之類，逕改爲『學』，不另出校。

一、詩題不加標點。詩下注、引、序加標點。

一、附録五種：輯佚，諸家序，傳記，集評，年譜。

一、崇禎本卷首有商梅《那菴詩選自序》、鍾惺《那菴詩選序》、李繼貞《那菴詩選序》，此次整理，連同謝兆申所撰《黍珠樓詩稿序》、馬之駿所撰《商孟和詩序》一併作爲附録。

一、《商梅年譜》爲整理者所撰。

目録

那菴詩選卷二……一〇

那菴詩選卷六

那菴詩選卷八

那菴詩選卷十三

那菴詩選卷十五

那菴詩選卷十六

那菴詩選卷十七……一七四

那菴詩選卷十八……一八六

那菴詩選卷十九……一九六

那菴詩選卷二十……二一〇

那菴詩選卷二十一

那菴詩選卷二十二……二三五

那菴詩選卷二十三

那菴詩選卷二十四……二五九

那菴詩選卷二十六……二八〇

那菴詩選卷二十七……二九一

那菴詩選卷二十九……三一〇

那菴詩選卷三十六……三八八

那菴詩選卷三十七

那菴詩選卷三十八

那菴詩選卷三十九……四二一

那菴詩選卷四十……四三六

前言

——《彙選那菴全集》引發的思考

陳慶元

萬曆中年，閩人商梅追隨鍾惺，盡棄之前所作詩，自稱楚派。商梅稍遲又交結錢謙益，也以之爲知己；商梅居閩居吴時間相當，入吴多半爲了錢謙益。鍾惺、錢謙益前後爲商梅選詩，成《彙選那菴全集》，在婁江和虞山兩地梓行；此集彙選者名單還有曹學佺、譚元春、李瑞和。

曹學佺與鍾惺詩歌觀不盡一致，但仍不失爲詩友。商梅雖爲楚派，錢謙益亦能接受其詩；萬曆至崇禎朝，錢謙益對鍾惺尚無嫌惡的跡象。錢謙益視鍾惺爲詩敵，是入清輯《列朝詩集》之後的事。錢謙益批評商梅學詩未能專一，商梅尊崇曹學佺，和中原馬之駿等也有較深的交往，而其詩風與鍾惺爲近。

商梅是以畫家的身份作詩，眼中的山水是畫家的山水，所作山水詩是畫家的山水詩；其詩以清淺澹柔爲宗，與鍾惺同中有異。錢謙益與後來成爲詩敵的鍾惺，他們曾經因爲商梅，有過一段聯袂『同框演出』的經歷，即與曹學佺等彙選同一位詩人之詩，這一文學現象，值得深入研究討論。

商梅已刊與未刊之詩集

商梅（一五八七—一六三七），原名家梅，字孟和，號那菴，福建福清人，後隨父移居省城福州，而其弟仍居福清[一]。商梅父在江西贛州一帶任過知縣，湯顯祖爲之作過壽詩；商梅和湯顯祖也有詩歌往來。後來，商梅父轉任竟陵知縣。商梅以太學生的身份，萬曆三十七年（一六〇九）之後，屢到南都參加舉子試，均落第。商梅有園在福州烏石山之麓，名『玄曠園』，晚年又遷新居。數十年間，商梅往返於閩、吴間，居閩與居吴時間幾乎各半，最後客死太倉。

商梅亦躭於畫，《那菴全集》四十卷，作畫題畫詩幾二百篇。商梅作畫的激情不減作詩，他不僅在家時作畫，旅途中也作畫，客居他人園宅還作畫，甚至爲人作壁畫。商梅作畫贈友人，歌妓、僧人來索，也往往與之。商梅在吴地居住的時間很長，納吴姬楊烟，寓居金陵一段時間；楊烟善畫蘭，與商梅情趣相投，亦成文壇一段佳話。商梅允諾爲寧德支提寺布施百兩，拙於財力，以畫百幅抵之，亦傳爲美談。

萬曆四十一年（一六一三），商梅在京城隨馬之駿之吴關，馬氏序其詩集。商梅追隨鍾惺之後

[一] 天啟六年（一六二六），商梅回福清祭祖掃墓，有詩云：『四十年來身始還，省墳方識海邊山。』（《冬日省祖墳海上二首》其一，《彙選那菴全集》卷三十二《秋氣篇》）商梅時年三十八，『四十』取其成數。詩又云：『安居海上遂田園，偶爾還家見弟昆。』（《拜墓後雨宿家弟海上居》，《彙選那菴全集》卷三十二《秋氣篇》）

數年，於萬曆四十二（一六一四）或四十三年（一六一五）將自己的詩集《種雪園》交由鍾惺爲之選梓[一]。天啟四年（一六二四），商梅又把《種雪園》及之後所作諸集，編爲《那菴詩選》，鍾惺序之。崇禎九年（一六三六），馮元颺爲商梅選刻詩集，於虞山、婁江兩地梓行。《那菴全集》有商梅自序、鍾惺序、李繼貞序。此集封面題曹能始（學佺）等六人『彙選』，據各卷卷端題名，參與選詩的只有四人，依次是：鍾惺、錢謙益、馮元颺和譚元春，每人選十卷。選詩署名的是四人，實際上最後參與定稿的是錢謙益和馮元颺兩人[二]。

[一] 商梅《那菴詩選自序》：『逮鍾子伯敬爲余選刻《種雪園》，於是海内始知余詩。』（《彙選那菴全集》卷首）《彙選那菴全集》四十卷，前十卷爲鍾惺所選，其目次爲卷一至卷五《遠道草》、卷六《朝爽篇》、卷七《江滸篇》、卷八《涉江篇》、卷九《遂閣篇》、卷十《楓落篇》，所録詩爲萬曆四十年（一六一二）壬子至萬曆四十二年（一六一四）甲寅十一月，由閩至吴、金陵，隨鍾惺往竟陵，又上北京，由北京南返吴地所作詩。這段時間，也是商梅與鍾惺交往最密的時期。《種雪園》列於《彙選那菴全集》卷十一，選者則爲錢謙益，此集録萬曆四十二年（一六一四）十二月回閩家居至四十三年（一六一五）四五月出閩至杭州詩。商梅家居，名其園爲『種雪園』，故以『種雪』名其集。鍾惺爲商梅選《種雪園》詩，截止的時間有兩種可能，一是萬曆四十二年十一月，一是四十三年四五月間。《彙選那菴全集》共四十卷，四人選其詩，爲整齊起見，每人十卷，《種雪園》一集遂歸到錢謙益名下。再説，鍾惺早先爲商梅選的《種雪園》詩，分卷的方法依據也許和崇禎彙選本不同。

[二] 商梅《自序》：『余感馮公之知，復再尋求將伯敬、友夏平日所選者，與受之、爾賡二公互相參閲。二公不肯恕余詩，余亦不敢自恕。』（《彙選那菴全集》卷首）

商梅詩集，今傳僅《那菴全集》。《那菴全集》四十卷録萬曆四十年（一六一二）至崇禎元年（一六二八）共十七年詩。鍾惺卒於天啟五年（一六二五），《那菴全集》四十卷本，是鍾惺卒後錢、馮所編定。商梅還有《黍珠樓詩稿》，刻於萬曆三十四年（一六〇六），所收詩最晚止於此歲，爲商梅少作，謝兆申爲之序；集已佚。崇禎八年（一六三五），商梅遊粵歸來還有《粤詩》二卷，此二卷所作當限於往返粵西一年左右的時間。商梅嗜詩，據《那菴詩選》四十卷推測，商梅每年所作詩都在兩三卷之間，估計一生所作詩在七十卷左右。

崇禎九年（一六三六）《彙選那菴全集》分别在虞山與婁江兩地梓行。該集封面題：曹能始、錢牧齋、鍾伯敬、馮留仙、譚友夏、李寳弓彙選。曹學佺（一五七四—一六四六）〔二〕，字能始，侯官（今福州）人，萬曆二十三年（一五九五）進士，有《石倉全集》。錢謙益（一五八二—一六六四），字受之，號牧齋，常熟人，萬曆三十八（一六一〇）進士。有《初學集》《有學集》《投筆集》。鍾惺（一五七四—一六二五），字伯敬，竟陵（今湖北天門）人，萬曆三十八年（一六一〇）進士，有《隱秀軒集》。馮元飈（一五八六—一六四四），字爾賡，號留仙，浙江慈溪人，崇禎元年（一六二八）進士，有《留仙詩集》。譚元春（一五八六—一六三七），字友夏，竟陵（今湖北天門）人，天啟間鄉試第一，有《譚友夏合集》。李瑞和（一六〇七—一六八六），字寳弓，號頑庵，别號鹿溪耄夫，漳浦人。崇禎七年

〔二〕萬曆二年所對應的公曆爲一五七四年，曹學佺生於萬曆二年閏十二月，公曆則已入一五七五年。

（一六三四）進士。曾任松江府推官。有《莫猶居集》《牆東集》。一部詩集，由五位進士和一位解元彙選[一]，『陣容』不可謂不强大，何況曹學佺、錢謙益、鍾惺、譚元春都是萬曆中後期、天啟，以至崇禎間（鍾惺卒於天啟中）很負盛名的大詩人，這部詩集已經足以令人刮目相看了，可以借此作文章了。但是問題還不僅僅在此，問題還在於曹學佺、錢謙益、鍾惺和譚元春的詩歌理念有很大的差異，特別是錢與鍾、譚，幾乎水火不容。那麽，很容易讓人産生疑問，爲什麽商梅這樣一個詩人，或者説他的詩，既讓竟陵派詩人喜歡，也讓對竟陵很不滿的錢謙益樂以接受，還引起同鄉前輩曹學佺長達數十年的關注？

閩人楚派商孟和

萬曆二十七年（一五九九），曹學佺由户部主事左遷南大理寺正，直至萬曆三十六年（一六〇八）擢四川右參政，前後十年，錢謙益形容道：『閩人曹學佺能始回翔棘寺，遊宴冶城，賓朋過從，名勝延眺……筆墨横飛，篇帙騰湧。此金陵之極盛也。』[二]曹學佺也順理成章成了南都詩人的領袖人物。恰好在曹氏離開金陵之時，竟陵鍾惺來到金陵，呼朋唤侶，頻繁遊集，又掀起了詩歌創作的

[一]《彙選那菴全集》四十卷，鍾惺選一至十卷，錢謙益選十一至二十卷，馮元颺選二十一至三十卷，譚元春選三十一至四十卷。曹學佺、李瑞和未預選詩。或留待將來續刻，再請這兩位參與，説詳下文。

[二] 錢謙益《列朝詩集小傳》丁集第七。

小高潮。原本追隨曹氏的詩人，如林懋、林古度、胡宗仁、梅慶生、吴兆等轉而與鍾氏遊。商梅也追隨鍾惺，與之往來。

萬曆中後期，鍾惺交往的閩詩人很多，除了林懋、林古度、商梅之外，還有莆田郭天中、邵武謝兆申，同安蔡復一，侯官曹學佺，閩縣董應舉、王宇、陳衎等；天啓間交往的有許豸、韓錫、齊莊等。而視鍾惺爲知己，交往時間最長、過往最密、酬倡最頻繁的則爲商梅。鍾惺成就功名的時間並不太早。萬曆三十七年（一六〇九），已經三十六歲，次年三十七歲方纔成了進士。曹學佺與鍾惺同年生，蔡復一還比鍾惺小兩歲。萬曆三十七、八年時，距曹、蔡成進士過去了十五六年，曹學佺已經執掌金陵詩壇多年，蔡復一詩也已經形成了自己的風格，自然不存在追隨的問題。郭天中、謝兆申、董應舉、王宇雖然與曹、蔡的社會生活、詩歌創作的道路不同，但也進入相對穩定的時期。鍾惺來到金陵，給金陵的詩壇帶來新鮮的風尚。商梅當時還比較年輕，詩歌風格似尚未完全定型，不那麼穩定，故仰慕鍾惺轉而學竟陵。

萬曆四十年（一六一二）壬子，是商梅詩歌創作具有里程碑意義的年份。他説：

> 余不佞，自壬子後詩始存於世，此前付之水火，或有存者，以才情見録，而抱鏡自照，失其本來，故尋求之極，稍稍露出，然亦不敢自信其然也。逮鍾子伯敬爲余選刻《種雪園》，於是海

內始知余詩，始知壬子後詩。自壬子後，凡有所作，皆入伯敬選而後存。〔一〕

爲商梅選詩的鍾惺也説：

選那菴詩斷自壬子後詩，前此不存焉。蓋自壬子後始能爲孟和，始能爲孟和詩。此予一人之言，及孟和自視斷以爲必然者也。然則，壬子前孟和無詩乎？曰：烏能無！有壬子以前之孟和，而後有孟和今日也。〔二〕

商梅與鍾惺交往不始於萬曆四十年（一六一二），而這一年卻是商梅詩歌創作，甚至可以説人生轉折的關鍵一年。這一年春，商梅由福建經江西訪湯顯祖，五月到達金陵，與鍾惺、譚元春遊集。八月，鄉試落榜。九月，和林古度一道隨鍾惺溯江而上，前往竟陵。十月，到達竟陵，住鍾惺之家園，與鍾氏兄弟酬倡；其間，譚元春從湖上趕來會合。商梅爲鍾惺題所藏李流芳《寒林圖》、鍾惺隱秀軒、鍾恮新園；與鍾惺觀賞林古度所藏陳昂《白雲集》稿本。十一月，應譚元春之邀，暫别鍾惺，往譚氏湖上，途中訪竟陵另一詩人徐愓於北菴。從湖上回到鍾家，鍾惺擬進京，商梅決定别林古度而隨鍾惺北上，閏十一月成行。道途中，鍾、商形影不離，酬倡不斷。十二月至京，在京結識馬之騏、

〔一〕 商梅《那菴詩選自序》，《彙選那菴全集》卷首。
〔二〕 鍾惺《那菴詩選序》，《彙選那菴全集》卷首。

馬之駿兄弟。之騏，字時良；之駿（一五八八—一六二五），字仲良，河南新野人。併萬曆三十八年（一六一〇）進士，之騏以榜眼入翰林，之駿授户部主事。入春之後，商梅不斷參與鍾惺的遊集活動，廣交詩友。商梅在京城一直待到四五月間，馬之駿榷吳關，商梅告别鍾惺，隨之駿南下。林古度和鍾惺關係也很密切，但是這一次没有隨鍾惺北上。從金陵往竟陵，又從竟陵至北京，商梅和鍾惺待在一起的時間長達七八個月，如果加上金陵在一起的時間就更長了。這期間，商梅和鍾惺酬倡的詩，被鍾惺選存下來的有數百首之多。《那菴全集》從卷一至卷十，卷卷有與鍾惺酬倡詩，僅從數量而言，萬曆四十年（一六一二）已經是一個非常重要的年份。

重要的還不是詩的數量，而是商梅在這一年對鍾惺詩的認可，對鍾惺詩歌觀念的認可；重要的是商梅在這一年對自己以往所作詩的全面否定，對這一年所作詩的自我欣賞。《那菴全集》收録萬曆四十年（一六一二）壬子以後詩，不存之前詩。不是壬子之前無詩，而是故意不存壬子之前詩。壬子之前，萬曆三十三年（一六〇五）商梅已經刻過《黍珠樓詩稿》，萬曆三十三年至三十九年（一六一一），按照商梅創作的熱情，再編一兩部詩集也是完全可以做到的，而商梅本身不願存，鍾惺也不願選。商梅壬子之前詩今不存，故無法窺其堂奥。馬之駿序商梅詩云：『孟和初爲詩，取穠縟彫繪，少年負秇林盛名。』[一]馬之駿序商梅詩，在鍾惺第一次選《種雪園》詩之前，他見到商梅大量的

[一] 馬之駿《商孟和詩序》，《彙選那菴全集》卷首。

早年之作，他説，商梅在藝林中之所以出名，是因爲他的詩『穠縟彫繪』。馬之駿又説：『折節鍾伯敬，淡遠古質之致，名稍稍去之。而比在吳中，刻意賦詩，詩成，衆輒譁然，以爲未當。』[一]商梅追隨鍾惺之後，詩風由『穠縟彫繪』變而爲『淡遠古質』，與早年大相徑庭，那些習慣於商梅早年詩風的朋友，一時嘩然，無法接受。感覺商梅變了一個人似的。商梅不僅不生氣，反而私下獨喜：『今庶幾爲商生之詩哉！』[二]現在的詩纔是我商梅真正的詩，别再提壬子之前的詩了！

鍾惺爲商梅選詩，斷然不選萬曆四十年（一六一二）壬子之前詩。鍾惺説，壬子之前是一個商梅，今日又是一個商梅；壬子之後纔有一個真正的商梅，纔有商梅真正的詩。[三]鍾惺又説：

> 吾友商孟和稱詩二十餘年，取材多，用物宏，假途遠，富有日新，使天下知之有餘。孟和曰：『詩，不選不詩也；選，不鍾子不選也。』於是，選那菴詩斷自壬子後詩，前此不存焉。[四]

商梅壬子之前二十多年詩無論取材、用物、借鏡，不無可取之處，鍾惺説，天下人知之亦多，然而，

[一] 馬之駿《商孟和詩序》，《彙選那菴全集》卷首。
[二] 馬之駿《商孟和詩序》，《彙選那菴全集》卷首。
[三] 鍾惺《那菴詩選序》：『蓋自壬子後始能爲孟和，始能爲孟和詩……有壬子以前之孟和，而後有孟和今日也。』（《彙選那菴全集》卷首）
[四] 鍾惺《那菴詩選序》，《彙選那菴全集》卷首。

商梅堅持詩如想傳世，必須嚴選，而且非鍾惺不可選。於是，鍾惺大刀闊斧，堅決摒棄壬子之前詩。所選的是萬曆四十年（一六一二）商梅追隨鍾惺之後之詩，所選是商梅認可竟陵詩歌理念之後所作之詩。萬曆四十年壬子，鍾惺正式將商梅納入楚派的陣營；商梅也公開標榜自己是楚派，以成爲楚派一員爲榮：『予所爲詩，無過楚派耳！』[二]後世論竟陵者將商梅歸入楚派，也理所當然。

錢謙益猛烈批評蔡復一盡棄其學而學竟陵[二]，其實，真正傾心學竟陵詩的卻是商梅。鍾惺説：『輕於取天下之名而重於得一人之知。』[三]假如商梅不棄其所學，可能會成就他的詩名，爲天下人知；而商梅卻堅定地棄其所學而學鍾惺、學竟陵，視鍾惺爲知己。鍾惺序商梅詩引虞翻『天下有一人知己，足以不憾』之言，商梅以爲這話是鍾惺是爲己而發。商梅視鍾惺爲知己，鍾惺也視商梅爲知己。我們在讀商梅《那菴詩選自序》和鍾惺《那菴詩選序》，深深爲他們的情誼所感動。萬曆四十一年（一六一三），馬之駿攜商梅至吴，此後，商梅一直關心鍾惺的行蹤，書信往來不斷。鍾惺到南京，促其盡快見面。天啟二年（一六二二）鍾惺爲福建提學僉事入閩，除夕，商梅陪鍾惺在其

[一] 李繼貞《那菴詩選序》，《彙選那菴全集》卷首。

[二] 關於蔡復一盡棄其學而學竟陵，本人另撰文辨駁，詳《蔡復一的本來面目——鍾惺譚元春週邊人物論之一》，《東南學術》二〇一五年第五期。

[三] 鍾惺《那菴詩選序》，《彙選那菴全集》卷首。

署中守歲。鍾惺父卒，天啟三年（一六二三）春，鍾惺回楚，門生韓錫等送至古田囦關，而商梅一路陪伴，由武夷南杭州，又由杭州入吴門，最後送到梁溪而别，前後兩三個月之久，所作詩輯爲《送送詩》，其中武夷山與鍾惺酬倡詩數十首。舟中，商梅將閩清所得宋小硯贈鍾惺，一路還爲鍾惺及姬人吴香才題畫。送罷鍾惺由吴歸家，即作《端午日抵家》懷鍾惺：『三春偏作客，五月乃歸身。情偶關佳節，思猶存遠人。』[一]鍾惺遭彈劾，商梅作詩爲其打抱不平。鍾惺歸楚後，於天啟五年（一六二五）病逝，商梅傷心不已，過了一年，彈劾事平，商梅作《香草十首哭鍾子伯敬也》，其一云：『知己一生中，今朝忽不同。浮雲滿天地，與爾共虚空。夙志其何極，流言果有終。聊將古人意，酹酒向東風。』[二]

商梅追隨鍾惺，詩由閩變楚，這是商與鍾交遊大家最爲關心的一面，其實還有另一面，即鍾惺也向商梅學畫。商梅《題伯敬畫》云：

别來六載始相見，出處殊途情筆硯。昨宵燈下語欣欣，余今學畫能學君。聞得此言忽驚喜，急出蕭疎一片紙。文人落筆即文章，一木一石生奇光。心手從違淺亦深，穆然神跡相窺臨。豈料别來能至此，可見胸中皆妙理。秋山秋水成秋骨，最好筆端能樸拙。看子畫時古人意，聚

[一]《彙選那菴全集》卷三十《歸鴻草》。

[二]《彙選那菴全集》卷三十四《寤言》。

斂精魂展幽異。無心求少與求多，意之所至偏婆娑。自愧天機遠不若，三十年來方澹泊。子獨殷勤乞予畫，援筆沉吟猶未落。[一]

此詩作於萬曆四十六年（一六一八），商梅自萬曆四十一年（一六一三）離別鍾惺已經六年，至遲在萬曆四十一年，鍾惺向商梅學畫。此番剛一見面，燈下叙契闊，鍾惺便說：我學畫已經學得君的要領了。說罷，出其所畫，商梅贊賞鍾惺畫能得山水之骨，筆端樸拙。鍾惺畫未必多作，商梅說作畫不在於作的多或少，而在於意之所至。並說自己作畫三十年，至今方能達到『澹泊』的境界。曹學佺說，商梅與鍾惺之交，在於詩畫之交，純粹爲文友，故稱素交。

竟陵另一位重要詩人譚元春，也是《那菴全集》的彙選者之一。譚氏選商梅天啟四年（一六二四）所作《行吟》至崇禎元年（一六二八）卷四十《栖尋草》下，共十卷。譚元春卒於《彙選那菴全集》付梓次年，即崇禎十年（一六三七）。是歲，商梅亦卒。

入吴多半因爲錢謙益

《彙選那菴全集》選詩者名單，錢謙益名列第三，排在曹學佺、鍾惺之後，作爲實際選詩人，則排在第二位，選萬曆四十三年（一六一五）十二月《種雪園》至萬曆四十七年（一六一九）三月《聞草》，

[一]《彙選那菴全集》卷十九《遥尋草》。

共十卷。自萬曆四十一年（一六一三）夏，商梅隨馬之駿由燕入吳，錢謙益與之頻繁往來，至商梅卒，交往的時間長達三十年[一]。我們將商梅與錢謙益的交往稍作梳理如下：

萬曆四十一年（一六一三）五、六月間，商梅至吳。七月，錢謙益過訪。錢招泛荷花蕩。九月九日，商梅與錢謙益、馬之駿登上方山。十月，商梅居吳門，錢謙益過訪。十一月，商梅與錢謙益重訪趙宧光山中；商梅訪錢，宿湖上。

萬曆四十二年（一六一四）十一月，商梅擬歸閩訪錢，作《過錢受之賦此題壁》，其一：『何限鄉園意，因君却緩歸。交情深古道，應世入禪機。』其二：『情温冰雪下，談極燭燈深。好學知良友，吟詩見夙心。』[二]津逮軒同錢看月，並題其軒。與錢同舟到胥江，夜別啟程歸閩。

萬曆四十三年（一六一五）五、六月間，商梅由閩至錢謙益家。與錢遊破山寺、破龍澗。山寺別，商梅自虞山至梁溪，又至金陵省試。九月，商梅落第，訪錢，蕉窗雨下同賦詩。十二月，再至拂水巖訪錢，錢招登臺看雪。

萬曆四十四年丙辰（一六一六）正月初三日，在拂水巖，大雪，錢至，同玩雪。初七日，商梅同錢

[一]《彙選那菴全集》第一首記載與錢謙益交往詩《錢受之過訪吳關》，作於萬曆四十一年（一六一三），詩云：『知君不忘故，相見即相存。忍向世情冷，能將交道尊。別離深歲月，坐且畢朝昏。一片心如此，升沉安敢言。』（《彙選那菴全集》卷七《江滸篇》）『不忘故』『歲月深』等語，説明商、錢之交至少已經數年之久。

[二]《彙選那菴全集》卷十《楓落篇》。

返津逮軒。元夕過後，商梅有詩懷錢，又與錢聚。二月，商梅居徐文任北園一段時間後，訪錢，與錢談北園事；同宿舟中夜别。歸閩。八月，錢書至，商梅有答詩。

萬曆四十六年戊午（一六一八），九月，商梅鄉試落第，錢邀商梅吾谷看楓葉。天啟三年（一六二三）三月，商梅至虞山晤錢，作《虞山晤錢受之何季穆即别二首》，其一：『每思違五載，兹晤喜三春。』其二：『誰識家山裏，思君直至今。』[一]萬曆四十六年（一六一八）至此，已經五年，五年間想思不斷，無奈一見即别。十一月，商梅作《那菴詩選自序》言及錢謙益在鍾惺、譚元春所選詩的基礎上，再與馮元颺互相參訂。

天啟四年（一六二四）六、七月間，至虞山，宿錢津逮軒，同錢舟宿至甘露林而别。崇禎元年（一六二八）七月，商梅訪錢津逮軒作《訪錢受之宿津逮軒時與受之别五載矣晤語依然》，略云：『别經五載事難言，閩嶺虞山有夢存。道路遠來難跋涉，情文老去轉寒温。』[二]上次見面在天啟四年，又過去五年，閩嶺虞山夢魂縈繞，商梅與錢謙益都已經四十多歲了。商梅與錢舟行至水邊寺登塔。同錢津逮軒賦詩，時錢將還朝，商欲南歸。毘陵送别錢謙益。

[一]《彙選那菴全集》卷二十九《送送詩》。
[二]《彙選那菴全集》卷三十九《栖尋草》上

《彙選那菴全集》詩止於崇禎元年（一六二八），錢謙益《初學集》雖然始於是年[一]，但不録存與商梅酬倡詩。崇禎二年（一六二九）至崇禎八年（一六三五）商梅的行蹤及二人交往情形不很詳明。

崇禎五年（一六三二），商梅往吴，曹學佺作《臨賦閣宴集送商孟和林履基之吴下杜言上人之甬東》[二]送之。

崇禎八年（一六三五）十一月，商梅作《那菴詩選自序》言及錢謙益在鍾惺、譚元春所選詩的基礎上，再與馮元颺互相參訂。詩集以《彙選那菴全集》之名於虞山、婁江兩地梓行。

崇禎十年（一六三七）錢謙益被捕入京，商梅卒。錢謙益曰：『崇禎丙子，自閩入吴……明年，余被急徵，孟和力不能從，而又不忍余之鋃鐺以行也，幽憂發病，死婁江之逆旅。』[三]

錢謙益又曰：商梅交錢謙益，以鍾惺、馬之駿的緣故。商梅遊吴的次數最多，時間最長，『馬仲良榷關滸墅，偕仲良之吴門。其交於余也以鍾、馬，而其遊吴中也最數且久。居閩之日，與遊吴相半，

[一] 錢謙益《初學集》卷一《還朝詩》上《附録舊詩》附有《吴門送福清相公還閩八首》，作於萬曆四十二年（一六一四）等五題，計二十四首，屬例外。

[二] 《西峰集詩》卷中。

[三] 錢謙益《商秀才梅傳》，《列朝詩集小傳》丁集下。

則以余故也』。[一]居閩與居吴的時間差不多各半，而居吴則因爲吴有錢謙益的緣故。經過以上考察，自萬曆四十一年（一六一三）至崇禎元年（一六二八），十六年間，商梅居吴的次數較多、時間也較長，但是比較而言，居閩的時間還是較居吴的時間長。如若説，閩吴各半，商梅居吴也未必是爲了錢謙益，其中有鄉試的原因，有吴姬楊烟的原因，也有鍾惺的原因。楊烟卒於萬曆四十二年（一六一四），鍾惺卒於天啟五年（一六二五），商梅崇禎間入吴，不再因爲鄉試，不再是爲了吴姬，也不再因爲與鍾惺的交往。因此我們推斷，因爲錢謙益的原因，是指崇禎年間。而且崇禎間居吴的時間特別長，閩吴各半。據錢謙益的叙述，崇禎九年（一六三六）丙子商梅入吴，錢謙益與馮元颺共同選訂其詩。次年錢謙益入獄，商梅不能從，而最後幽憂發病，客死婁江，一年多的時間，都客居於吴，都是因爲錢謙益的原因。『今伯敬往矣，吾友錢受之、譚友夏，知己不殊伯敬』[二]，商梅説，稱錢謙益爲知己，如同鍾惺、譚元春一般。崇禎之後，譚元春遠在湖湘，來往不多，錢謙益爲鍾惺卒後最重要的知己。

據馬之駿萬曆四十一年（一六一三）序，商梅認可的詩人有四位：『吾旁睨四方，於閩有曹能始，於楚有伯敬、譚友夏，於中原有吾子，吾所得實多。』不論商梅是否真心認可馬之駿，總之，錢謙益其時還不在商梅認可的名單之内。錢謙益是新科一甲三名得主，其詩名還不足吸引商梅。經過十多年的交往，商梅和錢謙益熟悉了，對他的爲人、他的詩和詩歌理念瞭解了，故視之爲知己。商梅請錢

[一] 錢謙益《商秀才梅傳》，《列朝詩集小傳》丁集下。
[二] 商梅《那菴詩選自序》，《彙選那菴全集》卷首。

謙益選詩、爲其集作序，傾聽他對作詩的意見。錢謙益對商梅也十分信任。通過這一時朝商梅與錢謙益的交往，我們至少可以得出以下結論：其一，萬曆中後期至崇禎間，錢謙益對楚派詩人如商梅，從來没有惡意，不僅無惡意，而且接受其詩。其次，錢謙益還未視鍾惺、譚元春爲水火。那菴詩，早先鍾、譚已經選過不止一次，錢謙益選其詩，是在鍾、譚的基礎上再選。我們不知道錢謙益後來選詩如何去取，但是可以相信，對鍾、譚之選會有不少存留，而且也同意《彙選那菴全集》一書將自己的名字置於鍾惺之後。再次，錢謙益對商梅學竟陵可能有所批評，但是批評大概比較委婉：

余嘗與孟和論詩，舉歐陽子論梅聖俞之言，以爲：『聖俞之詩，辭非一體，不若唐諸子爲詩人者僻固而狹陋也。夫僻固而狹陋，是可以爲詩人乎？雖然，惟僻固，則心思不亂瞀，神志專一，而可以屏瞀魄之外遊；惟狹陋，則見聞不奢取，聰明陶汰，而可以獨意象之旁誘。今之人不安於僻固狹陋，而哆然自驁，窮大而失其居，博采而不領其要。今之所以不及唐人者，豈非懲歐陽之云而反失之乎？』孟和俯而深思，喟然而長歎曰：『善哉，子之教我也！我今而知所以自處矣。我寧規規封己爲僻固狹陋之唐人，不願爲不僻固之今人也。子幸以斯言叙我詩，百世而下有指而目之者曰：「此有明之世一僻固狹陋之詩人也。」視歐陽子之稱聖俞者，不尤有餘榮矣乎！』[一]

[一] 錢謙益《商秀才梅傳》，《列朝詩集小傳》丁集下。

上文我們説過，商梅結識鍾惺之前，其詩『穠縟彫繪』，按照錢謙益的説法，商梅『從伯敬遊，一變爲幽閒蕭寂』。[一]在學詩的道路上，商梅心思不一，神志不專；雖曰博采，實則不得要領。商梅接受錢謙益的批評，下決心做一個心思、神志專一的詩人。由於崇禎二年（一六二九）商梅詩不存，我們無法窺其詩風是否再次轉變。

錢謙益説馮元颺『好其（商梅）詩而刻之』，商梅則説：『余感馮公之知，復再尋求將伯敬、友夏平日所選者，與受之、爾賡二公互相參閲。二公不肯恕余詩，余亦不敢自恕，遂改《種雪園》詩，曰《那菴詩選》。凡四十卷，於虞山、婁江兩地梓行。』[二]馮公，即馮元颺。《彙選那菴全集》經錢謙益、馮元颺參閲，最後定稿，分刻於虞山、婁江兩地。如果馮元颺有心刻之，全部在婁江梓行，不就可以了嗎？我們推斷，錢謙益居虞山，虞山這部分，由錢謙益梓行之，似比較合理。從以上引文看，其邏輯應當是兩人共同審定，兩人又共同謀而刻之。就是説這部《彙選那菴全集》的梓行，錢謙益也是出了力的。既然如此，錢謙益在《列朝詩集》爲什麽不直言參與梓行之事？我們知道，錢謙益在編纂《列朝詩集》時，對竟陵已經視如水火，抨擊不遺餘力，所以對於曾經是楚派的商梅，不願意表現得特別的熱情，撰寫商梅傳記時可能有較多的保留。

［一］　錢謙益《商秀才梅傳》，《列朝詩集小傳》丁集下。
［二］　商梅《那菴詩選自序》，《彙選那菴全集》卷首。

石倉論詩論到情深處

商梅參與閩中社集活動的時間很早。萬曆三十年（一六〇二）末詩社，趙世顯作《賓嵩堂開社陳履吉王上主（慶元按：疑作玉生）陳惟秦陳振狂陳平夫伯孺幼孺馬季聲王粹夫徐惟起袁無競曹能始鄭思闇林子真康季鷹黄伯寵商孟和過集分得七虞韻》〔一〕，商梅與焉，趙氏這個名單按參與者年齡排序，商梅最小，只有十六歲。又據徐𤊹《癸卯三月三日同趙仁甫王玉生陳伯孺馬季聲王粹夫陳惟秦袁無競王永啟林子真曹能始鄭思闇黄伯寵商孟和高景倩王元直桑溪禊飲分得四言》〔二〕萬曆三十一年（一六〇三），商梅纔十七歲，便參與桑溪修禊雅集賦詩。事後，我們在《彙選那菴全集》中也可以找到商梅和閩中諸詩人酬倡的作品。趙世顯（仁甫）、陳价夫（伯孺）卒後，商梅都有詩追念之。

在閩中詩人中，商梅最欽佩、關係較密切的是曹學佺。曹學佺二十多歲在南都，已經成了詩壇領袖。曹學佺論詩主平和，與友朋交往，不論老幼，也以平和的姿態待之。錢謙益曾對友人説，入閩有兩件事非做不可，一是遊武夷山，一是訪曹學佺，足見曹學佺聲名及善待客之一斑。曹學佺的詩風和詩學理念，和竟陵不同，但是和鍾惺兄第關係還比較密切，不僅和他們有過酬唱，而且還爲

〔一〕趙世顯《芝園稿》卷十一。

〔二〕《鼇峰集》卷三。

鍾惺詩作過序。商梅與曹學佺過往也顯得非常自然，不會因爲宣稱自己是楚派，而被曹學佺嫌惡摒棄之。曹學佺家洪山，距芋江水驛僅數武。芋江驛是閩江北上南來出進省城的重要驛站，過往官員、行旅都得在此驛上下船。商梅頻繁入吴，頻繁來往省城與閩清、古田困關間，出入芋江驛也很頻繁。江行阻風、阻雨，偶阻雪甚爲平常，於是曹學佺自然成了東道主，商梅爲此也不時留宿曹學佺石倉園，參與石倉園各種雅集詩會。就個人的觀察，因爲阻風雨留宿石倉園的過客，以商梅的次數最多，加起來的時間也很長。崇禎之後，朝廷重起曹學佺爲廣西副使，不赴。曹學佺還居城内西峰里，商梅與之過往更密。商梅遷新居，曹學佺過訪次數也較多。

上文我們説過，萬曆四十一年（一六一三）馬之駿爲商梅詩作序，談到商梅最欽佩的詩人，曹學佺的名字排在鍾、譚之前，《彙選那菴全集》彙選者姓名，曹也列於鍾惺、錢謙益、譚元春之前。我們完全有理由相信，商梅對曹學佺是相當尊重的，對其詩也是相當佩服。萬曆四十五年（一六一七），曹學佺讀商梅詩，商梅有詩紀其事，云：

寥寥成獨往，自不願人知。談到情深處，真如論定時。月因霜愈寂，泉與石相資。它日盧山裏，同君謁遠師。[一]

曹學佺應當有一首《讀商孟和詩》，故商梅答之。曹詩佚。商梅這首詩的信息量不太大，比較含

[一]《答曹觀察讀余詩》，《彙選那菴全集》卷十八《自陶詩》。

糊。曹學佺論詩論到情深之處，具有超强的説服力和感染力，讓你不能不信服。數年前，曹學佺還在蜀藩之時，過廬山，愛其山水，構擇桂軒，有終焉之志。萬曆四十一年（一六一三）曹學佺父卒，開始經營石倉園，已經放棄隱居廬山終老的志向，商梅『它日盧山裏，同君謁遠師』二句爲虚寫，表達自己追隨曹學佺之意。萬曆四十五年（一六一七），恰好是鍾、譚《詩歸》發佈的這一年，曹學佺與商梅論詩，有没有委婉批評竟陵，無從考證，但是曹學佺對商梅詩的評論並進一步論詩，商梅没有疑惑，甚至是信服的。

商梅自序、李繼貞序，分别題爲《那菴詩選自序》和《那菴詩選序》，《彙選那菴全集》内文各卷也都稱《那菴詩選》某卷，而封面的書名爲什麽卻成了《彙選那菴全集》？内文選詩者只有鍾伯敬、錢受之、馮留仙、譚友夏四人，封面爲什麽加了曹能始（學佺）和李竇弓（瑞和）二人的名字？《彙選那菴全集》録萬曆四十年（一六一二）至崇禎元年（一六二八）年共十七年之詩，集刻於崇禎九年（一六三六），就是説崇禎元年至崇禎九年，詩尚未選刻。十七年，詩四十卷。八九年詩，亦可都爲二十卷。曹學佺和商梅另一福建同鄉李瑞和可能答應爲商梅選詩，也可能答應爲其梓行。既然前四十卷可以分别在虞山、婁江兩地梓行，爲什麽還有二十卷詩就不能在另一地，如建州梓行？何況此時曹學佺正在大規模地進行《石倉十二代詩選》及《明文選》的工作，所有業務都交由建州書坊，與李瑞和一道，選商梅詩在建州梓行，並不是一件太困難的事。商梅從弱冠起就仰慕曹學佺，數十年如一日，曹學佺答應選其詩，就其聲名地位，名列諸家之首當之無愧。不幸的是，在《彙選那菴全集》

前四十卷梓行之後的次年，商梅卒於太倉逆旅，此事遂罷。於是《彙選那菴全集》曹能始（學佺）、李寶弓（瑞和）之名便空有其名而無其實。我們討論《彙選那菴全集》的梓行，既關涉此書的成書過程，還關係到商梅這位曾經是楚派的詩人，又關係到竟陵與曹學佺在商梅心目中的地位。商梅與鍾、譚遊，傾心鍾、譚，追隨鍾、譚，但是曹學佺有他心目中的地位，數十年間仍然崇高，仍然未曾動搖。

以上我們主要從商梅這一方來論述商梅與曹學佺的關係。曹學佺比商梅大十多歲，二十多歲成金陵詩社領袖，聲名地位遠非商梅可比，而曹學佺對商梅的態度，令人感覺到他的温潤。曹學佺讀他的詩，肯定會有不同意見。但是從商梅《答曹觀察讀余詩》一詩，我們可以看到曹學佺與商梅論詩是『論』，不是斥責，因此很使商梅信服。如果曹學佺居高臨下，强加意志，商梅也不一定會産生一道訪遠公的念頭。崇禎五、六年（一六三二、一六三三）商梅新居、新閣落成，曹學佺多次造訪，作詩表欣賞。崇禎七年（一六三四）商梅往粤西訪時爲連州郡守的崔世召，曹學佺送之江干，佇立秋光，作送別詩云：『君今與崔守，天涯展歡聚。閩粤東南陬，相宜自風土。唱和新詩篇，更收諸圖譜。仝社别友生，折柳在江滸。雖堅歲寒盟，秋光日延佇。』[二]曹學佺期待商梅粤西之行有更多新詩問世。鍾惺卒後，曹學佺過商梅園宅，商梅每每向其展示鍾惺遺畫遺墨，請曹題跋。曹學佺跋鍾惺畫云：『伯敬詩既多爲孟和而作，迺其畫平生不能三二幅，亦僅於孟和見之。蓋孟和、伯敬以詩

［二］曹學佺《送商孟和之連州》，《西峰六一草》不分卷。

畫相師資，此外無他好，無雜交。』[一]鍾惺畫不多見，鍾惺與商梅以詩倡和，人多見之，鍾惺畫師稿子，人多不知。商梅畫名盛於鍾。商、鍾交往，爲畫交，故頗受曹學佺稱道。曹學佺又題鍾惺、錢謙益與商梅倡和之詩卷，云：『伯敬、受之，與孟和爲素心之友，此卷前後爲二兄書與孟和倡和詩，而伯敬者最多。雖然，伯敬已矣，吾猶恨其少也……予時爲孟和跋伯敬詩畫者三，而此卷則不能不惡乎涕之無從也。』[二]曹學佺稱贊鍾惺、錢謙益、商梅相交爲素心之交，並對鍾惺化爲異物感歎噓唏。這裏特别需要指出的是，曹學佺從商梅處讀到鍾惺、錢謙益與商梅倡和詩的手稿，曹學佺在記叙時，始終將商梅與鍾惺、錢謙益並稱，没有分其高下，實際上也是對商梅詩的一種肯定。

商梅詩評價引出的話題

表面上看，一部《彙選那菴全集》把曹學佺、鍾惺（還有譚元春）、錢謙益幾位選家『綁』在一起，讓他們框在同一個框子裏了。曹學佺曾經批評過鍾惺詩『有痕』，鍾惺甚爲不快。曹學佺生前曾爲錢謙益集作過序[三]，還應錢謙益之請，爲其母作過壽序[四]；南明隆武朝亡後，曹學佺自縊死，錢

[一] 曹學佺《題鍾伯敬畫跋》，《西峰文集》卷上。
[二] 曹學佺《題鍾伯敬錢受之詩卷跋》，《西峰文集》卷上。
[三] 曹學佺曾爲錢謙益作《錢受之先生集序》，錢謙益《牧齋初學集》卷首，崇禎瞿式耜刻本。
[四] 曹學佺《錢母顧太淑人傳》，《西峰六二文集》卷三。

謙益讀曹學佺爲林古度作的壽序，感佩其人，難以抑制内心的激動，涕流滿面[一]；可是後來撰《列朝詩集小傳》，對曹學佺卻有所保留。鍾惺生前，我們一時找不到他與錢謙益酬唱的直接證據，但是從上一節引用的曹學佺《題鍾伯敬錢受之詩卷跋》看，曹學佺、鍾惺、錢謙益、商梅互爲素交之友。商梅請錢謙益爲其在鍾惺選過詩的基礎上再行擇選，而且把他的名字排列在鍾惺之後，錢謙益似也很自然地接受這項工作。通過對商梅與曹學佺、錢謙益、鍾惺交往的觀察，通過對《彙選那菴全集》編選的觀察，我們發現，萬曆、崇禎間錢謙益與竟陵詩人的相處應當是和睦的。

入清之後錢謙益被徵召，再後來編刻《列朝詩集》，對竟陵轉而極度不滿，甚至視竟陵詩爲國家衰敗之『徵兆』，斥之爲『詩妖』[二]。牽連所至，凡與鍾、譚過往的，大多遭其不同程度抵訶，錢氏進一步説：『吴、越、楚、閩，沿習成風，如生人之戴假面，如白晝作鬼語。』[三]錢謙益自萬曆後期之後與商梅交往二十餘年，酬唱詩估計有百首以上。他的《初學集》録有若干首崇禎元年（一六二八）之前的舊作，與商梅酬唱詩一首不存；崇禎之後若干年，商梅入吴多半是爲了錢謙益，《初學集》也見不到兩人任何一首酬唱詩。入清之後，錢謙益對素交好友商梅的態度也發生很大的變化，變化的重要原因，自然也是商梅曾與鍾、譚過往太密，商梅將自己歸於楚派的緣故。錢謙益爲商梅所作

［一］錢謙益《題曹能始壽林茂之六十序》，《牧齋外集》卷二十五。
［二］錢謙益《列朝詩集小傳》丁集中『鍾提學惺』條。
［三］錢謙益《列朝詩集小傳》丁集中『鍾提學惺』條附『譚解元元春』。

傳記云：

孟和少爲詩饒有才調，已而從伯敬遊，一變爲幽閒蕭寂，不多讀書，亦不事汲古。鐵心役腎，取給腹笥，低眉俯躬，目笑手語，坐而書空，睡而夢噩，呻吟咳唾，無往非詩，殆古之詩人所謂苦吟者也。〔一〕

應當説，錢謙益對商梅還是感念的，感念之一，是商梅入吴多半是爲了錢；感念之二，商梅請錢作序；感念之三，也是最重要的，錢謙益鋃鐺而行，商梅力不能從，幽憂發病而死。錢謙益不失是一位有情人。錢謙益對商梅的批評主要集中在與鍾惺、竟陵的交往方面，比較於錢謙益對蔡復一、王思任等人的批評，錢謙益對待商梅要客氣得多了。錢謙益批評商梅追隨鍾惺，要點有四：一失卻少時才調；二詩風變爲幽閒蕭寂；三詩的内容不是太淺就是藴藉不夠（不讀書、不汲古事）；四苦吟。本來，苦吟未必是缺陷，但是錢氏『鐵心役腎』數句的誇飾，顯得作詩並非美事。如此這般，商梅寫出來的詩還有何美感可言？揶揄挖苦，對待昔日的好友，未免太過，而究其實，與其説是揶揄商梅，還倒不如是挖苦竟陵。不多讀書，不汲古事，也是針對竟陵而發的。『幽閒蕭寂』，則接近於竟陵的『深幽孤峭』〔二〕。

〔一〕錢謙益《列朝詩集小傳》丁集下『商秀才家梅』條。

〔二〕錢謙益《列朝詩集小傳》丁集中『鍾提學惺』條。

馬之駿序商梅詩，言商梅早年詩『穠縟彫繪』，可能只是商梅周旋於歌館的那部分作品。商梅早年的詩風，當從謝兆申《黍珠樓詩稿序》求之，謝氏拈出情、韻、清、空、神、澹、玄諸字評之，『玄而無色』『韻而無聲』，以爲：『其詩則以柔澹爲宗，而不與市詩者競户。』[一]至於追隨鍾惺之後，馬之駿説商梅詩變而爲『淡遠古質』[二]，馬氏所言，似乎未得其要領。商梅早期詩已不存，故無法從作品的先後對比來評論之。我們試就商梅追隨鍾惺之後的作品分析其詩與鍾惺詩的異同。萬曆四十年（一六一二）冬，商梅隨鍾惺入都，一路酬唱，試舉慶都望雪詩一例：

親朋曾慮我，栗烈薊門行。豈意今朝雪，先從昨夜晴。半林初日上，幾樹白雲生。曉看征衣色，輕寒亦有情。（鍾惺）[三]

雖然不見落，一望雪俱存。更着屋邊樹，還蒙原上村。殘光凝日色，餘靄上雲根。轉憶鄉園裏，梅花深掩門。（商梅）[四]

萬曆四十二年（一六一四）春，鍾惺與商梅等在金陵頻繁遊集，試舉登攝山頂詩一例：

[一] 謝兆申《刻商孟和黍珠樓詩稿序》，《彙選那菴全集》卷首。
[二] 馬之駿《商孟和詩序》，《彙選那菴全集》卷首。
[三] 鍾惺《慶都早發望晴雪》，《隱秀軒集》卷六。
[四] 商梅《曉發慶都望晴雪》，《彙選那菴全集》卷四《遠道草》五。

即論茲山絶，登茲者亦稀。定須尋磴遍，肯不見江歸？遠色何由正，群形妙在微。下看巖塔處，來路似皆非。（鍾惺）[一]

人情慕高遠，是以到峰巔。洗耳松泉近，置身烟霧先。春來林上氣，徑接樹間天。向晚猶閒望，江空返照前。（商梅）[二]

這一時期，是商梅追隨鍾惺最火熱的時期，也是他熱衷楚詩的時期，詩句散文化，好用虚字，清幽簡澹。如果把商梅詩雜於鍾惺集中，初看恐亦難分辨彼此。不過，鍾惺『曉看』兩句，『下看』兩句，似較可玩味。就詩意而言，商似淺於鍾。

天啟四年（一六二三），鍾惺丁父憂回楚，商梅送之，同遊武夷山幾遍，酬倡甚夥。二月某日，宿天遊，同作聞道士吹笛詩：

静者夜居高，覩聞自孤遠。奇光被形神，所照皆如瀚。草樹與溪山，共此煙霜晚。立身仙掌上，接筍峰初偃。天月如逝波，悠然何時返。春淺夜復深，萬象戎戎短。笛聲起一偶，千山萬山滿。虚衷憶忘一，遭物偶興感。（鍾惺）[三]

[一] 鍾惺《攝山頂》，《隱秀軒集》卷七。
[二] 商梅《登絶頂》，《彙選那菴全集》卷九《邃閣篇》。
[三] 鍾惺《月宿天遊觀》，《鍾伯敬先生遺稿》卷一。

山高入乃深，萬象隨所適。月來破烟靄，清輝養魂魄。元氣浮前溪，異香裹幽石。身已共虛空，情忽感今昔。更分仙掌上，光與露華積。靜夜復有聞，笛吹山水碧。羣籟聽寂然，坐臥曠天宅。忘機任孤遠，形神渾不隔。（商梅）[一]

天遊爲武夷山三十六峰之一，還不是最高峰。天遊峰上，雖遠可覽衆山，下可視溪流，但是常年雲霧繚繞，視野往往受限。鍾惺此詩，頗能體現其孤峭幽深的詩風，不夠朗暢，讀起來也比較沉悶。商梅筆下，天遊峰雖然也籠罩在一片幽寂的氛圍之中，但詩的山勢背景，天幕清曠，元氣浮動，心神俱遠，並未顯得局促。寫景之句如『異香裹幽石』『光與露華積』『笛吹山水碧』，談不上特別好，但給人以動感，幽寂之中並不沉悶。

晚明閩人善畫者較多，或許各有專攻。莆田人曾鯨，專攻人物肖像，商梅則擅長山水木石。商梅善畫，家居、出行、客友人園宅、入山訪寺，往往有友朋、女流、僧道乞畫；有時是自己主動贈畫。有畫，便有題詩。《彙選那菴全集》題有『畫』字的詩六十多題，如加上雖無『畫』字，但以『題』『寫』字入題的題畫、題壁詩，至少百題，總數百多首。綜觀商梅全集，商梅題畫詩，大多是山水木石之類的自然景物詩；在他的集子，很難找到壽畫詩[二]、也找不到題仕女圖或人物肖像之類的詩。

[一] 商梅《月宿天遊聞道士吹笛》，《彙選那菴全集》卷二十八《登峰草》。

[二] 《題松石壽玉峰禪師》（《彙選那菴全集》卷三十三《忍草》），爲例外。

商梅認爲詩（文章）與山水畫的精神是相通的，無論是詩是畫，都有魂魄、都有精神在；詩不能直觀，是無色的山水畫；山水畫可以直觀，是有色的山水詩：『古今文所結，山水理相通。自可生情性，真能表化工。』[一]『曾以文章有魂魄，豈與世人論典籍。山水乃是文章色，筆墨之際持其跡。就中別有靈慧脈，昔者來兹理不隔。』[二]『文章生草樹，朱粉結精神。』[三]我們有一種感覺，商梅是在用寫山水詩的精神畫他的山水畫，是在用他畫山水畫的情性寫他的山水詩。至於他的山水詩或題山水畫詩，很多時候都很難加以區分清楚。試看：

何爲舟可晚，乃是雨初晴。凉氣林間動，暮天波上平。樹藏殘照濕，鳥在薄烟聲。極目疎楊裏，漁歌亦有情。[四]

淡泊見秋心，秋光忽照臨。幽看身可入，静想事皆深。石豈隱奇態，泉如聞遠音。采兹山水趣，何日不栖尋。[五]

［一］《題畫與劉霞起》，《彙選那菴全集》卷三十七《柳下亭》。
［二］《題畫與陳計部》，《彙選那菴全集》卷十七《庭草》。
［三］《過施計部看所藏唐人畫意》，《彙選那菴全集》卷十七《庭草》。
［四］《舟晚》，《彙選那菴全集》卷九《邃閣篇》。
［五］《題畫》，《彙選那菴全集》卷十六《湖山草》下。

前一首是一般的山水詩，後一首爲題畫詩。如不看詩題，無以分辨。山水詩與山水畫，相映成趣，這也是山水畫上多有題畫詩的原因。畫中的題畫詩，有時是其他詩人所題，而畫師自己題的似更多些。一般説來，山水畫的是山水木石，難得見到人影，商梅題畫詩有時則稍加點破或提醒，上引第二首『幽看身可入』，觀畫者在欣賞秋光過程中，不妨親歷畫中，體會畫理（秋心）、畫趣（山水趣）。商梅另一首題畫詩云：『一片寒山水石存，雲生古木雪相根。雖然寂絶無行徑，深想此中人閉門。』[一]寒山水石，雲生古木，雪埋行徑，屋宇閉門，岑寂得一點生氣也没有，而詩人卻説，還有閉門的人在呢，你深想過没有？『此中人閉門』一句點醒，岑寂是自然形態，在這環境中閉門人的寂絶則是一種生活和精神的狀態。觀畫者，只有身入畫中，纔能體會畫意和畫趣。上面這一首似乎過於幽寂，下面這一首更有情趣：

無故閒房生烟霧，畫出溪山半村樹。碧波芳草積落花，多少垂楊拂春暮。於今正是三月時，此身入畫人不知。忽聽鳥聲隔一紙，飛來便欲投畫裏。坐久東風四壁吹，溪山欲動樹參差。[二]

從這首詩我們可以看出，這幅畫畫的暮春三月之景：溪畔垂楊拂水，碧波蕩漾，芳草散積着落花，樹叢掩映村舍，三數間茅屋烟霧環繞。詩人説，你已經身置於畫中了，你知道嗎？你聽到鳥聲了嗎？

[一]《題畫》，《彙選那菴全集》卷三十三《忍草》。
[二]《題畫》，《彙選那菴全集》卷十一《種雪園》。

那是飛鳥飛進畫中了。一鳥飛來樹欲動，你感受到樹在動了嗎？整個畫面，依然是清寂的境界，但是我們可能聽到鳥聲，可以看到鳥飛，可以感受到楊柳拂水，枝頭參差輕動。

商梅題畫詩、山水詩，設色清柔，力求創造空明澹遠的境界。他的山水畫，或者他的山水詩，其物件以落葉、秋水、孤峰、片石、烟雲、寒山、幽澗、月光、竹色爲多。他的山水詩、山水畫，絶無穠麗的色澤，絶無驚天地動鬼神的氣魄。詩畫偶有寫花色，但僅限於蘭和水仙，絶無大紅大紫、鮮艷奪目那種。『山水存乎人，所入有淺深。寄在筆墨中，非以筆墨尋。偶然寫此理，遠近成烟林。重泉界寒翠，幽石納層陰。神跡行冥濛，静者同爲心。』[一]不錯，烟林泉石都是寫山水的詩料或畫料，但是詩人、畫家對同一山水的理解有淺有深，在筆墨中，又不完全在筆墨中。詩人畫家的心境精神不同，體會也不同，商梅的體會，全在一個『静』字，即所謂『疎林與寒泉，聲聞入静趣』[二]是也。

商梅集中，幾乎没有時事詩[三]、詠古詩，也没有情緒激烈的詠懷詩[四]。他的詩，絶大多數的題

[一]《伯敬爲徐元歎索畫伯敬題畢余和是詩》，《彙選那菴全集》卷二十九《送送詩》。
[二]《爲遠之題畫寄德州盧計部》，《那菴全集》卷四十《栖尋草》下。
[三]商梅《别沈將軍兼呈董見老》：『沈公歷歷多奇事，復縛生倭海上至。昔者戚俞兩將軍，未必履海如平地。余未見公聞其名，深知公者董先生。從今南北有長城，塞上無塵波不驚。』（沈有容《閩海贈言》卷四，臺北：杭縣方氏慎思堂景日本東京大學藏明崇禎刊本，一九五六年）此詩與時事有關，而編集時可能被鍾惺或錢謙益删去。
[四]鍾惺被讒，崔世召遭璫逮，商梅有爲其打抱不平詩，用語也不見得特别激烈。

材爲家居、行旅、遊覽、交友、雅集。他也參加科舉考試，屢落第，也未免嗟歎貧病，但是他的生活始終離不開吟詩作畫，而且常有人乞詩、乞書、乞畫，無論吏民、僧道、女流，他也不怎麽吝嗇。就交友而言，無論是閩（曹學佺）、是楚（鍾、譚）、是吴（錢謙益）、是中原（馬之駿），商梅都以真情真心相待。就學詩而言，萬曆四十年（一六一二）之後，商梅雖然盡棄之前詩而追隨鍾惺，但是他在閩始終與閩中詩人保持良好關係，始終尊重曹學佺及其詩；與錢謙益遊，酬倡亦多。鍾惺卒後，他先後請錢謙益、曹學佺續選其詩。商梅卒後十年，錢謙益作《列朝詩集小傳》批評商梅學詩不專，表面上看是不錯的。閩人商梅學楚，幾乎同時，商梅又與錢謙益遊，歸閩家居時又與閩人酬倡。我們冷静仔細分折一下《彙選那菴全集》，可以發現，十七年間四十卷詩風格前後基本一致，商梅也没有因爲與錢謙益遊而改變其詩風，也没有因爲與曹學佺往來較密，而轉而追隨石倉。錢謙益入清後所編《列朝詩集》，猛烈抨擊竟陵，商梅既是鍾惺知己，也是自己的知己，故批評商梅較其他沾上楚派之名的詩人婉轉，所謂學詩不專，指的不就是追隨竟陵、身爲閩人卻成了楚派嗎？試想，如果商梅轉而學錢謙益，錢氏能説他學詩不專嗎？

錢謙益猛烈批評竟陵的時間點，是入清之後纂輯《列朝詩集》並撰小傳時的事了，此時鍾惺已經去世二十多年，商梅去世十有餘年。錢謙益與竟陵對立，文學史上幾無異辭。但是一部天啟間、崇禎間彙選的商梅詩集，卻透露一個消息：錢謙益曾經在鍾惺選詩的基礎上，再次選商梅詩，兩位選家的名字緊挨，鍾前錢後；而聯繫鍾、錢的人則是自稱楚派的閩人商梅和他的《那菴全集》。這樣一個事實，至少可説明：一、商梅是錢謙益的知己，同時又是鍾惺的知己，錢謙益完全可以接受這種事實；二、錢謙益天啟、崇禎不一定能贊同鍾惺的詩歌觀，但看不出對鍾惺有什麽嫌惡。這説明，錢謙益對竟陵認識的轉變有一個過程。

文學現象往往是複雜的。長期以來，我們受到一種『非此即彼』思維定勢的影響。商梅也自稱是楚派，且爲鍾惺知己；既然既是楚派又是鍾惺的知己，怎麽可以成爲楚派論敵錢謙益的知己呢？錢謙益怎麽可以和他親密到同舟同宿呢？商梅每次歸閩，錢謙益怎麽可以幾百里相送？這種判斷，既有時間點錯位的判斷，也有『非此即彼』思維定勢在作怪。

商梅雖然自稱楚派，萬曆四十年（一六一二）之後，他的詩的確也比較接近竟陵，但這不妨礙喜歡吴人錢謙益的詩，也不妨礙他喜歡閩人曹學佺的詩；反過來，也不妨礙錢謙益接受他的詩，不妨錢謙益和他長達二十年的酬唱；也不妨礙曹學佺與他論詩，時有過從、時有雅集。我們的一個基本觀點是：萬曆、崇禎間的詩人，他們之間的交往都比較廣泛，不局限於所在的地域，有時也不限於所謂的流派，商梅如此，鍾惺、曹學佺、錢謙益等都是如此。

商梅詩以清淺柔澹爲宗。『柔澹』一語[一]，見謝兆申序，説明商梅早年詩風本來就是如此，終其《彙選那菴全集》『柔澹爲宗』没有太大改變。追隨鍾惺之後，其詩向著清淺的方向改變，不多

［一］謝兆申《刻商孟和黍珠樓詩稿序》：『其詩則以柔澹爲宗，而不與市詩者競户。』（《彙選那菴全集》卷首）

讀書，不喜用事，有時也呈現幽寂的一面。同様都是竟陵詩人，譚元春和鍾惺，他們之間有同也有異；商梅自己納入楚派，他的詩和鍾惺也不完全相同。我們上面説過，商梅是畫家。商梅向鍾惺學詩，是在自己成名之後；鍾惺向商梅學畫，是鍾惺成就畫名之前，或者説終其一身，鍾惺都未必能稱上畫家。商梅寫山水，是以畫山水的眼光來作詩，這一點，和鍾惺單純以詩人的眼光來作山水詩有很大的不同。我們現在可以不大喜歡商梅的詩，但是天啟、崇禎間，他的詩在一定程度上受到曹學佺、鍾惺、錢謙益、譚元春、馮元飈、李瑞和這些不同地域、不同流派、不同詩歌觀念的詩人的喜歡，至少是接受，卻是不争的事實，於是纔有『六先生』彙選商梅全集的事出現在詩壇。總之，一個在詩歌史上無大名氣的詩人商梅，他的詩由曹學佺等數位名人彙選他的詩，更有意思的是其中包括錢謙益，以及後來成爲他詩敵的鍾惺。在錢謙益尚未視鍾惺爲詩敵之前，他們曾經因爲商梅，因爲彙選《那菴全集》，有過一段聯袂『同框演出』的經歷，這一文學現象，似應引起文學史家的注意。

二〇一八年六月二十七日

那菴詩選卷一

閩中商　梅孟和著
景陵鍾　惺伯敬選

遠道草一

出門

已識出門事，蕭蕭復遠行。山川看向往，花徑任凄清。古道求諸己，時人非此情。獨憐芳草色，隨意路傍生。

劍溪逢友即別

不覺十餘載，途中乃見君。亦知蜀道返，又向劍溪分。對酒與春醉，啼鵑欲客聞。一時南北去，情緒自紛紛。

沮雨溪上逢鄉友至[一]

偶依春水宿荒城，寂歷溪頭寒有聲。信自不堪朝雨思，逢君聊得故園情。閒流盡逐殘花去，別路先當芳草生。始覺留連偏此際，轉教無意望新晴。

龍興巖訪叢公

同尋竹户扣閒烟，採笋烹茶試石泉。晤語每憐芳草處，蹉跎已過落花天。新鶯喚客情何遠，古木依僧意亦禪。莫以此身難久住，暫時相對即清緣。

喜叢公至

若論踪跡已難尋，何意溪頭見自今。行脚帶將風雨至，入門如在水雲深。暫爲羈客留茆店，那及真僧隱竹林。轉憶故山相別後，一時猶是十年心。

試茗同叢公

雨聲初歇響新泉，自摘春茶細火煎。石畔風微僧共坐，松間晝寂鳥堪禪。一時色澹草芳處，幾

[一] 沮雨，本集『阻雨』之『阻』均作『沮』。

片香行花落先。自是山中還有事，爲期重到此巖前。

宿友人齋

聊將一宿別，不覺屢朝昏。幽事愈能積，閒情自可言。亦知前路遠，且與暮春存。朋舊固如此，因之當故園。

客樵川寄友

出户思相見，中途奈滯留。秦淮先遠夢，樵水尚閒遊。朋好難多別，春光易獨愁。如何將握手，還托寄書郵。

逢友

別來深歲月，異縣忽能期。不少悲歡事，俱爲言笑時。向人長有問，逢世豈無疑。猶恐隨春去，論心固所宜。

坐月

空林多晚色，不覺坐殘更。竹月寫窗冷，松風吹客清。因之生遠思，但恐起離情。四顧忽然寂，猶聞鴻雁聲。

病中答友

那識何來病，煢煢似不支。故人應饋藥，爲爾一嘗之。朝暮煩同夢，温凉合自知。頗能諳本草，未免困於斯。

答贈

俱是樵川客，春深得蚤歸。柳烟拂枝暝，林露浥花微。山水有奇思，文章入静機。臨行借明月，倘可共清輝。

訪友時新貧移居

貧來宜簡僻，郭外亦堪居。嘉我遠能至，知君情所餘。庭全充野草，園半與春蔬。此意渾相會，從前殆不如。

留别杜生

樵川旅思久應殘，未去遥知别事難。漸有歲時生遠夢，乍無朝夕共清歡。山鶯勸酒宜深聽，春柳如人不忍看。更盡須臾攜手處，溪流正漲月光寒。

成别

朝朝與君别，今朝别始成。朝朝屋裏别，今見山水清。山水亦送客，常能在南城。客豈如木石，而無留戀情。送者何衆衆，行者實煢煢。别中更有别，行時若不行。

臨川訪湯義人先生

何曾相見已難忘，今日維舟過草堂。人可千秋非偶爾，官雖三仕止爲郎。風流老去徵新曲，樂事朋來自遠方。便欲行時猶不忍，臨川春水任微茫。

五日集帥氏兄弟

忽見榴花發，逢兹令節中。雖然鄉土異，幸有弟兄同。對景娱今日，含情問古風。未嘗辭一醉，客思自無窮。

過湯義人坐月

忽期閒月至，入坐自深談。或以性相近，真非俗可參。户開疑静野，簾影即寒潭。幾得如今夕，幽清事事堪。

臨川別友

別真非一緒，此別自應稀。緣我方來至，於君恰送歸。天愁當暑氣，路惜伴斜暉。敦友知平素，何堪獨掩扉。

南州重過朱鬱儀宗侯

頻來應不厭，大抵爲君過。已識讀書老，兼之見客多。齋中添竹石，門内息風波。本欲長留此，其如客路何。

朱安仁王孫招登滕王閣安仁晚歸余與帥從龍宿月閣上

來時陟高閣，閣晚非所留。頗有江上月，但照江中舟。王孫理情緒，登覽成素遊。顧影合清輝，逸思初以侔。忽然閣中返，不永南浦秋。豈欲分夜姿，而令各好逑。繾眷同侶人，相憶心魂幽。

章江寄湯義人

未得見君時，所思在眼底。忽在見中別，無端情自起。一日辭臨川，三五章江水。江水語涼月，雁聲更相倚。轉輾讀君詩，淺深具至理。

與李晦叔同舟白下懷阿弟虎臣

常爲吾子念，玆得爾兄同。見必須何日，歡如就好風。路看中道遠，月對一江空。相憶白門裏，非惟數斷鴻。

到白門同譚友夏坐茂之齋中説别

暫得清言到夜分，逢遲别促思紛紛。庭前一片高梧影，明月來時即似君。

寄鍾伯敬

三載跡同殊，江漢愁浩浩。一葦不可方，天水爲懷抱。仲夏至金陵，出入視故道。人事錯風物，不似君遊好。思君理前緒，輾轉如傾倒。客來寄蜀章，真性能自保。仿佛受光儀，清機寂相討。

得友夏舟行别詩賦寄

何堪病裏别，有夢自相隨。趣不如前好，書寧已後稀。庭花從客寂，江樹與君微。所寄真無限，還看字字非。

立秋日過永興寺同馮茂遠

城南去去樹多林，行到林深寺亦深。纔入竹房秋可見，更過花徑暑難尋。松間積水潛幽石，雨後涼雲覆緑陰。暫得來遊情慮息，倘長居此是何心。

次張美人韻送劉冲倩三首

在家或不覺，無雨亦無風。別去雖晴日，遊絲在空中。
別本愁中事，愁非別所知。真別即無語，真愁不上眉。
妾心惟一點，何能多且繁。春花在水上，無風常自翻。

有訪不遇歸飲得月

月只歸時見，盈盈思若何。不將花底照，偏向閣中多。樹影晚藏水，簫聲涼渡河。舉頭人可似，相對即相過。

秋試後集別邸園

此時寧可別，説別共凄然。作客已同緒，還家誰獨憐。月光愁自着，秋色静無邊。更與子相約，重來莫後先。

得鍾伯敬譚友夏武昌書

可知朋舊好，一日共緘書。不減開家信，真能慰客居。短長言豈盡，疎密意能餘。頓起無端緒，悠然離別初。

九日雨花臺訪友不值

客愁都未暇，令節記何曾。訪友轉無事，逢山成偶登。風凉千葉動，日落半江澄。且復徘徊望，忘情自不能。

同諸友遊燕子磯

好山真好友，愈澹愈可期。期我故不厭，蕭蕭秋暮時。奇巖若久待，凉風豈擇吹。江雲無意中，倚伏多其姿。雲懶月氣迫，光從水所爲。夜半江樹聲，凄切自有知。

送友還閩

自然畏秋色，豈可視歸人。此際猶家信，何時非客身。淡雲行水次，寒月過江津。囑爾無他事，爲余慰老親。

那菴詩選卷二

閩中商　梅孟和著
景陵鍾　惺伯敬選

遠道草二自白下之竟陵

下第楚遊留别白下諸友

無窮今日别，情緒自難言。豈忍見秋水，尤難歸故園。客中深物候，江上計朝昏。倘不尋同好，淒風滿白門。

次鄭無美遊燕子磯韻

澹莫如秋水，看君更渺茫。與波深送碧，對菊正安黄。地勝心堪寄，林幽語若藏。况逢山月好，永夜共清光。

得宣城諸友書

賴爾深相慰，於情亦所關。不能爲世出，祇覺此身閒。林瘦霜難密，江空雁欲還。聊分淮水月，轉寄敬亭山。

別鄭無美

説別自多緒，於今何所云。清真情可想，來往夢難分。相對月猶映，臨行雁即聞。客心同落葉，隨意兩繽紛。

臨行值友燕歸

常存音問裏，暫晤不堪陳。歸去一時事，驚看三載人。交深還似淺，别故復從新。眼底風塵色，相憐共此身。

江上寄友

未即從君去，先爲楚澤遊。眼中南北路，心共别離舟。木落覺風散，江平連岸浮。稍能遲一日，猶是白門秋。

別芙蓉

已識芙蓉意，别情應可知。初開無幾日，共對許多時。澹澹憐清影，娟娟若遠思。臨行看復立，江上自相隨。

江上寄胡彭舉

相對與相别，渾然老更真。時名聊亦爾，古道不多人。秋月自爲好，寒林誰復親。屢看江上水，澹可比精神。

訪菊

江樓閒客思，對菊益多姿。忽與月同坐，若於花有期。影疎霜落候，香澹夜深時。試向籬邊看，能如此一枝。

别林子丘

處處是秋聲，江干復送行。深憐余失意，益見爾多情。露帶黄花立，風從候雁生。掛帆猶不忍，屢顧石頭城。

宿和尚港

朝行宜晚宿，寂寂一舟横。雨暗空江氣，風歸小港聲。白門先起思，采石不多程。對爾渾忘客，微吟亦有情。

蕪湖江樓看菊

雖然風不與，有菊便堪留。聊見客中事，從他江上舟。色寒猶可夜，露重自能秋。去去多相似，真成一好遊。

聽同舟人吹簫

有客同舟月正來，閒吹玉管思徘徊。數聲祇在霜篷裏，却似江頭寒雁哀。

白門待友不至江上有懷

春花初發故園期，曰到秦淮三月時。客舍不堪相待久，王程何事尚來遲。雲因秋重多連水，葉爲霜繁少在枝。未得還家身入楚，思君江上望天涯。

又泊

本是從流上，無風舟復停。蘆花親缺岸，衰柳羨前汀。月漸眼看白，山猶背見青。榜歌無限好，可奈不長聽。

沮風題同舟僧詩卷

蘆荻花殘江復空，客船幸與遠僧同。行來一路應多日，坐對今朝得沮風。遊食且能詩卷滿，因書聊以姓名通。預愁漢口當分手，雲水於君更不窮。

夢歸

鄉園去歲菊盈籬，客路今朝只一枝。欲就深叢花不似，偏宜昨夜夢相隨。門開小圃霜寒處，樓傍孤峰月澹時。獨憶老親將大父，庭闈相對髮俱絲。

江村

舟從一村過，疎柳望成圍。江色迎門冷，鄰家接岸稀。歲時如不作，雞犬亦相依。有酒堪沽否，攜壺扣草扉。

舟月

月光隨處好，江上獨凄然。似與客相礙，而無人共憐。影寒秋易盡，路止夜難前。欲掩篷窗去，孤愁恐不眠。

宿月江上望伯敬友夏

舟指霜鴻宿，江寒月上遲。幾能寥遠際，禁得夜深時。水若將天盡，風難與友期。竟陵終亦到，輾轉復何爲。

茅屋

茆屋荒洲半，洲因與水洄。秋深江不淺，風急户猶開。漁網隨船去，蘆花出港來。欲教此中住，春至柳多栽。

喜風

曾有沮風苦，今朝喜可知。片帆行色正，一酌與心宜。舟子無爲矣，江山同晏而。況看菊花色，含笑遠相隨。

雷港沮風寄白門友人

離舟方十日，江路亦何期。身計難爲蚤，風行信自遲。交情閒處閱，時序别中移。聊復因山水，悠然寄所知。

見樹

村因樹無限，夜色况能深。不覺船依水，渾如身入林。月低光欲迫，霜重氣先沉。坐到殘更候，清寒接客心。

屢險

屢險能無恙，余行信有天。與時隨去路，涉世每臨淵。愁着風霜裏，心添山水前。從兹事憂患，何日得神全。

江店

江店與江正，茆簷客到稀。能藏黄菊瘦，且就白魚肥。踈雨晴難穩，微風醉可依。舟中真已久，欲借臥柴扉。

過彭澤再示舟菊

不愧過彭澤，舟中有菊來。能從孤客澹，獨向此時開。寒逼情同苦，吟遲思若催。斜陽滿山縣，相望幾徘徊。

湖口風雨

孤舟泊處起濤聲，湖口風危雨又生。對面峰巒迷水縣，兩邊波浪夾山城。蕭蕭草屋寒多掩，寂寂篷窗夜獨清。賴得同君堪作客，凄然相對一燈情。

到九江

方得過盆浦，舟停楓葉邊。山川多往事，城郭是何年。江冷雲無氣，日沉樹有烟。獨看盧阜色，蒼翠落帆前。

廬山草堂

尋山來築室，亦復借山名。今日堂前見，閒雲林際明。峰常瞻五老，地果卜三生。到此聊延佇，真能澹世情。

曉發九江暮宿黄州界

潯陽纔曉發，泊處界黃州。雲半山巒影，月明江水流。漁人喧小浦，茅店塞荒洲。一宿枯林下，聲來還是秋。

登道士洑

江邊山便好，泊岸却同登。壑與風濤滿，巖隨烟樹增。奇峰藏不一，幽鳥喚相仍。如此泠然處，帆開似未能。

龍窟寺

寺半與林齊，林藏野徑蹐。斜陽從鳥亂，古樹出江低。鐘過巖頭響，烟看石畔棲。坐來閒不覺，歸路失前蹊。

道士洑宿雨懷伯敬友夏

難辭山雨至，可在此孤舟。江色沉蒼翠，濤聲續晚秋。殘燈寒亦照，一菊寂多愁。愁緒紛無定，偏能過復州。

赤壁

從來談赤壁，今始到江津。世代總時事，山川留古人。帆隨風不住，烟與樹相因。薄暮依何宿，悠悠明月新。

宿夏口

因風過夏口，風换即停舟。傍岸烟横屋，多漁網在洲。鷩寒陵鯉叫，向晚荻花愁。若使黄州住，波聲上竹樓。

風急

暮依江滸宿，水際忽沉陰。朔風急天氣，寒濤來客心。愁應添路遠，坐獨聽更深。聊復歸詩思，閒情更不禁。

寒甚

寒應隨客泊，風沮去何之。古樹立江響，疎籬縱浪欹。村荒誰可醉，路急自能遲。聊借凄清意，同君消此時。

泊漢口

初從江漢過，安得不維舟。水氣夾城滿，人烟連岸浮。波涵今古意，樹帶雨風愁。細望晴川色，閒情起未休。

曉登晴川樓

望處曉光平，猶多霜氣清。盈盈惟一水，漠漠隔雙城。蒼嶺集寒色，空波流遠情。憑虚當此際，愁緒最分明。

那菴詩選卷三

閩中商　梅孟和著
景陵鍾　惺伯敬選

遠道草三竟陵作

到伯敬家二首

但説何時見，於今見乃真。不緣神久授，何以别能親。坐密霜堪煖，談深夜入晨。只漸無一事，快意向君陳。

當兹兄弟裏，新故閒相知。始信途難遠，竟如心所期。談猶深昔日，意不盡斯時。但恐歡爲夢，朝看始不疑。

伯敬山齋喜友夏至

相與戀白門，楚遊不敢約。心緒日以紛，山水相斟酌。余既甘棄置，君復然疑作。輾轉江上行，到兹非擬度。初到晤鍾子，君猶隔村落。斜陽山舘中，風寒林氣薄。忽然君馬來，相對神以躍。幽情寫是時，清言或細托。一路烟霜滿，得君心所若。雖多新故懽，語笑寧殊昨。

佛燈和伯敬

寒色隔窗外，殘朝影復清。居然大士像，如是學人情。一點寂中現，六時幽處生。坐來有山月，能證此空明。

寒月

疎窗過寒月，一榻坐堪憐。肯不出門看，難禁在客前。兼霜凄落木，非水浴殘烟。心與清光入，孤愁亦静然。

浴應城湯池歌

地中之水率常性，五行水似寒爲命。此地湯泉沸若蒸，石上涓涓氣何盛。荒原浚壑暉濛濛，野徑茅茨紫霧充。由來大冶炎精結，陰陽反覆神其功。居民世代任自然，唐虞之後羲皇前。煖烟吹向郥中樹，殘流灌入雲夢田。中有青青蘋與藻，歷亂苔衣塞行潦。我來終日弄潺湲，前村風雪空遲蚤。況逢冬候多晴明，解衣出浴含深情。偶然得共二三子，清濁寧論足與纓。

山房看月分韻

寂然高館裏，寒色與林關。一片月臨地，四邊霜在山。遥看湖氣合，久對葉聲閒。肯待梅花發，置身多樹間。

生日客伯敬家

年來無一可，馬齒亦何爲。偶爾客多日，憶余生是時。庭闈諸念集，兄弟四方宜。滿目風霜意，難看枯柳枝。

登白龍寺閣

古寺依山不遠尋，況藏高閣寺深深。蒼然一徑霜催樹，澹在微曛僧到林。冬氣過村隨靄積，湖光度嶺與寒侵。此中烟景年年似，覊客閒情偶自今。

山月

忽到山前月又清，月臨客處自多情。林疎半嶺烟無候，葉落空階霜有聲。群籟未歸疑曙動，輕寒不散與光平。坐來俱是幽人意，夜漸殘時思轉生。

山夜聞鴉同諸子分韻得安字

冬氣藏山山自寒，亂鴉驚處夜無端。栖來木杪葉先落，啼向屋邊霜欲乾。坐久覺於清籟合，更分猶帶數聲殘。亦知群動多歸宿，爾獨何情屢未安。

野坐

寂寂荒原上，溪寒落葉稀。聊循薄照坐，暫與朔風依。野澹村烟闊，林空霜氣微。嗒然聞見後，山月欲同歸。

伯敬新理山齋與茂之友夏同移其中

夜夜看山月，幽情月中蓄。夜夜山下歸，豈如就山宿。是以不憚煩，編籬葺草屋。去穢併去甚，疎留半窗竹。蒼翠疊空來，澄湖朗然目。新鳥飛床前，微風聲到木。其中足神意，寧不契幽獨。朝暮相因依，往來日幾復。

爲伯敬題李長蘅寒林圖

潑墨蕭然古意藏，樹兼山色但蒼蒼。其中亦有人相似，寒却滿林知有霜。

題伯敬隱秀軒

户外溪光屋後山，中藏隙地即能閒。置身半在圖書裏，坐對寧殊雲水間。
休將遠事參家事，試以幽情觀物情。一壑一丘原自具，山風山月與誰清。
洗墨焚香翻草草，栽花種竹亦紛紛。孤燈半點來相照，寒磬一聲何所聞。
此外既能分雅俗，就中亦自有寬嚴。語言食息嫌多慧，山水文章戒不廉。

題鍾叔静新成園居

園居自能好，是以費經營。竹木通精理，烟霞具遠情。未容人易到，偏許鳥先鳴。前此佳山色，平分弟與兄。

暫别伯敬過友夏湖上

雖然同縣不同鄉，山外寒湖百里長。平野霜華飛肅肅，中田馬首去荒荒。閒情且復尋烟水，交誼能無拜草堂。遥指前林投宿處，蕭疎景色盡衰楊。

到徐乾之北菴

遥遥寒氣止高原，恰有茅菴寄小村。客傍夕陽齊下馬，僧於冬候少開門。幾回遠道經旬約，無限幽情信宿存。轉愛去來能不繫，此中未定幾朝昏。

到友夏譚家堰二首

客思何須論，來兹情可常。以村爲一姓，於水宛中央。兄弟豈今日，賓朋乃遠方。坐深燈火寂，夜色動微茫。

不覺行來遠，欣然共到門。寒禽窺木杪，稚子候籬根。墻半進苔色，堦前留水痕。此中別有事，未許計晨昏。

初香

焚香識香性，必從氣所始。微微含其機，清芬發静理。去者入虚無，來者藴其委。兹香定有因，誰生復誰止。

湖上菴

湖水與菴連，能明湖畔天。樓開雲欲進，野闊樹爲邊。落日出林半，飛鴉試客前。聊存尋訪意，歸路亦悠然。

友夏湖上夜樂

非無山水情，樂聲亦可托。況在湖之曲，聲與情允若。淵淵含夜氣，㗾㗾出冥漠。鳧雁寂然聽，水際相擬度。新月來樹顛，見之生斟酌。衆聲尚未收，曙色栖林薄。良朋心未已，絲竹猶繼作。

南湖蕩船歌

寒天應湖湖水闊，殘葭深淺宿水末。偶放湖船先後行，歌聲能與船俱活。此時中流興不止，隨波蕩入暮天裏。新月窺人俱不言，但覺風從衣帶起。湖能如此今始來，若爲對客湖光開。四邊寒色忽忽動，不知何處聲繁哀。可惜流光無幾許，樂事相催暫來去。寂然舟返岸到前，踟躕更向湖頭語。

別南湖重到北菴

寒湖遊未了，僧約到菴中。纔入林園遠，愈愁烟水空。月明千頃異，霜落一宵同。從此竟陵路，時時清夢通。

晚出竟陵城望北菴

忽從夜色過重湖，一片荒原路轉無。殘月照人驚影幻，酸風吹柳見條枯。已經來往行猶記，竟入微茫夢不殊。便欲到時還未到，前村燈火尚模糊。

月中有待

薄暮樓前月色清，何如此際玉人行。忽然縹緲來相似，只是空林落葉聲。

同友夏返伯敬山齋

雖曰同君返，應知送我行。重來真有意，一宿是深情。風更與山響，月猶從客生。忍聞天際雁，歷落起離聲。

答別林茂之與伯敬入燕二首

一冬來共遠，何日不依依。與友燕中去，遲君江上歸。客途南自北，身計是耶非。臨別猶延佇，風霜各滿衣。

白門無不可，底事到長安。涉世心良苦，向人言獨難。愁添冬日澹，夢寄朔風殘。同好雖朝暮，思君自永嘆。

答别譚友夏

憶作南中別，安有今朝聚。渺渺大江水，不識竟陵路。跋涉問楚鄉，相見得其故。山光滿復滿，湖光亦我顧。領之神各足，嫵婉深朝暮。忽同鍾子行，朔風吹不住。南北須臾分，車馬聲相喻。汝水寒無波，黄河冰始固。塵土自冥冥，獨爲風雪晤。君言時在耳，君情日以富。非有清夢從，夜永安得度。

别叔静居易

何時非説別，此別自難輕。歲暮思朋友，天涯共爾兄。聊從駟馬去，初試雪霜行。幾度能相憶，浮雲望處生。

那菴詩選卷四

閩中商　梅孟和著
景陵鍾　惺伯敬選

遠道草四 自竟陵之燕

宿月應城

似與月爲客，今宵古驛寒。頓生寥遠思，且向往來看。樹影過墻立，霜華落地乾。北行從此始，已覺旅情難。

應城月夜同伯敬看臘梅花

聊倚月光行，月從花氣生。與梅何所別，先臘已能清。風細枝應静，霜微影亦輕。殘香仍夢裏，浮動故園情。

望白兆山李白讀書處

可見山雖好，名猶借昔賢。偏依寒水外，正在夕陽邊。古道出林半，雙峰立樹先。何時堪策杖，相對只蒼然。

曉發德安度恨這關宿信陽

土宇一關隔，難行自古人。楚隨鄖國盡，洛傍汝潰遵。驛路緣山郭，峰巒止水濱。征夫相與説，過此漸風塵。

自確山過遂平抵西平

北去尚多日，先從汝蔡行。程途餘百里，蚤晚歷三城。處處殘冬色，村村太古情。馳驅猶未已，忍聽擣衣聲。

晚度郾城河

入城猶數里，此水斷高原。舟子自爲渡，居人已閉門。滄滄燈影去，了了葉聲存。跋涉客中事，臨流何所言。

曉出郾城

却向行邊曉，日寒光尚微。人家初舉火，旅店半開扉。水與石俱結，塵因霜不飛。征夫循道路，四牡各騑騑。

臨潁署中同伯敬看含胎牡丹

名花傳自洛，入洛與花遲。漸發故從候，相憐豈待時。香魂包衆蕊，春思積疎枝。本以芳爲信，更於寒可期。風塵如斂艶，霜露愈生姿。預想齊開日，清光當向誰。

曉發許州過八龍里

入城將夜半，夙駕復星言。里以今時重，人從往事尊。霜陰深去路，曉色亂荒原。未盡追尋處，村村寒閉門。

至新鄭

行來應至鄭，北去亦中途。風俗論新故，春秋事有無。村隨斷岸出，樹擁暮城孤。相與過溱洧，深懷古大夫。

又十一月晦日渡黃河

忽見黃河曲曲明，一航先渡夕陽輕。因風起處歸波浪，與水分時異性情。臘在明朝猶未凍，流於何日可能清。看來兩岸微茫裏，無限鄉愁南北生。

過淇

入城觀往古，聞説是朝歌。爰有寒泉處，其如菉竹何。客情從物止，山色隔塵過。更向疏楊去，村村馬渡河。

新鄉同伯敬過郭季昭大行逢俞孺子

衛本多君子，過君固所宜。既能詢往事，況得共新知。入徑烟光滿，登樓水色滋。蘇門雖有約，相見復何時。

宿鄴城懷友夏

半月行千里，方能到鄴都。風霜去身近，晨夕與君殊。已往人誰似，從來德不孤。此中相憶處，未暇論馳驅。

渡漳河

不覺朝從鄴下過，更於薄暮渡漳河。頻詢故蹟情難滅，爲記遺文事轉多。枯柳覆村疎有路，寒雲隔水去無波。濺濺俱是千秋恨，銅雀風流可奈何。

至真定

共言北路異南天，此渡滹沱寒未堅。城郭遠依殘照外，人家亂出暮林邊。無端客思偏逢臘，不盡鄉愁更到燕。十分程途還一二，春風先憶薊門前。

過邯鄲謁鍾吕夢處

風塵一夢後，寂寂亦何之。客至空相問，仙來安可知。征途多不寐，旅店豈停炊。從此先生枕，還能付與誰。

新樂初雪

北去今將盡，朝來雪乃飛。初從殘臘見，俱説向時非。似日光含淺，無風寒未威。階前梳沐罷，尚不待添衣。

新樂途中對雪

雖雪猶行路，行來雪更宜。一朝塵變色，四野水何涯。積氣混天地，微寒應歲時。屢言幽薊處，物候乃如斯。

雪陰

飛來隨處積，望處只紛紛。與地相爲一，雖山無可分。遥平原上水，盡懶壠邊雲。不覺村光裏，鴉聲繞夕曛。

慶都雪後同伯敬賦

一冬俱夜坐，對雪復殘更。頗穩嚴冬候，能添遠道情。真堪同氣質，净可映聰明。相與悠然處，階前月又生。

曉發慶都望晴雪

雖然不見落，一望雪俱存。更着屋邊樹，還蒙原上村。殘光凝日色，餘靄上雲根。轉憶鄉園裏，梅花深掩門。

宿固城店同伯敬作

計將行到日，不過兩朝昏。爰處多荒縣，兹宵只一村。雪晴猶在瓦，月好自開門。望屋頻眠起，聞鐘屢寂喧。長途乃如此，勞逸豈須論。

暫駐涿鹿

程途圓一月，將到復難前。地久幽燕屬，時方涿鹿眠。暫停朝暮處，聊寄往來邊。余去余何事，寧論後與先。

那菴詩選卷五

閬中商　梅孟和著
景陵鍾　惺伯敬選

遠道草五燕中作

十七日到京其夜與伯敬看月屋後因題曰僦月居詩一首

卜居應卜月，月與客誰先。是夕即相見，殘更未肯眠。情來閒有事，春到凍無權。從此疎軒裏，清光共不遷。

冬夜看煖室梅花

何須林際與山中，一室梅花趣可同。影半蕭疎偏近客，香初浮動不從風。寒温亦自關情緒，先後應知具化工。聞説開時將二月，今宵幽思已相通。

吴伯霖師徒至

胡爲乎到此，望外遠如期。别有相逢趣，堪忘未見時。談邊風與雪，宿處友兼師。人事將天意，方今舍子誰。

除夕前一日集馬時良仲良邸第同鍾伯敬丘毛伯

歲除尚一日，已覺兩年身。晚酌留殘臘，餘寒亂蚤春。時移多所感，友好且相因。今夕即明夕，悠然故與新。

癸丑元日同伯敬賦

初到長安歲忽新，客愁仍舊更風塵。此時未識一年事，對景先爲萬里身。食息依然同好友，夢魂亦自是歸人。只緣南北情無定，衹見悠悠空復春。

同鍾伯敬張金銘夜坐見新月

新歲逢新月，那堪是客情。賴兹良友共，得此異鄉明。塵氣不敢上，春寒亦自輕。談來已無際，所覺但幽清。

月夜過金銘

閉户偶無睡，出門先有期。春情夜彌甚，遠思月相爲。萬里喜相見，片言心可知。羈栖余所願，幾得共斯時。

同伯敬金銘訪湖上十方菴

忽見湖水清，何曾共出城。堤垂新柳半，寺與遠烟平。薄飲疎僧禁，微吟亂鳥聲。因君初到此，不盡是幽情。

波光與樹色，遠近到菴門。草長將迷岸，舟行似過村。鶯花如夙約，水木已清魂。本是閒栖地，春遊事事存。

過謝在杭水部

相見憶相別，於今成一年。貧非家可戀，情有友能堅。遠道身猶寄，故園人宛然。客愁風雪際，春到在誰邊。

讀白雲集有序

白雲者，陳昂也，莆之黄石人。倭至，逃入楚、蜀，寄食於僧，或賣卜織屨焉。老歸金陵，爲人傭[一]書。有誦其詩者，輒向隅淚下。竟以貧死。余友梓其集，因係以詩。

一生多難裏，孤往意焉如。淚向人空落，身無家可居。依僧猶織屨，垂老尚傭書。寂寞詩名裏，方知天所餘。

得家信

忽見平安字，封題是老親。自驚爲客久，不忍述家貧。松菊縱多故，路途惟一身。臨風那可盡，還問寄書人。

南寺古松

春風期野寺，寺寂氣沉沉。衆木先通徑，雙松獨過林。根枝相偃仰，雨露積幽深。對坐聊分影，閒談且就陰。形神生往古，耳目到於今。一片蒼然裏，悠悠丘壑心。

吴伯霖招遊韋氏郊園同方孟旋張紹和鍾伯敬

[一] 傭，底本作『慵』。下同。

郊遊春自好，况復在林園。日影重千樹，烟光輕一村。石泉清起坐，雲鳥樂飛翻。若使愆斯約，落花何可言。

攜手莫踟躕，春光樂只且。谿雲平野水，林木密郊居。客醉鳥聲下，僧歸花雨餘。從前吟賞處，到此殆何如。

人境雖不遠，斯園倍有幽。芳時難獨守，我輩且同遊。石上群雲至，香來衆壑周。夕陽肯相待，歸路轉悠悠。

同伯敬訪王季木

兩度尋君兩出城，紛紛塵事一時清。已通山徑烟霞理，更借鄰家花鳥情。石偶依人藏古色，鶯能求友試春聲。此中便是幽清地，請看階前芳草生。

伯敬納南姬歌

江東女子燕中住，隨爺未有郎堪許。偶然羨爾鍾子詩，曰如此郎宜事之。吴兒楚客來何遠，意合便能情婉婉。入門窈窕含素容，自南自北惟所從。西山學眉遠峰碧，却憶秦淮映波白。聞君獨立曉風前，輕裙漏影桃花妍。默默無語思故鄉，對鏡作意不成粧。莫愁村畔妾鄉土，郎志由來肯田方。

喜逢薛道譽方伯

不謂倶燕市，相依風雪間。爲余悲作客，閲世愛歸山。物候已多變，性情惟一閑。所期雖遠事，且復念時艱。

訪友不值

但覺春風吹，良朋何所之。到門苔色静，閉户鳥聲知。出處久相信，晤言空自疑。此情還有着，行路任遲遲。

過陳泰使臺諫[一]

本是思鄉客，過君似故園。情文宜獨至，寒燠且相存。酌酒鶯先勸，留春花可言。一時離聚意，孤月照黄昏。

初夏集别馬仲良宅

難言非勝集，但覺氣匆然。客至落花後，春歸别路先。微風凉入夜，片月雨餘天。今夕相看處，

[一] 陳泰使「使」爲「始」之誤。陳一元，字泰始。

離情未有邊。

送王原静克仲下第還蘇州

期爾不難事，胡爲返故園。後先俱失意，送别亦何言。對酒寛風雨，落花消夢魂。三年夫豈遠，苟且閉閒門。

初夏重遊十方菴時余將出都

春湖寒一半，入夏水方平。坐到緑陰滿，身爲凉氣生。晤言知寂樂，俛仰得幽清。亦是重來客，烟波愈有情。

相與水邊看，清鐘兩岸寒。禽魚能屢待，烟柳自更端。僧語平常好，客情離别難。坐來歸不忍，蚤晚出長安。

園中坐月同鍾伯敬俞君宣

廓落庭前坐，烟消庭樹中。身從夜氣入，月與竹聲空。語默一時遠，交情萬里同。雖然成偶集，相對是深衷。

臨行前一日集陳計部

天涯安可别，對酒意俱遲。屬目各爲際，歸心共此時。燕吴多少事，川路去來思。曉發千鄉裏，依依空柳枝。

那菴詩選卷六

閩中商　梅孟和著
景陵鍾　惺伯敬選

朝爽篇 自燕之吳門

出都

去歲冬殘始到燕，於今當暑路悠然。無多烟柳三春事，又是舟輿五月天。北望山川悲壯外，南歸風物往來邊。回思花滿宮河上，立馬重看在幾年。

望西山

屢有西山約，山朋不敢期。於今閒望處，乃是聿歸時。泉石皆靈氣，烟雲成遠思。可知逢勝地，策杖未宜遲。

却是蒼烟色，奇峰一片陰。魂魂林上動，隱隱樹間深。只爲鄉園事，非關道路心。有懷應欲了，留此更追尋。

朝爽有序

癸丑五月，繇燕抵吴，見星即駕。朝暉爽色隱見於高柳間，使人精神遠潔，忘馳驅之事而賦詩焉。

昏曉戒征車，群動仍返始。澹露衣上薄，身居元氣裏。漸漸升朝曦，凉風掠野水。木葉意俱足，霞光落遠邇。烟行何所之，情慮肅然止。智者文章根，仁者動静理。

寄答鍾伯敬

臨别且無語，俱知不忍聞。燕吴片雨外，南北一樽分。客思隨青草，天涯盡白雲。休將離緒亂，許以夢從君。

塵際柳如絲，依然去復疑。交情俱了了，戀友故遲遲。當暑舟車路，殘更風雨時。行踪多靡定，何以穩相期。

雨宿涿州懷伯敬

忽忽寒而暑，去來驚兩年。良朋百里外，殘雨一燈前。趁路身難後，思君夢復先。感兹同宿處，今夕意紛然。

新晴曉發

一望盡高原，行來即有村。蚤炊香野店，新水過柴門。凉氣柳邊入，鳥聲麥上翻。無窮農圃意，日色半田園。

雨後過白溝河二首

忽見垂楊裏，長河清客心。日行殘雨上，烟與衆峰沉。暑氣已藏水，秋聲先到林。征車聽不息，來往樹深深。

忘却是風塵，悠然大路遵。桔槔當浦静，野水上橋新。遠草愈生色，鳴蛙齊露身。山容如沐後，蒼翠欲依人。

河間看新月

最好夏能晚，况於新月明。纖纖藏片樹，寂寂露高城。却傍凉風起，寧殊初水生。一時來遠思，幸不到深更。

夜行

忽忽夕陽沉，凉歸萬樹陰。壑明知有水，烟遠已成林。車馬去還去，川原深復深。客行宜不息，豈可亂栖禽。

德州署中訪馬遠之

未必能留此，來兹忍不聞。雖然拘世法，亦可見情文。有意敦朋好，栖心在典墳。依依恒膝下，自是愧逢君。

縠城道中

到此失平原，峰圍遠近村。愈看山有意，猶記石能言。井里今時見，民風異代存。欣逢麥正熟，載獲滿田園。

宿銅城驛月下聞笛

玉笛響殘更，一聲傳一情。凉風吹往返，孤月照凄清。半壁藤花冷，横窗竹露盈。非無同聽者，若個最分明。

孔林

先聖縱爲土，悠悠抱遠思。獨存陟降處，便證語言時。風積樹聲厚，石幽雲氣滋。一泓林上水，逝者乃如斯。

登嶧山四首

行路望靈氣，登嶧乃平素。鄒魯遠色來，林木收指顧。漸引巖腹中，出入若吞吐。綠葉寫清陰，風濤即傾澍。幽邃閟奇險，先後迷其故。凝想慧智生，耳目忽今古。

雖然萬古色，屢看山不同。方員俱積累，衆竅生虛空。烟霧時往還，宛轉自成風。石池積山溜，荷葉香其中。尚有七尺桐，外枯内靈通。齋心備延想，坐臥俱有功。

入山受山情，陟降情起止。峰巒變秋烟，桐葉即春水。景物移幽見，高深發靜理。前心來孔顔，往事悲秦始。仁暴山不知，百世人如此。

山靈似知己，肺腑了相視。身忘夷險中，各足者神意。雲木識變境，水石資深義。纚眷俱不窮，夕暉半峰寄。雖未屢晨昏，耳目略已備。

與仲良約遊泰山不果

遊山即訪友，爲約豈宜愆。名勝能相待，機緣忽屢遷。松聲落照裏，石色片雲邊。自有登臨日，他年紀後先。

滕縣道中

綠樹兩邊深，行隨野色沉。斜陽先過水，初月漸生林。峰晚不無翠，村疎亦有陰。猶遵大路去，涼氣欲蕭森。

登雲龍山

本是古人山，亦待今人至。幽意隨偶然，頗極遊覽事。遠近睇諸林，輕烟發遥翠。樹森風變秋，雲危影墜地。奇峰互隱顯，長河帶靈異。心目在其間，精魂無不閟。慷慨問古人，夕暉照如醉。

黄樓詩蘇公建以鎮水

興亡更世代，僅僅此樓存。一字理何簡，千秋名獨尊。人言真不朽，天意即相根。安得如公者，文章與細論。

漂母祠

多少升沉事，尚留一飯名。英雄常落魄，施報示初情。古木前朝思，啼鵑過客聲。萋萋淮上草，猶映楚峰生。

聞蛙

每見芳池淺草生，誰知淮水亦群鳴。風波縱許閒能説，梟雁偏驚夢不成。獨慣月前兼雨後，寧辭露重與烟輕。舟中客思原無限，寂寞那堪有此聲。

舟晚

雨與舟俱止，殘霞先到林。洗村烟不出，倒水樹皆深。暑氣没青草，餘暉帶暮禽。更愁高柳底，漠漠易成陰。

望湖

山色了然去，湖光已背汀。一痕侵遠近，亂樹起沉冥。岸以烟爲際，田隨草不停。許多漁艇小，認作葉飄零。

野眺

背湖即平野，烟樹去無邊。只爲歊凉雨，悠然成暮天。疎村留幾屋，積水自分田。點綴偏鷗鷺，群飛返照前。

雨泊

連朝無不雨，復泊此洲中。暝處帆檣動，蕭然林樹空。蘆深從雁宿，村遠有漁通。相與占新霽，舟人説夜風。

晴發

晨興梳沐裏，帆已掛中流。日影從波動，烟光逐岸收。人情看欲暢，群力去無憂。不遠江南路，閒花處處洲。

泛邵伯湖歌

只説南風吹河水，不知湖欲留船止。兩水相吞一帶餘，客情却與湖風起。興來載酒坐水光，小船摇蕩湖中央。清簫叠鼓遠近去，參差樹影生蒼凉。此時臨流愈無際，船頭歌嘯風相係。魚蝦水底猜且疑，故使芰菱淺深蔽。忽然夕照起林曲，林露微暉若我矚。無端鷗鳥群飛鳴，破却烟中千頃緑。晚色既動催晚心，烟水相托光不沉。更向漁舟問村落，若有人兮湖水陰。

集廣陵蜀岡得泉字

當暑猶相約，登臨意乃堅。寺藏隋草木，地接蜀山川。凉氣消炎日，濤聲催暮天。高林留塔半，平野得村全。徑密松間路，雲深竹外泉。眼中南北望，江水夕陽前。

夜發揚子津二首

夜氣一舟裏，閒談相對深。開窗行片樹，接岸視重林。野渡過村寂，漁燈宿浦陰。就中斟酌處，幽思試探尋。

不繫在中流，更殘坐更幽。江聲先到雨，暝色欲藏秋。丘壑一窗隱，烟雲兩岸周。忽聽人共語，是處已瓜州〔一〕。

登金山

兩過揚子渡，得友始登臨。一水情南北，中流思古今。日光通海色，塔影直江心。更倚斜陽立，烟波世上深。

〔一〕瓜州，當作瓜洲。下同。

郭璞墓

昔賢藏往古，宛在此中央。貌想山川色，神依日月光。一丘函氣數，片石立蒼茫。身世君先卜，悠悠江水長。

研山園

達人真不繫，取捨意攸存。聊借林泉樂，彌令筆研尊。名仍歸故物，代可見斯園。到此猶延賞，江風開竹門。

登北固

好山不離寺，山即寺中登。徑草深留客，巖花寂向僧。晦冥江欲合，雲霧石相憑。目極滄滄裏，歸心息未能。

約焦山沮雨

未盡登山興，偏當暑雨時。雲深無岸矣，江暝肯航之。急浪聽難了，遥峰望愈疑。寄言焦隱士，再約入林期。

蓼花

寂寂水邊生，能令水有情。未秋先點綴，含雨忽淒清。似憶園林遠，聊從風浪輕。孤舟當此際，飄泊故相迎。

望惠山

日憶此山好，今朝仍見之。翠分雲不去，帆與樹相移。古石抱佳色，清泉涵遠思。吳門應百里，秋爽更來宜。

那菴詩選卷七

閩中商　梅孟和著
景陵鍾　惺伯敬選

江滸篇

觀種竹

最佳新竹色，移種爲初晴。始見出墻影，兼之近水聲。林烟分幾翠，山雨帶餘清。寧借此無俗，蕭疎同一情。

七夕

秋氣散秋光，秋河捲庭幔。今夕是何夕，獨坐不能旦。客思與閨情，輾轉相參半。形影守燈清，魂夢上河漢。

蚤起

秋思日相爲，堪兹落葉吹。夢回凉氣裏，坐倚曉風時。清影憐同顧，遠愁歸獨知。況於窗外竹，烟與露枝枝。

秋夕聽雨

秋雨不憐客，凄凄來暮聲。有懷難假寐，細聽倍含情。葉與林園亂，寒餘竹木清。一時零落思，何以度殘更。

錢受之過訪吴闗

知君不忘故，相見即相存。忍向世情冷，能將交道尊。别離深歳月，坐且畢朝昏。一片心如此，升沉安敢言。

受之招泛荷花蕩

已及吴門未泛舟，今朝蓮蕩最堪遊。臨風歌處花如面，隔葉香來水不秋。趣在烟波寧獨往，情依魚鳥每相留。湖光且莫先歸去，新月娟娟待遠洲。

秋病

秋容日以瘦，余病乃因之。木葉難同息，客心易獨思。微風吹散帙，涼月照疎枝。寂寂此中候，時人非所知。

趙郎返魂歌

趙郎神情剪秋水，結束燈前一女子。凝眸斂睇宛轉聲，情不肯生魂不死。魂真斷處死真難，古今同結此悲歡。信是曲中翻有曲，一字一情猶不足。無端客思驟欲深，凄風切切共哀吟。横窗脩竹蕭疎影，夢到殘更何處尋。

暫別仲良之廣陵二首

未免廣陵去，新秋既望時。微風生別緒，明月有圓思。木落疎雲色，雁來先客知。所期原不遠，但恐渡江遲。

日日涼風起，白蘋河畔生。相看舟已繫，未去夢先成。佳麗難同往，蕭條且獨行。秋聲滿江上，亦可試離情。

遊愚公谷寄鄒督學

如公堪隱谷，名且以愚存。溪路通花徑，山僧共竹門。衆香疎別澗，群木積斯園。結搆資情性，幽清入語言。池分泉一脈，雲與石相根。臨水意俱肅，聞鐘聲不喧。巖巒私暝霽，氣候變晨昏。愈覺秋光好，維舟再討論。

過聶侍御

坐來俱不厭，良夜倍相傾。作客幾回醉，因君盡此情。月尋花底照，風愛竹邊聲。桃葉誰先得，長歌一送行。

自廣陵過白下

常時過白下，此度思偏深。忍對寒江色，俱爲秋露心。逢人論去住，厭客問升沉。偶渡秦淮水，月光處處砧。

客子丘宅時茂之在九江

別來經兩載，門徑只蕭疎。阿弟還爲客，知君屢念余。易煩千里夢，難寄九江書。最好梧桐月，仍能窗上初。

過胡彭舉見案上奇石

可見久入林，神情如古石。對石即安然，與之相疇昔。奇峰備各態，虚靈積青碧。焚香洗墨時，晦冥在几席。相過坐茗餘，玩之不忍釋。

歸吴門子丘送余江上對月

知子來相送，先留月在舟。半江凉樹動，兩岸露華浮。對面畏言别，餘情入夢求。吴門兹有約，楓葉待殘秋。

中秋與仲良坐月二首

月知今夜好，照出客邊身。寒思已先入，清輝應獨親。更殘無不静，情起自然真。試看疎桐影，偏多余兩人。

山水不窮秋，何須今夜遊。最能同月坐，且得爲君留。境寂始無盡，談深良有繇。紛紛歌管去，解識此清幽。

丘毛伯大行至得伯敬書時伯敬使齊約金陵相聚

得君來自好，且見友朋書。思入秋山遠，緘開楓葉初。期余過白下，奉使在青徐。滿目皆情事，悠悠江水餘。

與毛伯仲良夜坐分韻二首

別正思春草，兹爲秋暮人。行當前路半，情比故鄉親。霜氣判紅葉，雁聲來白蘋。知君不遑處，聊息此時身。

坐來何所事，但覺意能深。半載燕吴路，一時山水心。菊將芳晚酌，月正照秋砧。極目蒼然裏，明朝試共尋。

同毛伯集仲良桐雨齋賦題二首

果是來疎雨，高梧吹暮天。涼歸數枝碧，聲墜半林烟。積葉空堦下，翻風散帙前。尚留餘韻在，客思但凄然。

蕭蕭立庭際，誰可並高寒。倚石氣多肅，兼霜聲不乾。颯然來夜永，静且聽秋殘。轉憶清陰候，能同月影看。

九日同受之仲良登上方山

舟行餘十里，浦盡乃寒湖。歌吹先林末，壺觴塞路隅。山方登九日，俗可見三吴。樹色蒼茫去，波光遠近殊。沙痕翻藻荇，洲影落菰蒲。返照諸峰有，遥烟兩岸無。更留清興在，明月莫同孤。

夜泛有遇

忽登舟已晚，又值晚粧人。凉月愛相照，好風來獨親。聞歌别有感，含意似能真。况是凄寒夕，就中無限春。

菊夜二首

聲容猶仿佛，偶向望中來。月色不禁好，秋花能盡開。受憐心已滿，畏别夜偏催。更指簷前菊，他年何處栽。

盈盈菊一枝，同賞復同悲。欲了從人事，因多求友詞。朝雲纖有態，秋水遠含思。但恐俱他日，江州掩淚時。

訪趙凡夫山中二首

聞説住山好，悠然試一尋。有情魚鳥樂，無事水雲深。掃榻延清遠，閉門坐古今。與僧相似久，但未廢閒吟。

稍嫌知姓字，所托者沉冥。元氣護花木，幽光斂户庭。四時聊過眼，萬物自流形。無故邀猿鶴，焚香共聽經。

山中坐月

忽然蒼翠裏，露出一痕新。稍坐雲歸水，閒談月近身。疎桐寒入思，幽谷影相親。倘不同君看，清輝亦染塵。

月中歸凡夫送至山半

猶未下山去，月光應不殘。虫聲露後切，人影石邊寒。樹與群峰澹，烟含遠水寬。悠然情更甚，攜手再相看。

廣陵行答别仲良

新秋送我廣陵去，廣陵秋濤感秋緒。歸來月白花正黄，與君夜夜坐香光。幾回痛飲可代睡，就中總作别中事。大江木落凉舟楫，楓林如春寫顔色。君情與我誰較癡，有端無端方見之。於今送我即我意，江南江北鍾情地。休論衰草近迷樓，一片芳魂後先至。

那菴詩選卷八

閩中商　梅孟和著
景陵鍾　惺伯敬選

涉江篇

月夜至廣陵

江風吹月白，寒色自然增。昨日猶吳苑，今宵到廣陵。漁依汀影泊，露與葉聲凝。一宿芙蓉下，餘香入夢曾。

舟中曲

廣陵城外秋邊水，但見人烟水光裏。秋色欲殘如未殘，楓葉林林比桃李。此時暫息獻之楫，渡口垂楊露華裛。望中之子目中成，只聽香車聲緩急。昏以爲期真不遲，香燈寶炬紛參差。鼓樂淵淵間人語，椒蘭障裏春風吹。夜氣氤氳火光亂，歷歷衆星夜忽旦。兩岸樓閣閉復開，多少名姝捲簾看。維揚結束有佳名，態濃意遠步復輕。自知矜慎省言笑，忽然鶯燕如其聲。暮暮朝朝倚江渚，收拾百情歸一處。幾度移舟水上香，夢魂花際迷何去。是時良朋聚歡宴，隔舟歌唱疑深院。酒間洗研賦麗人，學吟半掩芙蓉面。屢命出拜羞不前，回眸斂睇生嫣然。士之有才女有色，從來未免受人憐。

舟中曉粧

却是朝霞映江渚，坐倚曉風故不語。自解烏雲墜地香，何限芳情見端緒。窗前鏡影涵素波，問郎去折花如何。

爲姚百雉題錢姬

君到廣陵遊最久，曰得佳人當良友。一幅冰綃寫素姿，却與肝腸俱不朽。麗情俠骨與文心，身不其中言不深。因君細想沉吟意，意在他年豈在今。

新寒

冬情自無限，初歷廣陵寒。淰淰雲何去，遥遥霜不乾。客身涵水氣，木葉動江干。物候疑南北，明朝渡豈難。

泊瓜州

復泊此江邊，江橫去路前。歲寒人事動，夜月客情圓。潮落洲深淺，風從葉後先。維揚猶可望，言念已悠然。

曉起渡江

忽失烟霜氣，朝暉江上平。峰從一水静，帆向片時輕。遠樹分波影，征鴻遇葉聲。紛紛人語響，已近潤州城。

京口逢子丘同居易至

久暫亦云别，相逢俱不期。江頭風定處，京口月初時。豈想能同至，應堪慰遠思。菊花零落盡，楓葉未爲遲。

丹陽舟中同居易子丘看月

君來月更好，安得不同看。縱有清霜色，渾忘今夕寒。深論吴楚事，且共友朋歡。餘興休輕盡，當思此會難。

毘陵有訪不值

許多尋訪意，别自有閒情。知子非深避，開門説遠行。波凝紅樹色，雁在夕陽聲。若使俱今日，何須識令名。

雨泊梁溪

常時經此地，山色便相過。不意今宵泊，惟聞寒雨多。溪聲分與樹，林葉脱從波。偶倚燈光坐，蕭蕭客思何。

至吴闕同居易子丘晤仲良

二子俱君友，兼之弟與兄。雖然遊興好，當念遠來情。葉正紅秋色，霜將凍水聲。待余居已僦，分得主人名。

僦居吴門柬仲良

前日留官舍，今朝僦客居。忽添家室累，豈曰友朋疎。桐徑藤蘿厚，鄰園木石餘。何期寒月好，正照一窗初。

寒夜受之仲良過集所居

客路爲家可閉門，良朋同到坐黄昏。庭除葉厚因通徑，竹木霜多尚有園。僦得前山爲遠對，携來片月照清言。依稀不覺冬將半，雪色梅花事復存。

至日魏士爲鄒臣虎過訪小集

節物成冬候，冬情幾度增。有家仍是客，今夕喜高朋。草榻寒依火，鄰池月上冰。談深應易曙，夜永亦何曾。

夜别魏士爲同子丘居易往吴江

安得不言别，臨行意自遲。路經楓落後，帆指雪深時。朋好寒相着，王程緩有期。夜殘舟共發，孤月正江湄。

同受之仲良重訪趙凡夫山中

秋光尋未了，復到此巖阿。水木還如故，烟霜看獨多。鐘聲隨客滿，潭影厭雲過。可見心俱澹，頻來就薜蘿。

訪受之宿雨湖上

別君無幾日，亦復去尋君。薄暮愁難進，奇寒積未分。波痕深送雨，山色斷爲雲。宿處依鴻雁，聲聲夢裏聞。

顧所建至

爲期亦已久，底事及嚴寒。一水因君遠，殘冬向客難。情偏依雪色，月正照江干。報與梅花説，明朝始徧看。

送所建爲尊人進香天竺

何事衝寒去，言從天竺山。雪中俱佛想，雲半乃親顔。暫向梅花別，先期柳色還。吴門春更好，待子石湖間。

聞伯敬舟沮時余將往白下二首

幾度招舟往，舟行是復非。人傳河已凍，君倘路堪歸。寒色隨風感，冬心入樹微。近添新眷屬，出户每依依。

去年論此日，北去雪霜深。縱有別中事，能無同是心。君寧違啓處，誰可共登臨。但恐先相待，悠然已不禁。

答寄

尋君君未返，別乃見君詩。即此沉吟意，俱爲語默時。月分吴苑夢，梅發白門思。喜值秦淮雁，臨風寄所知。

答別仲良之白下

復作白門客，依然此歲寒。頻登舟楫易，兩別友朋難。月向閨中照，雲從江上看。今朝非昔者，風雪事多端。

欲速每遲遲，不言君蚤知。秣陵思友路，茂苑有家時。冬氣夜添厚，客身寒所宜。此中如故土，卒歲且相期。

得家信

不慣聞烏鵲，今朝忽有聲。可知來遠信，亦自見慈情。鄉夢依山水，天涯尚弟兄。一時閒望處，波與暮雲平。

寒夜鄉友過吴門小集

訪友固常事，更分尚扣門。亦能從薄飲，自不廢清言。坐乃依殘臘，情多及故園。且收餘興返，明夕月猶存。

伯敬已至白下遣信相促

吴門舟繫處，白下使來時。書果冰霜色，情寧寒燠詞。昨宵應有夢，去路乃無疑。莫以能先至，何曾愆所期。

答姚君佐

知君懷抱處，字字可沉吟。未見猶同賞，相逢能不深。交先施古道，詩即寄冬心。轉借梅花信，寒香共入林。

試别詩

從來不識别，試之情太亟。脈脈幾晨昏，忽忽在頃刻。風雪閉門深，細語行不得。今朝堅所期，輾轉喪顔色。含淚凝不垂，言詞尚粉餙。撿出篋中衣，楚楚余筆墨。白門去不遠，路疑千與億。便欲囑歸來，低頭復自默。余行弗忍顧，威儀乃是力。有友俟路隅，曰送河之側。送余何所云，云余誠好德。

吴門别仲良同子丘居易登舟

水色一寒天，江流到客前。交情能自好，歸約向誰堅。路背吴關去，臘殘楚友邊。預知難久别，風雪各凄然。

寒雨

冬深寒可知，一雨復何爲。樹與林相失，煙從水所之。煮茶多蓄火，洗研礙流澌。且掩蓬窗坐，閒談得此時。

丹陽道中遇雪二首

雨終仍見雪，無奈此時行。百里丹陽道，殘冬白下情。雲天衣上近，神骨樹邊清。遥望平原處，風來江水聲。

莫以臘將殘，紛紛路上看。情爲一片素，身在四邊寒。村樹影無着，林鴉聲不乾。每思來往易，此度客應難。

晤伯敬

别來寧忍别，相見意何如。不盡燕吴事，仍同冰雪居。愈知朋可樂，從此興能餘。誰識兩年裏，依依共歲除。

遣信返吴門移家白下

白門難遽别，遣信當歸身。客且寄餘臘，家須移蚤春。行邊風雪厚，宿處友朋親。計到秦淮日，江頭草色新。

寄仲良

與子臨行約，歸來共歲除。那知殘雪候，仍寄秣陵書。戀友情俱足，移家事轉餘。明春一水下，好在百花初。

清凉寺訪謝耳伯

此時猶古寺，客思復何言。且自理殘歲，知君懷故園。禪房留一寂，雲樹獨相存。明日春光裏，尋僧再扣門。

除夕客林子丘茂之家

念此兩年事，燕山與秣陵。歲除俱遠道，南北乃良朋。密坐歡多酒，餘情照一燈。與君宜到曙，鄉夢恐相仍。

那菴詩選卷九

閩中商　梅孟和著
景陵鍾　惺伯敬選

邃閣篇

元日集雞鳴寺塔下亭

白門春復始，勝事亦同新。草木有靈意，湖山來遠神。逢僧談不俗，得友興方真。覽盡亭將晚，烟光至客身。

攝山道中

風日不期好，欣欣共出城。湖從山掩映，雲與樹流行。吟想心難暇，幽深趣獨成。松間兼竹裏，蒼翠屢相迎。

宿攝山僧房

山中夜彌静，燈影一窗明。細論惟幽事，閒眠得遠情。簾間横竹翠，枕上進松聲。忽忽疎鐘動，烟雲氣倍清。

山中曉起

何時山不可，早起更無窮。元氣清幽裏，衆聲寥落中。開窗雲欲去，近樹露相蒙。便有僧先至，茶香在曉風。

明月臺

片石幽光内，清虚似月來。鐘聲隔風露，峰影静莓苔。江上雲常過，林間花自開。閒情依夕照，木末尚徘徊。

疊浪巖

雖然林畔過，却似澗邊行。無限深松影，俱涵流水聲。嵐烟浮欲動，蒼翠濕能明。且倚藤根坐，俄驚風浪生。

天開巖

山好太靈奇，非常情所知。巖扉開閉處，烟霧去來時。泉界空中翠，松寒石上姿。微哉丘壑理，天恐費精思。

白鹿泉

澹澹石邊明，淵然如有聲。幾時逢鹿飲，一酌覺神生。只映藤蘿寂，常涵鐘磬清。梅花開未了，香與壑中盈。

登絶頂

人情慕高遠，是以到峰巔。洗耳松泉近，置身烟霧先。春來林上氣，徑接樹間天。向晚猶閒望，江空返照前。

贈蒼麓老僧

幾得來相見，還能接後生。烟霜亂鬢鬢，泉石養聰明。閱世已多故，住山真有情。可知心不係，與衆一將迎。

贈凡公

半生悲落魄，今日得稱師。峰頂栖奇絶，世情忘險夷。風霜眉上色，吴楚口中詞。不是春遊見，青山閉歲時。

攝山歸過靈谷

昔者曾遊此，於今已再來。春泉依澗響，寒雪待梅開。翠與鐘聲入，香先茗色催。有僧林下問，道自攝山回。

春日訪華林園

蕭蕭嘶馬處，道是古華林。今日烟花異，前朝風露深。河流一帶白，山色兩峰陰。極目垂楊裏，春情入客心。

過天界善權菴

已是多年别，依稀昔日容。人情寄青草，春色在高松。代酒有新茗，談詩及晚鐘。休愁歸路遠，明月乃相從。

吴門家至

客裏仍爲客，家時却憶家。情邊愁稍寄，身外累彌加。聊與春多事，依然天一涯。青溪居已僦，先種杜鵑花。

集別伯敬居易

登舟屢不欲，真可見君情。一日分吴楚，何時復弟兄。花能留晚色，鳥漸好春聲。嘆息兩年事，悲歡迭送行。

送鍾子江上沮風舟宿

不忍到江湄，難看新柳枝。得寬今日別，最喜是風遲。山水情何極，冬春事可知。以君便東下，未敢甚傷悲。

看鍾子發舟

對面果然別，臨行復有違。定看舟穩發，方是我旋歸。目極江風好，心因帆影微。此時見楊柳，離緒各相依。

邃閣雨後看月

早起落寒聲，何期得晚晴。微風尋樹入，好月出波盈。暝色忽如洗，殘香漸欲行。閣中朝與暮，情景已相更。

答仲良

仍有白門事，臨期屢不行。冬春離聚意，江水往來情。夢過落花候，詩多求友聲。青溪楊柳色，望到闔閭城。

春晚邃閣偶題

閒看春色過春天，閣倚青溪自邃然。峰翠每臨粧鏡裏，林香不散研池邊。聽殘鶯燕花先落，倦掩圖書柳亦眠。獨怪諳詩偏少婦，日來吟詠坐簾前。

至吴關與仲良坐雨二首

見即同怡悦，渾忘風雨聲。庭花猶惜別，徑草解相迎。但覺清言合，彌令勝事生。佳山與良友，併入此時情。

尚記雪中語，無深戀白門。一時驚易別，半載自難言。與友厚斯道，因君遲故園。相看離聚意，且復共晨昏。

五月二日雨集津亭得青字

蒼蒼者竹木，幽思積斯亭。墻外雲過水，尊前雨背汀。花期嗟久別，蒲節喜將經。多少遠山色，冥濛未辨青。

避暑虎丘僧房

入山雖不深，當暑氣沉沉。明月空池水，長松覆石陰。閒看俱物態，無事即禪心。聊與茶香坐，微風過竹林。

僧房值岳石帆先生至

獨坐閒房晝亦扃，忽聞人語啓疎欞。老僧自解傳名姓，先達因之識典刑。貌似鼎鐘真太古，神栖木石故虛靈。踟躕未忍登舟去，携手山門烟樹青。

枕上聞蟬

向曉何曾是暑天，殘鐘未了偶新蟬。依枝抱葉居林半，咽露吟風到枕邊。徑路晨陰僧共語，窗延清籟客堪眠。此時思入秋聲裏，滌盡煩心轉寂然。

虎丘爲仲良題畫

禪房掩山氣，烟雲候起止。筆墨意彌幽，竹間栖絹紙。竹色深映之，澹爲半林水。木石凝精神，峰巒一魂裏。中有太古士，寂寂坐如此。與之同卷舒，萬物歸静理。

雙童拜月歌爲范長倩督學賦

雙雙童子换粧束，花欲似人人似玉。嬌歌艶舞燈燭時，四顧相傾情屢足。襟袖乍展亂聲香，吴娃掩面羞無光。忽爲姊妹深深語，語在曲中曲何處。離合之際悲喜間，精魂一往不知還。自是關情看不得，别有聲聞與顔色。

舟晚

何爲舟可晚，乃是雨初晴。凉氣林間動，暮天波上平。樹藏殘照濕，鳥在薄烟聲。極目疎楊裏，漁歌亦有情。

泛雨虎丘同黄元幹

兩岸樹爲秋，凉生水上流。與君聊載酒，雖雨亦登舟。野以津梁斷，林從烟霧遊。悠悠笑語外，啼鳥共深幽。

虎丘别僧返白下

一徑綠萋萋，輕烟與葉齊。忽同僧説别，無故鳥先啼。去路未嘗遠，閒房失所栖。虎丘橋下水，相對已青溪。

雨宿吴關答仲良

因君聊宿宿，木葉過江秋。今夕吴門雨，明朝白下舟。柳知情所係，烟與水同流。不謂方期月，蕭然復去留。

入門

入門生百感，因悔出門非。花下深情立，風前細語依。念兹期月别，懽當十年歸。無故詢饑渴，回頭淚滴衣。

七夕真珠河作

當兹牛女夕，凝望甚分明。偶映珠河白，寧殊銀漢清。驚心聞葉冷，遠思與秋盈。斟酌今宵事，涼風感此情。

月夜看秋海棠

入秋新得月，含意坐清輝。頓使花添色，渾忘露濕衣。相看俱的的，不語自依依。轉覺涼風好，香分帳裏微。

見烟姬病中臨鏡

默然何所感，自惜可憐身。意向花前減，愁從鏡裏真。奄奄無限事，脈脈有餘春。細語深相慰，當思病後人。

强起看月

猶惜臨窗月，徘徊起一看。衣驚露下重，神入鏡中寒。花影立無定，虫聲聽不安。常時學飲酒，底事半杯難。

悼楊烟

未圓一載事，兩閱半秋光。貌與花同落，思因水獨長。香魂來鏡影，蘭氣積衣裳。猶記深深囑，君家是故鄉。

邃閣望新月

既同新此月，底事不同看。昔映峰頭翠，今添閣上寒。却從繁露墜，未及半更殘。簾外蕭疏柳，凄然照未乾。

月下見秋海棠感賦

月與花如故，人胡不似之。悲歡同一照，榮落感斯時。顔色昔相比，清光今爲誰。客中無限事，未敢動情思。

仲良以書相慰兼使事將滿招返吴門

南來多少事，不覺盡於斯。所寄書中淚，俱爲意外詞。君當返使日，我正憶家時。從此吴門路，傷心説向誰。

答茅止生

豈能堪此際，惟子肯相存。夜月寒蒼嶺，秋烟散白門。情宜生死一，友感語言温。回首青溪上，鳥啼霜滿園。

别友青溪遂題邃閣

且同朋好别，别事莫深言。即此青溪色，俱消白下魂。枯楊猶雨露，虚閣異晨昏。矚目踟躕意，蕭蕭一閉門。

那菴詩選卷十

閩中商　梅孟和著
景陵鍾　惺伯敬選

楓落篇

紅葉吴門賦

紅葉映江微，江寒葉葉飛。秋光雖澹泊，霜氣更芳菲。野燒看相似，林花落已非。故園舟倘發，春水送將歸。

舟中逢阮堅之計部

兩載復相見，依然南北心。烟波江上坐，楓葉月中深。共語積清夜，孤愁横遠林。一從燕市别，念念到於今。

過吴門舊居

僦居懷昔日，閒步偶斯時。寂寂到門晚，悠悠行路遲。鳥聲聽有感，桐葉落堪思。不及鄰僧好，忘情任所之。

重陽前一日泛舟石湖

雖得此湖光，客情非一方。歌聲聞洛洛，樹色去磬音。

惠山園集別仲良

依依亦何故，此意自難疎。且向林園集，將分冰雪餘。泉聲松處滿，歌吹月中虛。更囑君留此，前途殆不如。

廣陵送別仲良

一歲有餘事，三秋欲暮天。王程霜露下，客思夕陽邊。道必求終始，交須論後先。維揚江已北，寒色倍凄然。

昔同君過此，今別事宜難。目極帆檣遠，夢依江水寒。交情宜細閱，攜手已長嘆。只把菊花贈，深秋不忍殘。

雨中柬茅止生

乃是客寒處，偏來風雨聲。向誰生別思，念子有深情。吟苦秋彌重，心煩夢屢更。正看紅葉好，零落遍東城。

爲止生挽陶姬

君情良未已，已矣美人何。竟與落花去，難看芳草多。眉殘墳上月，目逝水中波。從此西陵路，春風不忍過。

答林子丘

莫以空歸去，客身道路輕。寄書離合事，念子往來情。雁斷烟霜色，秋深木葉聲。別無堪説處，惆悵尚蕪城。

得譚友夏寄題楊烟墨蘭

每向美人前，思君隔吴楚。是以寫幽蘭，爲余先寄汝。雖未見顔色，亦聽人言語。惜哉秋露傷，花落在江渚。淒切讀君詩，輾轉發前緒。筆墨有餘姿，美人不可與。但恐沅湘靈，引之魂來去。

答張夢澤先生

客心落葉裏，歸路豈能遲。半扎[一]感相慰，片言成獨知。飄零誰肯問，拙訥尚何辭。重晤應他日，遥遥寄夢思。

得劉特倩書時待余京口不值

曾向楓橋問，人傳在潤州。前期緣客改，後晤爲君留。殘夜夢相倚，隔江寒獨愁。且余歸不遠，門外再維舟。

渡江别施沛然

堪兹風雨寒，送我發江干。昔日往來易，今朝離别難。世情深莫論，客思甚多端。一路衰楊裏，舟行不敢看。

雨宿京口

[一] 扎，疑當作『札』。

天寒河水落，宿宿在空州。稍得半江雨，能行連日舟。亦知添寂寞，庶可免淹留。明發片帆裏，應先別潤州。

梁溪舟雨寄鄒督學

冬來無不寒，歸思豈能寬。風雨相催亂，林園再到難。非愆長者約，爲報客心殘。明歲經過處，淹留固所安。

生日客半塘寺

摇落冬將半，我生當此辰。每憐爲客久，亦自見僧親。跋涉成何事，飄零乃往因。家園無限思，幸得是歸人。

半塘歌贈陳姬

半塘寺前霜未終，霜與葉聲爲寒冬。訪友忽見麗人容，片言相感心相從。抱琴拂拭彈不語，兩魂接入凄然處。無端長嘆説一聲，世上無人知此情。

虎丘月下逢宋幼清即別

獨客月何爲，寥寥一對之。與僧隨所至，得友豈須期。霜色逼松徑，鐘聲滿石池。坐來心可見，因悔訪君遲。

虎丘夜别

依然難别處，今夕别其中。幽語窺殘月，愁心切斷鴻。花間知有夢，琴上竟無功。且與清鐘散，餘情寄曉風。

過錢受之賦此題壁

何限鄉園意，因君却緩歸。交情深古道，應世入禪機。木石閒多韻，琴書對亦微。所期雖遠事，離聚每依依。

肅肅門庭裏，清齋留古今。情温冰雪下，談極燭燈深。好學知良友，吟詩見夙心。只緣驚歲晚，未□□□□。

失題[一]

[一] 此處底本原缺一頁，此詩缺標題及前半首。

鳥虛無裏。回眺烟波上，蒼然與天倚。忽忽人語聲，湖爲城所止。

同受之津逮軒看月

月在霜中素，客即月中心。寂若鑒幽緒，與之歸沉吟。群動共一光，木落不能陰。静後忽爲響，切切來寒林。語向葉聲下，月更隨聲深。斯月即良友，清輝惟我尋。

題受之津逮軒

雖然城市即山居，纔理清齋木石餘。除却高僧誰是伴，只容孤月照圖書。
山中常醉遠公酒，泉畔時烹陸羽茶。更有蕭疎三畝竹，人人道似子猷家。
既許鶯花來次第，何妨門徑且凄清。栖栖禮佛衹爲佞，寂寂焚香亦有情。
山水既能爲性命，文章聊且托園林。閉門更了羲農事，坐臥無言萬物深。

與受之同舟至胥江夜别

何期今日别，乃在此江關。暫對篷窗宿，忽分霜月還。目中爲遠道，天際自寒山。落葉歸離思，蕭蕭聲未閒。
臨行屢相約，來必及春明。即此踟躕意，俱爲夢寐情。烟霜千里重，歲晚一身輕。不忍聞江水，凄然是此聲。

胥江曉發

木落雁聲空，舟行宿霧通。故鄉離夢裏，歸思大江中。吴越連烟水，山川隔曉風。兩年多少事，回首意無窮。

范鴻超庭前舞蛟石作短歌

初見君時説此石，却似幽人栖隱僻。今朝訪君石在焉，石忽爲主余爲客。造化靈奇太無故，變幻石影作蛟舞。階前樹影澄碧波，凄凄之聲乃烟雨。余細撫石石有情，縱使爲蛟亦不驚。

武林邸夜

暫止武林夜，程途計故鄉。烟青出墻竹，月白過樓霜。歲晚情難住，湖山夢易長。蕭蕭閒坐處，斟酌伴清光。

過吴伯霖江園

既能江上住，況有此林園。纔别即三載，相過且一尊。寒花半墻色，霜葉滿籬根。亦是堪留處，歸心不可言。

錢塘發舟

北風吹夜夜，未免此歸舟。客思帆前發，葉聲江上流。曉看烟半岸，潮落水分洲。更惜蒼然去，峰巒不可留。

次富陽

且依殘照泊，尚未遠錢塘。帆與石相抱，山爲城所藏。寒風來報雪，汀樹去含霜。回首武林路，悠然江水長。

微雪宿釣臺下

冬行難免雪，偶在子陵灘。乍落氣先積，未消光已殘。水聲流往古，山影倒清寒。不見垂綸者，凄風吹釣竿。

蘭溪泊雨

朝雨故難情，寒溪同一聲。蓬窗坐無事，筆硯理閒情。隔岸依漁泊，旋風捲葉鳴。此時鄉思裏，何以免淒清。

舟霽

蚤起得新霽，舟中亦豁然。灘聲停樹杪，松翠滴帆前。寒鳥翻溪日，疎林直曉烟。更看梅發處，情在故園先。

發舟看梅

愛茲風日好，信步到溪邊。忽與梅花值，偏開客思前。香疎半樹雪，影過一林烟。若不登舟看，枝枝閒可憐。

舟淺

冬深溪水落，去去上流難。縱以風爲政，依然船在灘。暮山情眷戀，霜葉思凋殘。遥指前峰宿，蒼然一片寒。

次江山

正當舟晚處，將及水窮時。到岸客心止，近城人語知。峰巒依竹静，山徑入烟疑。借問偕行者，明朝主向誰。

清湖客邸

柴門臨水側，迎送半閩人。偶爾宿今夕，因君寄此身。溪聲入座古，鄉語隔山親。那識十年裏，經過此度新。

度仙霞關

到兹閩浙地，水石忽平分。衆壑奔相赴，諸林寒可聞。情懸歸去日，目亂往來雲。念此峰之末，寧殊鳥鵲群。

山行微雪

今朝行不覺，已入萬峰間。雪色初連樹，竹陰猶在山。輕霑苔徑滑，更益路途艱。尚有寒谿水，聲聲與客還。

雪霽

晚晴朝必霽，路上各欣然。日影行疎翠，泉聲蕩宿烟。客愁隨臘盡，樹色返春前。從此家園近，心依鄉語邊。

浦城舟中

城□□登舟，寒依溪水流。故鄉冬樹好，歸路夕陽周。石止水能立，林深雲獨遊。家山無限意，何事太淹留。

延平小集

入城欣掃榻，雖客亦吾家。竹引峰頭水，庭栽石上花。盤餐殘臘易，茶笋四時奢。試説燕吴事，應知天有涯。

那菴詩選卷十一

閩中商　梅孟和著
虞山錢謙益受之選

種雪園

到家

萬事到家初，堪兹歲欲除。庭闈多喜懼，物候只蕭疎。徑裏添新竹，樓中仍舊書。此時冬釀熱，留客但園蔬。

春曉樓居

清曉坐春聲，樓前無限情。遠山青不去，新柳碧將成。閒覺一身好，静知羣物生。隨時領花鳥，難料是陰晴。

答贈林廷尉

摇落於今乃故園，新歸猶未及寒温。半生獨往成何事，長者相期只一言。品貴漫云逢世拙，官貧轉覺此身尊。芳時正好氤氲坐，但恐殘春又白門。

花朝過蘿山寺

春光深此寺，遊覽值花朝。鳥語松間積，茶香竹外消。半林行塔影，一徑落山椒。亦是芳菲日，閒情寄寂寥。

春雨

同是此春聲，偏殊聽雨情。叢花翻不笑，時鳥忽悲鳴。烟際飛難辨，檐前滴復輕。閒看芳草色，隨意緑邊生。

題畫

無故閒房生烟霧，畫出溪山半村樹。碧波芳草積落花，多少垂楊拂春暮。於今正是三月時，此身入畫人不知。忽聽鳥聲隔一紙，飛來便欲投畫裏。坐久東風四壁吹，溪山欲動樹參差。

寄贈武夷隱者

山中有一人，舊是出山身。閱世已成隱，閒雲能不親。林泉成結搆，花鳥養精神。便欲尋君去，同遊九曲春。

蘿山訪僧不值

每思白下别，兹地得相尋。徑入苔痕寂，門關樹色深。烟邊殘磬過，竹裏落花沉。佇立空堦望，孤雲同此心。

陳汝翔作楊烟傳詩以答之

憐才即憐色，爲我惜佳人。寫出如生面，看來是後身。事因文可紀，情與貌俱真。忍向頻頻讀，林中花不春。

過徐興公紅雨樓

相過忘掃徑，花竹各欣然。久客見爲好，暮春情可憐。鳥聲紅雨後，樓影翠微先。坐到林中静，閒談出晚烟。

夢趙仁甫

仁甫予忘年交也，丙午至今，依稀十載，死生相别，耿耿於懷。因夢而賦詩焉。

漠漠知何處，依依空復情。偶然栖此夕，仍得見平生。隱顯林塘意，幽明花鳥聲。十年多少事，欲語轉凄清。

出城同趙十五

風日殘春裏，閒情更幾何。朋堅擕酒約，鳥且出城歌。新草碧無盡，前峰青已多。郊行心自豁，稍暇莫蹉跎。

送林廷尉之延平二首

韶光能幾許，未免到延津。花鳥向前路，家山存故人。雲行非遠態，草長有餘春。聊與東風去，含情溪水深。

故鄉應稍别，所惜者春天。一水輕來去，百花落後先。爲官貧太速，訪友約難愆。但恐多風雨，蕭蕭驛路前。

移竹

雖然數竿竹，移影復移聲。聲影竹不受，蕭蕭風月清。

烹茶

茶如山中僧，烹時僧已蜕。若論色味香，即是戒定慧。

洗石

石與水剛柔，亦復同清凈。觀此洗滌時，已得石情性。

栽松

栽松雖今日，對松如古人。清影落明月，空堦惟此身。

答林廷尉應試南畿二首

此時宜有別，説別感相存。芳草仍前路，閒花只故園。致身非異事，知己自難言。試看長林裏，無營能閉門。

計今三出户，送送愧何如。窮達豈無故，情文克有初。身知宜木石，志恐辱詩書。極目秦淮水，東風柳畔居。

過韓衡之晉之

亦多兄弟裏，惟汝最稱難。今日成良晤，别時自永歎。閒談憐夜好，對酒畏春殘。尚有餘花在，持杯就樹看。

讀湯義人朱欝儀寄家君壽詩賦謝

知子應知父，爲余慰遠遊。片言情可見，千里氣相求。遂憶臨川月，儼如章水秋。焚香開卷處，道與古人謀。

將之白門留别諸友

到家纔兩月，又是出門時。目與友朋遠，心猶鄉國悲。踟躇緣客返，向往亦人爲。試看河邊柳，秦淮共此枝。

雨宿江園

爲園恰好在江邊，暫繫孤舟山水前。信宿正當殘雨候，遠行仍是落花天。看來烟樹同千里，從此春光又一年。無限離情南自北，留人柳色更依然。

登舟

無奈此登舟，凄然江水流。鳥能言語送，花借色香留。自是空名束，非關遠道遊。依依垂柳外，烟日共離愁。

次嵩溪

舟行方三宿，客思未能閒。積雨添新漲，餘雲尚晚山。親朋將酒至，僮僕帶書還。多少離家路，庭闈在夢間。

延平舟中送春

舟行未免過延津，山色溪聲乃故人。昨夜尚聞三月雨，今朝已失一年春。僧家乞得巖茶蚤，僮僕能供埜笋新。便向此時成别緒，憐余仍是客邊身。

建溪宿陳無美署中

真率仍如昨，微官奚爾爲。建溪今日晤，燕市隔年期。竹裏生餘論，燈前慰所思。雖貧猶醉客，還是孝廉時。

再度仙霞

忽忽來茲再度關，今年猶憶去年還。試看初夏濃陰裏，豈似殘冬寒色間。鄉思臨風應盡發，客身前路未能閒。兩邊烟景峰頭隔，忍見歸雲在晚山。

訪方孟旋不值時在湖上

安可不相尋，苔痕遠徑侵。客猶延竹色，朋已在湖陰。未了別來事，彌堅後會心。青青溪上草，含意自能深。

謁嚴先生祠

富春山比衆山明，山半荒祠俯水清。果以孤高堪傲世，淺之貴賤示交情。烟雲自古能生色，木石於今亦令名。却是前朝赤松子，豫將此地付先生。

莫以遺文説古今，奇人奇事再沈吟。星辰天上應先識，魚鳥江邊且獨尋。愈見英雄難自下，秖於山水寄情深。細論當日茅檐裏，光武先生共此心。

江晚

衆山横水色，薄暮更蔥然。峰掩過江日，波摇寫岸烟。鳥聲投樹裏，帆影墜風前。將及錢塘路，潮來動遠天。

吴伯霖聞子將招南屏竹閣

期得涼風至，同游古寺間。客情無不淡，暑氣忽然還。有竹堪藏水，因霞始辨山。更遲峰頂月，深照閣中間。

再過岳石帆

雖然别兩載，只是隔三春。客縱忘來去，公能問苦辛。論交深有感，好學始相親。多少秣陵路，仍爲不遠人。

那菴詩選卷十二

閩中商　梅孟和著
虞山錢謙益受之選

吴吟

吴門宿雨

暑雨從吴客，客身何處安。新流迷岸易，薄暮繫舟難。樹色藏爲氣，鐘聲聽亦寒。垂楊深一宿，江路任漫漫。

同友人過劉冲倩

吴門來幾日，寂寂此園林。見即余相勉，情如君乃深。晚風先木葉，涼氣下庭陰。便是山中坐，清虛豈遠尋。

夜至錢受之家共賦志喜

臨別約芳草，到時將沮暑。晚色俱入門，燈光照言語。盻予屢晨昏，人與春延佇。命酒坐竹聲，艱辛慰修阻。深衷獨勸勉，披豁展多緒。欲行自不行，須臾亦儔侶。半榻墜殘月，清輝心處所。

同受之往破山寺

好山宜久住，暫到亦清緣。出郭無多路，諸林生遠烟。松疎潭影上，僧候鳥聲前。轉入幽深地，羣情已寂然。

僧房坐雨

僧渾忘暑氣，雨故作秋聲。頓使客添寂，泠然事轉清。香中殘磬落，烟際一燈明。竟日禪房掩，彌深水石情。

破龍澗同受之觀水

寺傍通遠澗，昔者破龍名。昨夜峰頭雨，今朝林上聲。瀑分空翠落，石與水雲傾。來往飛湍裏，風波無世情。

觀受之洗石澗上

洗滌氣蒼涼，幽奇山不藏。可知心遠净，應見石文章。澗樹澄爲影，巖花淡有光。一時丘壑理，靈變已無方。

薄暮同受之洞師坐龍澗

臨流同晚坐，神在澗邊清。落日歸山色，殘霞照水聲。苔生松際厚，翠積石邊明。但覺羣峰裏，青青接此情。

僧房夜坐

虚房坐無事，戀戀者閒雲。四壁静爲響，衆山凉有聞。燈前深語默，身外具情文。即此渾忘處，於僧何所分。

題畫贈僧

尋常寫其情，爲師寫其性。烟雲片楮間，山水澹然映。人與石忘言，澗聲流不競。無物萬物生，精理能未竟。請循素之本，與師歸一净。

别洞師

敢以情相别，别情亦有存。難辭當世事，幾得與師言。古澗送清響，蒼松觀定根。前途閒可寄，自不是寒温。

山寺别受之

去住原非一，憐兹山水中。且依禪意澹，自是别心同。古樹露微月，輕舟從遠風。臨行言語贈，切記在余衷。

自虞山至梁溪

虞山之水半爲湖，一日梁溪客意孤。帆影浮沉涵草樹，波聲遠近入菰蒲。頻詢前路迷猶去，偶得荒村到復無。最是舟行殘照裏，寫天蒼翠盡荆吴。

至白下同友坐雨

到即逢多雨，因君意稍寬。茶香半林晚，桐洗一階寒。語入琴書潤，情於筆硯安。就中閒可對，閒事了應難。

移居高座寺逢友

新晴當驟暑，野寺稍能清。無事領禪意，閒談得遠情。好山開晚翠，時鳥出烟聲。最是悠然處，移來月倍明。

天界寺訪善權菴

寧殊僧舍裏，到此倍能幽。一徑竹風遠，滿林松翠流。陰先藏永日，濤欲響新秋。相訪亦何事，忘情自去留。

訪友

來茲門可閉，相訪慰離羣。意且閒斟酌，談多新見聞。松風樓上得，香霧寺中分。更有梧桐月，清輝喜共君。

瞿元初何季穆至

禪林何所有，待子以松聲。偶立濃陰厚，相過暑氣清。交游關世道，真率任時名。明日新秋至，應知同一情。

秋夕集馮茂遠秦淮閣

虛閣受新秋，簾前秋水流。輕烟辭樹遠，凉月礙人遊。香氣來深淺，歌聲戀去留。更殘猶可對，柳底尚孤舟。

泛秦淮

秋山倚秋水，薄暮澹相宜。柳底顔如許，尊前月映之。歌翻簾影動，風與院香遲。多少遊人意，紛紛共此時。

看月新桐館

人同秋月好，今夕且相看。桐葉來新水，羅衣吹薄寒。光從露影厚，醉向樹陰殘。俱是含情處，依然欲語難。

試畢暫住蘇州

白門何限事，含意過蘇州。夢裏秋聲入，行邊晚色留。露凉先到客，月澹自登舟。忍向楓橋外，吳歌切遠洲。

愆期

蓄盡相期意，來茲却不然。秋容空有着，夜夢更誰邊。仿佛他年思，凄涼今夕眠。最難堪好月，深照客衣前。

過受之

此時仍訪子，落落豈前心。事外聊疎放，胸中試淺深。秋聲從遠韻，菊意待幽尋。且復同斟酌，月光正入林。

蕉窗雨下同受之賦

蕉葉來秋雨，雨與葉俱水。寒碧爲聲光，身在緑波裏。焚香對坐之，百情此中止。静見文章魂，細及巖壑理。萬物固已遠，世情失所以。

招舟白下

兹行仍白下，秋水此時生。但覺身堪厭，難看月太明。聊憑真率意，未免往來情。最是愁人處，江干葉葉聲。

包鳴甫遣信吴門賦答

堪兹摇落後，獨雁過長洲。草草别君去，聲聲慰客愁。江花依白月，山葉墜紅秋。歸路宜相訪，門前一繫舟。

秦淮泛月

月與水盈盈，登舟多夜情。琴尊談有緒，霜露聽無聲。山影柳邊動，客魂波上行。三秋深此夕，百感酌還生。

淮上園居

秋光倏已晚，落落閉門深。木石俱無事，山僧是此心。雲寒多覆水，鳥倦每投林。賴有階前月，中宵惟我尋。

送友人還家

日説可同歸，臨行事復非。送君見秋水，念我遠庭闈。夜白江成月，葉紅霜滴衣。獨憐衰柳色，相對發舟稀。

九月二十日園雪

白門多見雪，昨夜乃冬前。凉氣變窗外，踈光過枕邊。寒威先有候，木葉下孤眠。早起疑殘月，空堦照寂然。

施沛然林子丘登雨花臺過弔小姬楊烟墓同賦是詩

一丘臺畔草如烟，已過落花事惘然。去歲催妝今酹酒，數聲啼鳥晚風前。

客裏

客裏愁聞秋氣深，且將寒菊共沉吟。蟲聲不解羈栖意，木葉猶爲零落心。歸去未能逢雨雪，病來偶爾托園林。凄凄燈影無人事，照入鄰家半夜砧。

病中王忘機同武燕卿至

本來飄零候，胡爲君獨親。且能將遠友，屢問未歸人。病已殘秋色，寒先上客身。床頭還有菊，相對意俱真。

鷲峰寺訪武燕卿不值時燕卿北上，余欲南歸

每托禪房裏，相過殊不然。僧云歸兩日，我别恐三年。去住俱行色，升沉亦往緣。他時應再晤，未必白門前。

移居僧房

病餘情事減，野寺勝林園。僧好意相得，朋來詩且言。焚香天地静，閉户古今存。若使歸心息，渾忘是白門。

同友人夜坐僧房

寂寂思無方，因君開竹房。談偏深夜色，行且坐燈光。霜下含羣動，龕前至一香。欣然俱不覺，殘月已微茫。

答别施沛然

寥寥何所事，歸路屢移期。今歲偏多病，嚴冬行獨遲。已深論客苦，彌長閉門思。且作尋常别，余心君所知。

舟至燕磯宿弘濟寺同侯藎夫林子丘

江上即山寺，相尋寒樹中。深思兩載别，且得一宵同。晚入峰頭色，潮從窗外風。我南君向北，悲喜語難終。

廣陵至日

何爲逢至日，今歲又他鄉。久客寒相近，嚴冬夜獨長。爐香沾茗酒，月色厚冰霜。不敢舉頭看，庭闈天一方。

顧所建齋中喜文文起姚孟長至

未嘗不得見，到此復相同。友可深良夜，情先寄朔風。烟霜寒入厚，江月氣涵空。明發余休問，仍知離别中。

京口道院對雪同錢密緯

維揚冬已半，何日不言歸。乍向江南去，仍憐雪北飛。友朋談一氣，晨夕坐清機。更向梅花下，幽香上客衣。

過梁溪望慧山晴雪[一]

林木載高寒，前峰積未乾。舟行薄照易，身到翠微難。水色空中映，烟光厚處殘。茲山泉石好，不似昔時看。

過吴關懷馬時良仲良

與子同遊地，余今獨此行。兩三年内事，多少目中情。陳跡餘山水，相思仍弟兄。更愁風雪下，江滸舊歌聲。

立春前一日復到受之家

出門正值送春時，明日春來客在茲。一歲相辭復相見，長途歸早反歸遲。尚留雪色爲殘臘，曾奈梅花發遠思。此際過君仍宿宿，恐於别後轉難期。

訪瞿元初於拂水喜逢等公

重來真有意，訪友且逢僧。與世應難了，入山非不能。寒花香澗水，雲氣冷龕燈。遥指竹深處，

[一] 慧山，即惠山。

峰從此路登。

早起受之招登臺上看雪

臺上望高林，林從雪色侵。晨光凝樹杪，松翠墜巖陰。天地生新意，友朋觀素心。超然人境上，萬物共遥深。

雪後有作

只恐色相妬，來須待雪殘。偶從花下立，似怯石邊寒。風引清歌去，香傳笑語難。春情爲爾發，不忍幾回看。

過何季穆夜坐聽雪

入春難獨夜，今夜坐能深。有雪下踈樹，如風吹隔林。因之聞不睡，亦可和微吟。斟酌閒房裏，清寒共此心。

那菴詩選卷十三

閩中商　梅孟和著
海虞錢謙益受之選

虞山詩

嚴太守齋中聽燕姬彈琴

客思春情兩相與，忽見燕姬作吳語。能令太守深惜之，向客彈琴送多緒。焚香拂袖坐温柔，心手之間魂去留。數聲漸急易水秋，且復緩緩吳江流。從來古調少女子，七絃浮動百情起。休論山水肯相容，此時試入梅花裏。

春寒柬友

一冬寒裏客如何，待到春來寒較多。幾度梅花開不肯，只因與子未相過。

題畫贈友

遊心在鴻濛，心返一淵默。日在丘與壑，人事有消息。細思山水情，不如歸筆墨。春山映春水，眼中萬古色。對此以高深，精神久相得。

同等公夜坐

不謂兹山裏，能來共早春。深論疇昔事，喜得此時身。凄寂乃禪意，寒温尚故人。十年如夙世，泉石復相親。

拂水詩因爲元初題畫

山水生神明，在乎根本妙。豈乏入林者，愈覺不相肖。予坐竹房深，猿鳥同叫嘯。奇巖拂亂水，林花顧則笑。閉户發幽光，澗水床頭照。摹寫此中難，爲君選其要。

拂水除夕同元初等公

忽忽今宵歲復除，最難相聚此山居。懽情恐有冬春别，遠思應爲木石餘。松樹澗邊風寂寂，梅花窗外雪踈踈。預知去作還家夢，坐到五更更漏初。

丙辰元日同瞿元初等公登虞山

新春乃今日，何意得山緣。古徑深松裏，寒湖薄照前。雪猶殘瀑水，身已半雲烟。笑指同遊者，登臨又一年。

虞山望齊女墓

遥看峰翠裏，古墓自春秋。齊女鄉心在，虞山草色幽。雲生東海思，花發北風愁。多少沉淪事，依然此一丘。

送朱白民入山

君方辭妻子，勸我早旋歸。此語其誰急，於心亦已微。世情何日了，時事與年非。便即飄然去，應知静者機。

返照

不知湖止處，夕照散溟濛。天地一潭裏，雲霞千頃中。山光遥入淡，水氣浩然空。長路漫漫去，鄉心在晚風。

正月初三日大雪受之同季穆至拂水

山氣隨春長，春情與雪滋。僧傳吾友至，客當主人爲。柏酒能忘醉，梅花若有思。寒邊談自好，歸路任遲遲。

山夜翫雪

雪意深如此，看來春夜長。巖頭栖白氣，燈影發奇光。松葉吹微響，梅花覆一香。却愁明日霽，消付石蒼蒼。

山中晴雪

霽看山復有，歷歷衆峰明。半映深松色，潛消遠澗聲。林鴉投日煖，花木待春晴。更望寒湖裏，烟殘水亦清。

觀等公湖上放生

禽魚從物化，放者是慈情。山水仍飛躍，天人感死生。日光消雪半，春氣出湖平。木末含禪意，淵中流梵聲。憂危應稍脱，空闊復無争。念不依恩怨，緣寧計重輕。有知宜向往，聞偈想分明。極目高深處，能令機事清。

人日同受之返津逮軒

客裏逢人日，君家却當歸。空堦猶積雪，近樹得餘暉。風與竹聲至，鳥從香霧飛。故園當此際，亦有試春衣。

過沈雨若病

底事翻多病，春風念沈郎。門開松葉老，花過鳥聲香。心志因吟苦，琴尊得語長。知君恒服藥，未達莫先嘗。

春月

春晴良不易，而況月能明。較雪過簾影，如波無水聲。竹窗横遠思，花徑發新情。且向林間坐，香風片片清。

春寒

正欲依春煖，春來寒奈何。此時花意減，薄暮客情多。樹色只催雨，庭陰不渡河。轉懷前夜月，屢向竹邊過。

雨坐

客心亂春雨，庭際但絲絲。潤物故從候，生愁亦此時。鳥栖聲太懶，花發趣應遲。更向簾前聽，如風吹竹枝。

見春草

寂寂階庭際，萋萋烟雨邊。春來不肯後，思發更誰先。吟想已同著，芳菲殊可憐。預愁歸路處，一色遍江天。

答友

夙聞君學好，相見豈徒然。携手夕陽路，關情春草天。詩能敦遠友，行欲法前賢。十載衡門下，寥寥事可傳。

元夕詩

得逢元夕好，燈在百花天。照出春多事，堪玆夜可憐。暗香遊女後，明月雅歌前。縱不故園裏，情猶艷客邊。

宛山尋友

暫别予來住水村，相尋亦復屢晨昏。思深且勉樽前事，吟苦應消雪裏魂。涉世幾能存古道，逢人莫浪結新恩。君言妻子安貧甚，歸向山中可閉門。

又雪懷受之

偶到湖鄉雪又飛，湖邊山翠雪添微。憐予日暮閒看好，與子偕前相對非。寂寂孤情栖竹榻，紛紛寒色掩柴扉。明朝未識能晴否，縱逆風濤亦自歸。

湖上雪夜

來值湖風多，到即爲春雪。肅肅凝夜情，閉户寒景徹。且自坐清光，聊以資明喆。梟雁窺燈影，就人語凄切。茶火伏中吹，客愁静裏閱。一點淵素心，蕭然向離别。

湖上度曲

幾宿湖邊夜，遥遥曲有聲。燭燈凄欲照，風雪尚分明。調冷吟相似，聽多辨稍精。憐兹不寐處，宛轉入深情。

舟晚留宿草舍

雪後孤舟入晚烟，湖風初起路難前。忽看燈火寒林上，知有人家水草邊。客以篷窗聊信宿，農雖茅舍喜相延。此中簡樸仍春事，村釀園蔬意亦賢。

曉起湖上望虞山

片帆當曉色，湖上坐盈盈。遠浦出烟寂，前峰到水明。埜花聊過眼，岸草漸含情。何日爲歸客，兹山一送行。

與受之待田郎

良夜偶能期，胡爲到獨遲。花間翻不似，燈外忽相疑。對酒各無語，寄言何所之。開簾見疎竹，猶想往來時。

夜坐見殘月如新月思而賦之然三春去一皆津逮軒所歷之候也

何曾殊此月，殘後却如新。簾際猶窺客，花間更着人。漸消半輪影，已減一重春。歸思無聊甚，餘輝亦損神。

題雲林畫意

真得山水心，蕭疎寫所至。一筆二筆中，境界何太異。木石收精神，雲烟栖元氣。片楮萬物根，虛靈展遊戲。玩之入清遠，尋之愈淵邃。想其初寫時，自不可思議。

買舟往婁江

百里婁江路，舟先一日行。東風過水色，曉露滴春聲。遠近看山趣，踟躕訪友情。篷窗聊信宿，望望是天明。

舟中阻雪

此時宜漸煖，風雪轉多端。夢向還家積，思寧訪友殘。帆前一天色，湖上集春寒。且就深林泊，鶯花對亦難。

崑山舟宿

且從舟所止，已在晚晴天。雪色變山影，潮聲蕩浦烟。篷窗傳夜火，僮僕抱寒蟬。誰識余過此，寥寥只獨眠。

待潮

昨宵愁雪易，今日趁潮難。羈客更如此，歸心獨永歎。山峰先樹出，水氣受烟殘。忽忽舟行好，江聲聽亦寒。

訪元晦

今年相見去年期，值此春光欲半時。正與百花開徑待，欣然一葦已航之。憐君且得還家早，訪友何妨行路遲。自是淹留俱有意，忍看新柳漸成絲。

逢蘊公

相逢三兩度，俱不在山中。與我友爲好，非凡僧所同。禪心寄遊戲，文字太靈通。若使能沽酒，何曾異遠公。

印溪訪遇

閒尋何必問歸遲，溪上人堪慰遠思。乍轉竹林渾欲避，忽過花徑若相期。神如春月能分照，醉入東風不忍吹。早起無端堤畔立，數枝新柳正同時。

曉登印溪閣看古桂

茵然一閣俯溪聲，古桂青蔥覆閣平。密密烟光藏曉氣，層層葉色護春情。身居林杪香來下，樹拂窗櫺露自生。極目可能花盡發，免將秋思月中盈。

黃子羽園中看梅歌

昔在故園看梅起，看到藤山三十里。復留白下與姑蘇，維揚嶺畔孤山裏。但看梅花品格同，看到沙溪溪上花盡空。如何能使花盡空，此花變幻理無窮。從來奇物生不類，却似蛟龍蜿蜒抱石睡。上根在枝枝覆地，坐臥片時生靈智。黃郎黃郎家在斯，只宜相對何所爲。樹下徘徊花意解，餘香忽遣來追隨。嗟夫！予歸遍告園中梅，未能若此不須開。

送蘊公遊天台

來茲連夜好，忽忽別春光。但説天台勝，寧辭江路長。夢依山月澹，花與水雲香。到即探奇絶，知先過石梁。

那菴詩選卷十四

閩中商　梅孟和著
海虞錢謙益受之選

北園詩

北園者，婁江徐元晦園也。以丙辰二月元晦客余，遂家之。園倚城北，以竹爲牆，池水通澗，曲注其中，若亭館之屬，皆以水爲遠近，而花樹間之。酒至輒醉，醉則吴歌。或散步園外，穿於亂竹之中，遠望皆麥隴菜畦，踏青之女如雲。每每於微月踈星之候，獨立澗上，細聞水聲，則竹陰花氣迷而失路，常呼老圃導余。籬落犬吠，則余歸也。就中以筆硯爲晨夕，麗情幽事，相與寄暢，遂名詩焉。

移居北園

不遠城中路，竹幽花木閒。居雖移一水，身即坐深山。春事屢相約，客情堪未還。伴吟青草色，每映石泉間。

山水歌

爲青山，於青天，令白雲而間山川。元化淋漓，浩浩淵淵。眼看鴻濛之色，而遊於自然。斯畫也，千載後，百世前。觀者如夢，悟者如禪。秋毫之末，無際無邊。知吾生之茫茫，請藏於丘壑，君子而久相周旋。

喜陸孟鳧汪無際黃奉倩子羽至

期君來暮雨，君到即能晴。隔竹燈光入，滿林香霧生。花枝迎客意，鶯燕養春聲。共語今宵事，應知不一情。

春夜詩四首

紛紛守燈燭，對面萬重春。乍息園中雨，初來溪上人。雲知相與夢，花護可憐身。細聽偕行女，教他學采蘋。

偶趁東風至，香先到客衣。簾前遺顧盼，林下得清輝。鶯燕聲相亂，琴書意所依。悠然看自遠，定泛五湖歸。

相逢不後先，事與古人然。鄉土豈須問，文章別有緣。琴曾犇夙世，歌即比延年。最是堪思處，垂楊垂柳邊。

人與春爲好，鳥聲聞不啼。幽情宜遠道，秀色自深閨。相對如良友，願言比逸妻。婁江三十里，俱是若耶溪。

花朝

何曾虛一日，不在此園林。花意今朝盛，春情連夜深。

與黄子羽同宿北園池上

燈下百花沉，池邊皆柳陰。情隨春不盡，宿與夜方深。息息依羣動，冥冥接一心。它時俱遠道，只向夢中尋。

新柳

亦將殘二月，乃見柳條新。烟際有佳色，簾前似此身。情娟多向曉，態弱不勝春。對此垂垂好，真堪繫遠人。

雨坐池上

園居爲客思，風雨太紛紛。池上偶相對，竹邊堪獨聞。新花低水氣，弱柳動春雲。寂寞琴書裏，沉吟至夜分。

簾外玉蘭花開晨起喜賦

玉樹立晨光，枝枝玉有香。簾前春雪映，林半曉雲藏。一意爲清絶，百花皆不芳。就中人可似，恰好是新粧。

元晦至共坐玉蘭花下

正當凝望處，花下報君來。玉色明烟水，香光覆石苔。客心同一照，春思獨相催。預識東風好，枝頭未盡開。

畫松歌

千年之松生筆底，精力所營至如此。多因丘壑歲時深，寫松寫出山水心。松之古根如古石，松之枝葉石青碧。風濤落紙泉欲鳴，四山皆響松不聲。休論權奇而屈曲，穹然直破烟中緑。無烟之際煙冥濛，無松之際松無窮。以此寫松如有神，對松何異對古人。懸之壁間且勿語，試聽隔林風雨處。

題桐月畫意與陸孟晁

何樹不宜月，桐與月氣清。清則令人遠，可入君子情。桐欲化爲水，月與之空明。月光静無聞，桐葉相爲聲。天地年年秋，對此萬物生。清夜晤寂寞，身即樹裏行。

北園即事

依依宜此地，客思亦悠然。雲木秀春水，庭堦栖埜烟。行吟踈竹裏，洗墨曲池邊。入徑花相待，穿林香在先。深談良友至，晏起美人憐。日有淹留事，園皆艶逸天。含情語鶯燕，謝爾伴歸前。

過弃園

二十年前聞此園，來兹寂寂似荒村。當時勝事猶堪想，先達風流何可言。石上孤雲依客思，花間舊路自苔痕。閒遊且別藤蘿去，回首林中人閉門。

印溪過子羽夜坐

人堪同語默，稍坐便深深。對面春如在，關情夜不禁。鳥言先報月，花意自通心。且盡尊前事，相邀過竹林。

同何季穆宿溪園

林園春所寄，而況在溪邊。與友且同坐，留花相對眠。好風深竹裏，微月半床前。何處疎鐘入，聞之亦静然。

蚤起登溪閣看玉蘭花遂柬子羽

鳥聲曉相唤，起來夢未終。緩步登溪閣，帶夢立曉風。對面玉蘭花，真與黄郎同。朝暉散清影，光明在閣中。身與樹俱虚，魂爲香所蒙。言念素心人，耿耿照深衷。

暫别

暫别亦云别，爲期豈待期。試看雙燕裏，禁得百花時。制淚低菱鏡，含嚬對柳枝。俱知歸不遠，行路每遲遲。

津逮軒同受之談北園事

婁江非久别，别事頗堪論。緣藉人天結，心因我友存。朝雲親筆研，夜月共林園。舉止生幽意，聰明見慧根。相依何遠道，閒坐可微言。若使考盤裏，真能矢勿諼。

寄瞿元初等公於拂水

春草碧何意，將爲三月天。偶來堅此晤，復别肯徒然。雲在松深處，鳥啼花落邊。預知巖下水，未洗友朋緣。

宿津逮軒有懷

歷盡冬春宿，今宵忽不同。燈光驚落月，簾影動微風。鐘遠聲相過，花藏夢欲通。婁江烟樹色，俱在此軒中。

將返北園與受之説别

所期夫豈遠，兹返未爲遲。不强淹留意，應憐夢寐時。烟增春水色，月向麗人思。但恐北園裏，連朝望復疑。

與受之舟中宿别

同舟宿烟水，舟去水相分。樹影燈前動，波聲雨後聞。談猶栖夜氣，夢不隔春雲。百里婁江路，歸時再别君。

返北園

花際即聞聲，欣然竹裏迎。相看猶别態，不語是深情。窗户朝霞入，池塘春水生。臨時啓明鏡，結束倍盈盈。

上巳元晦載酒北園

三春今欲晚，令節且相催。偶爾穿林去，知君載酒來。池光深碧氣，竹影厚青苔。更有含情樹，花殘今始開。

開門

開門即春色，可喜是晴天。觸目花無恨，關情人可憐。黍苗平麗日，鶯燕出輕烟。最是堪思處，吴歌盡柳邊。

朝雨

底事簾前雨，朝朝是此聲。不知花免恨，但見草含情。雲霧來相隱，林塘坐獨清。芳時能幾許，切莫負春晴。

池上看花落

東風楊柳居，花落客何如。趣與林園減，香涵池水虚。簾前空有着，枝上可無餘。轉惜青青草，庭階不忍除。

受之遣信北園賦答

晤言猶未已，遣信更斯時。戀友能如此，思君亦似之。情多難屢别，書密易相期。一水虞山去，余歸夢在兹。

與子羽河上夜别二首

倘能常與子，日日未爲多。曾奈殘春别，其如良夜何。燈光分手去，樹影不言過。更向橋邊立，踟躕忍渡河。

雖然新説别，在昔始於今。不盡良朋意，寧爲行路心。思之俱眷屬，宿處暫園林。從此婁江水，情來日夜深。

南園看牡丹

借問花何晚，東風未敢催。容光誰獨照，穠艷偶同開。香影覆奇石，露華深緑苔。叢中看不盡，休説魏姚來。

蘭學

花絮落晴陰，閒房事古今。欲將蘭比德，能以筆爲心。對此林塘静，悠然巖壑深。閉門友君子，幽思細相尋。

北園試茶二首

茶水分根源，互相得情性。當其未合時，果能自爲政。
採取與烹煎，俱是一時理。遠近試尋之，湛然古君子。

題蘭

着此一點心，原不恃顔色。因受春風多，迎風轉無力。

將歸留别北園

尚未别斯園，别意滿林木。且向徑中行，春緒亂耳目。回想初來時，落花何太速。含情愈繾眷，歸思逼幽獨。閒房香轉餘，翠影覆新竹。踟躕理琴書，臨窗猶幾宿。

答子羽

園中余欲返，溪上使初來。花惜隨春别，書應向晚開。聊將言語答，轉寄夢魂回。猶想尋君日，東風未落梅。

北園代别其舅氏子羽

少小不諳事，日在阿母前。未嘗别有聞，耳熟舅氏賢。今事舅之友，舅言即爲然。讀書知古人，慕義能千年。非無玉與帛，文字生奇緣。昨日言遠歸，中宵未成眠。夙夜懷母恩，舅恩無後先。川途縱修阻，女兒難自專。悠悠感我思，春在吴江邊。

登北城至南過元晦集别

出門何所往，信步便尋君。城與埜烟上，河從春水分。目中皆遠草，酒外即孤雲。日在鶯聲裏，今朝不可聞。

寄廣陵諸友

曾有廣陵期，婁江事頗宜。得逢新雁度，報與故人知。别憶雪深處，歸當花落時。春光無暇日，莫怪寄書遲。

臨行示園草

春草變行色，客行春不停。且向園中緑，勿來江上青。

寄别虞山諸同好

臨别屢行遲，諄諄寄所知。客情依去路，交誼見斯時。春水柳邊住，夕陽江上思。虞山雲樹色，清夢未曾離。

與元晦夜别舟中二首

寧忍登舟去，君情與我同。燈光驚不定，岸影忽相通。聽亂江聲雨，迎來潮信風。從今春有事，能及北園中。

不得不言别，相看只苦辛。柳烟空漠漠，桃葉已蓁蓁。語且足今夕，魂猶連舊春。他時書與信，便是往來身。

至吴門訪友虎丘

雖是尋僧路，兹移訪友舟。到門松意舊，入徑鳥聲周。既别猶相晤，臨行復稍留。落花春水上，攜手共悠悠。

發舟吴門尋友不值

意外君能至，誰知再晤難。依依惟柳色，寂寂此江干。友道愈相篤，客心原未殘。帆前有鴻雁，聊寄數聲寒。

舟次吴門同婁江許子

忍别吴門去，臨行復此鄉。扁舟維柳色，隔岸動山光。語入春風細，情含江水長。攜來多有酒，君子酌言嘗。

那菴詩選卷十五

閩中商　梅孟和著
海虞錢謙益受之選

湖山草上

自吴門登舟武林二首

來往錢塘路，今朝非此情。蛾眉過柳色，燕語掠江聲。遠翠看如寫，殘花笑復迎。獨憐一水上，吴越女盈盈。

碧水照多思，舟中餘有春。最憐從岸草，如戀渡江人。烟態迷深竹，歌聲覆緑蘋。浮家達者事，難待自由身。

三月晦日到武林

武林正二月，遊覽豈宜遲。不意春歸日，方爲我到時。鶯花雖不若，烟水自相期。從此還家路，晨昏未可知。

越關晤陳計部

依然白下别，喜得越中過。兩載思無極，一時情有多。客航停水次，官舍傍林阿。曾奈西湖裏，春歸花落何。

送春

不與春歸去，送春春奈何。鳥聲宜帶别，桃葉頗堪歌。江水碧無際，湖山青轉多。蚤知花落盡，行路莫蹉跎。

往天竺

東風猶不息，且着落花行。路指人天界，春歸山水情。輕雲閒鳥性，古澗洗松聲。多少僧來問，欣然解送迎。

僧房

聊從幽徑入，峰翠斂閒房。泉石生奇響，庭階來遠香。鶴翻松露下，茶引竹風長。安得便無事，棲身在此鄉。

自天竺往法相道中

纔離天竺寺，路去轉遥深。半嶺集凉氣，新泉流夙心。異香藏鳥語，靈氣感鐘音。且立斜陽下，山僧正入林。

聽松

寂寂松間坐，松聲一聽之。正當幽徑裏，况是晚風時。響與泉相應，泠然心可知。天機真發我，月出尚歸遲。

竹閣詩二首

蒽然山寺裏，一閣待幽尋。峰影向晨夕，竹聲無古今。柔烟難出樹，密葉每交林。但爲白公故，來遊多此心。

來遊復來憩，所得是幽清。遠翠檐前落，孤雲壁上生。巖巒收往事，林木寄深情。獨怪閒僧至，津津問姓名。

湖上詩

負却東風桃李天，趁兹晴日到湖邊。吟當細草春何處，行盡長堤人可憐。眉黛愛藏垂柳底，裙裾忍掃落花前。聞香幾度歌聲過，再立烟波思渺然。

蘇堤晚望

湖邊不覺晚，晚色更相涵。樹遠濃還澹，峰高北與南。林園幽意接，烟水夕陽參。多少依山寺，僧歸月滿潭。

樓月

連宵山不吐，今夕月初明。試鑒客中事，能禁樓上情。墻花低向影，簾燕宿猶聲。且倚清光坐，羅衣風露輕。

佛日詩

客邊當佛日，盥漱禮精誠。一意同爲善，諸天憐此情。品茶供浄果，濾水煮香秔。可見無生者，真無忝所生。

長齋

願從何處發，素志頗能堅。顔色思多累，人天如有緣。案中惟净食，舌上即青蓮。不謂年猶少，爲心肯澹然。

遊龍井

但説龍井行，已在泉聲裏。到時定清聽，泉聲涵一寺。石根浸淺碧，甃中有深理。潛鱗難隱身，鬚眉鑑清泚。飲之肌骨靈，對之性情止。山僧坐其側，禪境曰如此。

僧房試茶

品茶先品水，方得茶之神。今日龍井中，茶水同清真。老僧精茶理，試余穀雨新。聖境生靈味，風露與之匀。入口百情澄，異香生吾身。可見昔所嘗，不如此中春。

月下理琴

高樓墜月光，四壁鑿疎幌。對之理古調，清韻發蕭爽。月白絃風生，不在絃上響。萬籟俱寂寂，餘音合皎朗。彈此可忘情，轉覺情獨往。自不願人聞，悠悠寄遐賞。

題蘭竹

何爲樹香草，非石則兼竹。譬諸得良友，可以契幽獨。柔勁雖異情，聲氣俱巖谷。寫此濇然姿，枝葉風露蓄。靈根會一本，元化妙生育。片紙沅湘秋，波色何淵穆。

題大癡畫

曾歷吴中山，不如虞山好。是以産靈奇，昔者大癡老。癡絶畫始絶，神明藏古道。枯毫着精素，墨水自探討。元氣遊其中，衆理涵淵灝。但是癡處難，尋思試自考。

登吴山

昔者登此山，領略在風雨。兹遊幸晴明，峰巒與目遇。穿巖復度嶺，來去迷前路。江水散白光，平林翳如霧。况在人氣中，鬱紆時吞吐。微躬且復息，琴酌聊成趣。

中丞劉公見留賦謝

重臣來出鎮，朝埜望相同。教誨如時雨，經綸即化工。德心章水闊，春氣浙江通。愛國虞今日，好賢敦古風。陰陽皆聽命，文武荷成功。復見周元老，謀猷壯此中。

放生池詩

湖中復有池，池水即湖水。分得一泓碧，苦樂遂彼此。潛鱗涵禪機，有生而無死。善士杜殺機，有放而無取。六時安浄食，聞鐘領音旨。深濯衆香中，宛在蓮花裏。聞見想躍然，洋洋靈昧理。

靈隱寺

古寺圍山色，山泉坐冷然。竹深香霧裡，潮落磬聲邊。衆木移明晦，羣峰無歲年。偶尋僧舍好，新月正娟娟。

飛來峰

夕陽衆木周，靈氣滿峰頭。名勝愈無盡，飛來原有由。僧能談故事，佛亦助清遊。静想此山裏，天人接一丘。

玉泉寺觀魚

凉氣共入門，即見泉水清。白石砌方池，洞然無停聲。游魚若幻化，潛躍得所生。香中食花雨，浮沉常不驚。階際滿天光，衆動涵空明。忘機入静觀，可以安性情。

五月五日泛湖舊歲乃四日也

兩度逢端節，湖游紀後先。開尊如昨日，作客動經年。雞黍存風俗，蒲葵帶午烟。山光將水色，都向笑歌前。

西湖雨泛

湖游寧可計陰晴，雨氣連山水態生。柳底鶯猶相勸醉，樽前人有可憐名。滿船歌吹聽俱冷，兩岸雲烟去有聲。多少倚樓閒望處，冥濛樹色轉多情。

試武夷茶

茶性有所宜，如人異稟賦。武夷峰奇絶，難登採茶路。茶生得靈根，且復飽風露。採從穀雨後，茶力乃全具。山僧意尋常，草草失真趣。余細思茶理，煮法與茶寓。聲猶帶瀑水，香即浮烟霧。臨風啜無餘，武夷庶不誤。

葛井詩

寥寥人已化，一井自千年。到此有幽意，酌之無暑天。猿多牽子飲，僧每試茶煎。豈料兹山裏，情來忽洗然。

遊南屏

來遊非一寺，山水會南屏。塔影印湖紫，烟容落地青。奇峰圍衆佛，古殿護羣靈。鳥語依清净，鐘聲入杳冥。客閒多頂禮，僧化只存銘。笑指石頭説，何時亦聽經。

石屋詩

果以巖爲户，時將雲閉門。初來忘暝霽，稍坐竟晨昏。鳥語關何住，花陰貯欲存。卜居能近此，山水自丘園。

月夜聞潮

夜静坐凉月，羣動息其中。颯颯吹落葉，乃是潮從風。聲入月光内，月與潮聲空。闌暑爲深秋，衆籟與之通。清輝即亂水，月始潮未終。延想愈凄寒，寧獨豁隱衷。

立秋

百感集新秋，言歸且復留。心栖一葉裏，目極大江流。落落只閒思，依依成薄遊。越中山水好，藉此得清幽。

劉公壯猷堂宴詩

愛國煩心計，憐才自性成。清時尊俎教，間夜燭燈情。指顧兵機在，言談道妙生。可知古君子，出則事公卿。

病賦

未能懸其病，置身良亦難。逆旅嘗百藥，夜夢紛無端。對月影自驚，未風心先寒。不獨羨人行，羣動皆爲歡。寢興廢常理，奄奄惟長歎。

七夕

新涼宜向晚，今夕感秋天。病骨星光裏，歸心河漢前。微風來寂寂，雙影宿娟娟。羈客情何極，相看異去年。

稍愈

客中不廢病，稍愈得吾身。藥力即良友，月光如故人。清虚驚到骨，聞見易傷神。尚有餘參术，思之未甚貧。

奉别劉公中丞

來時春乃去，客情歷亂起。先生篤深衷，眷然敦古理。近戱吴山雲，周身木石裹。幽清事有餘，羈栖道自否。露下漸凄寒，葉聲墜江水。物候屢遷變，歸思不能已。感兹錢塘月，與之照終始。

病後聞子將招同吴伯霖

病愈友仍在，相過得所期。門開秋草裏，徑掃晚風時。對酒語難足，聞歌心不知。力微猶强醉，月落尚遲遲。

散步吴山

問秋秋無跡，登山秋可見。蒼翠意淺深，遠近林光眩。爽氣接葉聲，微風凉亦善。遊人立樹影，穿巖烟已緬。老桂吹晚花，香來獨繾眷。

湖上看桂花

湖光失其滓，山色亦以清。閒行倚桂樹，香氣隨秋聲。掠水澹不無，因風遠復生。來往簪滿頭，漸落衣上輕。摘得袖中歸，餘香亂月明。

中秋樓上看月

屢看武林月，一看一回情。屢看新秋月，不如中秋明。樓影倚河漢，笑語着太清。屬目何端倪，遠思天際盈。顧彼雅歌人，容光身上生。

孤山詩

一丘林處士，山水遂能孤。人與梅相似，鶴隨亭不無。攀蘿尋舊壠，酹酒向寒湖。試聽枝頭鳥，臨風喚亦殊。

那菴詩選卷十六

閩中商　梅孟和著
海虞錢謙益受之選

湖山草下

觀潮歌八月十八日

錢塘八月秋水生，朝暮約約聞潮聲。十八觀潮潮乃盛，雪山變幻江上行。一時元氣盡晦冥，日光墜波走百靈。觀者肅肅衆魂集，龍争蛟舞風濤立。須臾潮去日光回，羣峰歷歷蒼茫開。江平岸闊天地正，依舊山川率常性。

寄書

病中難一字，今始寄書歸。露氣催林葉，秋聲墜客衣。言先囑親友，身不遠庭闈。莫謂他鄉樂，淹留事事非。

夜雨

秋雨落殘更，坐來深客情。入簾寒燭影，近寺濕鐘聲。忽與山風至，還聞潮水生。獨憐窗外竹，相與益凄清。

九日登吴山

九日登山好，何期在武林。只緣爲客久，是以畏秋深。菊有相依色，雲多歸去心。逢兹巖壑裏，水石且幽尋。

移菊

悠然數枝菊，可比故園栽。對面幽能至，臨窗澹自開。影含風半立，香帶夢中回。蚤晚因依處，秋心已共催。

醉菊薛刺史招

喜得同晨夕，渾忘故與新。屢行花下酒，獨醉菊邊人。露氣寒先覺，月光秋可親。數枝看欲避，笑爾出山身。

湖上晚望

湖風無故吹，只是催零落。日夕湖上行，情景相澹泊。疎柳垂露光，水清烟半掠。瑟瑟剩葉飛，葉聲平衆壑。幽深徹四顧，歸思寄林薄。

靈隱寺看紅葉

連朝氣愈寒，乃是初霜應。山行過靈隱，葉葉紅秋徑。峰巒發奇態，泉聲滌清聽。幽艷禪意中，如花點孤磬。翫此已忘歸，秋情亦靡定。

秋日山行

秋色不離山，山色不離樹。晨昏山中行，草間踏清露。日光冷危石，離離映樵路。爽籟發衆聲，蟬聲風所聚。寒泉流葉影，霜花變烟素。秋景觸見聞，凄切亦成趣。

再至竹閣

初夏與寒秋，尋僧兩度遊。林風雖瑟瑟，竹意但修修。葉落山光至，窗虛雲氣留。就中泉石好，會處在深求。

逢崔徵仲與王元直還家相過坐月

相逢俱我友，羡爾得偕行。留此菊花好，坐當秋月明。艱辛商去路，晤語示歸情。且止武林夜，前途有定程。

吴山望楓葉是日何季穆自海虞至

何期楓葉裏，得遇故人來。山水今朝共，烟霜昨夜催。枝枝明古石，點點下蒼苔。如此秋光好，歸帆忍便開。

十八澗中待何季穆不至賦詩於佛石庵遂有南高峰之遊

山深澗亦深，相約此追尋。待子松間坐，逢僧石上心。烟猶栖竹色，日正照峰陰。遥指南高路，鐘聲已到林。

登南高絶頂

便向南高峰頂行，遥遥一徑踏秋聲。滿身紅葉林中過，回首白雲巖上生。客以石泉爲眺聽，僧如猿鳥厭將迎。拂衣已在斜陽外，立盡蒼茫思更清。

自南高往法相輿月而歸

登山寺愈高，下山寺愈深。偶爾山寺間，晨爽及晚陰。寒松立雲色，翠竹含風音。泉在巖之半，相送鳴幽林。林幽栖月光，霜氣行沉沉。回想不可了，成兹今日心。

逢僧入剡寄海門周先生

日説剡溪行，因添爲客累。先生暫晦迹，泉石共淵邃。威鳳縱高遠，自有仁與智。徵之朝野情，喆人豈終閟。百感在深知，山水生夢寐。

湖園偶集

爲園多木石，而况占湖光。山影鳥疑入，竹聲雲不藏。籬邊留菊澹，花底煮茶香。勿論秋深淺，庭階猶暗芳。

送喻叔虞之吴門兼寄吴中諸友

客遊從所向，吴越往來輕。念在飄蓬處，能禁落葉聲。雲多思友意，日落送君情。正説相逢好，悠悠復此行。

泛舟後坐月於堤

月色爲湖水，清光與我同。行看垂柳外，坐盡此尊中。烟寫波痕淺，鳥翻山影空。夜深情不極，淒切是霜鴻。

錢受之書至有可能專席舊吴娃句詩以答之

別來更向武林居，春色秋光山水餘。一札殷勤煩借問，吴娃便説是君書。

送何季穆歸兼寄虞山婁江諸友

別君春花落，復遇楓葉裏。歸思錢塘波，有懷胥江水。無意遠如期，別君仍返始。晚風變雲色，林葉離聲起。送送河之干，寄言諸君子。跋涉日以深，愈得閉門理。

與季穆酌別湖閣

滿目秋光如水清，偶登高閣酌離情。須臾亦是留君意，禁得湖山欲送行。

待友不至

聞君來自好，望望竟茫然。吴越寒雲裏，友朋秋水邊。計程行不遠，何事約難堅。蓄盡登臨興，湖山真可憐。

南屏訪友不值

訪友因之湖上行，湖邊僧院最能清。如何客至門空掩，寂寂秋花落磬聲。

夜起看月見床頭菊

中夜起徘徊，凉風來肅肅。衆籟寒其聲，月氣散幽獨。圖書細可鑑，而况床頭菊。香疑覆潭水，影在光中宿。秋容養未殘，客思澹然蓄。凝望倚窗虚，茂色徹心目。

法相寺禮肉身定光佛

造化莫非元氣結，何者爲生何者滅。古佛之相法無涅，千萬劫來眼中閲。爪髪不遺精神揭，儼若有思幽明徹。珠衣掛體靈文纈，香霧濛濛舍利爇。一聲寒磬禮真切，佛在燈前甚喜悦。端坐默然豈言説，静觀已啓青蓮舌。若論骨節寧差别，性光熒熒象數列。塵情積火天地爇，佛悲衆生愚且哲。幾樹秋花不敢折，花飛恐是佛流血。

送薛侗孺守廣德

相逢秋露先，別在芙容水。兩月歡笑深，樂事俱可紀。君今初出守，夙昔展其委。山川屬三吴，兼之多君子。君才宜大行，蔚然從此起。送送獨一言，親民有至理。

喜陳善長計部至

去歲相期各一方，那知待子到錢塘。含情更喜同歸路，對面寧殊在故鄉。且剩黄花堪坐月，免歌白露已爲霜。近來遊興誰能好，禁得湖山秋思長。

湖上看芙容

似嫌秋意澹，斂怨向湖開。映水香猶濕，當舟笑欲來。相看如眷戀，未採已徘徊。對此情俱遠，風霜切莫催。

高仁趾招泛西湖

湖上遊難了，相招又出城。秋雲凝水面，夕照見山情。鳥掠空波遠，歌翻落葉輕。紛紛人散後，待月領餘清。

宿湖園

水清山意動，蚤晚不同看。偶宿林中夜，渾忘湖上寒。竹圍香氣滿，窗漏月光殘。可見宜泉石，來兹夢亦安。

早起散步蘇堤

蚤起堤邊望復行，長堤樹色兩邊清。此時烟水俱成態，極目湖山倍有情。隔岸晴峰生曉氣，滿船落葉載秋聲。那知林畔羣鴉起，翻動波光霜更明。

寄挽湯義人先生

故人猶在夢，忽忽死生論。語憶臨行切，書因惜别存。一官成濩落，三徑守寒温。古道推前輩，奇文屬後昆。高深情有托，題品筆無寃。命豈凡夫達，身從異代尊。臨川余不遠，惆悵問丘園。

寄挽陳元愷先生

先生遽云逝，痛哭是深知。寄迹多清遠，居心自等夷。行堪爲世法，廉不受人疑。幸有遺言在，千年係我思。

集別湖上

忽忽已深秋，秋光湖上浮。今朝延別酒，薄暮畏登舟。月影寒添厚，歌聲水亂流。雖然清夜好，不敢再淹留。

將歸留別越友

春晚及冬初，越中半載餘。羈情翻不似，言別殆何如。去路惟寒色，還家恐歲除。湖山與朋好，相對自踟躇。

題畫

淡泊見秋心，秋光忽照臨。幽看身可入，静想事皆深。石豈隱奇態，泉如聞遠音。采兹山水趣，何日不栖尋。

登舟同陳善長

得與子同舟，歸身不自由。潮猶平兩岸，日已正中流。客思帆前止，鄉心江上求。山寒看愈翠，相約再登遊。

登六和塔

塔影立江澄，閒行試一登。羣峰無障礙，千佛坐崚層。雲樹生殘壁，石花藏古燈。風濤身上響，定處是真僧。

登江上奇石

遥看江樹好，不意石能奇。登頓層陰裏，徘徊薄暮時。松風吹杖履，水氣上鬚眉。更待巖頭月，清光坐遠思。

舟中題蘭

清切語江光，文心不肯藏。開窗掬寒碧，洗研寫幽芳。花與精神澹，情含風露長。舟中吟賞罷，指此是瀟湘。

隔舟聽友彈琴

看子拭孤琴，彈來無古今。未容人易聽，惟許我同心。風至絃先響，江中調愈深。此時情自遠，相和有微吟。

返照

薄暮淡江天，須臾返照前。孤光没飛鳥，寒樹欲生烟。帆影空猶映，山情晚可憐。榜歌聽更好，新月轉悠然。

舟月

江空月色正，倚岸坐清寒。峰影澄將定，霜華墜不乾。樹看冬氣出，鳥辨曙光難。相與成嘉夜，更深思未殘。

淺

溪寒流愈急，上水似登山。帆塞洄湍裏，鴉翻夕照間。衆聲争欲赴，歸思亦相關。莫妬舟行者，紛紛笑語閒。

越女詩

越女抱深情，若自憐顏色。題詩寄幽獨，去住無消息。林下有遠韻，傍人恨筆墨。全身多艱虞，白日守昏黑。豈不富且貴，榮名難再得。文與命相爭，貌與才不克。讀詩雙淚垂，爲子塞胸臆。此情似無端，無端情所逼。

至越西喜晤俞君宣明府

燕吴含意别，念子到於今。相見愈無盡，所言彌有深。冰霜凝客思，山水寫民心。莫以爲官日，蕭然似入林。

集君宣樹滋堂

山色臨官舍，褰簾對故人。琴尊資契闊，花鳥得清真。月映階前水，歌來庭上春。良朋情自篤，欲住是歸身。

柯山道中

行隨山色去，委曲到幽深。路接溪雲厚，人歸松葉陰。鳥聲過衆壑，樵唱應空林。遥指有仙處，何曾異古今。

柯山詩二首

久想柯山遊，玆歷柯山路。石梁橫太虛，飛鳥石中度。莓苔閟靈跡，麋鹿走香霧。古木栖神明，閒花向朝暮。緬懷此着人，千載迷其故。

初到一以曠，稍坐塵慮捐。香氣掠花鳥，蒼翠無寒天。隱隱樵者歌，斷續隨風烟。虛響接語言，心目來神仙。但恐頃刻間，忽忽仍千年。

寄別君宣

便即別君歸，中心自有違。風烟冬所積，山水夢相依。更約重來好，休論後會稀。可知仙令地，百里少寒威。

常山作

山水越將盡，村村橘柚紅。雖然歸路半，頗與故園同。霜氣了晴日，溪聲入晚風。遙看林葉裏，峰翠轉無窮。

晚渡

溪路愈蕭森，波光帶晚沉。林從燈影進，舟向葉聲深。半掩茅扉寂，遙聞雞犬陰。臨流渾不覺，兩岸已寒砧。

鵝湖山下作

蒼然皆遠色，山指是鵝湖。林半雙松老，峰頭片石孤。青來烟自有，翠積晚將無。忽忽清鐘至，皈心已在途。

雨後度關

入關皆故土，急雨變新晴。頂上石流翠，泉邊雲落聲。客身能不遠，鄉語漸相迎。薄暮征車裏，山行覺有情。

武夷道上

昔者慕武夷，今朝在歸路。奇態發耳目，靈氣散烟霧。水聲瀉寒溪，石色蒙古樹。造物費精思，聖喆難其故。我情已在山，山情庶我附。

武夷沮雨

百步武夷山，頃刻山不見。峰巒雨脚立，谿流雨聲變。天地閟奇險，烟雲斂顧眄。僮僕理行色，余心尚繾眷。如何平素情，到此猶空羡。

曉行微雪

初雪墜晨光，行隨山路長。微聲沾鳥鵲，寒氣塞衣裳。埜店看爐煖，柴扉羡酒香。建溪無百里，不敢説它鄉。

生日建溪署中賦

流光真過客，齒與日相加。身世成何益，人生終有涯。杯香林下雪，梅寂署中花。預識高堂意，愁予未到家。

過謝孝廉聞舊歌者

故人難久别，相訪入寒林。竹裏水聲過，階前峰影臨。聞歌追往事，對雪寫同心。不意十年裏，談來此夜深。

舟中有贈

未别偏相戀，將歸每獨留。笑談能永夜，顧盼已藏秋。黛色從峰去，歌聲入水流。到家夫豈遠，但説且維舟。

過灘有所示

曉發即灘聲，溪山無限情。亦知船不住，笑指石能行。屢惜巖巒去，渾忘波浪驚。從來幽闇裏，夷險未分明。

次劍浦

信宿此溪南，關情事頗堪。雌雄成好夢，山水可幽談。一鏡先凝碧，雙星恒在潭。曉看峰翠裏，真與黛痕參。

訪空生

閒房閉幽邃，稍坐即能安。如此僧心暇，彌知客路難。溪山成坦率，茶酒破嚴寒。更折梅花至，持杯仔細看。

那菴詩選卷十七

閩中商　梅孟和著
海虞錢謙益受之選

庭草

入門

客態入門盡，悲歡事轉多。情先怡菽水，語且息風波。無恙琴書在，凋傷花木何。老親頭愈白，因悔太蹉跎。

客至

初歸身似客，客至話偏長。道本謀山水，魂猶帶雪霜。所添叢竹密，不減徑梅香。兩載成何事，悠悠復故鄉。

集康仙客香霧樓值俞羨長至

卜築偏臨水，登樓即有山。臘殘能共醉，夜永不先還。寒月梅花裏，香風竹樹間。故人初到此，情事亦相關。

同婁江許子看園内梅花

樹古香彌澹，枝疎影倍寒。能憐歸客至，留與美人看。月色照相着，春情蓄未殘。故園花乃爾，閉户亦奚難。

過孫子長

攜手語難終，當兹離合中。雖然其室邇，畢竟是心同。酒使餘寒退，庭從明月空。良朋叩戚里，相對自無窮。

集陳泰始聽董小雙歌

新歸逢舊好，寒夜爲君過。不意林中酌，能聞花下歌。餘音從月散，弱態受風多。恐作驚鴻去，翩然客奈何。

夜寒友人攜酒至遂與散步月中

不忍閉清光，攜尊過草堂。冬情春所逼，月氣酒能香。似映梅邊水，坎行地上霜。轉憐爲客夜，此際倍思鄉。

丁巳元日

到家逢改歲，萬事復今年。剩得身如故，知爲天所全。詩書苟有矣，門徑任蕭然。不識青山裏，容吾去種田。

人日登烏石山

今日即人日，無端幽思催。踏將新草去，遊遍故山回。春氣林間出，江光霧上開。此中松桂冷，倚石自徘徊。

正月十七夜集友

古人遊秉燭，今夕殆如何。燈與月同艷，情於春較多。墻花留影宿，簾鳥觸香過。勝集兼良夜，更殘尚雅歌。

看紅梅有所示

移栽渾不覺，開即是寒林。霜露忽改色，春風同此心。受憐呈素志，含笑委芳襟。若使香無異，花間何處尋。

課童子净園

園中得佳思，去穢乃清虚。童子力能作，主人情所如。墻頭山色半，花上鳥聲初。更護新栽竹，無心恐誤鋤。

移花

亦已沉淪甚，兹移得所生。春光惡摧折，花意豈紛更。忽起林園色，方知風露情。一時含笑處，徑側倍盈盈。

園草

乍落園中雨，萋然草色還。既能滋碧地，且復映青山。望處眼先亂，吟邊思未閒。幸余當此際，不是路途間。

烏石山房訪董大理

未尋君海上，今日到山居。真率仍能故，行藏藺自如。衣冠隨意樸，泉石妙言餘。不謂幾年别，神來烱似初。

題畫與陳計部

曾以文章有魂魄，豈與世人論典籍。山水乃是文章色，筆墨之際持其跡。就中别有靈慧脈，昔者來兹理不隔。予因陳子吴越歸，雲山烟水寒相依。蘭溪舟中七尺素，爲子虚無寫其故。一日一山偶一水，兩日孤村片樹裏。忽然秋氣散秋聲，復使秋聲藏澗底。寫成一幅陰晴變，遠近能令發聞見。目前妙理自忘言，但覺烟雲相繾眷。嗟夫結此山水因，閒閒坐對生精神。懸之堂前予與子，臨水登山身在此。

過施計部看所藏唐人畫意

非君山水趣，何以屢相親。遺蹟留前代，令予見古人。文章生草樹，朱粉結精神。更指林中客，千年共此身。

雨後同友人訪城内園池

柴門閉烟水，况是此城中。雨後何人至，春遊偶爾同。閣虚山影進，徑遠鳥聲通。最好長堤上，微波生柳風。

紅蕉雨下作

昨夜來驚夢，朝看蕉雨聲。慣聽渾不覺，乍對倍含情。葉只簾前蕩，花歸鏡裏明。吴門偏少此，歡愛未凄清。

春夜蕉窗聽雨

無端來細雨，窗外隔紛紛。只與燈花落，仍同蕉葉聞。寒邊侵散帙，衣上走羣雲。幸有新來燕，栖鳴共夜分。

集友新居得八齊

二月今將盡，相招客到齊。竹能憐舊主，花喜發新泥。得水魚身露，登樓山影低。何須丘與壑，即此是幽栖。

烏石山房訪友

春遊胡不可，惟子肯山居。身愛烟雲止，情爲木石餘。滿林皆散帙，入眼是奇書。百步城中路，幽深任所如。

園中看新柳

春心多偶屬，柳色共依依。扳折知無恨，低垂真可憐。風翻情緒裏，烟寫黛痕先。回想客中見，芳菲又一年。

孫子長自福廬歸春夜過談二首

出門相約百花歸，待到花殘春事非。幸有靈奇談不了，烟光海色燭邊微。

花開花落一年心，半爲蹉跎風雨侵。今夕閒雲分幾片，頓令丘壑與春深。

送友之南雍

豈是閒遊者，今朝向白門。落花行色動，芳草夢魂存。月肯照前路，雲看出故園。翻然千里别，握手事難言。

佛日芝山禪房看放生

何限閒房意，禪機花木前。衆心瞻佛日，萬物合生天。放去渾無事，如來自有緣。目中俱解脱，清磬只悠然。

江園四首

江氣與山光，俱爲園所藏。見聞宜不暇，情景愈無方。池水涵羣動，林泉得衆香。四時遊自好，夏日太清凉。

偶同山侶至，更與埜僧期。值此春波滿，况於凉月時。磬聲松際落，花影石邊疑。領略那能盡，閒行任所之。

亦知深有托，觸景意攸存。偶集非關酒，登臨不出園。烟霞探妙理，木石可清言。屢有林中約，何時同閉門。

欲去復踟躇，翻然未到初。愁將分主客，樂轉羨禽魚。空闊令人遠，幽清入夢餘。細探來往意，不獨近君居。

乍晴

稍稍晴光徹，緐憂乃豁然。窗開蕉葉裏，人在鳥聲前。草木情初返，琴書意亦宜。登樓閒望處，山色更相延。

自西城至北登松風樓晚歸越王山

城中人境滿，西北似荒村。路指松聲去，山因樓影存。風濤無早晚，烟水半林園。今日遊難了，幽清不可言。

過華林禪室

寺古倚城陰，閒行得偶尋。山光難出樹，雲氣已平林。花竹聊成趣，琴尊不在心。好僧言語少，相對自深深。

訪石林

小搆足幽意，相過不忍還。語言惟此石，坐對即前山。徑有松聲落，庭從花影閒。休論人跡近，身已亂雲間。

據梧齋聽雨

屢約桐陰好，來當暮雨時。寒聲非獨聽，幽意頗相宜。却似風泉響，兼之山水思。齋中長有此，坐對更何爲。

過鄭思闇

卜居依隱僻，此意語人難。朋友自能至，衡茅亦苟安。居身恒有術，持論愛無端。莫怪門常掩，其中自遠觀。

立秋日偶集禪室

一日即秋心，僧居不遠尋。好山能隱郭，古寺更通林。禪豈松聲礙，譚依香霧深。從兹疎爽氣，可以入孤吟。

七夕浮山堂沮雨

入秋神即豁，遊覽最相宜。一雨不禁夜，雙星感此時。跡疎寧有故，興盡稍愆期。屬目如河漢，盈盈係我思。

雨後小集

一雨洗秋聲，堦前爽欲生。朋來神意活，夜坐燭燈清。静賞無時事，閒談有古情。出門俱不肯，忽忽到殘更。

秋日登烏石山房三首

因山奇結搆，遠近費追尋。池水能空石，籬花盡出林。風濤如澗響，松徑接巖深。况復新秋色，烟雲何處陰。

但見樹青蒼，危峰樹裏藏。幽看日色異，靜聽竹聲凉。樓上延空闊，尊前聞遠香。朝昏多變態，何以定山光。

路到窮邊出，石於險處登。林端飄一磬，樹杪有孤僧。夕照含明滅，江雲起欝蒸。悠悠下山徑，花底見疎燈。

蕉窗坐月

沉陰塞耳目，對月返聰明。竹榻掠疎影，蕉窗澄遠情。持杯從露下，散帙值風輕。萬感此時靜，無人且獨清。

烏石山房又集

登臨生暇日，地勝喜頻過。時鳥聽應慣，秋花開更多。江虹能飲雨，山鹿愛穿蘿。猶未言歸去，月光殘幾何。

八月十四夜平遠臺看月

月色散清歡，臺前永夜看。光疑差一縷，情可照千端。衆鳥栖疎影，滿林生薄寒。肅然深省處，孤磬石邊殘。

中秋樓上坐月

思與月同滿，登樓似水天。魂清緣境外，氣冷在霜前。河漢欲連地，峰巒不受烟。卜居將十載，始見一回圓。

集友鄰園

愛此園居好，相過得近君。籬花秋可約，林葉冷先聞。語内皆幽事，杯中有至文。坐深來掩映，殘月白紛紛。

那菴詩選卷十八

閩中商　梅孟和著
海虞錢謙益受之選

自陶詩

九日孫子長招登山館

九日必登山，人情遵往事。兹山在城郭，丘壑即淵邃。入徑竹色深，桂花香覆地。委曲度石梁，輕身踏遥翠。載酒坐烟根，江光眼中墜。耳目稍能豁，精神乃高寄。笑語倚夕暉，勸勉成一醉。感往復徘徊，同遊真不易。

訪菊

不見故園菊，計兹將六年。含情俱欲發，相訪獨悠然。静節保籬下，幽光在露邊。可知花有意，對面愈娟娟。

送子長

人生過三十，倏忽即大半。攜手愁日傾，況復頻聚散。去歲喜同歸，晨夕却如貫。山水得清緣，登臨俱不憚。勝事若未了，白露秋已判。車馬寒有聲，君行即明旦。聊以菊花留，幽情愈相亂。行者王事賢，處者閉門歎。

集別龔克廣園居

園能爲竹裏，相約菊新時。離思秋邊積，幽情花下知。簾翻星月動，酒使夜霜遲。未免與君別，尊前天一涯。

月下別意

月白太相照，況於月下分。清光行有着，悽切語難聞。樹立冰霜色，鐘翻鳥雀羣。它時閒步處，吟望豈忘君。

答曹觀察讀余詩

寥寥成獨往，自不願人知。談到情深處，真如論定時。月因霜愈寂，泉與石相資。它日廬山裏，同君謁遠師。

送菊

忽見黃花在隔鄰，香從霜露幾枝新。持杯欲就籬邊醉，不謂秋光肯贈人。

送陳計部去歲十月同歸

每憶同歸好，方知此別難。一年離聚意，十月往來寒。雪漸峰頭落，楓從馬首看。君今挈妻子，試比友朋歡。

江上與陳叔向宿舟中

何日不相憶，今宵喜共君。篷窗藏語默，燈影照殷勤。風便隨帆去，江空宿雁聞。一衾秋水上，魂夢未曾分。

曉起江上望別

一宿舟行好，朝依水驛風。俱來君不偶，別去意無窮。笑語山光下，神情江氣中。此時凝望處，脈脈可相同。

至囦溪與孫子長舟中飲別

作客翻爲主，維舟却似家。清霜凝埜樹，明月帶寒沙。驛路多依水，楓林漸着花。夜深溪上坐，惆悵已天涯。

逢僧遂與觀瀑

亂瀑散前林，僧居倚石陰。鳥聲驚欲墜，雲氣瀉同深。響落空山色，寒添古木心。此中人跡少，日日可幽尋。

訪林子實山人

溪山君所隱，采隱即相過。共語人堪少，關情老更多。圖書成酒物，妻子在巖阿。病足偏今日，登臨可奈何。

溪上逢寶公

僧心真不繫，隨意得相逢。説向山中寺，喜看溪上峰。雲光涵片水，石色抱孤松。談極愈無事，疎林過遠鐘。

觀穫

冬候方深入，寄居溪上山。田疇多水次，農事見民間。禾稻天晴穫，牛羊日夕還。笑爲君子者，謀食未能閒。

溪月

來茲萬壑裏，冬氣盡蒼蒼。忽見峰頭月，俱爲溪上霜。含情照凄切，散步踏清光。村釀知新熟，寧愁寒夜長。

酌於溪上

衆山圍夕照，倒影水聲中。把酒坐寒石，臨流醉晚風。居人欣卒歲，農圃屬成功。信步前溪去，閒談得埜翁。

湯泉詩

余向在應城，玉女池中浴。斯池太鬱蒸，浴者炎氣觸。今歲入村落，湯泉在巖曲。片石兩隙流，寒温各委屬。遥遥合一壑，清切澄碧玉。余來試解衣，四體投春旭。溪山圍眼前，蒼翠常約束。霜露亂新冬，元氣相灌沃。陰陽變造化，顛倒理難局。較在應城時，如人寬與酷。

村婦詩

村婦年最少，凝妝亦修靚。嫁與田家傭，眠飧失其正。有時步溪光，抱慚臨水鏡。髩影亂寒雲，山花頗相映。似知行露辱，不肯傷真性。人生未遭逢，此身宜自敬。

溪上紅葉

溪流繞山碧，山葉過溪紅。掩映枯橋外，光明寒水中。魚方疑晚照，鳥每認春風。更有前林樹，枝頭霜不同。

過農家

不遠即柴門，日斜水未昏。樵夫歸草屋，童子戲田園。粒食辛勤得，家風樸茂存。明朝期杖屨，更欲到前村。

見殘月

夜永幾回睡，開門試一看。霜從林畔寂，月正屋邊殘。山鬼立人影，溪漁隱樹端。憑將巖壑意，對此共高寒。

曉起

曉起失前山，日光尚未還。身居冬氣裏，人在翠微間。林鳥飛難外，溪雲去亦閒。臨窗安盥漱，側耳只潺湲。

農家邀酌

俱是歲寒事，依然雞黍風。門開山色裏，人語水聲中。埜菜烹應好，村醪勸不空。世情真簡樸，未免愧村翁。

夜坐鄰農攜酒

柴門猶未閉，攜酒到床前。報導新冬熟，堪消永夜眠。溪蔬爲旨蓄，山果代香鮮。醉後心無物，居然是葛天。

山行

落日近山行，悠悠寄此情。村多禾黍氣，樵返水雲聲。片石封溪半，孤烟出樹平。閒看幽自好，紅葉更分明。

出山二首

欲親農圃意，一月共依依。纔向山中別，將尋江上歸。家園從水近，雲霧戀峰微。不識明年裏，重來是與非。

那能成遠志，稍稍視田園。稼穡難如此，吾生貴討論。怡情遊鹿豕，偶爾察雞豚。但恐出山事，未容人掩門。

戊午元日看園中紅白桃花

臘盡生新事，花開得故園。人情今日始，春色隔年存。清艷難同態，香光不異魂。東風添一歲，相對自無言。

人日郊遊歸過友人樓居晚酌

韶光隨處着，遊覽未前期。出郭逢人日，登樓訪友時。林園同夙好，花草當新知。斟酌成嘉夜，晨昏事事宜。

東武燕卿時在官舍

何期君到此，此晤復難輕。半札緘春夢，隔花聞鳥聲。積思爲別感，犇悦亦交情。猶勝白門裏，題書阻遠程。

題春山欲雨圖與燕卿

君來不可見，對君以獨處。静理筆墨情，可以代言語。澹澹成春山，陰映在平楚。衆峰遊烟跡，泉聲墜何所。靈雨積其中，冲深氣相貯。經緯自冥冥，神趣行片楮。窮目入翳如，思君復修阻。

燈夜客至

安兹閉户意，花竹是芳鄰。酒且浮新月，燈來照故人。話言依道遠，坦率見情真。更囑無忘醉，茅堂有此春。

燕卿以夢草屬余序兼答來詩

日憶故人顔，書多來往間。禪心因夢得，詩思與雲間。以我言堪重，知君意所關。前途應再晤，紙筆肯辭艱。

集石林二首

城中山自好，因石搆林園。登覽集佳思，幽奇不易言。松聲滿池水，花影礙雲根。况有鄰僧在，知君難掩門。

山意愈無盡，春情復有多。苔痕初染月，石磴半穿蘿。清磬入芳樹，新鶯和雅歌。兹遊真未了，暇日再相過。

過馬達生玉尺山房

屋裏即登臨，所居藏古今。閒談皆石友，静保出山心。花上鳥聲好，階前雲氣深。幸予家巷近，日日可相尋。

那菴詩選卷十九

閩中商　梅孟和著
海虞錢謙益受之選

遥尋草

臨行

兹行知不免，自鄙復栖栖。未息風波事，難聞春鳥啼。老親恒顧别，良友偶思齊。忍對花開落，明朝趁馬蹄。

芋江發舟同李仲承林守易

離情已出門，舟乃發江村。得友愁堪寄，逢山興復存。岸花恒送目，春水尚依痕。最是中流坐，晴光照語言。

觀瀑於溪上

春山萋以緑，亂水界峰明。雲壑應交氣，風泉是此聲。客方聽不捨，流每盡難盈。乍得來相對，泠然洗性情。

僧房坐雨

竹裏僧無事，閒談息客心。三春鶯欲晚，一雨坐能深。隱几燈光寂，閉門雲景沉。若論山水意，亦可當幽尋。

溪閣有訪

溪閣倚春天，褰簾山水全。亦知琴作伴，且與柳同眠。峰翠生衣上，林香到枕邊。無端雙蝶影，花底去仙仙。

建溪坐月有懷

新月如新水，溪山深映之。遠心當此夕，幽感在斯時。庭樹静流影，灘聲急所思。清光偏照我，知已近天涯。

至裴村

到此人間異，前溪是武夷。村圍芳樹裏，峰映夕陽時。灝氣浮山厚，靈踪隱壑私。春遊晴亦偶，杖履且相期。

訪武夷有序

武夷山周百里，水繞千巖，映蔚奇峰，潛伏化跡，必栖以閒適，庶得其高深。玆者頡頏道路，顧眄雲烟，幸春日之告晴，向靈區而過問。略存尋訪，敢謂登遊。

暫息此間關，行尋幾日閒。休論秦與漢，但見水兼山。試踐遊人跡，將觀隱士顔。預愁歸路失，一去未知還。

問渡

山色送氤氳，溪流九曲分。客身依落照，桂渡載閒雲。古樹從峰擁，幽禽隔水聞。悠然此相對，先揖武夷君。

武夷道上

春樹夾春流，兩邊春徑幽。樵夫歌隱隱，埜鹿去呦呦。此地已稱勝，未山先可遊。捨舟行不遠，新月已峰頭。

萬年宮看月

昔人多羽化，遺跡是何年。試看宮前月，疑來洞裏天。溪花香過水，林影澹爲烟。萬感一時静，幽情未有邊。

蚤起望幔亭峰

水氣化雲英，朝光石上行。予先翹首望，幔捲此峰明。遠思消羣物，幽香滿太清。仙宫纔一宿，身覺曉來輕。

登大王峰

峻極生瞻仰，遥登豈憚勞。躋扳猿鳥似，坐臥洞雲韜。名豈王人重，居然隱者高。一身虚響裏，不獨是松濤。

大王峰頂逢一僧於巖壁間

卓立雲之上，巍然不易登。峰巔藏化跡，石内見孤僧。補衲依春旭，烹茶燒古藤。人天來往處，峻絶亦何曾。

往天游觀

一徑接無窮，身隨鳥道通。風花香偶着，泉石氣相蒙。巖影照人異，雲心戀樹同。若論高遠者，肯出此山中。

天游詩二首

木末竹門陰，開門坐竹林。夙遊孤客夢，兹話一生心。澗水隨花去，巖雲墮谷深。却忘天路近，身已俯栖禽。

竟與寰塵遠，獨爲天宇親。溪流皆貯氣，山色盡含春。松老知何代，雲閒愧此身。更將巖下水，洗眼視幽人。

天游望接笋峰

片石臨無際，前峰望覺低。雲遊過碧水，巖斷接丹梯。眺聽情宜遠，登臨事不齊。明朝期絶險，險處見幽栖。

自天游歸泛月溪上

忽吐峰頭月，光先照我還。幽情移在水，夕靄轉浮山。溪樹流清影，風花香幾灣。此身如一葉，泛泛可能閒。

宿於宫

花樹繞宫深，坐來生遠心。且留雲共宿，時有月通陰。溪水照清夢，竹廊栖衆禽。虛虛看仿佛，仙恐此中尋。

登接笋二首

尋山不履險，那得到幽奇。勝氣浮天近，輕身俯地危。扳緣如鳥度，顧盼有僧隨。且立風聲裏，精神王此時。

山窮偏有路，路轉復崚層。語與泉相應，身爲雲所憑。窠居栖秀木，磴道接枯藤。却顧後來客，艱危屢不登。

登接笋峰頂

隨山到杪巔，勝境盡登延。竹户開松上，雲峰變眼前。閒談尋出世，擬足欲扳天。歎彼高栖者，春風忘歲年。

清明日試茶於接笋

峰頭茶候至，扳摘喜清明。引得烟霞味，凝爲水石情。靈芽春泛泛，香露曉英英。節物兼幽事，山中紀此行。

贈接笋峰道人

不知人世事，峰頂已多年。雲霧栖奇跡，巖巒儼默仙。神遊松上月，氣接竹間天。勿論身飛去，居然萬物先。

九曲試茶歌

茶人種茶峰峰裏，種茶未必精茶理。偶訪山僧巖下居，自摘自煎辨溪水。此茶宜烹九曲中，稍出溪前茶不同。亦是靈奇歸一氣，山水吐納爲神功。九曲靈奇難强名，丹巖翠壁流清清。松濤石瀑塵根洗，輕雲湛露感之生。今朝試茶山水對，采之烹之茶理在。香氣溪頭觸落花，花魂引入茶香內。臨風細啜澄精神，茶兮茶兮輕我身。

逢僧於虎嘯峰半

憑將杖屨踏層層，石壁多從險處登。滿目茶烟迷去路，一身花露見歸僧。巖頭瀑水飛來濺，澗底松雪積欲崩。多少靈奇山内外，更相扶去陟峻層。

還自虎嘯巖息於僧舍

春氣韜日光，蒼翠生冥冥。既登復乃降，僧居聊自寧。來徑接峰危，巖扉雲霧扃。煮茶掬寒水，鼻舌隨芳馨。清虚禪意中，幽異集衆靈。風泉及松濤，與之寂然聽。

待月於溪

孤霞映溪深，餘照澄明滅。置身魚鳥際，聞見已清絶。忽覩月溶溶，兩邊峰影徹。清輝動微波，靈光晝夜迭。顧彼幽栖者，蒼蒼閉巖穴。萬物静斯時，精神愈高潔。

遊小桃源有序

自三曲舍舟，而徒履巖登棧，扳藤渡澗，沿洄二里餘，見一石洞，容身而入，則村也。村圍衆峰，奇態互變，田園引泉，桑柘爲陰。烟竹之際，雞聲犬吠，隱隱相聞。余讀陶公《桃源記》，仿佛身遊。今復到此，又仿佛在記中也。俛仰徘徊，心冥情依。恐所存既往，詩以志之。戊午清明後兩日也。

委曲入山路，路塞山復通。援木而溯澗，步於巖腹中。忽然見世間，田疇多春風。居民如太古，農圃安成功。桑竹相迷密，烟岫圍青蔥。泉上與松際，笑樂皆村翁。自顧負此生，日爲塵所蒙。

第三曲望玉女峰

秀色映溪生，溪中蘊麗名。屢看峰有態，可謂石無情。來往行兼立，沿回避復迎。花開與花落，春水自盈盈。

九曲詩

昨訪溪上山，今泛溪中水。曲曲備幽奇，别具山水理。苔壁養泉容，丹巖屹然峙。急瀨走蒼光，輕航坐驚喜。澄潭倒空翠，花鳥虚明裏。來往異見聞，沿洄失起止。細尋九曲情，兹遊何足恃。

雲窩

結搆集幽奇，達人向在兹。羣雲所息處，獨客偶來時。石室臨溪險，峰巒繞壑私。夙心栖此地，花鳥已相期。

登城高峰僧飯

遠翠自重重，茅菴梯此峰。林間先覓路，竹裏已聞鐘。净食來山鳥，午風生澗松。好僧兼勝地，原不易相逢。

欲登鼓子峰不及薄照從溪上歸

夕照滿春山，奇巖不易扳。樵漁隔雲語，杖履繞溪還。石溜潛清響，松聲下碧灣。回看峰靄靄，已映亂流間。

尋陳道士不值

十載樵川路，送君栖此山。今朝向何處，竟日不知還。壑邃門常掩，雲深榻更閒。林花如有意，笑我在人間。

望百花巖

春晚翠微深，遥看花滿林。烟霞隨變態，丘壑自真心。灝氣呈幽艷，和風吹遠陰。目中仙境接，恍惚復難尋。

白玉蟾止止菴

沿溪行且止，止處是仙菴。昔貌一峰秀，幽情衆壑含。松風來逸響，竹翠落晴嵐。曾讀遺文久，玄言自可參。

訪宋時茶園

巖巖茶可種，前代有斯園。春更長新樹，雲猶來舊村。落花通複澗，止水蓄靈源。羨彼山中樂，居人深竹門。

春暮泛西湖十首

湖遊春自好，春晚更相宜。山色濃猶未，波光澹在兹。佳人歌裏醉，畫舫樹間移。憐我長堤上，東風不耐吹。

因烟山近遠，隔岸樹沉浮。閣邃春常在，衣香煖共遊。殘花争乳燕，柔櫓撥輕鷗。多少傾南國，何人字莫愁。

春晚半陰晴，柔條習習生。舟中通笑語，水上盡輕盈。地與時同麗，山因人得名。閒遊自多緒，忍向柳邊行。

猶喜是春天，來遊自可憐。尊移芳草上，幔捲落花前。覽勝須朋好，爲歡亦酒權。何時似漁父，湖畔任年年。

滿地東風多，有人皆有歌。林園隨客訪，鶯燕語香過。油壁入芳樹，輕航出淺莎。不知正二月，景物更如何。

處處皆香閣，人人向酒家。閒情多所係，遊興屢能加。僧偶來深竹，魚多食亂花。憐茲湖水上，樂事自無涯。

客是未歸身，堪茲湖上春。幽情恒觸物，芳思自依人。徧地蒙花雨，忘天羡酒民。此中山共水，誰故復誰新。

易乘今日興，難息暮春心。柳弱人堪似，花餘風不禁。悠然行且止，亦可退而尋。偶憶香山老，沉吟獨至今。

山水既了了，來遊情不同。朱簾褰麗照，錦纜繫柔風。枝影春衫映，烟光翠黛融。許多欣慨事，集在此湖中。

日色亂香車，相思烟草如。閒行移顧盼，欲去更踟躇。爲樂無餘地，恒遊當卜居。落花更何意，片片上裙裾。

雨中至白門息於僧舍

入寺却如歸，禪房共息機。燈前香氣静，榻外雨聲微。老衲能存客，長途且掩扉。世情何日澹，終與爾相依。

暮雨至子丘茂之家晤伯敬

中途聞我友，相待已多時。稍得雨中坐，應寬天際思。别前恒有夢，晤後更何爲。一片燈光裏，幽情共不移。

題伯敬畫

别來六載始相見，出處殊途情筆硯。昨宵燈下語欣欣，余今學畫能學君。聞得此言忽驚喜，急出蕭疎一片紙。文人落筆即文章，一木一石生奇光。心手從違淺亦深，穆然神跡相窺臨。豈料别來能至此，可見胸中皆妙理。秋山秋水成秋骨，最好筆端能樸拙。看子畫時古人意，聚斂精魂展幽異。無心求少與求多，意之所至偏婆娑。自愧天機遠不若，三十年來方澹泊。子獨殷勤乞予畫，援筆沉吟猶未落。

秦淮贈蔣姬因感舊遊

暫得相逢意便多，可宜簾際再聞歌。十年勝事思難了，片語憐人感奈何。夢逐楊花摇暮月，情隨燕子掠春波。秦淮烟草無新故，門徑蕭然不忍過。

喜黄子羽至

望裏已先到，到時同一心。别非言語盡，晤恐夢魂尋。清瘦寧殊故，悲愉直至今。僦居應不遠，晨夕共深深。

城南訪孟凫季穆子羽

出郭未爲遠，朋來共此方。到門憐樹色，對酒戀山光。笑語且爲樂，寒温尚未遑。相過俱坦率，稍坐已斜陽。

那菴詩選卷二十

閩中商　梅孟和著
海虞錢謙益受之選

閒草

天界古柏禪房詩四首

禪房無不寂，此地倍清涼。借得烟雲氣，凝爲筆墨香。幽藤延砌密，古柏覆山長。却與僧同暇，時時步竹廊。

青青圍一院，雖暑却如秋。竹月偶相過，山雲恒獨遊。清鐘聞更静，幽鳥唤何求。僮僕無它事，關心在茗甌。

一徑入遥深，幽光不出林。蕉間頻積夢，竹裹偶行吟。洗硯爲常事，開尊非夙心。悠然禪榻上，但見柏森森。

蚤晚同清課，忘吾不是僧。詩書雖舊業，木石即高朋。此地翻成愧，何時無所能。默然頻懺悔，深拜佛前燈。

禪院聞蟬三首

曉露落無聲，羣蟬相與鳴。處高身太潔，境寂韻偏成。不擾真僧定，還同一磬清。窗間兼枕上，獨自最分明。

既與世相遠，豈同人所求。微軀能解脱，高韻故清幽。食與蓮花凈，栖同柏樹周。閒吟誰可和，天籟更悠悠。

山氣積彌深，羣聲只在林。疑爲千佛偈，似有六時心。可入静中耳，方知空外音。未秋聞共冷，客思已蕭森。

董崇相大理攜尊至

竹房深未掩，木石意相安。酒至忘爲客，君過不以官。清言茶候熟，密坐柏風寒。更待峰頭月，入城自不難。

陳磐生相訪留宿禪院

應接知君懶，尋予共一幽。山僧猶可語，谷鳥每相求。半榻晨昏事，閒房天地秋。此中俱有得，寧獨息交游。

送石公還廬山

一衲偶相見，還山不可留。得居泉石好，堪閉竹房幽。彭蠡航前月，匡廬頂上秋。聞言先向往，何日此中遊。

雨後遠雲禪師移蓮花至與之共坐花下

頓覺蓮花好，禪心宜對之。坐當天暑候，移向雨晴時。榮落予多感，色香僧不知。好風清且浄，細細晚來吹。

坐雨同遠師

古木四邊幽，開窗雲自遊。有僧堪共坐，雖雨不知愁。柏翠檐前滴，蟬聲樹上浮。遠公能醉客，忘却暑兼秋。

董吏部相訪索予詩畫賦此贈答

樂幽入於禪，萬緣此中息。獨有山水根，心手未能抑。董公日相尋，竟爲公所得。公昔令吾土，政餘工筆墨。今爲吏部郎，好文兼好德。高賢腹羣有，精理會淵默。片紙同公歸，烟雲不可測。

楊君實孝廉攜酒相訪賦答

此中俱作客，沽酒轉煩君。山水持爲好，主賓何所分。偶來成古意，餘論即高文。薄暮涼風起，蟬聲尚可聞。

伯敬至

城南多埜寺，知爾屢相尋。樂與客無事，恐煩僧有心。竹幽談兀兀，茶熟坐深深。不覺來山月，清光共滿林。

虞伯醇孝廉招泛秦淮詩以謝之

秦淮生勝事，夙約共登舟。念我連朝病，負君今日遊。交先文字得，夢與水雲求。但恐各歸去，情寒江上秋。

自天界移居秦淮流影閣二首

入城知此際，有閣且移居。雲氣來僧榻，月光照我書。臨風吹笑語，捲幔動清虛。夜静無人事，禪房殆可如。

閣影倚空明，能令耳目清。朋來應可樂，僧去每忘情。晚照生山色，凉雲入水聲。只緣歌笑近，鄉夢屢難成。

七夕施沛然招泛秦淮

客裏豈堪秋，今宵復女牛。秦淮憐獨宿，漢水若同遊。閣影柳邊動，歌聲月上浮。酒深談到曉，風露滿孤舟。

何仲益招泛秦淮

河上多秋水，相招君意深。輕舟移兩岸，亂火出重林。獨客酒間思，美人歌裏心。關情誰更甚，良夜可能禁。

集寇氏林亭三首

林園淮上好，艷集失秋天。何意琴尊事，能添筆墨緣。輕盈來竹下，深重坐燈前。俱有關情處，臨風每自憐。

花底意深深，香風不出林。一杯先倚醉，片語已傳心。竟夕翻疑夢，它時自有尋。歌中驚帶别，强聽未成音。

酒深分不忍，歡會轉成悲。對面易爲遠，多情難自持。共占千里夢，欲了五湖思。楊柳休扳折，青青惜此時。

試畢南歸伯敬以詩相送賦答

此心論已久，臨别更何言。今夕猶同夢，明朝即故園。予知逢世拙，道本入山尊。瑟瑟秋風下，踟躇出白門。

曉發燕子磯

昨夜磯頭宿，遲明得好風。禪林寒樹裏，秋水大江中。入夢人相遠，關情事未終。舟行誰共語，百感是霜鴻。

宿京口

渡江來至此，京口復維舟。霜露驚初落，山川感舊遊。難看滄海月，未了白門秋。永夜蓬窗裏，徒然百慮同。

登慧山

春來遊未了，秋半復躋攀。寒樹上蒼徑，清泉下碧灣。客隨雲氣入，僧語竹聲閒。覽此幽無盡，宜恒住此山。

至吴關孫子長計部留宿署中

爲期春到此，葉落始相過。官舍故園似，客情秋水多。淹留今夕醉，輾轉舊時歌。忍即別君去，鄉愁可奈何。

錢受之沈雨若同邀吾谷看楓葉二首

何處無秋葉，能如此谷中。影能生夕照，情更艷春風。水滿碧相映，山深紅未終。誰知霜氣裏，真可豁幽衷。

臨行泛秋色，載酒坐山光。水約今宵月，林知昨夜霜。淺深衣欲染，點綴葉疑香。每到凉風候，因君望此鄉。

與季穆同舟至婁江

登舟思蕭索，得友稍能寬。纔別山光滿，翻然江水寒。丹楓似猶見，衰柳不勝看。此處家何異，歸心自覺難。

重到北園

林園皆昔者，我到每周旋。池上花誰似，竹邊人宛然。攜尊難獨醉，入徑易相憐。不覺坐來晚，幽深再一眠。

訪黄子羽宿於溪樓二首

相待意紛紛，到時何所云。爲歡忘作客，善病轉憐君。夢去深如水，情來痴似雲。樓中晨夕好，歸雁不堪聞。

失意亦何說，淹留唯一情。林園生夜氣，霜露下溪聲。連日身何往，中宵語不盈。歸心那可息，臨別屢難行。

爲子羽畫壁遂題其上

素壁如秋天氣明，寒泉古木自秋聲。今朝共對佳山色，別後尋君夢裏行。

與子羽同舟至元晦南園宿别

同來君有意，言别事堪憐。病態烟霜下，歸心鴻雁先。園中纔共醉，池上即分眠。相約如秋月，清光共一天。

自妻江登舟至虎丘宿月僧舍

江上發清曉，斜陽到虎丘。且尋僧獨宿，因有月相留。樹影凝霜氣，歌聲滿石頭。此中予久住，今夕倍悠悠。

虎丘曉起

移宿爲逢幽，禪房一夕留。寒蟲聲到曉，古石色矜秋。入竹生清戀，因僧説舊遊。余身今亦暇，曾奈是歸舟。

還吴關别子長歸

到此菊花發，言歸冬漸深。且同今夕醉，不異故鄉心。遠浦疎鐘斷，寒山古木陰。夜闌歌裏别，長路豈能禁。

吴門哭俞君宣明府

去年風雪裏，相約暮春時。到此竟長往，晤言何所之。容光思遠友，清白付佳兒。莫怪滂沱淚，君能讀我詩。

過寒山寺歸宿楓橋

移舟十里到寒山，步入山門扣竹關。遠水已浮千樹出，疎鐘仍帶數聲還。滿林楓葉尋僧好，夾岸霜華照客閒。永夜清光橋畔宿，夢思寧獨故園間。

自楓橋發舟晚泊吴江對月感賦

月臨山寺自清寒，載向吴江共一看。昨夜鐘來聞未了，今宵楓落對應難。蓬窗凄切鄉愁滿，樹影微茫埜意寬。此地經過恒信宿，客心如水共漫漫。

寒夜舟宿西湖

春盡湖遊遍，秋歸客復來。鶯花何處去，風露但相催。且與衰楊宿，仍聞斷雁哀。寒烟與寒月，鄉夢亦徘徊。

月夜步六橋見美人歌於堤上邀坐醉别二首

幾得湖中月，登舟更渺茫。微風來笑語，緩步入清光。酒内豈云夜，歌前無不霜。偶逢爲勝集，主客轉相忘。

湖山寒不雲，寒樹亦氤氲。白月凄蘆影，清霜綴雁羣。忘情秖有醉，含意忍相分。更喜方舟宿，歌還夢裏聞。

錢塘發舟

歸夢如潮水，滔滔生此時。山雲寒未落，岸柳澹相移。人事帆前息，客心天際爲。登舟即鄉國，江路可遲遲。

舟行對月

好風清到月，寒水碧於天。一酌舟中坐，片帆江上懸。波濤平向路，洲島澹爲烟。孤影且相勸，更分尚渺然。

泊月釣臺

屢經嚴子瀨，今夕月明多。古木垂清蔭，荒臺浸碧波。客來依水宿，人倘在山阿。歸去余將隱，悠然此度過。

雪中度仙霞關

寒色積於山，能辭今日還。敝裘添跋涉，小僕恨躋扳。念我詩書賤，何人道路閒。且沽茅店酒，薄醉此間關。

到家旬餘往囦溪逢徐興公遊豫章送之兼寄朱欝儀宗侯

春半辭家冬始還，送君仍不在家山。離心更積寒溪裏，無意相逢别路間。三徑莫遲新草色，十年空想故人顔。於今避世多賢者，倘任風波未得閒。

己未元日過吴汝鳴園中看紅梅

春初梅更好，客至坐林中。對此如紅雪，悠然有素風。踈看一樹老，艷豈衆花同。樂事今年始，相期克有終。

正月二日又集

纔得春來春事生，入門賓主各忘情。今年花徑誰先掃，竟日山齋身不行。池上殘梅流影寂，簾前好鳥弄香輕。芳時莫惜長相聚，羨爾林園有此晴。

集高景倩賦得白海棠

却嫌情太艷，素色以爲芳。向曉渾無睡，臨風似有香。借穠成異態，因澹試新妝。立在羣花裏，悠然春思長。

元夕集澄瀾閣

值此春晴好，春宵刻刻良。開尊情乃勝，倚閣水能香。魚藻翻燈影，鶯花占月光。不知園以外，何處夜堪長。

觀友人所藏前代墨蹟

邀我入春林，閒房幽且深。攜來花下酌，領得筆間心。耳目翻然古，精神耿至今。所藏同所見，静者退而尋。

春日閒居四首

忽忽春將半，偶然成獨居。情先忘草木，樂不倦詩書。鳥語隨時聽，苔痕信步餘。經旬無客至，酒物任園疎。

閉户自遥深，芳菲且獨尋。鶯聲能滿徑，花氣已平林。閒却三春事，寂爲羣物心。好山恒在目，日日是登臨。

幽情不出門，惟我共晨昏。埜竹疎三畝，名花深一園。焚香求慧性，啜茗當清言。莫道山居好，山居事事存。

出門何所往，稍稍息將迎。静理羲皇事，閒看天地情。論交思古道，涉世愧時名。屈指韶光易，勞勞負此生。

將之楚留别友人

楚天不可極，言别思悠悠。江漢昔曾到，沅湘今獨遊。落花從遠道，芳草任孤舟。作客余常事，兹行去復留。

沮雨延津宿空生禪室

獨坐視淫雨，與僧身共閒。溪流聞枕上，林鳥在檐間。新漲迷春竹，密雲連暮山。禪床無一事，幽意頗相關。

衡湘之遊不果寄張夢澤林中區二先生

春晚思楚遊，山水先在目。吾師官於楚，好音來我屋。期我衡之陰，邀我湘之澳。出門楚不遠，中途事反覆。湘未適我願，衡未種我福。離思空寄言，沉憂在幽獨。還家坐一丘，徘徊舊雲木。謝友聊息身，門庭常肅肅。

禪室試新茶

春深茶味足，濾水試嘗之。空翠偶相入，妙香生獨知。客愁清可洗，禪境澹應宜。坐在落花裏，幽情共此時。

那菴詩選卷二十一

閩中商　梅孟和著
浙東馮元颺爾賡選

秀情居

董源山水歌

細看董公筆深妙，學者不學豈相肖。舒來絹素望太古，董公精神從我照。力厚氣全生法則，萬物含靈守淵默。鬼神在側未敢窺，只見烟雲行不息。欲尋巧拙俱伏藏，山川草木爲文章。此理高深那可説，試看遠近生奇光。千載文章同一派，借來此幅窗前拜。古風習習吹太清，與公周旋筆墨界。

初夏諸子過集草堂看所藏前代名窑各賦古詩

結廬入新巷，衆木蓋衡宇。尋余余斯在，虛堂坐今古。客至即焚香，名窑頗堪睹。形象準彝鼎，製作無苦窳。創物頼高賢，賞心予爲主。冰紋入土花，蒼光照晴雨。玩之生神氣，藏之似良賈。蓬茅列斯物，敢謂予貧窶。

竹醉日移竹入齋中

舊竹今年已出雲，一園風露一時分。齋中與我恒同醉，不獨今朝醉此君。

僧來乞畫題以與之

竹房夏之半，散髮無所戀。僧來寡言詞，命予親筆硯。予意自欣然，一幅施餘善。木石得其常，雲烟觀其變。對之以静定，畫與性情見。長在佛燈前，山水光明徧。

夏日集荷亭看蓮遂宿湖上

攜樽坐碧波，花已發新荷。待月且更酌，采蓮猶學歌。目中魚鳥静，香裏夢魂多。有此湖光好，其如信宿何。

中秋坐月

幽意閉門足，月來能似霜。秋花凝露澹，寒竹養風長。酒且勸疎影，衣偏蒙古香。相看同不寐，難了此清光。

中秋十六夜集野意亭

登臨秋在目，薄暮野爲烟。坐忽同山月，看何異水天。巖風來瑟瑟，松露滴娟娟。如此清虚内，高情未有邊。

閨中植蘭

小心視秋蘭，聞以蘭宜男。植之以爲芳，此意轉不談。蘭性同不移，土性習頻諳。根本自堅固，枝葉從東南。清風入帷幕，露下時湛湛。今夕入夢中，蘭與情意含。

畫蘭

種蘭既在心，畫蘭豈在手。花花同其芳，葉葉同其偶。濃澹細斟酌，密與蘭意厚。援筆顔緝柔，君子以爲友。萬物自榮枯，此情恒不朽。時時向蘭語，與爾長相守。

臨帖

情性習於幽，愈覺筆墨恬。摹臨得古法，自顧猶謙謙。每覽衛夫人，竟與晨夕淹。心手得其正，點畫能自嚴。竹色每盈窗，香風時吹簾。愛爾腕有登，深重視纖纖。

焚香

清齋性所止，花竹相迷密。穆然乘天機，焚香萬慮一。誠心轉耳目，聞見若有失。合掌佛燈前，言詞集於吉。縷縷入虛無，濛濛爲烟日。相期香國中，勿徒狥紙筆。

煮茶

愛此茶氣清，復愛茶性靈。烹恐不如法，時時讀茶經。水火不相過，俄頃爲香馨。竹間細嘗之，肺腑清泠泠。秋可煮其白，春可煮其青。笑彼酒德人，五斗祇解惺。

彈琴

萬物息静中，焚香坐淵邃。拭兹鳳皇琴，與我彈其意。古琴多古詞，要欲知其義。衆聲發纖指，好風竹間至。但許彈好合，不許彈别字。聞之和氣生，絃上能天地。

重陽登烏石

秋色在重陽，茱萸滿路香。登山遵往事，載酒異它鄉。水白江如霧，花黄地有霜。娟娟新月好，歸去伴清光。

訪菊西園

此時宜有菊，與子可相看。誰不知花好，人偏載酒難。林園開耿耿，霜露聚團團。静處多秋色，幽情莫共殘。

秋日閒居四首

門内見秋山，秋心自覺閒。微吟删應接，遠望當躋扳。肅肅庭堦下，疎疎竹石閒。羡兹雲鳥樂，隨意共飛還。

秋思自無邊，端居坐寂然。蕭疎因草木，高妙見雲天。萬事焚香内，半生落葉前。畏人嫌坦率，與我且周旋。

漸息勞生事，閒尋静者心。風從千葉散，蟬響一園深。對酒忘天地，不言爲古今。夜來良友至，月色在疎林。

無事且幽居，山中殆可如。遠情遊筆硯，清氣養琴書。竹月分窗徧，松風入夢餘。自知交際懶，莫怪友朋疎。

題畫與沈仲含

碧水映秋樹，蒼山行暮雲。何曾風瑟瑟，但見葉紛紛。筆墨生靈氣，精神結至文。竹窗幽賞處，天籟日從君。

枕上聞鴈

獨宿生秋思，清光入幕來。天邊聞雁度，夢裏帶聲回。物候興幽感，星霜綴遠哀。更愁蟲不默，悽切愈相催。

送李居士進香海上二首

正欲忘情去，離情將奈何。君行緣性命，佛在豈風波。俗累僧邊少，空香海上多。出門千萬里，不似病維摩。

看君儒者相，行徑與僧同。聽法叢林下，焚香滄海中。一身過天地，萬物盡虛空。且作凡夫別，涼秋思不窮。

伯敬書至

還家一載餘，半是閉門居。鴻雁偶然至，夢思應儼如。言深猶不盡，道遠豈能疎。更有諄諄處，愁余少寄書。

烏石訪妓入道

鉛華今洗盡，栖息此林丘。入道雖三載，齋心已十秋。姓名難冷落，語默尚温柔。相訪無他事，忘情一去留。

送僧還天竺寺

爲僧來自好，歸去更如何。閩越三秋盡，江湖千里多。言詩因智慧，見性在巖阿。天竺恒遊地，時時夢裡過。

題畫送李子述

歸心非一日，行路奈殘秋。寫此蕭疎别，添爲寂寞遊。山雲看自遠，泉石坐彌幽。相對堪晨夕，君能復稍留。

寄梅子庚時壬子歲别在九江

每憶過盆浦，天寒江上分。一時俱作客，十載豈忘君。郭外田園樂，閨中筆墨聞。麻源頻入夢，烟樹尚氤氳。

送元常伯兄以鄉貢北上

久處衡茅下，於今得遠行。青雲看北起，白雁任南征。世正需經術，兄當答聖明。可知才不易，練達始能成。

將往嵩溪暫别家園三首

年來生計拙，溪上半移居。敢厭田園薄，聊尋山水餘。隨時安去住，閱世任蕭疎。學得先民意，躬耕又讀書。

半生俱草草，身世事何成。一水浮家去，千山待我行。典墳敦舊侶，泉石洗時名。來往嵩溪上，扁舟共此情。

雖然閭巷静，那及石泉深。日理閉門事，雲看出岫心。圖書分草閣，霜露半秋衾。難料無同志，期余入竹林。

未央硯磚歌

焚書餘燼結不散，澄入爲磚今作硯。是物亦細古人心，火土功全精意善。余愛古硯若古玉，得此能令百情篤。陳隋晉宋石無光，蕭何之神如我屬。方隅食盡土花浮，淪落千載余所收。却似神物感知己，無端相遇實相求。日試墨香望古色，雲霧疊來走蒼黑。對之樸拙厚道存，内堅外柔堪比德。與君深結文章緣，不然此硯還自憐。

渡江至嵩溪

江中舟不覺，宿宿即溪聲。去路不爲客，出門非别情。窗開霜葉落，樹過暮雲生。俱是家山處，臨流任所行。

溪上山居

屋小喜藏山，山深萬物閒。松聲宜獨聽，竹户可常關。且遂幽人意，將成野老顔。白雲肯相戀，伴我亦忘還。

嵩溪舟中題畫送徐興公遊滇南

到兹成遠别，又是晚秋時。溪色寒如此，客情君所知。雁飛閩嶺信，峰過楚天疑。山水南中異，臨流寫入詩。

滄峽重逢徐興公舟宿用前韻各賦

別君方三宿，相遇亦何期。泊向寒溪裏，欣然暮雨時。野航獨往易，水驛上流遲。不盡臨行語，今宵乃盡之。

溪山耕隱四章賦呈家君

小築在溪灣，田園意自閒。身行修竹裏，杖倚亂雲間。覆水多嘉樹，臨堂有半山。此中人太古，籬落不知關。

編茅成一屋，花菓四邊栽。榻静雲常宿，門閒風自開。坐猶親典籍，行每惜莓苔。莫怪陶公傲，長歌歸去來。

疎疎山水性，身即與高深。鹿豕遊無事，禽魚恐有心。栽松分石徑，採菊過籬陰。幸得依農圃，爲冬不遠尋。

居然無理亂，俗有古人風。蟋蟀來床下，芙容在露中。過村横野渡，易粟喜漁翁。若使三春裏，花開兩岸同。

夜宿田家

山氣下田園，農家近水村。鳧歸能認主，犬吠識開門。兼有樵漁樂，亦知雞黍尊。茅堂深一宿，樸野意攸存。

那菴詩選卷二十二

閩中商　梅孟和著
浙東馮元颺爾賡選

秀情居二

山居述懷五首

閉門山水至，兀坐只無爲。世態既如此，吾生亦可知。竹深雲有路，花好鳥同時。安得古君子，持杯一問之。

一身從我好，麋鹿且爲羣。閱世誰堪語，勞生事厭聞。交疎聊得性，名澹欲無文。暇日松間坐，樵歌過水雲。

漸漸入幽深，知人不我尋。日論農圃理，夢返聖賢心。松抱巖頭翠，泉疎石上音。中情未免者，倚樹每閒吟。

應接精神去，依山趣獨成。嵐烟朝混沌，潭月夜情明。道以愚相近，身無累始輕。只因貪種竹，日日徑中行。

與世不可了，於今聊自然。情親花木内，易學鬼神先。飛鳥來相息，歸雲欲共眠。高深憑一念，無事任年年。

新寒

不是寒來急，只因泉石深。閒行聊曝背，獨坐且爲心。亂木通溪響，潛流覆葉陰。新冬猶未熟，沽酒過前林。

僧來

旬餘不出户，只在屋中山。犬吠籬花下，僧來水竹閒。敢言忘世樂，剩得此身閒。坐到斜陽後，鐘聲送爾還。

溪上

溪上衆峰晴，寒歸葉葉聲。灘風占浪去，水氣逐帆生。農畢成冬事，林深集隱情。每尋漁父樂，身世一潭清。

觀瀑過僧舍閒坐

如斯乎日夜，不息者高深。水石真同氣，山僧無異心。寒聲争澗響，雪色散峰陰。最是禪房好，幽清肯出林。

山月有懷

山月照溪聲，臨流接此情。光隨亂水去，寒與衆峰生。霜氣堦前動，精神石上清。惜兹孤雁影，念侣獨飛鳴。

林子實隱者至

如君稱隱者，到即坐松間。滿徑皆流水，何雲不戀山。石泉談入泠，草木意忘還。更指林中説，幾人如此閒。

移竹

溪上竹無知，移來一種之。幽看苔影至，静聽鳥聲疑。澗水添新響，林烟上舊枝。日行山徑裏，對此每遲遲。

松濤

老在風泉裏，方能有此聲。可將情慮洗，能使見聞清。韻向空中過，寒從石上生。天機相發處，入夢尚分明。

觀穫

閒看植杖處，稻穫水邊雲。代食雖維好，謀生亦在勤。三冬稱苟足，五穀喜能分。每羡躬耕者，其它事不聞。

冬菊

菊意秋宜守，胡爲冬始開。不從清露結，且過肅霜來。佳色寒仍在，幽香老更催。籬邊依日煖，凝望復徘徊。

月夜過宿松間小屋

屋小入松深，孤光喜到林。客行隨葉響，犬吠過籬陰。田野充冬物，山居息夜心。更來巖下水，枕上共寒吟。

山行二首

身在亂峰前，登峰似過天。鳥翻衣上霧，鹿飲樹間泉。樵牧矜巇嶮，農家寄杪巔。頻看松翠好，欝欝住雲烟。

冬氣從山積，山情觸目幽。獼猿争果落，瀑水入雲流。複澗斜陽薄，荒村古木周。一時投宿處，寒月正峰頭。

楓林坐月

愈白林中月，偏紅葉上霜。寒心當麗照，清影散蒼光。此夜樹生色，如春花不香。肅然巖壑裏，幽艷未能藏。

湯泉村

山行遥見數峰存，行到峰頭復有村。烟半松杉藏水冷，林中冰雪感泉温。四邊蒼翠圍天地，十畝田廬聚弟昆。獨羡老農顔狀古，日來曝背坐柴門。

山中見宋代屋宇

衆山圍繞一村全，破屋猶存幾百年。稼穡艱難貽後世，門庭蕭寂説前賢。行尋絶壁松聲上，宿向平林竹影邊。笑指田間諸老父，助苗無若宋人然。

月下聽泉

每於休息感勞生，一宿空山萬物輕。忽見峰頭來月色，何期枕上得泉聲。寒林已徹冰霜思，静夜彌深水石情。身世只今渾是冷，夢中亦自識幽清。

登關山

未到峰頭峰影臨，到時仍是一高林。纔看竹外烟霞入，又宿松間泉石深。近樹鳥啼霜色裏，隔籬犬吠翠微陰。朝來欲識前山路，巖壑相關無處尋。

山行見竹間門徑

竹静山寂然，真無塵世意。犬吠未開門，自知人不至。

山行逢僧遂同坐石上看溪畔紅葉

山色爲溪色，兼之葉葉紅。一僧冬氣裏，幾點水聲中。丘壑何曾異，烟霜忽不同。光明生此際，夕照更無窮。

返溪上所居

溪山依隱跡，往返亦堪言。新竹已開徑，舊雲時到門。巖花盈袖好，瀑水濺衣存。那得閒人至，今宵共一尊。

嵩溪暫歸

值此嚴寒裡，冰霜一棹行。家雖移兩地，予每覺同情。晨夕爲歸路，溪山不入城。蚤梅看兩岸，寧異故園生。

家園課童掃葉

寒風振林木，積葉滿籬根。掃豈因近客，歸當稍浄園。聲乾矜地爽，事過驗苔痕。此後知余懶，時時善閉門。

臘月一日重往嵩溪沮風江上過浮山堂夜坐聽雪時芝姬在侍

雪色偏逢臘，吾閩有此冬。肯消行客思，恰映麗人容。氣積平池水，光分半嶺松。明朝堂上見，點綴是前峰。

浮山堂望晴雪得山字

清氣浮來異，堂前雪在山。但隨巖壑滿，不共夕陽還。翠滴深松裹，光垂古石間。悠然此相對，已覺素心閒。

泛舟池上望蚤梅

人可梅花似，盈盈一棹餘。香分歌扇弱，枝拂髩雲疎。與雪開深淺，因風望疾徐。園中勝村落，相約定移居。

移宿夜光堂得兼字

依山堂更好，況有石泉兼。雪意猶前壑，松聲未隔簾。遠鐘林杪斷，初月竹間纖。多少嵩溪路，翻爲此地淹。

聽泉閣送廖醇之歸九龍值支提二僧至共用泉字

臨别坐寒泉，泉聲在别前。客雖餘遠韻，僧却竝清涓。嶺雪晴歸路，江梅晚泊船。九龍灘上夢，知爾更悠然。

浮山堂紀雪

青葱四時天，風雪安可必。今來宿江上，風嚴雪花出。千壑恍□□，□峰互相失。溟濛坐高遠，天與江水一。對□□素心，與之同氣質。不得忘山堂，臘月之朔□。

聽泉閣看梅

峰巒覆僧閣，泉水多寒聲。梅與僧同古，泉與花同清。臘淺花意新，壑深香盈盈。登覽倚殘照，徘徊凝幽情。薄雪疎不落，初月護其明。寂寞林水間，魂夢隨香行。

嵩溪除夕

小築嵩溪上，猶然是我家。如何當歲盡，亦覺似天涯。舊事樽前息，新年夢裏加。庭闈雖兩地，斟酌共梅花。

溪上元夕

春光宜處處，今夕此溪邊。燈火照無地，禽魚別有天。雲香依古樹，波煖出輕烟。且自爲良夜，花前更月前。

江上春歸二首

移居纔半載，底事復言歸。山水偶來去，家園何是非。岸花深揖酒，江柳澹垂衣。屢向帆前坐，烟波意所依。

一水無多路，扁舟任所宜。蚉鶯言樹色，遲日麗山姿。棹倚輕盈處，風吹笑語時。垂楊纔信宿，清曉已江湄。

端午泛舟湖上

何以成佳節，相招湖上遊。榴花先照眼，荷葉忽當舟。酒引禽魚醉，歌從烟水浮。無端情緒起，斷續在中流。

曾堯臣相訪

遥尋山水至，晤語即深知。與我性相近，愛君文獨奇。名堪垂後世，生每慶同時。鄉國雖云異，悠悠別有期。

七夕泊延津

出户值新秋，溪山爲薄遊。雙星猶問渡，獨客且維舟。靈氣橋邊動，清魂水上浮。更分凝望處，河漢共悠悠。

移宿空生禪室

來必依僧舍，余心亦固然。每延山色坐，喜向竹聲眠。深翠藏烟日，新涼浴水天。六時親筆硯，藉此得清緣。

清溪訪楊君實明府

故人初作令，不敢負前期。溪水清如此，君心澹應之。高情深歲月，小邑賴親師。晤語交相慰，行藏自有時。

宿裴翰卿山館

相期非一日，至止便欣然。徑掃寒松下，樽開秋水前。溪聲來共語，月色照閒眠。多少淹留意，能禁霜露天。

過鄒當年

積此十年情，來茲百感生。既能存古意，真不負高名。坐向溪山舊，談如秋水清。幾回涼月下，寂寂照閒行。

集裴其爲溪上園居

溪山無不可，木石亦相存。一徑深藏竹，諸峰俱到園。秋雲明異色，澗水驗新痕。不是能閒者，知君自掩門。

中秋裴聖之携酒山館

秋半晚涼生，攜樽共客情。山居宜澹泊，形影受光明。松露坐彌重，溪風行自輕。此中多至止，今夕最幽清。

過裴鼎卿南園看芙容

秋花開有意，相訪坐園池。與爾偶同賞，對之生遠思。幽光垂露重，清影倚風遲。不謂飄零候，娟娟共此時。

楊明府署中坐月

肅然官舍裏，秋月最孤清。山水以爲政，琴尊同此情。坐偏深露氣，語每答松聲。俸薄猶供客，君真重友生。

題溪山秋意

秋景日蕭森，溪山藏竹林。情來隨起止，筆往任高深。清氣恒相接，幽思試獨尋。蒼然一片處，栖盡故人心。

裴其爲以玉華石相贈詩以答之

片石偶相對，清光若我隨。論交情可見，持贈意堪思。買棹同歸矣，栽松以伴之。客邊聊共語，行路任遲遲。

將歸題於山館

來時秋尚淺，忽忽秋欲深。獨客有歸思，主人無別心。

留別楊明府

豈可輕言別，寸心先有歸。溪山從我友，霜露感庭闈。夜夢恒相接，寒情只獨依。東籬花漸好，藉此掩柴扉。

臨行劉瞻白裴翰卿携酒至漁滄亭相送賦此爲別

離思滿溪頭，空亭木葉秋。感君同載酒，念我復維舟。潭水照淒切，山雲隨去留。斯須聊與立，可當一重遊。

那菴詩選卷二十三

閩中商　梅孟和著
浙東馮元颺爾賡選

秀情居三

送米彦伯還楚

楚水不可極，秋天無限悲。我心幽感處，朋好聿歸時。自愛聊相贈，論交有獨思。倚閭聞已久，道里豈遲遲。

楊君實明府過訪留坐看菊

訪我菊花時，悠然共對之。素心寧獨照，秋色若相貽。偶侍茅堂飲，因添霜露思。陶公未歸去，今日當東籬。

移菊就玉華石

片石孤秋霜，黄花徙秋露。俱是隱者心，相值爲平素。

河上看菊有贈

黄花籬下好，近水趣偏多。淡淡若臨鏡，盈盈不渡河。幽光栖麗影，芳氣合清歌。誰識殘秋裏，悠然此度過。

喜僧一徑至題畫與之

坐來心兀兀，事每鄙多能。獨自行深竹，無期得遠僧。似將泉石待，如是水雲增。贈爾孤峰去，他時閉户登。

送一徑之建武兼寄諸舊遊

林際啓僧行，誰令别事生。好山猶在目，舊友得無情。一衲寒雲厚，千峰紅樹明。麻源何日到，持贈是幽清。

園居題畫

寂寂林園裏，樂幽自得鄰。圖書爲隱跡，木石是周親。意已陳今日，文偏深古人。不須榮落感，恒見此中春。

丘克九相過

閭巷閉荒深，朋來自遠尋。古今能在眼，晨夕且爲心。洗筆成同趣，開尊廢獨吟。虛堂山遠静，坐對即長林。

冬日集野意亭

登山親木石，望遠乃寥然。冬氣已成野，寒林盡作烟。杯行飛鳥内，人坐落霞邊。暢矣不同下，猶嗟欲暝天。

艶集西園池上

寒碧滿池塘，先秋已有霜。緑尊開夙約，紅葉待新粧。魚藻藏深影，人衣不一香。曲終山吐月，彌復惜清光。

袁穉圭相訪即歸因賦詩寫蘭爲别

不是一相聞，來兹即別君。欲歸心始見，多病手堪分。坐惜閩溪月，看疑楚岫雲。秋蘭隨意往，藉此共清芬。

冬夜至田家

山行忽已晚，隨意到田家。茅屋翻生火，楓林照集鴉。歲寒情偶托，農圃事無涯。休説今冬熟，遼陽賦又加。

溪上觀釣

溪水映峰明，坐令幽且清。觀魚真可樂，垂釣是何情。業只同耕作，機誰問死生。買來仍放去，念爾釜中行。

見竹間園池訪之宿焉

亂竹圍三畝，開門隱者如。莓苔沾杖履，蒼翠動琴書。野物延賓易，峰巒覆水餘。誰知人世上，可樂是山居。

山園坐月

新寒園肅肅，見月坐逾清。萬物此中息，疎林何處聲。霜華猶點綴，木葉動光明。可見山居裏，居然無世情。

山園看殘梅二首

竟日入山園，寒梅似一村。花猶餘老樹，香更抱殘魂。漸落惜苔徑，細看關竹門。且將巖壑意，獨自與清言。

幽意寧可了，一看人一年。蕭疎奚我後，搖蕩任春前。山徑思猶滿，雪風情不堅。行吟頻繞樹，寒月正娟娟。

辛酉元旦

序屬開村日，君當嗣服年。人情欣有俶，元氣望無愆。智慧惟求佛，精誠獨拜天。祝加堂上壽，名愧世間賢。歲月余將老，林泉志每堅。相期花與竹，晨夕共陶然。

正月九日生子二首

處世無營剩此身，今方生子繼前人。新君正值開新歲，老友相攜慶老親。移得桃花初結實，占來蘭夢已徵春。休論五畝田廬在，幾卷詩書未甚貧。

新春樂事頗相同，今日琴書付託中。八口戴天思爾祖，一聲落地識英雄。持杯且學陶徵[一]士，抱子何如衛武公。桐竹滿庭俱手植，試看雲漢已青葱。

春夜過友人園中坐月

春色坐彌好，林園意所依。花如人可醉，月與我忘歸。香氣浸池滿，鳥聲栖樹微。更深猶坦步，遑恤露沾衣。

抱子詩

兒生遲更喜，懷抱出重幃。藉我履初地，當春試曉暉。笑啼知慧性，眉眼占清機。多少山中事，因之却緩歸。

花朝草堂小集

忽忽半春光，相期過草堂。樽罍爲喜樂，花鳥共聲香。連日身難暇，今朝情更芳。佳晨兼勝集，餘興轉堪長。

[一] 徵，底本原作『微』，疑誤。

修禊日陳泰始招集西園

修禊讀遺文，兹事若難再。每到暮春時，未免感前代。余友多古意，命觴西園内。林水蕩清機，花樹蓄幽愛。大雅敦此鄉，往蹟或可逮。短歌復長嘯，悠悠寄欣慨。

放鵲

低低憐乳鵲，毛羽未全乾。徑密翔能穩，童嬉得不難。持來情可憫，放去意方安。寄語窠居者，兒當子細看。

竹窗聽雨

晨雨忽淒清，洗然萬物情。隨風來獨聽，與竹偶同聲。堦上苺苔活，帳中雲霧行。出門難入耳，藉此掩柴荆。

武夷寄茶至試之作歌

曾向武夷茶自摘，茶與溪水同一色。今别武夷三載多，寄來滿篋茶如何。品茶品水存乎人，不出此山假與真。密密收貯贈幽清，終失其中茶性情。將茶轉寄武夷君，那及封來一片雲。片雲煮熟入肺腑，元氣英英曠天宇。何時茅屋結此山，余身試作採茶主。

齋中偶得趙仁甫先生手書感賦

故人二十載，一札儼如存。舊事夢中語，深心紙上痕。古今情可見，生死別何言。寂寂空齋裏，懷思屢有魂。

陳伯孺多學寡言人可以風懷想賦詩惜其不聞

我友古之人，不言萬物親。圖書敦至理，泉石肯安貧。處世心無競，論交情最真。細思香國裏，定是去來身。

劉孝則相訪兼得曾堯臣書

偶在竹深處，山童報客來。方將花徑掃，獨自蓽門開。朋好俱千里，衷腸寄九廻。新知情可故，隨意坐莓苔。

同孝則訪友遂邀登平遠臺止於石磴菴

訪友復登山，同消一日閒。高情隨磴上，遠思認雲還。每愛石林下，且留花竹間。應知遊興好，到處是躋扳。

越山菴同趙十五訪僧

城中山有意，菴偶倚山成。隨道望林木，訪僧安性情。榻幽談易晚，茶熟坐彌清。落日深松下，悠然磬一聲。

題卷贈心珠上人

相見即深深，入城唯我尋。誰知度世事，便是住山心。遊戲且從俗，禪機每入吟。嘉公能不係，載酒亦登臨。

劉孝則爲其尊人乞墓銘於葉相公歸時送之仍寄曾堯臣

玆來賢者事，言別故人情。父德從今述，孝思真夙成。江雲歸處望，海日夢中生。君友同余友，艱辛屢送行。

送孝則至西郊過心珠上人庵中清齋而別

從來多遠別，不似此時清。無意尋僧坐，齋心送爾行。蓮花歸路發，柳色過江明。西去應相戀，臨風共一情。

山僧攜支提茶約韓晉之就烹烏石山泉詩以代柬

品茶吾友事，茶理水相通。有此山泉好，無窮禪意中。閒情依一壑，香氣養幽風。器鉢悠悠去，應思静者同。

浴佛日過空生禪室逢超公來自白下

城西深一寺，初夏得幽宜。浴佛喜斯日，歸僧逢此時。蓮開因地想，茶熟與風知。奚以爲檀施，囊中筆墨隨。

那菴詩選卷二十四

閩中商　梅孟和著
浙東馮元颺爾賡選

秀情居四

施畫詩

萬物皆世間，因緣有密義。是以大菩薩，宛轉超衆類。歲月積六塵，沉溺生死事。去貪澄其源，首善貴檀施。予抱慚愧深，發念真不僞。筆墨本清緣，寫茲千佛意。點墨乃心液，墨往心已至。遍佈廻向人，捨身原不異。幅幅生光明，神鬼盡趨避。願望與斯文，直證文佛地。

送僧遊雪峰

名山思托足，知不是空遊。師塔深心拜，僧房隨意留。烟雲先識幻，巖壑且尋幽。聞説諸峰好，宜登最上頭。

種秋海棠

的的開他日，莖莖種此時。未花先有意，就蔭愈多姿。葉密禁秋嫩，叢深得露私。相看誰引恨，紅淚欲低垂。

種菊

有菊成秋意，先期多種焉。山僮教灌溉，籬落每周旋。聊當晨昏事，稍侵風露權。此時纔入土，日望爾娟娟。

羈猿

得生巖穴裏，底事受人維。履嶮何其便，謀身似不奇。羈栖難援木，渴飲想牽兒。對月猶長嘯，應知腸斷時。

馴鶴

飲啄任園池，幽清見羽儀。鳴時難爾和，睡處覺神怡。立俗情俱遠，飛空身肯遲。如何偏戀主，竟不往天涯。

金雞寺尋僧不值

登山息翠微，破寺啓柴扉。入竹鳥相引，過村僧未歸。澗花聊共語，林果可充飢。休説空來去，幽情客自依。

謝山僧送竹

莫以移君易，多因種法精。林雖添不俗，僧亦助餘清。微月生新影，好風來舊聲。閒時能過問，仍向此中行。

送陳磐生應試南都兼寄遠雲上人時戊午歲予與磐生同寓彼處

舊事那堪陳，送君今日新。亦知爲客慣，仍得與僧親。文字當呈佛，精思賴有神。禪房同宿處，臨別更諄諄。

雨中訪友樓居

積雨亦何事，出門先到君。苔深藏徑竹，香煖入樓雲。幽思看山發，閒談恐佛聞。古來稱隱逸，城市不曾分。

湖上艷別泛雨

畫舫坐盈盈，樽開山水清。歌聲隨雨滴，花氣逐雲行。澹艷有餘態，空濛多遠情。如何垂柳底，離緒每能生。

徐興公鄭汝交招集野意亭雨後見月

遊興因人閒不閒，喜君當暑約登山。虛亭最好松聲上，遠雨將成埜意間。步步高林隨眺聽，層層古石共躋扳。何期月出偏如水，看履峰頭未肯還。

河上贈別時予往樵川

河水洋洋衣帶如，河干一閣美人居。名於重處非關貌，心欲同時每寄書。花下不言頻怨惜，燈前復別轉踟躇。明朝身是樵川路，極目溪山思有餘。

至嵩溪宿雲崖山閣賦贈

溪山一衲居，來往片雲如。乞食每同衆，談禪恒起予。鐘聲巖際動，潭影閣中虛。不敢言身老，荒園只自鋤。

客延平訪唐朝梵宇三首

入山幽十里，唐寺尚堪尋。佛豈傷時代，情偏感古今。靈狐聽客話，老樹識鐘音。俯仰千年事，徘徊世上心。

一逕向高遠，衆山圍寂寥。僧雖來此日，雲肯認前朝。法相原如是，經聲積未消。試聽堦下水，人世共迢迢。

那堪論往古，今日且巖阿。松柏見人少，峰巒繞殿多。百靈皆仰佛，萬物敢成魔。有此幽深地，凡情豈易過。

月夜登山閣

山氣接溪涼，月來似有霜。衆峰浮澹翠，一閣貯清光。耳向松風洗，身沾竹露香。雖然歸不遠，客思自微茫。

獨坐聽泉

一窗疎竹坐彌幽，悄悄寒泉入耳流。何地不逢山共水，此時偏覺夏兼秋。情依恬澹應相得，夢欲清虚豈外求。是處偶聞誰可共，琴聲來和更悠悠。

贈趙姬

相聞非一日，俱不待矜名。方識身如燕，仍憐舌有鶯。歡先隨夢合，情以好文生。曾奈同飄泊，歸期屢未成。

題趙姬墨蘭二首

蘭在心中寫，香從腕上生。圖書堪獨對，花葉乃雙成。隱秀若無色，含芳自得名。更依泉與石，相戀是幽情。

淡淡已多態，幽幽如有魂。筆先隨意往，舌覺注香存。本欲來同夢，胡爲未敢言。從兹紉作珮，知不隔寒温。

溪上别意

一棹泊溪色，淹留屢出城。閒情何日了，歸思和雲行。不雨林如沐，未秋涼已生。到家那免俗，滿載是幽清。

贈别趙姬

劍溪山色濃如此，溪上美人居山裏。無端邂逅情忽深，兩魂相求忘所以。情中有情情猶未，一曲春風魂墮地。恐君欲步春風飛，執君衫袖同君歸。曾奈歡娱轉成別，相看縷縷香魂結。長歌長歎常閉門，爲雨爲雲何敢言。更向溪頭望山色，九峰如黛將黄昏。

秋日草堂小集

蓬茅多爽氣，友好坐堪長。稍理琴尊事，先聞筆硯香。虚堂生遠静，半榻得清涼。更有尋予者，開門是月光。

和伯敬姬人手植盆蘭引

立在庭堦手札札，獨自與蘭細言説。愛蘭偏愛未開時，待到開時恐摧折。宛轉花前拂秋雪，翠帶牽風向花結。玉指淺深分素根，密密疎疎諳種訣。土能養蘭土便殊，此花入手土清潔。看儂種後出纖纖，依舊與花俱不涅。問即此花孰與儂，郎言與爾無差別。將花隨手送即去，此香肯入郎唇舌。

題趙姬小像

前度相逢坐惆悵，今朝兀兀蒲團上。不嚬不笑如蓮花，静想爾心何所向。清如秋水温如玉，每一相思魂斷續。月在寒潭花在鏡，夙根知爾原清凈。歌塵尚繞畫梁飛，舊夢和雲何處歸。臨行攜手語未了，重晤不言誰是非。默默相看有其故，分明識破相思路。

同諸友登烏石山堂

秋氣積秋山，斯堂幽且閒。客從花徑入，茶候石泉間。竟日頻移坐，何林不共扳。鄰僧知必往，竹户未曾關。

登山歸過城南園池看月

朝昏山與水，只在此城南。石色月猶映，池光秋更涵。遇幽隨所至，乘興豈辭貪。預識同遊者，它時思不堪。

秋日集平遠第一峰

一徑上蒼茫，亭開埜意長。高情峰頂見，閒話石邊藏。足踏松聲冷，杯行雲氣香。憑虚當夕照，無盡是秋光。

趙姬相訪留坐草堂

別來能幾時，過我已先知。邀與竹相見，恐爲雲所疑。酒容酡月色，香夢慰秋思。但恐羅衣薄，涼風囑莫吹。

出城訪莊聞修遂登大夢山尋前代墨池

出城雖訪友，便道好登山。望望有幽處，行行如夢間。池凝苔意古，墨積石頭斑。前代人何去，烟雲到此閒。

挽謝耳伯

入秋念我友，山川盈顧盼。客從麻姑來，道君捐筆硯。痛哭廢眠食，形神想聞見。積書滿人間，了了無繾眷。今葬麻源陰，幽深意所善。坏土藏榮名，清魂自遊衍。顧彼首丘徒，骨枯草木賤。

秋夜江樓坐月

月於秋更好，而況坐江天。事外猶相感，情來每自憐。波光堪洗夜，山氣不能烟。到此身非遠，憑虚亦渺然。

中秋湖上艷泛

剩得身無事，且尋湖上遊。人偏佳此夕，月更好今秋。香氣先籠水，清光未泊舟。每憐風露重，一曲轉悠悠。

那菴詩選卷二十五

閩中商　梅孟和著
浙東馮元颺爾賡選

采隱篇

秋日西郊訪友

夙志在郊居，泊然秋水如。談非當世法，讀是古人書。山月出林滿，松雲入閣虚。可知蕭寂意，徑草未曾除。

往嵩溪夜宿聽泉閣

不忍便登舟，林園復稍留。一燈同佛静，半榻與泉幽。閣影藏深樹，鐘聲隨亂流。疎窗雲霧入，清夢共悠悠。

浮山堂同諸友分韻送超公重興說法臺

昨夜宿泉聲，晨起理幽詠。揔不如山僧，穆穆肅言行。兹歸若有營，與世何所競。荒臺久榛穢，興建思究竟。發念人我間，百靈起恭敬。欲使法長聞，豈徒宅賢聖。相送視江水，萬物清且浄。山雲澹然生，松柏青青映。喜得同江舟，江月各自鏡。

與僧同舟至梅溪月下别友

僧與友偕行，江空寒月生。偶來隨至止，暫别亦孤清。汀樹坐幽映，溪漁來遠聲。雖然冬候裏，山水每關情。

宿嵩溪

輕舟横晚色，高閣上溪聲。敷坐觀僧定，閒眠戀月明。微霜來肅穆，孤磬發幽清。安得如今夕，渾忘耳目情。

清晨飯於僧閣

晨興存一念，盥漱即尋僧。徑繞松聲入，峰隨閣影登。去來時亦偶，慚愧事何曾。粒粒蓮花飯，焚香報未能。

溪上訪雲崖老僧

歸客風霜裏，尋僧夕照間。移栽新竹石，坐臥舊溪山。經外語多拙，佛前心自閒。爲冬多少事，到此竟忘還。

過友人園中聞伯敬尚病是日作書畢兼賦是詩

天寒思我友，霜露感飛鴻。何意題書處，仍聞在病中。艱虞無不歷，暇豫庶能豐。更折梅花寄，幽情與爾同。

謝山僧送黃精

山僧能採藥，餉我是黃精。願已知歸佛，身寧礙養生。齋居聊作供，服食偶關情。何物非天性，靈根自夙成。

山園看梅二首

城裏山能好，梅花聚一園。巖巒香氣裏，歲晚素心存。落日欲沉水，歸雲未過村。疎疎林下意，相對自忘言。

期我入寒林，林香幽且深。魂魂如舊夢，澹澹乃真心。松竹欲分影，冰霜已結陰。山中俱有信，卒歲更相尋。

同山僧遊江上梅塢遂作江梅歌送僧還山

自少看梅今漸老，今日與僧看梅好。山僧在山今始到，如有所期不遲早。況於臨水花愈清，疎枝澹影流光明。江月江雲添變幻，山僧還山忘其情。色香朵朵結冰雪，精神共寄山水宿。托生江上亦有因，夙根依舊從巖谷。風吹片片身不着，可見僧心能寂寞。我來繾眷不忍歸，此意對僧真愧怍。送僧花下花盡開，花憐聚散同徘徊。明歲此時再相約，江上與僧看復來。

看梅後宿於僧舍待月復尋花下

未了梅花事，前村扣竹房。林間成夙好，榻上戀清光。頓覺精神澹，還尋耳目香。中宵疎影裏，行坐意偏長。

至嵩溪尋予屋後梅花被樵者伐去詩以歎之

胡爲不自守，悵望入林間。泉石忽無趣，雪霜安可扳。情猶芳此地，魂竟落何山。踏盡蒼苔徑，踟躇未忍還。

拜墓詩四首

山水會靈奇，親墳一拜之。髮膚藏此地，雲木戀他時。酹酒翻成涕，焚香冀有知。從兹百世後，定不替威儀。

天道存興廢，人生貴本源。土中函至善，世上念深恩。蘋藻羞今日，詩書接後昆。幽明三尺地，稽首亦何言。

松柏欝蒼蒼，親身幸穩藏。穴應勤考卜，時敢怠蒸嘗。夢寐依山色，神靈遊月光。休論三五鼎，明德是馨香。

靈氣鍾斯地，奇峰護此丘。能令神鬼守，貽厥子孫謀。欲報情何極，難言禮已周。一坏關世代，山水共悠悠。

正月九日到家

倏忽山中歲序遷，還家春日亦陶然。茅堂且喜同三世，柏酒相歡又一年。每代勤劬親已老，休言聰慧子能賢。清貧縱有詩書在，可免東皋去種田。

江園元夕四首

林園多勝集，春夕喜相留。池上月同滿，林中花更幽。歌宣山氣出，燈向水光浮。如此良宵好，何須秉燭遊。

晴陰非一景，爲樂事方新。對酒成佳夜，凌波渡美人。笙簫隨畫舫，蠟炬照歌塵。不信幽清地，繁華有此春。

春寒花未滿，燈燭盡教開。風帶林香細，月從扇影廻。松間聞度曲，水際坐傳杯。更踏長堤上，裙裾掃落梅。

一林銀樹發，數里寶山行。魚鳥更何意，園池別有情。人烟籠閣影，火氣煖泉聲。但恐羲和急，東方易啓明。

衆香樓延僧禮誦

樓居專耳目，供佛但平常。旛影動還静，磬聲清且長。孤燈明寶相，合掌禮金剛。僧好威儀重，心虔語默莊。鉢中紅雨散，衣上白雲香。身世歸何處，人天在此鄉。談經忘苦樂，悔過等災祥。晨夕觀諸品，幽明共一光。從聞修不息，片地即西方。

樓居同僧雨坐

花落忽爲雨，雲游不出門。□□聽有意，對佛坐無言。心在燈前顯，禪應榻上存。此時俱不係，寂瀝任晨昏。

送僧還秦川

旬餘勤禮誦，人我證無違。未息山中夢，仍求海上歸。輕航登岸易，孤杖入雲微。戒行如公少，朝昏夙願依。

將往浙東訪張夢澤先生兼遊天台雁蕩兩山同社以詩相送留别二首

每歎勞生事事艱，出門仍復未能閒。尋師且别林中友，便道兼遊海上山。兩地靈踪情獨往，十年知己夢相關。春條未綠無煩折，期向陰陰柳色還。

竹杖穿雲向越東，千巖萬壑路難窮。亦思作賦追孫綽，敢謂尋山勝謝公。海上霞光明曉氣，湖邊雁影度春風。到時莫問桃花落，任我閒遊古洞中。

石竹拜祖詩

草木重本根，人生貴有始。返此如禽何，休言述作事。吾家昔石竹，賢達多宋季。華夏忽然羶，吾祖兵好義。氣數不可挽，食粟耻天地。挈家如蹈海，田廬成遐棄。茲來尋一丘，稽首慰夢寐。祠宇寰山鬼，丘壟縈古荔。聽覩雲樹寒，佇立空顑頷。踟躕訢埜老，感歎復慚愧。

石竹道上

望山識山奇，精靈洩爲氣。泉石先可言，到山余猶未。埜店沽春酒，海物嘗新味。童僕各有携，山行亦不費。亂木生雲烟，衆峰列薈蔚。爽神復光目，至人或仿佛。夢想歲月深，今朝庶可慰。

宿石竹山

來兹本是舊家山，乘興登遊不忍還。石洞春多隨草長，松門晝静有雲關。滿林竹翠行應濕，夾路藤花坐更閒。一夜纔同猿鳥宿，此身便愧在人間。

乞夢

山静安其魂，清虚應一至。是以遇仙靈，相與爲夢寐。乞者習其然，與者呈幽異。萬物各有因，因之豈思議。天下本無事，争之者賢智。若使至人來，了然何所示。

靈巖寺

寺指靈巖積翠明，來遊最喜值春晴。滿林花鳥僧心暇，一徑松雲客思清。壁上苔痕封墨跡，階前鳥語答經聲。禪房寂寂離人境，澗水長流見性情。

夜宿靈巖僧舍讀王觀洛先生詩

閒房花木坐深深，一夕相依夙世心。偶與雲烟爲信宿，何期山水得清音。好僧寂寞方能住，先輩孤高不可尋。訪盡靈踪情未了，息機聊且共栖禽。

蒼霞亭見壁間前代所書

空山古刹尚經營，亭有蒼霞乃舊名。半壁殘書猶可讀，千年遺事得無情。幽幽古木藏燈影，寂寂深林出磬聲。自是此中寥遠地，堦前春草踏還生。

靈巖道上別林伯龍歸

新春無事訪藤蘿，宿宿靈巖幽意多。歸路從前如夢寐，此心依舊在巖阿。閒隨澗水聲聲去，漫逐鶯花寂寂過。賴得與君遊興好，世間名勝易蹉跎。

答贈蔡敬夫方伯之晉二首

讀詩知我友，每歎古人存。交豈論今日，情偏得故園。小心爲世出，厚道與時敦。極目東西事，君宜不閉門。

吾黨多先達，如君別有期。晤言旬日裏，夢想十年時。身已關家國，名應重鼎彝。一天芳草處，攜手自遲遲。

送僧遊支提

結茅松竹住深深，松已成門竹滿林。今日漫尋雲水去，出山仍是入山心。

花朝雨坐

連日花相見，今朝非此情。閒愁生百際，寂坐理孤清。隱几受雲氣，深枝惜鳥聲。亦知桃與李，向我未分明。

初霽西園看新柳

門關積雨坐何爲，鳥報晨開喜可知。偶憶長堤芳此際，細看新柳碧當時。日愁扳折翻多緒，風愛纖柔每獨吹。不覺陰晴春已半，臨池相見是相思。

三月三日泛舟湖上

物候變晚春，情半委風雨。兹晨獨修禊，往哲得無慕。載酒出城西，平湖泛朝暮。遥烟隔新水，晴嵐染芳樹。周遊十里餘，會心别有遇。登舟陟林嶺，竹木趣已寓。時地存乎人，勝事迭新故。去者空有懷，茫茫如春霧。臨流觴今古，徘徊忘歸路。

遊天台沮雨江上宿浮山堂次日發舟再答曹觀察二首

且宿山堂雨，應寬昨夜舟。三春閒未了，千里感斯遊。雁與殘霞落，心隨勝地周。知君題蹟在，摩蘚自深求。

名勝閲今古，兹行愧我初。春遊聊訪泊，雨别更踟躇。一水夢相倚，兩山情獨餘。歸期花落處，迷路殆何如。

梅溪溺詩有序

渡江至梅溪，百有餘里。予正晝寢，若有唤者，急起視之。俄頃，風狂舟覆，予得别舟渡焉。是時，同舟者十有六人，而失其半。予僕三人，而失其一。舟師婦子五人，而失其二。飄没風波，流浪生死，可歎也。身世靡常，感賦是詩。

積苦有此生，造物亦何意。觀兹風波時，寧論愚與智。氣數寰其中，生死俄頃事。夙心臨深淵，山水情所寄。去路經梅溪，蓬窗晝忽寐。虚空若有云，仿佛立指視。驟風來舟末，反覆爲天地。愧余雖得渡，寧忍傷其類。溺淵或可游，瞬息人已費。百年即旦暮，等之原不二。

舟發梅溪坐月有感

自揣合沉淪，溪山剩此身。臨流傷好月，歸路惜殘春。筆硯情能在，風波事有因。舟中如隔世，未免復爲人。

到家答友

形神長跋涉，泛泛同不繫。刹那變今古，禍福爲兄弟。兹歸晤親朋，雨面或流涕。未免兒女仁，達者安所係。出没人我間，即是風濤際。且自依稼穡，重觴以忘世。

那菴詩選卷二十六

閩中商　梅孟和著
浙東馮元颺爾賡選

得度詩

清明日謝山僧送茶

節屬清明不後先，採茶僧至意悠然。新攜峰頂香凝露，頓覺齋中味有禪。花雨忽添三徑水，竹風輕掃滿林烟。亦知物候山居好，泉石何時共歲年。

天台不往與僧約遊支提

幽奇多向往，至止乃機緣。佛地心先覺，仙源夢不然。春將殘此日，身已寄諸天。一片閒雲裏，相依未有邊。

初夏出東門度北嶺宿於湯溪

東行行近北，度嶺遡荒深。炎氣移於水，涼風宿在林。石橋橫埜意，茅店寄松陰。獨有溪聲入，泠泠一夜心。

浴湯池

山色圍成埜，湯泉涌作池。温其如玉處，清可濯纓時。日影松間墜，火雲林上滋。葛衣聊自解，近熱每遲遲。

訪白塔寺二首

寺在山之半，登山見寺門。頹垣圍竹翠，怪石臥松根。客且泉邊坐，僧因雨後存。勞生猶不息，忍對佛燈言。

遺跡云前代，荒涼感此時。今人誰向往，古佛但慈悲。峰影松間動，藤根壁上垂。詩成題姓字，仍復與僧知。

山行遇雨

梅雨固不免，山行倍覺難。樹間苔徑滑，峰頂葛衣寒。雲霧添林厚，田疇積水寬。一時閒望處，身世共漫漫。

白鶴嶺望海

峻嶺踏雲行，雲從衣帶生。衆峰齊赴海，亂水已浮城。帆挂天邊影，泉流石上聲。何曾成羽翼，但覺此身輕。

至崔徵仲家

衡門臨小巷，知子善幽居。入徑寒松老，横窗埜竹疎。山光來枕席，海物當園蔬。若使身能隱，栖遲事有餘。

晚坐問月樓遂題其上

登樓山色好，薄暮更相宜。半榻月光入，隔牆花影知。客情添澹遠，時事感盈虧。且待重來醉，因君再問之。

暫别徵仲往秦川兼有太姥之遊

復有客中事，訪君隨所之。雖然信宿別，猶訂再來期。好友令人樂，名山隨我思。秦川行不遠，言念亦遲遲。

渡海

海水不可極，扁舟得渡焉。山明青到岸，風静碧於天。鶴影栖孤樹，漁人聚小船。誰知塵世上，跋涉更無邊。

五月一日至秦川暫息僧舍

路且城中止，尋僧當僦居。久晴時雨足，薦熱午風初。海味能甘客，山童解曝書。行看多古意，民俗恐秦餘。

五日客壽山僧房柬史羽明三首

不遠秦川路，來兹得舊情。居民深海氣，烟日隱山城。節序存風俗，天涯感友生。好僧堪托宿，晨夕亦幽清。

閉户多離索，出門仍苦辛。縱逢知己樂，復遇是官貧。禪室生清夢，海山存一身。難將跋涉意，草草爲君陳。

離家無久暫，客思便相同。稍暇尋僧語，忘憂賴酒功。魚鹽依海市，雞黍見民風。更有開尊者，居然是遠公。

送王參軍還新安

從來有所聞，名士作參軍。山水偶爲客，海天愁送君。歸與聊得性，隱矣又焉文。明歲期相見，長林坐白雲。

寄徵仲兼約同遊支提

乍見豈能別，寄言惟獨愁。松聲知滿徑，月色尚高樓。地已成君福，山須伴我遊。計程纔百里，魂夢已相求。

送僧還說法臺

勤修菩薩行，竭力去開山。機與人天合，身從花雨還。隨緣皆作福，任事每投艱。不遠余應至，相尋水石間。

答王參軍示製茶法

茶内含精理，逢君法始傳。時應占早晚，味貴驗偏全。縱接山川氣，還憑水火權。從兹春候事，幽意庶能宣。

往支提暫別秦川諸友

僧房無事意相安，友可周旋別亦難。當暑豈堪隨客熱，尋幽應想此峰寒。琴尊更約林中坐，泉石先從夢裏看。自是秦川多勝蹟，登遊未了思能殘。

支提道上

遥遥磴道去深深，剛渡寒溪又入林。石上雲陰生遠近，水邊峰影静浮沉。朝行暮宿俱禪侣，花落鶯啼有善心。每到寂然松柏下，諸天付囑已相臨。

遊支提有序

支提在衆山之中，奇巖邃谷，足跡難窮。遊者必先止於華嚴寺，諸勝蹟隨所至而覽焉。予從秦川抵寺，朝昏積雨，身在烟霧中。拜佛外，或詩、或書、或畫，僧來各應，忽忽經旬，而遊事未舉。予志在説法臺，稍晴，從南而往臺畔，與超公築静室，爲説法經始，即獅子窩也。奇峰幽異，泉流澄澈，坐卧其中，不獨忘暑。予雖未遍覽，而獨勝此地矣。凡幾宿，以次遊化成林、金燈峰、白龍潭、那羅延窟、辟支巖與静室之多竹石者，略存遊意而不盡也。值玉田林居士有聞而來，邀予同歸，遇幽即宿，又經旬，而至嵩溪，遊止矣。然遊者多從霍童入秦川，一路别具境界。轉盻間俱成陳跡，而霍童諸勝，尚有待焉。

初到華嚴寺題於山門三首

約得閒雲伴此身，特來福地問前因。到門歷歷如曾見，知是山中舊主人。

蒼松古柏護幽清，佛殿巍然望至誠。身世只今方到此，滿林風雨是經聲。

香霧微茫一磬深，初來原是再來心。堦前澗水悠然去，菩薩何曾有古今。

禪房雨宿

山中風雨易黄昏，半榻禪栖一閉門。雲氣沉沉來共宿，燈光寂寂照無言。浮生過去俱陳迹，福地能來是夙根。但恐因緣猶未住，閒房先寄夢魂存。

新晴山閣曉望

偶登山閣自清機，況復新晴望翠微。耳目却因昏曉换，神情頓覺雨暘非。林光片片猶含水，樹影重重欲染衣。自是閒僧渾不係，峰頭猶未啓柴扉。

禪房題畫

投軀息名山，木石生懽喜。積雨竹房深，閉户坐所以。山僧扣寂寞，幽事不能已。拂几引輕素，點染發妙理。静見烟霧入，頓使峰巒起。百靈窗外窺，萬物此中止。默然收聞見，陰淡化天水。筆墨含禪機，觀者當如是。

山夜枕上聞猿

不辭風雨宿淒清，今夕山中乃一晴。剩有窗雲爲月色，挑殘燈火進猿聲。叢林久戀啼何故，獨客新聞思亦生。若使禪心俱得度，枝頭枕上自分明。

贈安公

相見在山中，形神古木同。向僧唯説戒，度世不居功。物我無分别，幽明有感通。如何沽酒者，亦復禁陶公。

晚晴坐澗上

衆峰疎一澗，雨後自添流。木石坐無礙，性情聞有幽。鴉聲翻日末，猿飲上枝頭。如此泠然處，空山渾是秋。

從袈裟嶺抵説法臺

峰頭曉霽翠微開，夙願先尋説法臺。嶺度袈裟同佛拜，花飄巖壑送香來。茅菴處處閒多掩，澗水年年去不回。但遇有幽存耳目，何妨隨意坐莓苔。鐘聲乍過雲猶響，僧語相仍鳥不猜。已識叢林藏歲月，每傳遺蹟洗風雷。烟霞繞繚諸天至，松柏蕭森幾代栽。聞見在兹宜寂絶，廢興當此獨徘徊。奇緣自古依菩薩，勝地於今出草萊。久欲還山兒女累，百靈先向夢中催。

説法臺贈寶相禪師

一心知有法，萬物更何聞。坐臥依青草，朝昏伴白雲。人難窺語默，佛只拜殷勤。喜得來相見，清機自不分。

登説法臺二首

片石巍然倚太清，天冠説法至今名。恒瞻妙相空中現，頓有禪心頂上生。草木安能封聖跡，烟霞終不掩光明。吾身暢矣藤蘿外，可是登遊了此情。

却隨烟靄上崚層，愧我登峰不是僧。半日閒情天上坐，千林勝氣足邊升。未歸法界同清凈，且向荒臺問廢興。若使難堅菩薩行，頻頻到此亦何曾。

化成林

幽通一徑遡高林，蒼翠重重覆遠陰。佛爲衆生施變化，客於靈跡費追尋。僧伽寂絶空山在，鐘梵微茫落日深。行到此中如夙世，寒泉古木是真心。

金燈峰

燈峰夜夜望微茫，策杖來遊古木蒼。佛性長明何止息，人心多昧便消藏。烟雲薈蔚常含影，泉石清幽自有光。且就龕前觀一點，寂然今古照無方。

宿那羅巖題壁

奉訪名山願遍瞻，那羅遺跡是華嚴。初來且與烟霞宿，久住應知歲月淹。石室幽幽菩薩現，巖扉寂寂老僧潛。清齋相對堪無事，却被閒中筆墨添。

宿辟支巖二首

巖壑靈奇是辟支，神工開鑿費思唯。烟横絶壁鳥相引，客至深林僧不知。松翠每添山溜滴，茶香偏遇澗風吹。結茅欲了三生事，且待機緣到此時。

每於泉石坐悠然，不覺鐘聲動晚天。客戀寒松堪共語，僧留片月伴孤眠。林猿窺果來燈下，山磬隨風過枕邊。一夜閒心栖此際，休論去住是清緣。

僧房聽經

遥看烟樹翳然青，欲扣禪關晝不扃。到處尋僧求出世，隨緣拜佛喜聽經。閒情乍起收孤磬，妙法重宣護百靈。莫道所聞兼所得，清泉白石已泠泠。

辟支巖訪樵雲上人不值賦此寄之

好山宜好住，孤杖去何之。弟子能留客，人天每問師。空林殘月夢，禪榻遠雲思。此地應重至，相逢即舊知。

別支提山四首

纔得來遊意復還，此身依舊在人間。山靈解識因緣在，先遣山雲送出山。

入山未已出山情，古木寒泉有別聲。回首羣峰烟霧裏，魂魂相對似前生。

帶得烟雲片片香，還家寧忍換衣裳。雖然此地恒來去，忍聽山鐘動夕陽。

莫以衡門歲月貧，曾於菩薩乞閒身。從兹日作山中計，泉石依依是故人。

那菴詩選卷二十七

閩中商　梅孟和著
浙東馮元颺爾賡選

檀餘草

從支提歸宿九峰菴

名山情未了，禪宿復高深。一磬接雲氣，衆僧俱佛心。泉聲寒半榻，月影静幽林。晨起空堦下，前峰但有陰。

林居士留宿山樓

山半復樓居，相過覺自如。與僧身不異，作客事無餘。徑掃松聲密，窗横竹意疎。可留唯澹泊，村酒且園蔬。

立秋日溪上買舟抵家過豫陽同僧拜墓

何期今日買舟還，一葉驚秋思未閒。溪路風烟遊子夢，墓門松柏想親顏。因僧卜地香斯冢，願母生天禮此山。酹酒峰頭聊共坐，啼鳥忍聽夕陽間。

送遠雲上人還白下

涉世已了了，寒燠積朝暮。五載與君別，倏忽此中遇。遇時何所云，澹泊心如素。君來隨春雲，君去傷秋露。閩嶺與秣陵，一衲山中路。泉石證靈異，友朋得迷悟。緬想僧舍時，寧殊君寄寓。兹歸增歎嗟，不獨感離聚。

壬戌七月望日同諸友泛舟至浮山堂次日登江上山寺泛月而歸

入秋澄精神，萬物共兀兀。況有登臨事，情爲古今揭。是歲壬戌望，火流葉未脱。招要二三子，泛舟坐孤月。初入谿樹深，忽覩江烟闊。圓影躍空波，石色生秋骨。訪泊入林園，載酒語清樾。遲明續遊興，山寺待僧筏。器鉢相追隨，烹煎有冥發。趣與山水滿，身與魚鳥活。緬懷古之人，恍惚遇天末。來去一葦如，幽情愈難遏。

題畫與裴翰卿

寂然何所思，筆墨偶相爲。秋水坐能至，涼雲生在玆。前峰未了處，片石可言時。不意來裴迪，悠悠共對之。

中秋社日陳泰始招集烏石山房遇雨得一東韻

山館新成秋正中，何期社日偶相同。琴尊對客雲初合，烟水平林月未通。隱隱歌聲行片樹，層層燈影出深叢。休論勝事俱陳跡，勝集依然有古風。

送友還樵川

樵川雖不遠，相送亦悠悠。執手秋光下，離心江水流。露華寒入夢，烟樹曉隨舟。寄語諸同志，明春待我遊。

雨泊江上同僧宿浮山堂

一天涼雨且維舟，水上林園豈厭遊。況有山堂容我宿，每於江路爲君留。梁間雲氣常行晚，檻外荷香已墜秋。最喜老僧來作伴，數聲清磬自悠悠。

艷集朱士美園居分韻

宅畔爲園見遠山，虛堂雅集勝躋扳。歌聲忽被秋聲亂，月影先分樹影閒。韻事移尋花徑裏，清言寄在竹林間。更分尚有人堪醉，忘却愁心一夜還。

雨集楊羽侯看菊

到門先有菊，含意却同看。一雨不禁好，深秋猶未殘。暫分籬下色，獨向酒邊寒。無限沉吟處，盈盈欲語難。

題畫贈友

作客未能已，況於葉落時。情文憐獨至，山水贈相思。入夢秋彌近，隨身雲不知。善藏恐飛去，莫説古人痴。

悼鶴

嗟爾雲霄翮，沉淪在世間。思深難獨往，夢重竟忘還。失侶成初恨，依人轉後艱。每懷林水際，飲啄自閒閒。

客病

劍溪來不遠，一病即天涯。霜月愛相照，寒衣愁獨加。情難陶緑酒，藥豈勝黄花。有友同晨夕，休言未到家。

冬日見園菊

秋花應秋節，冬候尚能存。情轉芳三徑，香猶據一園。誰携琴酒對，獨與雪霜言。重向東籬下，相看寒掩門。

移梅

愛兹幽遠意，移植自村墟。古態想無盡，孤香抱有餘。雪霜情易接，巖壑願應如。從此爲平素，天寒共索居。

何若士過訪賦别二首

十載已心期，於今重證之。論交真古道，感事正當時。坐對生佳氣，行藏係遠思。一尊疎竹下，清韻頗相宜。

向誰談遠事，别自得深情。草榻言初合，寒天月正明。友朋宜簡貴，文行共孤清。漸有梅花發，幽香可送行。

過倪柯古新成池館

何必離人境，斯園清且幽。門開三畝竹，窗俯一池秋。愛客每深坐，爲山當遠遊。予身宜有此，隨意足淹留。

壬戌初度過芝山看放生

閒居空閱歲，初度復斯時。作我那堪羨，尋僧祗益悲。經云觀自在，生更放何之。一點禪燈裏，心求古佛知。

山房坐月喜僧至

冬色滿枯林，月來静者心。門初關寂絶，僧忽扣高深。紅葉飄清照，古藤垂遠陰。且將泉石事，永夜共栖尋。

長至夜同諸友西園池上待月

值此飛葭候，欣逢載酒時。池光凝碧氣，樹色入寒吹。月至杯難盡，更分漏愈遲。清輝如我友，永夜亦相隨。

省墓後往家君溪上居

百拜下親墳，回頭已白雲。山中情靡極，溪上夢難分。黍稷馨長在，田園事可聞。獨愁予父老，四體尚辛勤。

過溪上農家相留晚酌

信步農家去，津津幸我留。桑麻談可樂，婦子飽何憂。峰翠杯間落，月光潭上浮。誰知季世者，古意在田疇。

溪上見梅花

溪山忘歲時，花發始知之。地僻憐相見，情孤喜獨宜。幽光成晚意，香氣結寒吹。莫道嚴枯候，春風已在兹。

從溪上到家鍾伯敬以父憂促晤先答是詩

一冬風雪别家山，歲欲除時身始還。念我有懷應有感，憐君多病復多艱。殷勤遣信情何極，痛哭思親語未閒。自是古人論世誼，傷心先已淚潺湲。

同伯敬署中除夕

十載燕吳共歲除，今宵官舍若同居。交情易墜尊前淚，病骨難支枕上書。閩地山川看未了，楚江烟水思何如。空庭一樹梅花好，分得孤香入夢餘。

癸亥元旦二首

年來身計但蹉跎，舊事真同夢裏過。學易敢云師孔子，焚香深自禮維摩。千秋筆墨知無故，一度鶯花感奈何。剩有詩書爲可繼，衡茅蕭寂任烟蘿。

悠悠世事本升沉，每向新年慷慨深。老去讀書求寡過，貧來抱子且長吟。情幽難息林泉夢，累重能忘稼穡心。聊酌辛盤疎竹下，春光隨意共栖尋。

春日柬鍾子

纔同卒歲復新春，仍似天涯共此身。連日焚香唯語佛，經旬伏枕定思親。聊將筆硯存時事，猶恐鶯花送遠人。歎息年華徒草草，屢嘗辛苦不堪陳。

過鍾子夜坐出所注楞嚴經

攜來片月照空庭，樹有鳥啼不忍聽。但見新春常把手，那知静夜只談經。情如草色時時長，詩比蓮花字字靈。知爾遠心難應接，還家聊且托沉冥。

春日同諸友重遊西禪寺

城西十里舊禪林，山徑幽幽古木深。琴酒縱攜非我意，竹房常掩是僧心。每於喧寂多興感，别有聲聞欲廢吟。偶憶昔年題壁處，一時磨蘚尚堪尋。

答馮茂遠見寄

那期書札遠相聞，久别何時不憶君。清夢屢遊長水月，墨痕猶帶秣陵雲。年來每每悲心跡，老去依依是典墳。入在古人交誼裏，雖然兩地未曾分。

正月十五過芝山僧舍

春來閒事果能閒，偶爾尋僧户不關。滿徑雲烟迎舊客，一庭花鳥當深山。人如香國氤氲裏，心寄禪燈寂照間。共道此時元夕好，清齋坐臥竟忘還。

喜譚友夏書至

遥遥雁影楚江新，似可聞聲未見人。屈指弟昆情十載，開緘烟水夢三春。登山每憶無良友，閉户俱知有老親。安得追隨如昔日，細將别事爲君陳。

題畫與蜀僧

僧言來自蜀，一杖扣柴扉。求寫林泉樂，忽看烟霧微。茶烹能濾水，花落恐沾衣。半日清緣裏，悠然共息機。

觀伯敬姬人血書觀音經

女郎之生美且潔，得事我友爲奇匹。生長或是青蓮花，日向竹窗弄紙筆。見佛深拜心喜悦，長齋寫經指上血。字字看來如黄金，老僧一見知根深。大加讚歎向經拜，血雖入紙經生心。女郎善信初有機，肉身法身無是非。靈文點點化靈液，頓令萬劫身光輝。緣因我友夙所結，寫經全憑精進力。觀兹念兹敬且恭，從今不敢問顔色。

舟中題畫與伯敬

幽情同出門，幽事有所以。偶爾洗精神，溪山落片紙。重泉界樹杪，孤烟浮澗底。昏旦變耳目，暝霽生遠邇。隨意少與多，會心起復止。衆聲歸静聞，一情化妙理。山水向人非，筆墨向君是。寫成坐咨嗟，相對不能已。

題蘭與鍾姬吴香才

臨風生素心，隔舟理幽見。愛兹蘭意芳，寫以貽所善。楚澤接建水，至止宜繾眷。遠近香寧殊，臨風有餘羡。樹者秋易稀，寫者時不變。贈爲夢中徵，因蘭枕屢薦。

舟中題香才畫贈水仙花三首

奇花綽約寫應稀，片片清芬思亦微。且莫臨流看不厭，花魂恐逐水雲歸。

雖是芳心亦素心，含風含露共沉吟。春光領盡娟娟立，洛女湘靈對面深。

澹澹神含烟水鮮，未施朱粉更嫣然。仙姿隔斷風塵色，借問何爲不上天。

太平驛賦題壁上

門開官路倚長林，春氣彌添烟雨深。君子苟無飢渴處，逸民恒有治平心。泉流遠近通溪響，樹色空濛接岸陰。每歎浮生同逆旅，萋萋芳草思能禁。

至茶洋驛坐澗上小亭同伯敬賦

古驛臨溪幽意存，小亭無事坐晨昏。客情暫寄雲恒在，澗水長流花不言。家遠愈知朋可樂，身閒轉覺道彌尊。亦知末路風波重，每對青山思掩門。

過豫陽得一小宋硯於農家持至茶洋驛與伯敬試墨

小硯田間得，筆耕余所宜。前朝遺舊物，今日試新詩。滴露香盈几，落花春滿池。馳驅猶不息，韻事乃相隨。

建溪訪別

二月初爲客，百花中有人。積思尋此日，對面坐如春。看水看山事，垂楊垂柳身。却愁行色動，舊夢復從新。

那菴詩選卷二十八

閩中商　梅孟和著
浙東馮元颺爾賡選

登峰草

重到天游觀

復得天游觀裏行，何期春半得春晴。開門已識烟霞氣，入徑仍聞澗水聲。遠近溪流隨岸轉，後先峰翠揖堦平。終焉此地今猶晚，一度來遊愧自生。

月宿[一]天游聞道士吹笛

山高入乃深，萬象隨所適。月來破烟靄，清輝養魂魄。元氣浮前溪，異香裏幽石。身已共虛空，

[一]月宿，底本原作『宿月』。

情忽感今昔。更分仙掌上，光與露華積。静夜復有聞，笛吹山水碧。羣籟聽寂然，坐臥曠天宅。忘機任孤遠，形神渾不隔。

天游曉望

遊山領其時，稍稍得昏曉。晨起未梳沐，憑虚復了了。衆峰積如黛，點綴烟霧小。忽忽陽氣升，石貌分天表。巖上露尚湛，曲中春窕窈。耳目蒙異香，眺聽狎幽鳥。閒行過前林，館宇在松杪。

從六曲欲終九曲之遊輿行里許至七曲

石逕迴遥深，入林偏出林。將終九曲事，漸了六年心。向背峰相見，靈奇客獨尋。許多巖壑裹，松竹閉門陰。

下城高巖訪僧即渡溪歸

奇峰登未了，巖半一僧分。入竹聽新水，煮茶燒白雲。鳥啼談不礙，花落静堪聞。猶忍前溪別，空林步夕曛。

重訪小桃源

復向仙源去，沿洄路不迷。鳥知迎舊客，花更落前溪。雞犬竹間出，樵漁巖下栖。山中有人世，妻子定相攜。

望接笋峰喜僧茶至

溪山搜頗盡，險處且遥看。每羨僧行易，那知客上難。松風來絶頂，茶氣下層巒。俯仰一峰裏，神思縹緲寒。

三曲捨舟行七曲尋靈巖一線天風洞諸處

尋山欲遍且淹留，得遇春晴事事幽。每向高栖先扣户，但逢靈跡便登舟。情依巖壑深猶去，思入鶯花遠可遊。忘却今宵投宿處，月光猶自步林丘。

宿虎嘯巖二首

隨道入長林，渾忘幽且深。客聊依此夕，僧與語何心。星月枕邊動，松泉夢裏吟。雖然奇絶境，相對有栖禽。

片石可爲天，清虚只一眠。神含山月裏，魄濯水烟前。草榻幽香積，花林宿霧連。可知來此地，晨夕亦清緣。

臥龍潭

溪山俱止處，静極碧爲陰。晝夜成千載，飛潛共一心。潭聲聞寂寂，神物視深深。自有靈光在，悠然照古今。

雲窩有懷

歲月思多故，溪山夢幾回。松門雲更入，花徑客重來。井竈行幽鳥，堦庭積緑苔。主人何處去，一度一徘徊。

重望玉女峰

五載始相見，春光仍儼如。態猶看動静，神每入清虚。改岸來還止，迎風疾復徐。獨憐朝暮意，溪上倍躊躇。

九曲歸月下望幔亭峰

登遊乍了出花源，幔去亭空片月存。遠翠獨凝春曖曖，清光相對夜魂魂。仙家偶爾留芳宴，眷屬何情念舊恩。却爲此山名勝事，令人千載説曾孫。

自九曲返萬年宮燈下同伯敬賦

曲曲深藏山水春，朝昏遊止事堪陳。俗情到此真無路，勝境相期别有身。擇木而栖成隱德，以天爲界是前因。何時與爾携妻子，夾岸桃花肯讓人。

登大王峰尋僧留坐

石色巍巍一望尊，昔年登覽夢猶存。重尋遺蜕攀雲路，仍訪高僧扣石門。山水無私閒可閱，仙凡有别坐堪論。春風滿洞空香在，飽食松花日未昏。

翰墨石和伯敬

片石溪頭墨理分，日磨烟水得逢君。舟行仿佛持相贈，莫道仙家不好文。

仙船

何不移舟向水濱，日藏巖壑待何人。來遊未免思歸去，九曲長閒野渡春。

呼來泉

靈液靈芽一氣分，三春唤出共氤氲。於今茶採非常法，但恐傳呼水不聞。

仙掌峰

萬仞蒼然片石幽，石痕如掌拍寒流。如何一指猶難屈，徧數遊人不當遊。

百花莊

神仙原有白雲家，豈待春來見百花。今日山莊閒策杖，林園惆悵盡栽茶。

別武夷山

入山不易出山難，五載纔能兩度看。名勝每思同卜築，浮生那得幾盤桓。許多巖壑情猶寄，更剩鶯花夢未殘。立在溪頭更延佇，奇峰天際共高寒。

出山十里訪水簾洞有序

武夷曲曲皆勝，而境之最幽而幻者，莫如水簾洞。洞與七曲連，而遊者必出山而復入，定有其故。穿嶺渡澗，積氣陰森，將至洞，見巖前霧飛，空翠烟欝，乃水珠噴下也。行於亂竹深松間里許，入洞，洞中列館宇，翼以朱欄，而香氣冥發，與水珠相亂。而水之游移靡定，以風爲分合，乍捲乍舒，乍明乍晦，一日之内，耳目屢更。伯敬記中甚得其似。予到此兩度矣，未有詩也。

兹遊細翫，有情於出山之後。得此奇絶，尤山水文章之變動不測處也。因賦詩以終九曲之事。

昔遊雖草草，領之未冥昧。重來趣有循，山理别可配。九曲事方終，水簾興不退。出入谿谷中，跋涉水烟内。耳目生蒼光，山川變奇態。天日互虧蔽，石壁争向背。飛流墮微茫，柏竹相靉靆。懸巖爲天地，白晝移明晦。遊絲間飄沫，虚空若粉碎。氣與水風交，人與高遠對。但覺幽異生，蓄洩有所在。

出關遇雨

一春遊興未蹉跎，纔出鄉關奈雨何。驛路漫隨青草去，客身空帶白雲過。情依山水離愁重，思入鶯花遠夢多。回首武夷無百里，征途先已涉風波。

常山舟雨

三春路上幾能晴，冒雨登舟思亦清。雲樹滿溪聊信宿，鶯花夾岸已偕行。攜來茶酒閒爲事，載得琴書坐有情。計到錢塘知不遠，任從烟水一帆輕。

同伯敬登釣臺詩改舊作

暫止巖灘烟水春，荒祠寂寂拜星辰。一竿亦解臺前釣，不及先生有故人。

那菴詩選卷二十九

閩中商　梅孟和著
浙東馮元颺爾賡選

送送詩

戧舫湖上與伯敬移宿

湖中春色尚何如，戧得湖船當戧居。冉冉香風移岸細，娟娟新月入窗初。鶯花待我情偏遠，山水因人語不虛。暮宿朝行隨所至，六橋烟柳夢魂餘。

堤上看桃花

兩度春來春已遲，今春桃李喜相期。一堤幽艷形神裹，十里聲香耳目移。客思預愁晨雨墜，人情争護晚風吹。閒遊未免交欣慨，那得年年共此時。

净寺尋僧坐於香閣

寺好在湖邊，春光坐渺然。千花圍此地，一閣護諸天。澗水疎松徑，香風了竹烟。客心何所住，半日是僧緣。

遊靈隱遇雨飯於僧室

隨雨偶幽尋，閒房談愈深。松根欹石態，竹翠障峰陰。香積千林氣，花供一飯心。新泉來自好，滿徑是清音。

雨晴見月遂泛湖上

入林帶雨出林晴，極目新條習習生。兩岸烟光生暝霽，一航月色載幽清。歌浮水上禽魚悦，香逐堤邊桃李行。莫道春遊難得月，湖山向晚轉多情。

湖船曉起

湖遊日日競晴天，誰肯孤舟傍柳眠。啼鳥乍驚春夢裏，殘烟忽寫曉妝前。香能似酒魂猶醉，人不殊花影可憐。欲領幽清應蚤起，東風隨意六橋邊。

訪飛來峰月下見老僧誦經石上

了了奇峰立古今，幽看禪境靜人心。每於來去驚無定，別有聲聞思更深。對月那知僧可見，聽經偶與石相尋。閒行便是諸天路，領得清光不出林。

三月朔日往天竺

今朝三月屬初晨，物候相催晚却春。行逐雨花瞻大士，言從天竺問皈人。重重積翠生靈境，妙妙空香隱法身。稽首燈前如晤語，年來心事漸堪陳。

湖上泛雨

時當春晚每多情，春事相催處處生。忽睹落花來水面，偏逢細雨滴歌聲。冥冥蒲葦移舟淺，泛泛鷗鳧向客輕。極目烟波翻有態，湖遊何必待新晴。

遊法相寺止於竹閣

行隨春草入門深，滿徑幽香不厭尋。松竹遥遥交嶺色，烟雲寂寂護花陰。余頻至止能無事，僧解將迎恐有心。自是千年虛閣在，却令吟望到於今。

孤山訪林處士墓

湖中別自有林丘，不管春光寂寂遊。石上看花紅雨落，墳前薦漻白雲留。吟魂尚對烟波澹，隱跡真同草木幽。莫道孤高無繼者，千秋相憶水悠悠。

放生池坐月

春氣與池平，悠然逝此生。隨時觀變化，對月受光明。經呪聽應熟，飛潛信不驚。老僧同坐久，去住亦忘情。

清明日訪僧龍井喜試新茶

入山只有訪僧心，何意山中節物臨。一壑幽清消不盡，三春情性坐彌深。靈芽帶露浮花徑，禪味含風過竹林。喜得來兹生勝事，年年此日憶追尋。

僧來湖舫題畫與之

湖上春有餘，領略足昏曉。行止在水烟，來去狎魚鳥。兼有清遠事，神情亦浩渺。僧至自前山，言詞甚了了。乞余泉與石，幾筆不爲少。幽興忽然生，頃刻移烟杳[一]。亦寫一僧行，空林入松小。欣欣加讚歎，妙理看已表。歸去閉竹窗，焚香自圍遶。

僧泛

忽忽春來春已深，舟中無事每沉吟。憑將蔬茗同僧泛，却勝笙歌載酒尋。着水殘花流閣影，垂□新柳接湖陰。閒遊領盡烟波返，隨意明朝再入林。

同伯敬訪雲栖宿於僧舍

出城踏江路，委曲陟林嶺。漸與人世分，元氣沉沉静。俯仰入松竹，幽徑耿神影。清泉花際流，來去烟雲冷。到門肅威儀，瞻拜發深省。僧僚守言詞，善信齊清警。素食積衆香，細行愈暇整。焚誦無晨昏，應接有綱領。兹來得信宿，僧睡未俄頃。忽忽鐘磬動，萬象接流景。人天共此時，聖凡同一境。瞬息積今古，所貴在勇猛。同來且同歸，真機相與秉。

湖上見落花三首

[一] 杳，底本誤作『香』。

開每愛春淺，落每傷春深。搖蕩春波裏，遊人湖上心。
忽忽朝與暮，飄飄東復西。含情芳草畔，但恨杜鵑啼。
不肯掃裙裾，不肯戀蜂蝶。却似渡江人，願郎歌桃葉。

虞山晤錢受之何季穆即別二首

每思違五載，玆晤喜三春。共語無他事，相憐有此身。容看今日老，情覺向時親。曾奈歸心切，遲明復遠人。

喜逢成畏別，我友意何深。去住異前日，晤言同夙心。月猶分半榻，花正委芳林。誰識家山裏，思君直至今。

聞黃子羽讀書洞庭山詩以寄之

湖山何渺茫，念子讀書鄉。千里情相近，三春思獨長。文添烟水色，花染夢魂香。寂寞婁江上，閒行易□陽。

同陸孟鳧往印溪宿顧伯雍宅

溪水納潮聲，乘潮友共行。一樽敦遠意，半榻慰孤情。埜竹移風至，墻花載月明。何期今夜宿，得領此幽清。

伯敬爲徐元歎索畫伯敬題畢余和是詩

山水存乎人，所入有淺深。寄在筆墨中，非以筆墨尋。偶然寫此理，遠近成烟林。重泉界寒翠，幽石納層陰。神跡行冥濛，静者同爲心。對之春風生，相視開素襟。幽意雖各足，言别亦沉吟。日持山水觀，爲子來清音。可以接夢寐，可以成古今。

訪劉虚受園池

春光欲去客如何，約得園池試一過。草閣層層紆磴道，茅齋寂寂閉巖阿。留人花事何妨少，求友鶯聲不肯多。可見此中幽遠意，庭堦蚤晚長青莎。

同諸友吴門泛舟至虎丘晚坐石上月下聞歌

一城烟水頗堪遊，乘月依然到虎丘。夜氣蒼蒼松徑窅，春風澹澹石林幽。身依露草忘情坐，歌比山泉入耳流。幾得清光同此地，更分相對忍登舟。

譚友夏梓陳鏡清六詩伯敬索題詩後

越人官於楚，楚因聞越吟。我友豁虛衷，耳目相與尋。精意發高遠，妙理含淵深。六詩藏六義，古者將爲今。嘉君山水德，揖君淳龐心。春風坐咨嗟，千里思沉沉。相和援素琴，泠然空外音。

寄答譚友夏

君在湖鄉裹，四邊烟水寬。每思遊處好，長向夢中看。昆弟能相益，田園聞改觀。余多前日累，出户覺應難。

吴門别伯敬二首

自閩來至此，千里未爲多。未免與君别，其如歸路何。停舟聊水次，分夢到巖阿。可見忘情好，輕鷗在碧波。

久已識君意，何勞重説之。最憐同往處，添却别離時。楚客雲山夢，吴江烟水知。相看心緒亂，忍對柳絲絲。

别徐元歎

交情與世異，澹澹即能深。遂有今朝别，應添他日心。蓬茅歸且閉，山水夢相尋。送我登舟後，知君不出林。

與元歎送伯敬至梁溪舟中夜坐共賦詩書卷而別

未嘗不言別，玆別非昔時。跋涉共三春，魂夢相追隨。來者遠莫辭，去者江路遲。悠悠止梁溪，別事應各知。憫默未能寐，燈光坐其儀。情豈今夕論，別乃今夕悲。即便送至楚，久久亦須離。贈子以長嗟，報我亦似之。執手復須臾，相思恒在玆。

寄沈雨若於金陵時訪虞山不值

尋君獨自到虞山，始信金陵客未還。書畏浮沉宜懶作，情無遠近每相關。歸舟莫説鶯花老，卜宅欣聞水竹間。極目秦淮烟柳色，依依最是暮春間。

寄鍾居易

聞説已逃禪，柴門閉楚天。緣清妻子内，道論爾兄前。筆墨能忘否，烟波望渺然。片言聊寄問，夢去自無邊。

歸舟至錢塘逢僧入楚遂寄伯敬友夏

別事亦何説，逢僧寄所知。悲歡争水次，去住感天涯。柳色藏歸夢，潮聲接遠思。無端江路上，惆悵復多時。

那菴詩選卷三十

閩中商　梅孟和著
浙東馮元颺爾賡選

歸鴻草

嚴灘雨宿

一艇嚴灘上，蕭蕭風雨何。臺雖從容訪，雲肯認人過。衆鳥投春氣，孤漁起夜歌。今宵知有夢，相與入藤蘿。

至信州蔣一先太守以舟屋相留是日攜尊至詩以答之

歸途宜此地，夙約且相尋。誘我晨昏事，知君山水心。舟中堪静遠，窗外即高深。回想論文日，秦淮直至今。

蔣一先過予舟中坐雨薄暮見月

一雨坐凄清，談深月更明。雲凉收樹遠，水漲過橋平。暝霽關交態，寒温惜别情。十年敦此晤，心覺倍相傾。

觀水

夜夜枕寒聲，朝看埜水明。諸林疎雨蝨，兩岸漲柴荆。暑氣洲中没，客心江上盈。風濤人世似，何日可能平。

月下移舟

最喜舟如屋，應知客可居。月光移遠近，鄉夢入清虚。傍岸沽村酒，隔江聞夜漁。浮生寄天地，即此是吾廬。

端午日抵家

三春偏作客，五月乃歸身。情偶關佳節，思猶存遠人。風波那可息，木石且相親。謾説還家樂，愁看萱草新。

豫陽省墓

卜得親墳在水湄，省墳何異省親時。神無遠邇恒相接，情合幽明豈不知。在世愧非烏鳥養，登山秖益白雲悲。一坏獨自馨香薦，松柏陰陰望復疑。

山居畫石遂題其上

山齋倚修竹，烟日成一色。香茗事偶餘，對客試筆墨。清泉滴涓涓，頃刻化蒼黑。寫成一片石，靈奇忽不測。此峰似飛來，欲去應不得。

答友過那菴詩

爲園雖偶爾，木石且同居。閒覺身宜此，幽看情有餘。竹聲疎雨露，花影静琴書。何日非堪暇，秋光任所如。

别友人病中之官白下

意在殷勤外，言寧離别間。出門堪愈病，臨事肯辭艱。月正白於水，葉將紅滿山。幾年泉石畔，念我與君閒。

題竹石畫意與高茂弘

清齋資幽意，竹石聊盤桓。偶爾相招要，幽意生其端。澹澹一枝秋，石色如烟殘。墨水爲遠近，風露生高寒。坐對秋風前，微聲猶未乾。

月夜泛西湖

出城西北帶湖光，泛月輕航此夜長。十里波痕生瀲灧，一亭秋意納清涼。風前細柳非無葉，露下殘荷尚有香。漫向中流頻極目，四山烟樹但蒼蒼。

得鍾伯敬武昌書時病中謝客

別思楚江長，知君住武昌。著書删應接，善病等尋常。山水情難息，形容夢有光。年年鴻與雁，知不隔風霜。

移石池上二首

片石移來異，來應不肯還。烟雲凝有氣，苔蘚積爲斑。最好寒塘上，尤宜疎竹間。從兹頻徙倚，何事入深山。

頓起幽中趣，彌令静者尋。晨昏應可語，蒼翠每相侵。止水生秋骨，奇峰入我心。因之爲好友，隨意得高深。

園中蚤梅

冬氣閉柴扉，蕭疎花影微。幾枝迎臘至，薄雪綴林非。古意宜相得，幽情有獨依。朝昏看不厭，山月更清機。

郊外移梅植於月下

老幹雪霜深，移來不待尋。魂先遊曲徑，月正照疎林。獨立送奇態，相看接素心。更分猶繞樹，寂寂且孤吟。

病後訪僧西庵

難將病骨付深山，一日尋僧萬物閒。清磬偶聞松竹裏，禪房不掩水雲間。若論出世年年老，試閲浮生事事艱。坐到身心何所係，却隨孤月夜深還。

癸亥除夕

歲月推移事已非，每逢除夕與心違。詩書困我名何益，天地生才理亦微。只爲投閒成傲骨，却因多病養清機。堪兹親老兒猶少，買得深山未忍歸。

甲子元旦

雖然白髮鏡中催，屈指浮生甲子來。萬事且從新歲起，一樽仍向舊人開。難辭世味嘗椒柏，漸領春光入草萊。空把虛名争造物，鶯花相見共徘徊。

人日登烏石山瓢菴

茅菴石畔廢還興，今日逢人又訪僧。忽見林花開點點，却隨春草上層層。烟雲有響飄孤磬，巖壑無光照一燈。世事浮沉安可了，此中栖托愧何能。

春夜坐月園中

花氣坐來深，月光花際臨。一春閒到我，獨夜静爲心。徑密難分影，庭空易洗陰。清輝真好友，隨意伴長林。

得林子丘雪中書兼詩一首和韻答之

去冬書寄到春雲，千里關情幾似君。兀坐正憐花寂寂，開緘仍覩雪紛紛。秦淮久别遊魂夢，閩嶺相思觸見聞。今歲出門知不免，鴻歸猶未報殷勤。

園中雪毬花開與婁江許子同酌其下

小園無事掩花深，且與閨中把酒尋。一樹當春寧借艷，幾枝團雪獨成陰。多因淺澹凝芳氣，豈傍繁華染素心。更待月光同醉倚，夢魂夜夜在長林。

移碧桃花

移從郊外入深叢，玉蕊盈盈露氣中。但恐含情花不吐，明朝樽酒倩東風。

蚤起見所移桃花將開詩以催之

新栽幾日蕊猶含，蚤起枝頭放二三。半倚春風應寂寂，初承曉露已湛湛。莫因詩思芬芳合，但覺花魂笑語諳。便把佳人比顏色，晨昏相就趣偏堪。

雨後坐寂樂齋

一園春雨一園雲，兀兀齋居坐夜分。幾樹桃花開不見，半窗蕉葉滴堪聞。名知無益還天地，友可相依是典墳。聊向此中尋寂樂，周身木石即同羣。

答婁江黄子羽書去歲在洞庭未晤

可知情事兩相關，不斷音書慰别顔。天末親朋思豈遠，閨中甥舅晤應艱。爲期秋候論心至，且向春光寄語還。回想去年吴客處，夢魂常渡洞庭山。

那菴同友夜坐

衆木閉門陰，知朋亦我尋。月因憐夜好，花每惜春深。薄飲坐苔徑，清言入竹林。休論人境接，今夕見閒心。

李子山過宿那菴

春暮緑陰生，春與情欲止。訪我竟晨夕，遍尋木石理。餘花香夢魂，新桐寫春水。雲烟對之閒，魚鳥親而喜。兹園雖小搆，巖壑相表裏。日末嗣燈光，談謔未能已。幽情各有入，所得何彼此。

馬季聲楚歸過訪

歎息如君萬事艱，今朝方得挂冠還。風波每閲傷初志，泉石相親惜舊顔。香草已隨燕女夢，白雲先待楚臣聞。年來但覺交游少，且寄深情五畝間。

得袁穉圭燕中書兼寄姬人墨蘭

去路悠悠不可期，薊門書札喜相貽。烟霜每憶三山別，蘭芷彌添七澤思。遠道因君芳氣合，幽情惠我墨痕知。何年彼此歡重晤，請立春風一揖時。

題竹石與僧

晴光開小園，好風行習習。山僮報來僧，蕭然挂瓢笠。徑掃苔尚存，花餘露猶濕。捧持衹片紙，乞畫向余揖。遂贈數枝秋，淡淡石邊立。虛心而實腹，問僧何所入。僧笑與余言，畫者理已執。不如還太素，萬物俱不及。

將從白下過楚許玉史以詩贈行賦答

入山正好出山非，時事相催不忍違。念我風波情未了，如君師友世應稀。三春別路吴天遠，一水懷人楚澤微。本欲追隨和氏去，淚零恐滴老萊衣。

送春日留別諸友

春光欲盡客遲遲，客去春歸偶一時。心戀故山芳草在，愁添遠道白雲知。還期好友來花徑，每惜殘鶯唤柳枝。自是留連宜此際，未曾出户已天涯。

臨行答贈湖石

非烟非霧亦非雲，片石靈奇態自分。林下晨昏生有氣，湖中波浪撼成紋。從兹作伴心休轉，若使談經爾肯聞。今日小園生色甚，臨行深謝洞庭君。

那菴詩選卷三十一

閩中商　梅孟和著
竟陵譚元春友夏選

行吟

佛日齋行

時逢維夏啓行期，今日清齋更所宜。世路偶從人勸勉，風波全賴佛慈悲。情非鐘鼎求何益，骨是林泉隱可知。且向堂前聊拜別，出門仍復自遲遲。

見啓兒送行舟中喜作

小子生來僅四年，牽衣獨自到門前。今朝爲客應添思，昨夜呼爺定不眠。那識別離偏作苦，每懷言笑亦堪憐。臨行錯把歸期説，童性宜真豈忍愆。

九里潭坐月

選得前村初泊船，幾枝垂柳晚風邊。看來一水白於月，坐到衆山青不烟。欲息閒情唯有醉，難逢良夜且無眠。嵩溪到此灘多急，身倚寒潭思寂然。

建溪訪泊

不是閒遊路可淹，多因訪泊事頻添。灘聲向晚每停閣，山氣生涼初捲簾。名下有懷魂夢豔，行邊相對話言恬。臨流且復深深坐，檻外雲來影亦纖。

考亭謁文公祠

考亭遺事已先知，今日經過一謁宜。述作有功應夢寐，見聞如在領威儀。難逢黍稷馨香地，猶想溪山卜築時。不是千秋論已定，當年毀譽得無疑。

端陽至清湖客邸

歷盡閩關水一方，主人迎客事尋常。烟波此去心難息，節物相臨思更長。景借榴花安可對，憂憑萱草果能忘。就中豈乏蘭陵酒，酒後依然是故鄉。

同僧湖上看新荷

載得輕航日未晡，亭亭花葉出菰蒲。相看客思能清否，試比僧心不染無。坐領空香傳茗酒，行隨纖月入鷗凫。欲歸又聽歌聲好，且醉薰風緩過湖。

六橋晚坐待月而歸

湖頭落照遠生烟，客思相依坐渺然。畫舫歌傳風冉冉，佳人情倚月娟娟。長堤柳色氤氳裏，隔水荷香笑語前。偶向六橋尋遠意，此中何處不堪憐。

登上天竺宿於僧舍

頻來寧獨事登臨，天竺依依積夢深。出路莫非菩薩願，入山俱是水雲心。孤燈寂照月還徑，半榻聲聞風到林。一度經過慚愧甚，竹房禪意且栖尋。

舟行見桑間小屋

遠近青盈畝，瀠洄碧繞村。兒童嬉水次，雞犬走籬根。點綴花開徑，參差葉覆垣。積陰生晚意，闌暑養苔痕。涼氣欲迎客，潮聲喜到門。情偏依士女，樂即是田園。頓起還家思，那能把酒論。

至吴門雨後見月陳古白與唐君俞招舟相尋更分而别

談依風雨各深深，見月悠然載酒尋。瞑霽頻生離聚感，晨昏寧了去留心。亦知魂夢難消遣，每惜清光共照臨。正好周旋翻説别，吴門烟水思能禁。

客秦淮水閣

白門情事每相關，今日來兹豈舊顔。欲洗愁腸頻照水，恐添歸思未登山。閣中烟月堪同宿，夢裏笙歌那肯閒。歎息江湖俱老矣，交游到此不宜删。

過桃葉渡有感

秦淮舊事説堪悲，渡口經過又此時。人比落花來已矣，客尋芳草去何之。垂簾烟柳青如故，入鏡春山遠不知。一水無多朝復暮，但聞桃葉思遲遲。

逢友

當暑難爲客，今朝喜見君。交情疎密感，别事後先聞。入徑歇桐雨，開窗來竹雲。故人寥落甚，草草豈堪分。

六月五日登牛首頂上逢寓林上人時與余别十載矣感而賦此

一别十餘載，師來獨坐山。何心生此晤，得語竟忘還。茗煮松林下，雪迎竹石間。他時清夢寐，定繞此禪關。

牛首望獻花巖

登山情與近，望山情乃遠。山情會遠近，山理剖混沌。兹遊歷松石，緩步陟其巘。一身高自卑，衆峰仰而偃。遥遥指前林，巖壑茂如苑。殿宇千叢烟，花樹四時晚。精神憑虚空，蒼翠耳目綣。可知望山情，實有登山本。勝景雖偶着，氣候變往返。今日季夏來，他時理難忖。領之得所存，山水何增損。

登牛首歸宿於村屋

未了登臨意，斜陽到水村。竹陰垂澗水，山色入柴門。半榻偶相借，一樽聊與言。雖然信宿地，樂事且晨昏。

集秦淮閣

昔年遊事不勝陳，今復來遊事轉新。水上笙歌仍徹夜，閣中花月自藏春。雖然此晤情俱遠，曾奈將歸意轉親。多少垂楊垂柳處，東風難息斷腸人。

集馬玉蕊館喜遇臨川湯季雲

園館幽幽坐邃然，一時朋至説臨川。何期與我關情地，乃是同君把臂年。魂夢豈能忘夙好，文章仍自有奇緣。佳人原不殊名士，相對芳尊但可憐。

題蘭扇贈馬姬三首

偶將紈扇寄秋蘭，半點芳心不肯殘。曾奈未秋歸思急，倘能相憶即相看。

枝枝寫出沅湘雲，一種幽清可贈君。若得美人長在手，此香晨夕不曾分。

何須松柏結同心，對面先將筆墨尋。它日臨風蘭意重，秦淮烟水楚江深。

西天寺訪張伯迥時伯敬囑其相尋

得見雖因友，談來便覺深。可知求我意，不負囑君心。遠道情悲喜，禪齋文照臨。論交新即故，懷抱一相尋。

過胡長白懶石齋

別事多興感，君心但固然。齋居閒不了，石色懶如前。獨寐養清氣，相過得靜緣。莫言懽會少，魂夢每周旋。

訪范漫翁聞其二姬善歌

雖然相訪別情兼，樂事如君歲歲添。案上舊詩吟自好，花前新曲教無厭。談於快處難辭酒，聲欲聞時未出簾。最是空庭留月色，照來雙影倍纖纖。

過沈雨若松風堂留宿二首

相對不能已，夜來坐愈深。松風清客況，烟翠入人心。燈靜照無暑，堂虛聞有音。過從聊宿宿，魂夢已幽尋。

雖不離城市，此中巖壑如。清言依茗酒，涼氣覆圖書。坐臥即孤遠，見聞歸太虛。客途心與境，換去已無餘。

題松風堂三首

石畔蒼然古意存，與君相對閉柴門。獨憐烟月微茫裏，領盡高風共不言。
但看青青歲月多，浮生榮落事如何。穆然徑側頻相見，便是深山隱士過。
與爾同傳不朽神，空堦謖謖見聞真。明朝但恐仍相別，對此孤清即遠人。

如舫詩

愛居桃葉渡，春水到門生。竟日君何往，臨風身不行。垂楊安所繫，芳草解相迎。多少升沉事，悠悠寄此情。

遊莫愁湖二首

湖色望盈盈，垂楊風際輕。何爲孤客思，係此美人名。烟水帶愁態，笙歌多麗聲。獨憐堤畔草，青映石頭城。

湖上樂如何，兹遊愁轉多。歸心倚寒水，芳思合秋波。碧柳每凝黛，新鶯常學歌。無窮南國事，含意此時過。

舟中夢鄭姬無美賦此寄之

率爾成來去，非關相見疏。離心那有極，入夢却如初。笑語鶯花外，精神筆硯餘。可言人不易，相約閉門居。

歸舟至吴門宿徐元歎浪齋

來兹難遽别，宿宿不分心。世外情文簡，齋中夢寐深。升沉寧暇計，寂樂偶相尋。更讓花前月，今宵獨照臨。

自吴門至婁江訪黄子羽

未到婁江思不分，到時寧復説殷勤。圖書半榻感同夢，桐竹滿齋添所聞。念我林泉歸有隱，憐君情性化爲文。來兹何以堪相贈，只是深山一片雲。

與黄奉倩至陸公市望海二首

林園日共領幽清，偶爾新秋海上行。洲島微茫添霧遠，風雲聚散隔波明。浮生天地成何事，觸目滄桑感此情。未得乘桴隨所至，身依空闊思盈盈。

自是吾家亦海濱，望洋但覺蕩精神。一天烟水連鄉夢，滿地風濤厭客身。閉户只宜居木石，浮槎仍恐犯星辰。何時得遂山中樂，縱壑如魚不礙人。

秋日同子羽賦

歸思雖然已到家，與君渾不似天涯。幾年舊事談邊闊，半夜新秋夢裏加。可見朋來非獨樂，能將客去免長嗟。情深便是婁江水，請看鴛鳧戲蓼花。

留別子羽

歲月悠悠感易過，欣然此地別如何。舟横遠浦葉初落，心在故山秋漸多。夢裏容光同晤語，寄來書札肯蹉跎。相期但保如松柏，常得青青附女蘿。

集別印溪草堂

別來相憶至而今，晤未多時又別心。千里雲山從道遠，一溪花鳥付情深。雖然對酒魂難慰，未免還家夢可尋。最是長途秋葉裏，冷風涼露思能禁。

題畫贈別黄奉倩

墨理深知我，文心一贈君。別中生晤語，静後得聲聞。木石幽爲氣，峰巒澹作雲。婁江與閩嶺，秋思未曾分。

印溪草堂聞筝

日日感秋聲，此聲添此情。江鴻來歷落，泉石忽幽清。指上翻成態，樽前矜得名。歸心誰緩急，因爾聽分明。

坐月印溪二首

客來魚鳥際，月出石林時。共語暫忘别，孤光長有思。葉聲風上下，峰影樹盈虧。聊以足清夜，歸心只獨知。

坐久入清寒，談深愈有端。波間烟杳杳，藤上露團團。夜夢相期易，秋情獨息難。明宵還未别，爲爾再來看。

哭徐元晦

去歲别云云，兹來不見君。存亡堪此際，涕泗可能聞。未了胸中事，且留身後文。感懷聊薦酒，忍洒北園雲。

同子羽舟至虞山夜宿江上

期爾虞山去，登舟一夕同。情多非獨感，魂密定相通。淡淡露華裏，蒼蒼秋氣中。更愁天易曉，淒切語霜鴻。

舟中別子羽

別事真難免，臨流愈不禁。一時猶把手，千里豈分心。善病宜多節，遠思休太深。堪茲江路上，霜氣正蕭森。

宿受之津逮軒

離思一年餘，來茲復爾居。晤言安遠夢，探討證奇書。竹徑霜痕冷，蕉窗月影疎。難將出處事，宿宿便忘初。

同受之舟宿至甘露林而別

訪子即言別，同舟當送歸。秋光入水澹，雲氣出山微。萬物感榮落，一心何是非。憐予將隱矣，攜手每依依。

答別劉虛受

□到吴門一訪君，彌令別緒兩紛紛。可知交道真難矣，自是言詩不易云。客夢齋中揺澹月，鄉心江上接寒雲。年來無故多興感，滿路秋聲豈忍聞。

舟至吴江月下聞隔舟歌

江路是吴天，月光寧忍眠。秋魂遊水際，鄉思在歌前。獨坐似空聽，有懷還自憐。停舟多此地，今夕倍悠然。

烟雨樓

言尋烟雨至，徑去此樓中。陳迹每興感，吟魂如可通。幾能依淡遠，猶想坐空濛。多少香銷地，文心自不同。

寄岳石帆先生

余當歸路日，公正出山時。離聚心相信，升沉道不疑。片言生獨感，千里荷深知。聊借江頭雁，臨風寄遠思。

武林訪吴伯霖葬處

物化安能免，交情自不無。墳雖尋宿草，酒且酹生芻。有字堪垂世，雖官弗及儒。從兹江路上，誰可立須臾。

錢塘舟月

月光通水氣，水乃洗秋光。極目天爲際，寸心夜未央。漁歌浮細浪，雁影過初霜。猶是錢塘路，吴山望渺茫。

那菴詩選卷三十二

閩中商　梅孟和著
竟陵譚元春友夏選

秋氣篇

江上尋僧

宿宿依秋水，秋雲帆上生。聊將爲客意，俱付訪僧情。峰翠横烟遠，江光入樹明。坐來渾不覺，一磬落潮聲。

江月聞鴈

孤月墜江中，殘更來斷鴻。蓬窗歸思滿，霜露帶聲空。是處愁難息，今宵聞不同。感兹念侶者，天末去無窮。

江上寄義興蔣一先太守

瑟瑟空江裏，烟霜近一身。歸途偏戀友，何地更親民。夢與秋聲冷，心同月色真。每懷丘壑勝，曾奈倦遊人。

發富陽逢僧返雲栖因談伯敬同遊事

去年春半越中遊，山水同尋僧舍幽。今日江干談乃爾，故人天末見何由。文心獨對難分手，聖境相依是盡頭。安得追隨如昔日，白雲栖處共淹留。

薄暮至釣臺見月登嚴先生祠

暫止嚴灘月太明，攀蘿獨上訪先生。千年隱蹟從山老，一片遊魂是水清。每向祠堂瞻昔貌，且將泉石受空名。何人神骨能相似，靜對孤光寫此情。

雨後望江郎石

秋山積雨喜新晴，天半江郎片片生。薈蔚烟嵐林上動，淋漓蒼翠樹邊明。霽看頓覺精神立，遥想仍同夢寐行。自是經過關氣候，峰巒原未變人情。

雨中度關

遠遊未遠便南還，風雨瀟瀟亦度關。歸思且從雲霧隱，愁心更益路途艱。一時涼氣浮新水，滿地秋聲問故山。莫道此中鄉國是，庭闈難息夢魂間。

邸夜坐雨題主人壁

跋涉來茲何所云，主人情意每慇慇。溪山半榻安魂夢，風雨一燈涼見聞。抱膝獨吟消永夜，偶形相伴得閒雲。亦知客態蕭條甚，纔入鄉關喜見君。

八月初十夜柘浦登舟酌十〔一〕月下

風雨連朝盡洗天，舟橫月色坐娟娟。看來此際思何極，計到歸時對已圓。杯酒屢浮清氣裏，杉松遥映翠微先。雖然斟酌難消遣，不獨灘聲到枕邊。

山店謝歌者

入門相媚意何爲，魂斷秋山忍見之。粉黛無光應獨感，歌聲有恨向誰知。謾勞笑語難成醉，欲

〔一〕 十，底本如此，疑當作『于』，即『於』。

强歡娱轉可悲。自是歸心橋下水，西風又值倦遊時。

中秋到家

草草歸來秋正中，門開笑口見兒童。不遑將父心彌苦，本欲干時道未通。千載聲名同塞北，十年魂夢付江東。陶然且對今宵月，更囑尊前酒莫空。

柳下亭待月

且閉蓬蒿作逸民，亭開柳下是歸身。浮雲變幻從時事，明月清真乃故人。隨意琴尊供獨賞，忘言木石可相親。世間轉盻俱陳迹，請看秋光跡肯陳。

西閣曉望

古樹參差一閣藏，層層獨自上朝光。清虛可吸天機滿，蒼翠相臨山氣長。覆徑蕉桐寒作響，盈堦蘭桂露先香。升高未免生追憶，目極秋空悵渺茫。

木蘭花開待月坐於花下

小園幽構養幽情，種得木蘭巖畔生。月到更分行寂寂，花禁露重坐盈盈。沉吟樹下秋心滿，點綴枝頭夜氣明。領盡香光歸夢寐，朝來不待飲餘清。

友人述謗伯敬者乃其同年友也感而賦詩兼寄伯敬

每憶梁溪送子回，今秋蓬蓽閉蒼苔。那知交道山川險，轉盻飛言風雨來。進止屢更清濁趣，笑噸先結是非胎。荆榛世路皆如此，寄語柴門莫易開。

九日園居

歸喜南山掩敝廬，時逢九日菊花初。閒行石畔露將結，遍看籬邊芳有餘。節物相催悲老大，人情細閱任蕭疎。今朝對酒誰爲伴，只是陶公一卷書。

謝老圃送菊

鄰園種菊菊花周，雖未齊開蕊尚留。坐向莓苔三徑晚，移來霜露幾枝秋。芳心獨結已成信，幽意相依豈待求。生計於今同老圃，一尊籬下且悠悠。

月下那菴看菊

不期籬畔月，照我似陶家。可見故園好，能令幽事加。寒光生澹艷，露氣入深華。若使遲歸路，今宵天一涯。

那菴同諸友看菊以姓爲韻

雖已過重陽，籬邊菊正芳。僮聞先掃徑，客至當携觴。澹影照疎日，新枝感薄霜。雅歌同刻羽，節物正含商。竹石愈生色，琴書應有香。何期花底月，坐對更幽光。

送秋日諸子過小園坐菊畦

每憐秋色惜秋殘，買得黄花可再看。滿徑幽香多向晚，一畦嫩影尚禁寒。琴尊對客談何易，霜露爲心別亦難。彌戀清光歸不忍，坐來忘却是更闌。

冬日省祖墳海上二首

四十年來身始還，省墳方識海邊山。兒孫遷徙前無恙，黍稷馨香後不艱。黄土漸高今古德，白雲長護祖宗顔。那知只是儒冠拜，深愧先魂在墓間。

攬衣瞻望思無窮，蒼翠峰巒海色中。卜世昔曾煩郭氏，隱居今始識龐公。貽謀遠近神靈曉，祀典昭明血氣通。自是前賢爲可繼，山林鐘鼎事相同。

拜墓後雨宿家弟海上居

安居海上遂田園，偶爾還家見弟昆。滿地烟波浮麥壠，一天風雨閉柴門。閒談每感來時事，信宿能通往者魂。未得聚廬忘此世，且酡言笑樂晨昏。

生日感賦

閱世於今事已知，我生之後尚何爲。雖然多累將雛樂，縱未成名感父慈。五穀不分飢可免，一枝堪托息應宜。自然忍盡杯中物，深念劬勞正此時。

甲子除夕

歎息浮生事不然，且將今夕盡今年。居身豈復羞貧賤，讀易真堪見聖賢。世路驚人原有故，文章憎命恐無邊。焉知往者能除去，明旦焚香敢問天。

乙丑元旦

一日春光便覺新，年來閱歷跡俱陳。嬉遊且喜看童子，勸勉應憐有老親。閉户每思無愧影，出門仍覺自嫌身。何時耕釣溪山上，方得陶陶見我真。

人日喜山僧過訪留坐那菴二首

物候相推春意存，長林寂坐屢晨昏。人當麗日初開徑，僧帶閒雲共到門。石畔新花生隱趣，林間好鳥答清言。從兹百苦歸禪悅，静聽山鐘未出園。

香茗周旋夜氣深，此中幽意每相臨。竹聲帶露惟侵榻，月影隨僧欲宿林。微妙聞時無一事，艱虞閲後見前心。坐來便是雲山裏，剩得閒身且退尋。

答汪明生二首

蓬蒿未掃除，蕭寂閉門居。高韻偶來至，清風應穆如。論交情每篤，立俗事多疎。每一相思處，空林月上初。

雖然泉石好，亦覺友生親。既往安時事，兹來見古人。言添花徑煖，思發草堂春。何日堪攜手，深心一共陳。

送陳京兆

新條初緑遍江天，送子之官亦可憐。馬首忽嘶紅雨下，我心先在白門前。行藏每憶言詩日，憂患偏當學易年。自是政閒情自好，蛾眉肯試蔣山烟。

春暮感懷十首

俄然春至忽春分，兀兀無聊事厭聞。生不逢兮安足道，余將隱矣又焉文。神傷花下驚紅雨，夢繞山中和白雲。請看斯人相與處，何如鳥獸且同羣。

寥寥天壤閉柴門，涉世於今豈忍論。俗薄自難容趙壹，途危能不感王尊。烟霞有疾沉冥足，草木無知次第存。獨向芳時尋寂寞，鳥聲花影便銷魂。

四邊花竹共幽深，多少春光不出林。自是癡人生傲骨，那能應世變柔心。琴尊且復爲昏旦，圖史應堪坐古今。細閱交情乃如此，山□□日許相尋。

盈盈抱懷與誰陳，筆墨猶存敢厭貧。好夢依然尋遠道，憂心何故羨他人。那能文字扶元氣，且向林泉洗此身。安得家移南畝去，相隨耕鑿返天真。

不覺窮園春漸過，門關蕭寂意如何。亦知天下原無事，肯入山中豈有他。知己論從千載上，傷心事漏五更多。悠悠祇自成追憶，忍對垂楊拂綠波。

憂憂相接自多端，慕侶天涯執手難。觸目烟花春欲老，滿懷荆棘夜將闌。已知去處歸僧佛，又恐來生是宰官。幾度登臨增別感，白雲空繞數峰寒。

吾生遭遇乃如斯，木石憑依固所宜。感物難言天地意，抱心惟許鬼神知。愁看芳草含烟處，禁此落花帶雨時。自是虛名相誤甚，年來毛髮已絲絲。

看此浮雲滿太虛，欲歸山去尚踟躇。嘗來辛苦猶存舌，養得幽清且著書。謗受曾參□乃爾，卜煩詹尹更何居。三春相對争遲暮，花鳥忘情恨不如。

濛濛花雨滴愁聲，獨坐寧殊在遠行。世上風波原未息，胸前山岳果能平。亦知賈傅宜遷謫，試向維摩□死生。除却追隨麋鹿去，不然何地可逃名。

造物無言理亦微，請於事外察天機。身同花樹空榮落，目極春雲有是非。末路人情原可畏，昔賢心跡自多違。閒來屈指營營者，冷熱何曾得所歸。

喜顧元方至得徐元歎書

别君未免獨還家，意外相臨未有涯。良友偶來仍喜樂，故人遥寄是咨嗟。經年魂夢迷香草，兩地林園感落花。曾奈此心無可語，髩毛惟見鏡中加。

送汪明生還東都

身依官舍望迢迢，别事無窮付寂寥。丹荔正香偏遠道，白駒欲秣永今朝。山川有間宜遥寄，筆墨相從是久要。愧亦東西南北者，倘經齊魯便停橈。

那菴詩選卷三十三

閩中商　梅孟和著
竟陵譚元春友夏選

忍草

得白門諸友書感賦

風波暫息且丘園，憂患相親若弟昆。心不愧天堪自信，子能知我更何言。一身淪落思芳草，半札殷勤出白門。尚未看時先領略，此情寧獨是寒温。

夏日陳能遠攜酌集柳下亭同文文瀛明府

荒深小巷只籬門，車馬無聲竹木存。往事徒勞安足問，達人相訪頗堪論。石傍坦步涼三徑，花際聞歌春一園。自是素心方到此，栖遲偏喜共晨昏。

許玉史過坐小園

雖然陋巷頗幽深，友偶相過便入林。琹酒爲言聊寄暢，圖書隨意共栖尋。籬邊疎竹來清韻，堦下高梧動碧陰。坐久莫攜餘興返，此尊還醉月中心。

和韻詠折翅鶴

竹畔花前素影分，摧頽衰相復雞羣。凄然反顧神如喪，對此低垂語莫聞。半倚林塘親舊主，重成羽翼上青雲。滿天風露俱相感，每一長鳴幾和君。

寄鍾伯敬

送子何爲不到家，今朝相憶在天涯。千重離思傳歸雁，一點驚魂共落花。念我依然居木石，讒人未免化蟲沙。臨風每向江干望，却恨閒雲片片遮。

喜支提僧餉茶留坐試之

僧至偶忘情，茶先以法烹。異香浮露嫩，禪味入風輕。頓使塵凡洗，泠然肺腑清。應知來福地，飲此福根生。

題畫贈祁幼文司李

遇秋變秋思，不知秋所生。静裏細尋之，筆墨爲聞聲。所以從筆墨，淵默相經營。雲既浮其澹，泉復瀉其清。木葉疎疎中，天機無留行。寫此贈高深，寧以寄姓名。幽獨積今古，遠近歸虚明。政餘入静觀，領受非世情。

那菴小集同程德懋

小築頗堪幽，羣雲常與遊。閉門聊自廢，得友尚何求。雅集臨池晚，清言入竹秋。倘能頻至此，蔬茗足淹留。

秋日同友人看木蘭花

清齋何事静中觀，露墮枝頭飲木蘭。三徑偶然爲客掃，一尊應喜共君看。素心感處應争發，芳氣同時豈忍殘。曾奈林園摇落甚，花前秋思自無端。

七月八日雨後見月過林異卿齋中

偶爾能相訪，坐來幽意多。月先收暮雨，星已渡秋河。離聚每增感，清光惜易過。倘非朋可訪，今夕亦蹉跎。

題畫贈僧

山水自交氣，烟雲生時時。瞑霽換見聞，變態非思惟。入在情性中，所得從所爲。山僧乞此理，曰與禪相宜。一筆林泉分，點墨蒼翠滋。幽清獨有托，微妙别有窺。山僧無文字，此理何乃知。寫成合掌觀，讚歎唯恐遲。

題蜀箋山水贈蔣公鳴

公昔官楚蜀，先領山川奇。今復莅吾閩，彌生丘壑思。予每察微意，丘壑爲公貽。片素自西來，古人心在兹。巫雲杳可見，湘流澹如斯。神理已妙遠，元氣何淋漓。懷想同卷舒，魂夢相追隨。公品自清真，世情空險夷。對此不可了，百感歸獨知。

衆香樓坐月有懷

事過感如故，月來但覺新。涼秋思友者，今夕倚樓人。對此容光似，存之聞見真。盈虧知不免，極目已傷神。

秋日裴聖之江仲謈二書至賦答

朋居雖兩地，書到偶同時。片片溪山色，重重風露思。憂心能獨息，遠事每相期。豈不尋君去，還驚世路危。

僧舍坐月

尋僧堪免俗，稍坐有餘清。松際談何事，月來洗此情。畏人宜寂絶，對佛受光明。還厭青天上，浮雲一點生。

月夜湖上艷泛

山月印湖光，彌添湖水涼。歡遊隨岸轉，笑語滿船香。露氣坐間集，秋情望處長。憐余幽感者，亦覺此宵良。

看僧除草

秋草尚能碧，僧房得所生。看來應有意，芟去盡無名。偶爾林光换，頓令雲氣清。從兹苔徑裏，風露自忘情。

小園掃葉

園秋不覺深，掃葉入枯林。聊課静中事，不生他處心。疎疎行爽氣，瑟瑟響寒音。片地清如此，山僧定我尋。

得陸孟凫黄子羽書

别來情事但蕭疎，每感相存兩寄書。入夢追尋猶可喜，開緘晤語更何如。魂傷屢向秋聲怯，道遠還思雁影餘。縷縷衷腸原不盡，臨風讀罷尚踟躇。

驛館與林自銘大參夜坐值支提僧至

怱怱相對思依依，秋館荒深燭影微。友道漸衰多感慨，王程雖急且旋歸。談因文酒添幽意，坐有禪僧見静機。纔得追尋翻作别，一天風露與心違。

九日送葉機仲楚遊

去年逢九日，籬下共君看。一歲傷心易，三秋别事難。菊仍閩嶺節，霜迫楚江寒。多少堪悲處，臨風自永歎。

題松石壽玉峰禪師

寒松古石共蒼然，真性長存不問年。今日山中雖七十，禪身徧滿在人天。

題畫

一片寒山水石存，雲生古木雪相根。雖然寂絶無行徑，深想此中人閉門。

鄰園移菊至賞之有懷

年年種菊似鄰家，今日何情對此耶。欲使林園添秀色，莫辭霜露問黄花。文心獨賞能無恨，幽意相憐但有加。每歎東籬難共採，一時寥落奈天涯。

月下對菊

喜有黄花種滿籬，月行籬下與花期。看來寂寞俱含意，分得光明在此枝。夜色團團香静處，秋魂澹澹露深時。悠然坐對增幽感，榮落明朝恐不知。

看菊西園

獨坐無聊誰與言，却隨秋色到西園。一時幽思枝枝發，十畝香光步步存。蹔得晨昏偏有意，那知霜月積爲魂。花前相約重相就，可笑籬邊長閉門。

寄答蔡宣遠明府

季世多嶮巇，出處恒多難。兼以虞兵革，士民久塗炭。吾友齊魯間，爲宰明理亂。聖澤尚未湮，治行道所貫。余雖懶斯世，義心生讚歎。書來感相問，岱岳烟雲半。夢寐泉石間，筆硯寄所翫。晨起復來使，冬色與林判。徘徊且東望，思君應旦旦。

冬夜宿嵩溪閣題畫與僧

香閣憑虛氣倍清，來兹宿宿理幽情。亦知此地添今古，却笑閒僧乞姓名。連日烟霜凝樹色，中宵魂夢下溪聲。雖然素食還客酒，雲水重重筆裏生。

入山止於農屋

數里入山深，農家在竹林。田園連嶂影，雞犬出籬陰。簡朴村村事，辛勤歲歲心。偶詢居止日，前代至而今。

攜酌看溪上紅葉

樹色寒如此，攜樽一醉之。林塘開倘是，魚鳥得無疑。望去春能至，飛來霜不知。年年村釀熟，相對定斯時。

題山居

令余能至此，此地果能深。稍理居山事，堪論出世心。草枯峰斂翠，園密月通陰。有朮宜多釀，還來坐竹林。

山中懷林子實

如君真古道，朴拙幾人知。歎此竟長往，來兹生獨思。林泉藏性命，冰雪想鬚眉。若使遊魂聽，仍能誦我詩。

山行見梅花二首

冬候入深深，山中常獨尋。寒花初破臘，香氣已通林。泉石抱孤趣，烟霜養素心。相看予即是，寂寞可能禁。

信步過山色，此花若有期。雖然高遠處，相與見聞時。骨傲依林可，神清避俗宜。行行屢相顧，幽意自追隨。

宿月山閣

草閣倚山寒，月來出樹看。林中霜氣滿，枕上竹聲乾。地僻語言寂，身高魂夢寬。清光堪宿宿，情起自然難。

月夜攜酌坐於梅下

幾樹寒花埜徑疎，雖然蕭寂趣能餘。無端今夜行尋遠，却似故人相見初。林下暗香通笑語，杯中明月感盈虛。更分坐對神先合，一段清幽入夢如。

山居坐雪

入山不覺已冬深，頗喜山居在竹林。肅肅晨光堪獨對，稜稜寒色偶相侵。忽看木石呈新態，忘却鄉園有舊心。此際令人能自遠，縱然寂寞且孤尋。

雪後夜坐喜鄰農餉酒

山居積雪夜能明，村釀攜來亦有情。出樹奇峰連日老，照窗孤月此時生。尊前尚映琴書色，竹畔潛消澗水聲。謾道此中高臥好，似因人熱免淒清。

出山別梅花

忽忽山中歲欲除，那能長得此中居。尚浮竹葉魂難醉，試比梅花身不如。去路有懷尋夢寐，入林相别復踟躕。來兹又是經年矣，惆悵荒村月影虚。

乙丑除夕

半生淪落那堪陳，氣數相推定有因。屈指年華空甲乙，傷心時事隔冬春。憑將拙訥爲斯世，閱盡艱虞剩此身。屢欲歸山仍眷眷，堂前頭白是慈親。

丙寅元旦二首

年來辛苦更何爲，又薦椒花忍對之。涉世已通莊子夢，省躬頻讀武公詩。寒情未了除難去，淑氣將萌付不知。自是有生成傲骨，山林事事每相宜。

新事難知舊事存，息身聊且了晨昏。將迎豈復能隨例，出處如斯何可言。時物頗堪娱菽水，春風那得到柴門。山田雖薄還留釀，醉待鶯花臥此園。

正月三日蔣公鳴招飲衙齋

入春無事只林園，剩有梅花可閉門。何意能來新歲約，此情聊與故人言。余身每帶烟霞入，官舍能令山水存。更續燈光成一醉，愁心多少付琹尊。

人日園居偶成

静掩柴扉不覺春，聊資花鳥對芳辰。經年作我還憐我，此日逢人却畏人。徑塞蓬蒿原習隱，情陶琹酒且忘貧。何時策杖雲山去，深愧浮生未了身。

烏石訪僧

僧居依木石，相訪乃幽情。竹裏藏燈影，花間漏磬聲。砌蟲隨語默，山月助孤清。如是非人境，何須遠出城。

那菴詩選卷三十四

閩中商　梅孟和著
竟陵譚元春友夏選

寤言

花朝蔣公鳴使君期過那菴詩以柬之

春光已半但蹉跎，身累頻生可奈何。花樹芬芳隨日好，門庭蕭寂幾時過。林間草榻風先掃，徑側苔痕露漸多。每聽車聲寒竹下，敢云高臥任巖阿。

三月三日艷集高景倩木山齋

值此春光不忍閒，況逢修禊事相關。壺觴豈待臨流水，眉黛依然見遠山。却步每尋疎竹裏，含情先向亂花間。年來陳跡多興感，且倚芳尊醉玉顏。

寄徐元歎

身世悠悠豈易知，還家三載事堪悲。謗分知己何難受，過在仁人亦所宜。別我每憐花落處，思君寧獨草芳時。閩中多少佳山水，相約來遊不可遲。

題松窗讀易圖贈高右公

春晚妙入林，烟嵐起不止。況復同家巷，晨夕談所喜。虚窗進松聲，圖書考精理。古心寄羲皇，學易悟終始。爲君洗筆硯，寫君松石裏。夜色浮衆山，緑波盈片紙。烟嵐相與坐，冥濛入案几。與君生中古，倚伏有所以。身世兩相占，氣數誰綱紀。聊寄山水情，山水讀易旨。

夏日馬季聲陳惟秦別山和尚過話草堂

好友即僧心，虚堂偶静尋。交先因道妙，談更以文深。衣染烟雲氣，茶烹山水音。清涼翻此地，雖暑豈能侵。

訪別山於西禪深談感賦二首

西行幽且深，一徑入禪林。至止息它事，寂寥觀此心。閒房涼積氣，古荔晝垂陰。十載曾題壁，苔封不可尋。

乘興偶相訪，有聞應獨思。願求雖智慧，所愧乃慈悲。松定風徒響，竹深雲不移。眼前來去事，如是豈難知。

香草十首哭鍾子伯敬也

知己一生中，今朝忽不同。浮雲滿天地，與爾共虛空。夙志其何極，流言果有終。聊將古人意，酹酒向東風。

宇宙雖寥遠，江山在目前。昔年同所歷，今日獨相捐。官轉爲身累，名終與世傳。從茲長往事，何地不悠然。

吴楚與燕閩，依然共此身。千秋情可見，一旦跡俱陳。魄且林泉落，文爲骨肉親。哀哉君涉世，所遇但清真。

身世已清機，成然胡不歸。偶爲人所礙，相與佛堪依。道在奚終始，觀空任是非。獨愁朝露落，和淚一沾衣。

相送話言餘，還朝澤畔居。讒雖蒙兩地，詩忽弔三閭。友道愁難繼，人情感易疎。嗟嗟當世上，生意更何如。

烟水碧遥遥，魂兮何處招。琹書安所係，松菊倍無聊。論定羣情見，緣歸萬物消。傷心攜手地，那得復今朝。

念子已焉哉，相關入夢來。名雖清一世，福每薄多才。未遂林泉樂，那堪鴻鴈哀。風霜何太重，香草乃先摧。

靈氣去何之，臨風望復疑。雲從閩嶺斷，秋向楚江悲。往事成追憶，離顏結夢思。余心長悄悄，那得世人知。

離索向誰語，沉吟如有魂。情因文不朽，恩與害相根。遠思傷南浦，憂心出北門。徘徊江水上，烟日易黄昏。

日憶梁溪水，舟中送爾行。那知離聚意，俱付死生情。片字已鐘鼎，遺言真弟兄。相期皈一義，千載共明明。

七夕蔣公鳴邀坐衙齋

秋心入蕭瑟，淡淡情何關。逢兹河漢夕，幽感情不閒。公有大雅思，招要酡衰顏。官舍搆清遠，觸目成躋扳。蘭露階上湛，圖書身所寰。離聚在天上，悲愉落世間。微雲度燈影，一葉何處山。談極夜彌静，洗酌後不艱。余意轉欣欣，殘更身忘還。

秋集野意亭待月宿於僧舍

稍坐千峰晚，閒看四埜秋。開尊惟我醉，待月喜僧留。往事杯中息，餘生枕上求。登山雖偶爾，今夕最清幽。

題畫與黄三卿

幽意不可了，筆間相與尋。見聞歸静理，高妙應秋心。頓覺烟雲冷，悠然巖壑深。莫言蕭寂甚，清氣日相臨。

題白湖隱意贈李明六

習隱寡營營，應接情亦憚。城市與深山，隱德長不换。與余親里巷，出入視昏旦。羡子有白湖，所居二畝半。來往任自然，了了何所絆。余向曾訪子，策杖沿湖畔。松竹共到門，泉石忽登岸。况有閒雲烟，時時連几案。可以娱嘯歌，可以忘理亂。揖予寫此意，隱德默有貫。丘壑今古然，景物俄頃判。季世身不知，隱士亦長歎。期子入於禪，試作山水觀。

山齋倣舊畫贈友

孤館倚秋山，秋光此中寄。閒尋入亂竹，嘉子能不避。茗火煮新泉，苔草坐平地。偶爾玩前賢，墨神凝久視。泉石忽然生，烟雲不覺至。雖然具高遠，亦覺展幽異。寫者形跡論，領者精微意。相忘静其機，先後何思議。笑我太無爲，令子紙筆費。

秋日過陳長源齋中寫西國紙併題

觸物生幽情，情各有所主。涼秋訪竹齋，神閒氣復聚。妙繭來西國，精理别有取。神思運其中，片素爲天宇。初試峰一僧，再試烟一縷。心手隱放間，秋山暝欲雨。積氣交天嶺，寒聲入庭户。與子静對之，焚香尋往古。坐久且忘歸，秋山收肺腑。

中秋初九夜蔣公鳴邀同范叔集曹園看月

秋漸中時月漸多，清光相約意如何。每懷山水論文去，況有林塘載酒過。趣不妨官聊坐對，情偏戀友惜蹉跎。從兹園内添幽事，領盡微言出女蘿。

讀馬仲良詩感賦

深秋思友掩柴門，偶讀來詩百感存。十載情文猶可見，一朝生死不堪言。交於厚處宜流涕，語到真時尚有魂。歎息良朋今已矣，空將清夢寄丘園。

中秋十六夜范叔招集邸樓坐月

偶爾相期過小樓，竹窗明月尚中秋。身依寥遠宜多思，目極盈虧可奈愁。景物故將杯裏得，容光仍向客邊留。一時摇落俱生感，不獨天涯歎薄遊。

過友園居

豈無門可閉，亦有友堪尋。閒付一時事，静言太古心。山光摇閣遠，秋色入園深。莫以蕭疎候，蒼然竹石陰。

至莆田宿東巖寺值宋比玉徐玄生同往九鯉湖未歸雨中有懷

來兹寂寂扣高林，友未相逢客不禁。晤語每□晨夕至，徘徊還在水雲深。一籬秋色禪中坐，九漈寒聲夢裏尋。且向山僧談自好，閒談仍是故人心。

集秋樓得言字

昔離寧獨感，兹晤喜相存。遠思登樓見，深心閉户言。山烟浮晚翠，菊雨洗秋魂。況有清歌者，關情是此尊。

題柯爾珍雨築

宅傍佳山趣亦宜，今秋小築雨相期。看來峰翠常如滴，坐到松聲揔不知。新菊籬邊堪對酒，片雲巖下是催詩。明春倘得重遊此，亂落桃花又一時。

陳心謙先生招集東園看芙蓉前在武林相别

十年相憶武林過，到此追尋感慨多。客思驚秋宜不免，宦情閲世更如何。横窗疎竹含新月，揖酒寒花浸碧波。莫以城東人跡近，一林蒼翠是烟蘿。

重陽前一日柯爾珍招集家園看菊時徐玄生先携觴於國懽寺相待詩以謝之

重陽已到菊如何，臨别依然看菊過。自是秋光隨處着，不知花意向誰多。還家客且留僧舍，載酒朋先候女蘿。兩地關情聊去住，年來生計只巖阿。

至國懽寺見玄生同比玉載酒待於松際

遥望青松到寺門，那知朋已待晨昏。聊將白酒迎佳節，忘却黄花在故園。半榻烟雲來有氣，一庭苔草坐忘言。明朝不盡登高事，且莫尊前盡此尊。

題畫與僧

巖栖清覩聞，兀兀視秋天。師欲歸名山，相遇成山緣。晨夕焚香坐，器鉢留雲烟。洗茶復洗硯，妙理相與宣。萬物循一性，在我莫非禪。爲師寫秋心，遠近秋無邊。遥峰浮水氣，木石含澄鮮。頃刻虛空界，所作應目前。隨意或停放，一悟何偏全。

九日同比玉玄生超惟覺滿東林三上人往上生寺

年年逢九日，今日喜僧家。作客偶斯際，浮生終有涯。空香來菊意，上品見蓮花。謾道登臨好，幽清事轉加。

登高蓮山

寺在山中古木深，偶逢時序共登臨。朋雖載酒寧妨戒，僧解談詩可厭尋。秋色依人來遠浦，空香帶菊遍長林。玆遊何必言歸去，風露相催思不禁。

寺中聞莆曲二首

那知莆曲似吴歌，奈此聲聲婉轉何。莫道此中聽不得，禪風吹却客情多。

月落疎林鐘梵微，秋風吹葉是耶非。朝來忽見空梁上，尚遏閒雲未得飛。

九月十一日在國權寺别比玉玄生諸上人

同來山寺獨言歸，兩地相關心自違。菊色露中看未了，松聲天末聽應微。每憐夜月堪攜手，亦向秋霜感授衣。莫道爲期原不遠，臨行能免思依依。

重陽後自莆還家范叔招集邸樓看菊

暫别知君屢念余，歸尋仍喜尚樓居。能留秋色邀朋看，更約寒光照菊餘。離思將成談愈密，遠心相對坐難疎。何堪爲客頻爲主，每一開尊愧不如。

送顧元方還蘇州時元方客舅氏吴水蒼别駕署中

兩載閩遊客思殘，聞君今欲出江干。堪兹堤柳含霜折，剩有籬花對酒看。舅念賢甥秋水闊，余懷遠友暮雲寒。雖然此地周旋久，説到真離亦自難。

送范叔還吴興

相逢秋半忽秋殘，花尚東籬對酒看。久客傷神歸不免，良朋攜手别真難。身依霜露情同苦，家在湖山夢已寒。交誼正深談正好，衰傷寧忍折江干。

將有臨川之遊別蔣公鳴

憐我頻爲客，別君不以官。依然文酒思，寬此夜霜寒。去路談何易，交情感獨難。署中猶有菊，入夢更相看。

別王龍光之臨川

冬氣將深客奈何，今朝送別客愁多。閒看竹户從風掩，遥憶杉關帶雪過。千里交情憑往返，一年遊事任蹉跎。余歸定是君歸日，兩地相思但薜蘿。

答別汪士元於江上

蕭蕭冬色滿江村，一札相聞別事存。君意尚留翻欲去，世情難測更何言。雲山入夢揺殘月，霜露驚心感故園。未得臨行同把手，懷思能不共晨昏。

丙寅除夕

浮沉身計殆何如，馬齒頻添歲復除。親老每思娛菽水，家貧猶喜剩詩書。休將舊事論斯世，未遂前賢卜所居。坐到更分還不寐，梅花相對意應餘。

那菴詩選卷三十五

閩中商　梅孟和著
竟陵譚元春友夏選

放言

丁卯元旦二首

每到春來百感生，聊尋寂寞閉柴荆。賦工謾道人宜買，田薄還能筆代耕。欲慰慈顔應笑謔，那堪傲骨付將迎。於今世事歸何事，且入林中養此情。

萬物當春意漸萌，情含蕭索向誰生。憑將旨酒爲昏旦，選得寒泉洗姓名。貧至敢辭多口累，閒來聊得一身輕。持杯偶向園東去，倚樹長吟答鳥聲。

元日雨坐懷別山和尚

年年元日喜晴天，今日門關細雨前。每憶閒僧知有故，因參古佛懺無邊。烟雲徑側藏幽想，花鳥林中見夙緣。兀兀竹窗何所事，焚香坐對但悠然。

穀日迎春同吴潛玉鄭長白鄭巨濟諸君集陳長源宅分韻

但逢此日到城東，今歲相逢穀日同。滿座歌塵生麗影，隔簾花勝表春工。衣分香氣栞尊外，月助芳情筆硯中。最是良宵憐遠友，可將羈思付東風。

顔同蘭大行書新詩見貽賦答

晤言成夙好，持贈喜新詩。筆墨肯如此，性情真可知。論交猶未晚，戀别復斯時。最是隣鄉土，相尋更有期。

得朱幼晉王孫書詩以報之

蓬茅高卧意何如，事付浮雲過太虚。十載恒遊章水夢，一時深喜小山書。每憐詩興貧難減，可見交情老不疎。日把數行林下讀，臨風遥想話言餘。

清明二日同諸友山齋試茗分韻

纔過清明節物催，因探茶理訪君來。閒看雲樹步幽徑，自煮山泉坐緑苔。露氣滿甌知候足，花魂落地借香回。蹉跎到此春將盡，却羨柴門不易開。

題春山烟樹圖

静對乃如兀，萬物何所務。筆墨忽然靈，心手若有遇。隨意寫春山，春烟引春樹。烟過春有痕，樹深烟有路。遠近何從生，妙理歸太素。静者細尋之，萬物得其故。

再送顧元方還家仍同其舅氏吴水蒼别駕任汝寧

屢言歸去屢移期，今日方知是别時。送舅之官情更好，如君作客路堪遲。雲藏古驛聊同宿，月映長洲是遠思。莫道相尋秋約在，離心起處已天涯。

同諸友那菴試茶

山僧餉山茗，已細論其理。得友方許烹，意非茶所止。晨起采名泉，器鉢亦苟美。茶水爲性命，火力明張弛。石畔相與嘗，神入茶香裏。靈味發其本，清氣互終始。况是至文人，試之真可矣。坐久墜凉月，林石步如水。幽遠默有合，各相忘所以。

同友待月那菴

小園營木石，萬物有所領。三春澹其芳，初夏翳幽景。深閉養深情，有懷常耿耿。我友夙所期，來茲慰孤影。去秋霜露別，黃花憶林嶺。今歲新暑中，相對情彌永。桐葉垂清陰，神氣與之冷。忽忽涼月生，寂照生異境。清言發真性，茶理只俄頃。歸路步苔痕，露香籟亦静。

送友燕遊

歎息故園事，悠然復到燕。山居南土好，地主北人賢。夢着風塵裏，情添春草前。嗟予貧且病，茲別倍相憐。

送興上人還支提

遊興日以了，還山是此心。亦知幽事足，可見福根深。入徑竹風至，開窗猿鶴尋。何時重策杖，容我一窺臨。

初夏那菴小集

衆木蓋幽清，林中暑不成。樽應開夙約，朋且喜同情。古石坐苔意，輕風遍鳥聲。相留雖澹泊，山月倍能明。

喜崔殿生以詩見投

夙根文所種，隨筆便清新。交誼感彌篤，生才定有因。審言能教子，德操頗知人。昨日長林下，青雲護爾身。

之巴陵鄭長白過那菴夜坐

羈客語何極，出門思轉餘。遠心俱不似，初意恐難如。友果山川間，情寧歲月疎。麻源來去路，爲子一踟躕。

送友遊維揚

維揚舊事惜天涯，每每烟花入夢思。念我閉門宜不得，如君作客亦何爲。閩雲出岫含情去，隋柳禁風作態吹。因想昔遊增別感，最堪憐是渡江時。

江閣題畫

可知心事出門閒，信宿江頭草閣間。筆墨相追聊自慰，烟雲作伴竟忘還。微茫檻外皆空水，倏忽林中見遠山。却是隨身丘壑去，長途何處不躋扳。

宿嵩溪閣喜山僧餉茗二首

客留臨水宿，僧喜出山尋。餉此靈芽細，酌之禪意深。人天緣偶觸，泉石氣相臨。何日身堪了，簞瓢入竹林。

何時非至止，此度最幽清。雲氣衲間出，香風石上生。根源來有品，器鉢坐無聲。愈覺溪山好，那知是遠行。

端午至延津留空生禪室

經過恒宿宿，佳節偶斯時。酒至禪何礙，花開香不知。依人寧夙志，呈佛有新詩。乃是清凉地，蒲風豈待吹。

禪室雨坐喜田先登至

相見不曾期，禪房與子宜。三年悲喜事，一夕話言時。同宿安清夢，寬程慰遠思。最堪連日雨，行路任遲遲。

喜洪汝如夜談

昔别每多感，兹來勝遠期。談偏深此地，行且緩斯時。可見友相益，未容人所知。從今疎懶性，惟子乃無疑。

訪李仲連逢趙姬小春

訪友溪頭遇更奇，纔通姓字説前期。坐來暑氣俱無着，添却春風兩不知。片片雲山來映黛，重重烟水接相思。試看緑葉成陰裏，腸斷當年杜牧之。

雨坐題畫贈禪僧

寂寥生晤對，滴瀝是聲聞。寫出山中樹，移來溪上雲。古今存此理，心性觸爲文。試看空濛處，禪機何所分。

喜盧若木相過

半榻坐如此，閒僧與我閒。門開雲水裏，朋訪竹林間。别久情相見，談深思未還。十年何限事，聊且付溪山。

禪齋逢宋比玉之白下同賦是詩

去歲聚秋光，禪房宿烟露。未及數晨夕，別在黃花路。憶君夢顏色，日且望江樹。憐余先出門，溪路滿風雨。何意山寺中，徘徊得一晤。懷抱積已盈，去住俱有故。寸心久折沉，萬事何所慕。兼以海氛生，談來疑且懼。君行展夙昔，治亂將有布。何如一片雲，身世余獨付。此言誰緩急，聊以見平素。浮生亦已老，安能挽氣數。泉石與君期，知君不我負。

題烟柳贈別裴鼎卿應試南畿

心心抱疇昔，亦欲思一試。出户戀溪山，日理溪山事。栖托乃禪室，苟且賣文字。可以無怨尤，寧殊僧乞食。白下不果行，欣聞吾友至。子行遊頗壯，閒雲不必視。用世存乎人，烟霞骨有異。寫茲烟柳色，情在此中寄。持向秦淮看，依然交夢寐。

題畫與田先登

與君別三載，各各生別埋。訊余別後事，非常情可比。身世有虧盈，離聚發驚喜。禪榻相晨夕，坐卧無彼此。山光清入魂，客思澹於水。興來洗筆硯，爲君寫片紙。寫成歎奇絕，對之不能已。高深靡有窮，情性得所止。處處相因依，道里何遠邇。

題雪山圖時欲登舟復止寺中山館

愛此溪上山，復愛林中屋。獨坐緑陰生，開窗見修竹。余有巴陵遊，眷此尚宿宿。清幽可相爲，坐臥養其福。寫出峰頭雪，疎看雪中木。神骨忽冷嚴，庭户亦肅肅。炎者即無權，候頓無三伏。墨理變天氣，文事移寒燠。身縱邇人境，寧殊巖與谷。

别空生

世外能爲悦，心中自有存。遠行那可免，暫别不勝言。山水易留客，烟雲且閉門。前途朋豈乏，禪意幾相敦。

别洪汝如

乍逢仍説别，相對此情難。物候雖當暑，溪山但覺寒。君心知有一，世道任更端。秋以爲期矣，垂楊不忍看。

别田先登

忽忽兩旬餘，同君水竹居。笑談無不可，言别殆何如。筆硯情難了，溪山事轉餘。相期夫豈遠，攜手自踟躕。

别友兼有小桃源之期

逢君能幾時，未别即相期。好友情應篤，佳山夢已知。烟雲談不了，泉石待無疑。明歲桃花下，春光任所宜。

答别建溪諸友兼約遊武夷

遊已倦斯世，談應喜見君。遠情原易篤，别事最難聞。聊贈三秋月，爲期九曲雲。溪山落葉裏，言念自紛紛。

七夕登舟劍浦

堪此新凉候，登舟思不停。盈盈同一水，耿耿向三星。露坐潭逾碧，晚看峰更青。長途秋氣裏，禁得葉飄零。

阻雨溪上尋盧熙民若木兄弟

舟停風雨處，友訪弟兄時。入徑尚如夢，開樽不待期。秋聲度水冷，雲氣出山遲。久闊俱爲别，今朝慰所思。

至樵川訪杜元冲感賦

來茲懷昔者，相對感初情。事豈無新故，人胡異送迎。階前隨草長，榻上見雲行。歎彼老僮僕，還能識姓名。

宿龔而雅溪上居

沿溪入山色，竹户轉深深。即此君情見，真堪我輩尋。經過一時事，信宿十年心。最好移家就，相依不出林。

城南發舟李玄玄龔而雅走送賦別

曩懷雖稍慰，兹别復難禁。草草晨昏事，悠悠山水心。秋聲從遠浦，雲氣望深林。計日知歸路，停舟可再尋。

至建武聞梅子庚攜姬人家於北村未及訪之賦寄

聞子移家出北門，看來却似苧蘿村。耕田那得佳人樂，作客應知隱士尊。今日交情山水證，昔年遊事夢魂存。茲行不遠臨川路，且待歸時静對言。

望麻姑山有懷舊遊

二十年前到此山，今朝遥望當躋攀。出林峰翠氤氲裏，隔水松聲縹緲間。獨客每驚黄葉落，真人但與白雲閒。曩時題跡能存否，恐繡苔紋壁上斑。

麻源爲謝耳伯葬處余因迷路未尋其墓臨風增感酹酒賦詩

欲拜墳前宿草深，麻源曲曲路難尋。千年神氣藏天地，一脉文章接古今。已得佳山爲故土，聊將淡酒洒空林。獨傷與子同遊地，生死途分思不禁。

那菴詩選卷三十六

閩中商　梅孟和著
竟陵譚元春友夏選

西懷草

到巴陵崔明府邀止玉清觀

寧辭跋涉遠相親，暫息風波慰故人。昨夜江干眠有月，今朝觀裏坐如春。升沉不計心何古，毀譽渾忘道乃真。且與天人同止宿，敢云宫館便隨身。

與崔明府

客態栖栖那得閒，相逢相慰鬢俱斑。文章困我應求友，貧賤驅人且出山。一日談詩稱獨快，三年保障肯辭艱。欣然笑語皆鄉土，忘却飄零遠道間。

喜晤彭次嘉

南浦相逢二十霜，浮沉踪跡共茫茫。每懷章水傷心易，那識巴陵得語長。遊到貧時詩乃妙，交於老處道彌光。與君晨夕堪爲客，且緩登臨想故鄉。

玉清觀燈下雨坐

虛室幽幽倚竹林，燈光孤照閉門深。堪兹風雨無人事，催得凉秋入客心。一氣軒中藏語默，百靈窗外似窺臨。更殘對影氤氳坐，鄉思頻生自不禁。

寄答丘毛伯中丞

燕吴離聚意如何，十五年來似夢過。陳寔當時名即重，桓榮稽古力居多。文心亦自留山水，交誼依然念薜蘿。今日巴陵聊寄語，從前書札悔蹉跎。

答彭次嘉夜坐見懷兼次來韻二首

獨夜坐爲聲，秋因白露成。孤衷深此際，幽感共爲情。君品自高遠，余言奚重輕。閒吟猶未了，鄉思忽然清。

何日不相憶，此時深有交。寸心天地入，五字鬼神包。葉墜露能響，林高月在稍。兹逢真意外，甚喜出蓬茅。

題畫與崔坦公

竹窗無事理孤清，香茗相依得性情。偶爾墨間生樹色，同君紙上聽秋聲。齋居庶可成幽賞，丘壑因之共遠行。自笑硯田移至此，閒來每每愛躬耕。

聞友人客病豫章賦此寄懷

幾時身出白門山，南浦栖栖尚未還。謾説交遊君道廣，應知貧病客途艱。三年每憶音容裏，一水徒勞夢寐間。念我巴陵雖有友，何如高臥户常關。

送彭次嘉還豫章予亦南歸

意外逢君復送君，秋聲颯颯不堪聞。偶來爲客俱鄉土，滿載還家是典墳。江上今朝同感事，天涯何日再論文。預知别後頻相憶，惆悵巴陵一片雲。

巴陵登舟二首

索索皆秋氣，濺濺乃水聲。登舟當此際，歸路是何情。友内孤衷在，帆前百慮生。晨昏看變態，能免客魂驚。

薄遊既如此，幽感豈能禁。忍對風波事，那知天地心。以斯行有礙，聊且退而尋。最是堪悲處，江城已暮砧。

江水十章有序

江水，唁崔令也。崔在巴陵得民也，遇謗出城，江上民望而哭之。商子感焉，述民之言，爲之賦《江水》。

江之水，清且漣兮。胡爲乎天，禍我土而奪我賢兮。皆我民之愆兮。薄言往愬天怒，庶乎其不遷兮。

江之水，只東注兮。今我下民，疑且懼兮。高高蒼天，朝與暮兮。不與我言，而貽我怒兮。不知其故兮。招招舟子，從此路兮。

江之水，秋風判兮，高者岸兮。今我父母，未有畔兮。以陰以雨，忽使我佇立而不見兮。吁嗟乎，我田我廬，我妻我子，安得而晏晏兮。

江之水，不可涉兮。風太急兮，心懾懾兮。今我父母，舟且楫兮。我稻我粱，我黍我稷，安得而食兮。望江水而涕泣兮。

江之水，木葉吹兮，風蕭蕭兮，雨霏霏兮。我心傷悲兮，凡百其身，可代而歸兮。嗟嗟蒼天，善不可爲兮，路遠且長。胡不翼我而飛兮，左之右之，勿使其寒且飢兮。

江之水，流不平兮。凄凄者聲兮，而不忍聽兮。我餱我糧，相與而偕行兮。天明明兮，惠我仁人。而返我城兮，心則寧兮。

江之水，鳧且鷗兮。今我父母，若棄我而不我留兮。復不與我謀兮，置我於城之隅。江之洲兮，瞻望弗及。淚長流兮，添江之水，寒江之秋兮。

江之水，露且霜兮。父兮母兮，胡養我不卒而各一方兮。日月有臨而有光兮，竟不照於此鄉兮，昊天蒼蒼兮。

江之水，日以寒兮。其流潸潸兮，今舍我而去，何時還兮。陟屺陟岵，復望於江之間兮，惟與我歸來而團團兮。

江之水，望迢迢兮，聞蕭蕭兮。葉且凋兮，不似昔時，而江上乎逍遥兮。福昨日而禍今朝兮，天乎天乎，鑒賢者之劬勞而尾燋燋兮，庶昏昏者而昭昭兮。

臨川舟宿

旅心原悄悄，别態復寥寥。往事舟中閱，清魂露下消。豈徒朋可訪，曾奈客無聊。每歎恒游地，孤蓬寄此宵。

舟病感懷

入耳但秋聲，篷窗夙夜情。交雖千里重，病覺一身輕。神氣露中怯，夢思江上盈。何爲殘月影，更照此凄清。

度杉關宿月山店

落莫尋歸路，蕭條復度關。身栖杉影裏，月出水聲間。病骨依凉露，驚魂落故山。十年來往事，惆悵此時艱。

待舟

宿宿在溪頭，溪乾水不秋。難期今夕雨，猶繫故園舟。山色認鄉思，灘聲入客愁。庭闈夫豈遠，可歎尚淹留。

八月晦日舟宿樵川寄友

一艇倚秋色，斜陽在柳條。露猶深此夕，霜正肅明朝。魂夢尚飄泊，溪山栖寂寥。故人城内外，離思共迢迢。

九月一日舟中賦

肅肅片帆裡，孤情何所爲。授衣占物候，約帶見憂思。擁樹溪雲起，迫舟霜葉吹。欲知歸客意，請看下灘時。

九月六日舟宿劍潭七月之巴陵在此登舟

久淹神已窘，信宿思能禁。霜氣城頭淺，秋情潭上深。溪山隨起止，籬菊待栖尋。轉憶登舟日，悠悠異此心。

重陽前一日到家

遊事凄凉半載過，還家未免感蹉跎。堂前白髮喜無恙，籬下黄花開幾多。趣減那知迎節序，神傷猶記涉風波。慈親明日堪同醉，莫問登臨興若何。

九日移菊鄰園同老父酌於花下

多少歸心不忍陳，林園如故敢辭貧。舊醅可醉憐佳節，新菊堪移對老親。三徑願留他日事，一尊寧説暫時人。陶然立在秋光裏，天性依依共此身。

過鄭將軍草檄齋時余自巴陵返二首

齋中餘竹木，點綴更黄花。訪友芳情寄，歸人勝事加。别心關物候，共語感天涯。今日能相晤，欣予始到家。

霜氣肅然深，坐來似入林。將軍真吉甫，名士愧陳琳。酒且酡幽趣，花偏開遠心。堪兹離衆者，秋思倍蕭森。

喜黄若木鄉舉

得兹名下士，榮却榜中人。天地豈無意，文章定有神。情高應可見，道屈庶能伸。時事乃如此，相期敬爾身。

裴翰卿過話草堂

新秋溪上别，秋杪復相尋。花徑掃非遠，草堂談更深。茶蔬聊見意，霜月共爲心。坐到清幽處，寧殊入竹林。

寄馮茂遠二首

何日不相憶，可知心最真。山川雖有間，魂夢自然親。每歎嵇公懶，先知管子貧。年來安足道，期子是明春。

落落更誰向，有懷如遠行。試看閉户意，便是訪君情。山月豈殊照，秋雲還共生。聊憑長水雁，草草寄幽清。

到家聞蔣公嗚挂冠還吴賦此寄之

宦遊未免有升沉，知己相違感慨深。世上從來難直道，山中此去遂初心。吴江秋水通花徑，閩嶺烟霜閉竹林。細閱交情寧忍别，一樽何日復追尋。

題竹石寄譚友夏於燕

身世各了了，行藏定此時。素心寧可轉，勁節以相貽。烟雪寫情理，林園寄夢思。幽看與寂聽，不道在天涯。

題蘭寄楚友

念子每興感，因蘭獨寄言。馨芳隨意往，幽澹此心存。可想友朋理，請看風露痕。建溪將楚水，魂夢定相根。

入山訪友宿江上禪室

山居隨遠邇，水宿得高深。求我佛前事，與僧江上心。波聲窗外入，雲氣榻邊尋。到此聊晨夕，禪燈已照臨。

江上題畫與僧

江色自然淡，僧心無不秋。峰巒生歷歷，雲水共悠悠。頓使性情寄，静觀天地浮。何須行脚去，坐對是閒遊。

舟至豫陽遇雨宿於墓下

乍歸仍出户，不遠傍溪山。一雨寂然宿，衆雲深未還。凄清非客思，夢寐是親顔。滴滴聞殘夜，烏啼在此間。

宿溪閣雨晴曉起

閣夜宿幽幽，朝看積雨收。候先催肅氣，情且寄殘秋。遮屋竹烟半，隔村松翠浮。更餘農圃意，來去頗堪留。

冬日酌於農家

信步前村去，閒尋圃與農。家家謀卒歲，事事在新冬。移席倚寒水，持杯對好峰。田園談未了，月已出深松。

山僧相訪遂與閒遊

知我在山中，相過夙意同。入林穿竹霧，拂石坐松風。對景幽情寄，不言禪理通。閒遊雖此日，追憶自無窮。

溪上新寒

冬氣雖云淺，溪山無不霜。自然寒到我，聊以醉爲鄉。曝背見人影，添衣步水光。斯時深愛日，幸侍老親傍。

十月見溪上桃花

溪山當十月，桃發已枝枝。縱領春風至，終爲冰雪知。芳霏寒水上，掩映夕陽時。幸有杯中物，臨流共醉之。

溪上見新月家君命酌率爾賦詩

今宵新得月，豈似客中看。菽水情相見，茅廬意亦安。頻開緑酒易，常照白頭難。坐煖樽前事，風霜未覺寒。

山朋招飲宿月樓上

山月照山幽，山朋幸我留。偶移池上酌，還宿竹間樓。酒每因霜醉，神堪出樹遊。可知丘壑趣，到此便相求。

那菴詩選卷三十七

閩中商　梅孟和著
竟陵譚元春友夏選

柳下亭

聞譚友夏楚榜第一喜賦

何時不憶楚江濱，我友今秋第一人。文字既能開世眼，科名奚足益君身。從兹禮法難疎放，可見賢才有屈伸。亦欲彈冠同此去，山中情性本來真。

有貽古墨齋中試之

雖是收藏久，那知制作真。衆烟生性命，滴露見精神。偶試一時事，消磨萬古人。流光如轉盼，對此跡先陳。

送林守易計部還朝二首

憐予爲客返，送子以官行。古馹風塵氣，寒河冰雪聲。途長尋往事，友好守初情。贈爾三冬月，燕閩共此清。

行藏生獨感，晨暮且相親。别惜林園舊，懽逢魚水新。我招秪有隱，君仕果然貧。屈指交游者，離心不易陳。

送伍君曉北上兼寄鄒當年裴聖之

拔出蓬茅去，迢迢此北行。新君堪得意，舊友可忘情。明聖真難遇，賢良不易生。諄諄臨别囑，肯負孝廉名。

送黄而需北上

看子上公車，風雲滿敝廬。稍能伸意氣，真不辱詩書。親老情堪慰，時清願可如。所期寧一遇，此志莫忘初。

集蓼吟十首有序

情有不可解者，必有所思。而思無所寄，則氣散而神傷。木火自焚，固然之理也。梅生不辰，身蒙多難。思父哀毀，幾至滅性。而戚友相臨，以保身之道勸勉。聞言有感，稍節其過，遂躬理葬事，經營墓次。而茹苦飲憂，抱膝伸吟。冰霜之際，成詩十章，題曰『集蓼』。然而神思幽退，形響通夢，風木凄愴，明發泫然。讀是詩者，庶亦有感乎？

奄奄存一息，朝暮草廬中。人境從憂塞，親魂藉夢通。溪山將變雪，松栢但吟風。觸目幽明事，懷思靡有窮。

空山當四鄰，寂寞歲寒身。泉石泣幽響，烟霞栖苦辛。神孤寧有室，思極已無人。從此蓬茅下，爲謀豈厭貧。

有生原習苦，荼蓼至而今。當此骨肉恨，寂然天地心。愁雲看處閉，噫氣坐來深。彷佛音容裏，冥冥不可尋。

隨時興所感，遇物便成悲。神氣杳何處，憂思寧有涯。夢中真復似，意内信還疑。忽忽爲枯木，冰霜俱不知。

脉脉自相感，魂魂奚所歸。從茲無教誨，何以得瞻依。可想形容是，空傷人事非。目中君子者，羡爾樂庭闈。

萬事屢興廢，雙親何去來。悲雖兼老大，慕不異嬰孩。性命古今等，陰陽頃刻催。山禽枝上宿，和我説哀哀。

造物自然化，有思原有存。但無忘夙夜，莫以隔寒温。風木語泉路，寒花發墓門。情來無一可，百感尚何言。

歎息難終養，予真愧所生。居憂宜悄悄，在疚每煢煢。尚可存身世，何爲鮮兄弟。偶形墳畔宿，誰問此孤清。

朝暮深松裏，寒聲盡作濤。見聞惟寂絶，痛哭是劬勞。思與雲天滿，神爲冰雪韜。承歡如昔者，其樂果陶陶。

咫尺幽明事，相從恨兩途。有懷仍夙昔，無計復須臾。山丹照魂冷，溪風吹夢孤。姤兹林下鳥，栖啄每將雛。

戊辰元旦二首

否泰相推定有因，春王正月又逢新。未能爲子思慈父，剩得餘生見聖人。讀易但求知悔吝，著書難免是寒貧。年來老大甘泉石，且向明時乞此身。

浮雲身世殆如斯，迫歲春光益我悲。禮法縱非吾輩設，性情秖與聖賢知。嘗來辛苦忘它日，閱盡艱虞甚此時。淑氣相催應漸發，思深不忍入園窺。

春日爲先父延僧禮懺

焚香稽首在燈前，弟子思親未有邊。心性固然皈佛地，音容但願且生天。積誠已滿虚空界，學道無虧七十年。自是懺中何所懺，經聲到處亦因緣。

將有遠行值武夷道士餉茶留坐那菴

落落既如此，行行何所尋。餉茶論遠意，入竹坐無心。煮出烟雲熟，對之巖壑深。君來予欲往，誰可共登臨。

西禪訪别山和尚

寂絶幾人過，今朝坐薜蘿。好文猶慧遠，善病似維摩。榻上山光滿，衲間雲氣多。公心同止水，相照更如何。

馬江曉渡

春氣滿江中，歸潮趁曉風。山情行近遠，塔影立空濛。松竹村村異，漁樵岸岸同。此心真不繫，鷗鳥已相通。

别友兼寄秋谷

乍見即爲別，臨行聊與論。雲猶封竹徑，花不送柴門。來去每相慰，懷思自有存。寄言秋谷裏，誰可共晨昏。

又題白湖隱意前卷盜者去矣

達士多隱心，不在居農圃。眼看山谷人，俱爲隱所誤。我友敦古賢，隱心得所務。雖未離城郭，山水營旦暮。白湖是舊業，景物有別遇。只與我爲謀，愛我寫其趣。去歲寫寒秋，松柏青無數。寢食相與處，魂夢卷中附。君子哉若人，盜去何所住。我友失此卷，形神若不顧。可見真古心，筆墨爲平素。我今重寫之，如迷復得悟。湖水生白光，衆峰入春樹。茅屋深林間，所居已如故。晴陰以爲候，元氣各有布。隱者在其中，文章澤烟霧。此理有遠近，會心非曠慕。大盜盜陰陽，爾身豈堅固。但恐盜之去，守兹宜戒懼。寫成持相示，得失無喜怒。我今囑山靈，爲子長保護。

題寒林圖與空上人

林疎寒不雲，寒樹自氤氳。静理偶相對，禪心何所分。波堪思澹遠，葉豈墜聲聞。可見高僧意，山居事亦文。

談易

年來得静機，易理偶探微。往事既如此，聖言焉敢違。庶能無大過，亦自覺前非。相與焚香坐，時時可掩扉。

題畫贈朱未孩大參二首

宇宙真山水，乃是奇文字。是以古君子，此理冥有寄。我公道德心，古今闡其秘。静見萬物根，妙發山水事。愧兹守衡茅，自鄙未有試。感公太古情，筆墨賞其異。寫此一片秋，尋此幽遠意。泉石坐可言，烟雲想其至。片紙爲面目，千里成夢寐。真結山水知，且以維叔季。

昨寫一片秋，澹澹烟水色。今復寫寒松，隨意無法則。霜露結精神，雲雪爲骨力。公有歲寒情，獨行造化職。寄暢在林巒，相關在筆墨。想彼天嶺姿，青蒼表其特。夙根既凝定，天性妙有植。静中四壁響，對之百情息。寧殊太古人，儼然如可即。心手代語言，聊以資好德。

初夏過榕菴

夏氣散幽深，高齋得所尋。横窗皆竹意，入徑領榕陰。酒内惟文事，峰前寄遠心。此中堪不厭，寧獨是山林。

初夏有吴越之遊樓居話别

登樓多遠思，言别思何堪。樹影簷前動，烟光壁上含。圖書成古意，茶酒益高談。竟日皆幽事，相爲不厭貪。

答贈别山和尚

兀兀林園坐朝爽，蕉竹藏風徑中響。山僮報道山僧來，未曾發言神氣朗。先以文字證疇昔，靈心獨運空霄壤。曾於郢上讀予詩，爲予感時生慨慷。世塵冥迷守卑暗，安能釋去超而上。是以奇人奇事與奇文，用世出世成奇賞。嗟予空有山水骨，四顧寥寥何所往。逢師林下細論之，斯道於我何消長。師獨此時探奥妙，稍揭一二疏厥黨。縱使邊見與貢高，寧以直道從其枉。予每徘徊天地間，歷盡艱虞安俯仰。浮雲變幻在頃刻，生死輪廻示斯掌。鳥在林中魚在水，潭月鏡花作何想。徧虚空界真性存，予亦與師同所養。今朝自楚喜入閩，定有佳山闢草莽。

題畫與劉霞起

筆偶隨人異，心原與友同。古今文所結，山水理相通。自可生情性，真能表化工。就中高且遠，静對更無窮。

留别霞起二首

細思閉户好，多累在家難。世態山中了，客情江上看。願言書札密，相慰夢魂安。前路雖當暑，月光但覺寒。

客路但如此，此情君所知。友朋來自樂，山水去應遲。自信同嵇懶，偕行有顧癡。登舟猶不忍，未免屢移期。

山閣曉起

僧榻不藏暑，晨興爽更宜。渾忘山氣裏，最好竹聲時。衆籟息猶響，一身閒可爲。勞勞寧有極，此候幾人知。

那菴詩選卷三十八

閩中商　梅孟和著
竟陵譚元春友夏選

明發詩

題畫四首

蓄洩暮春情，至文從此生。殘烟横積水，衆壑變新晴。閉户發奇思，看山如遠行。最佳垂柳畔，繫得野航輕。

一水樹深處，孤峰雲澹時。古今情在此，天地意相爲。静理探方得，炎心對不知。觀兹丘壑裏，自謂置身宜。

淡淡秋何跡，無人常獨尋。性情隨起止，耳目忽高深。溪冷雲横樹，巖幽瀑隱林。閉門真太古，寂寞且爲心。

存心先太素，寄跡自清真。松偃有奇態，峰寒結遠神。見聞無不肅，景物忽能新。此際堪高臥，寧須慕古人。

五月一日舟至建溪

連朝積雨感新晴，暫繫孤舟節物迎。俱是客中何遠邇，每傷親處任孤清。看來山色多依寺，帶得溪聲共入城。明發有懷兹更甚，蓮歌衹覺唤愁生。

移宿僧房

曩時頻至止，今日暫淹留。半榻溪山近，一身雲霧周。談來因事遠，夢去入禪幽。最是清魂處，閒房野竹秋。

端午雨集

嗟余行路每蹉[一]跎，友既相邀着屐過。作客畏聞佳節至，開尊曾奈故人何。五絲果續鄉魂斷，一曲能令風雨多。自是蒲香堪醉却，離心未免涉烟波。

[一] 蹉，底本原作『嗟』。

僧房雨夜

去住無聊思不禁，竹房關雨坐深深。連宵羈客難成夢，何日爲僧了此心。約得山雲來寤語，借將佛火照栖尋。莫言暑氣渾無着，况有寒聲在竹林。

逢唐司李兼寄其弟孝廉

疇昔心期感白門，升沉兩地幾相敦。君身從此關家國，友道尤難共弟昆。任屬李官名即重，貧如杜老興猶存。今朝晤對仍懷想，何日鴻歸一寄言。

雨集東樓分得乘字

積雨感爲客，攜尊喜得朋。奇懷應偶寫，幽興不難乘。泉石忽相語，雲烟如可憑。念兹留戀意，欲别亦何能。

答翁壽丞讀余種雪園詩

此晤每增感，有懷應稍寬。情文已高遠，語默自嚴寒。讀我詩非易，與君道共難。徘徊建溪水，淡淡且長看。

題蘭贈鄭女郎二首

幽意固已解，芳心未敢言。建溪生秀色，楚澤結文根。點點凝秋氣，枝枝積露痕。寫茲應惜別，相對可晨昏。

倚石含情處，臨池欲語時。佩中紉夙好，墨内樹新知。風雨尚無恨，沅湘如有思。肯尋騷客夢，庶不怨茳蘺。

題柳

春氣出春水，春條拂水寒。芳情翻有着，遠緒動何端。相對依然好，臨行折每難。寫茲人可似，不忍客中看。

題秋山畫意

對此古今理，最宜山水人。寒林疎作想，秋氣結爲神。思内幽清滿，靜中聞見真。齋居泉石好，坐臥孰相親。

倣倪筆並題

疎疎澹作林，可見古人心。坐覺新泉入，言因片石深。賞幽如夢寐，隨意豈摹臨。想到無窮處，焚香試静尋。

答贈婁江陳仲升學博

昔年魂夢裏，今日晤言時。道路感相慰，情文結遠知。官能消世態，交愈重天涯。一片婁江水，清光映在兹。

答魯時泰

殷勤敦古道，輾轉讀新詩。與爾情相見，令余客不知。樂因求友得，閒以著書宜。日日過從好，溪山慰此時。

宿趙慧生園館

入徑衆幽生，兼之信宿情。窗開茶布氣，鐘過竹還聲。水石資談冷，烟雲和夢清。此身雖遠道，因此緩行行。

答别徐雲將

日日喜相見，離心共不言。未隨山水去，先寄夢魂存。情愈添前路，期寧負故園。余行因爾緩，且復了晨昏。

雖然能下榻，曾奈欲登舟。但使客心止，非關筆墨留。吟中如可見，別外更相求。何日西窗下，仍眠白露秋。

林風玉下第還漳同宿符山方丈臨別寄張紹和高君鼎

淹留堪此際，邂逅感斯時。有友深思者，因君遠寄之。出遊山水甚，入夢海雲滋。無可長言處，稽公懶可知。

登舟溪上值戴漢豫孝廉相訪賦答

夙心期此晤，遠道偶相尋。山水百情集，溪橋片語深。奇文堪作古，别理試於今。來去如天末，篷窗共不禁。

訪木公不值

知爾不凡僧，晤言猶未曾。閒尋應有意，願證豈多能。石上水聲去，竹間凉氣凝。入門何所見，空對白雲層。

過武林友人溪上居

愛此溪山好，移家有幾年。怡情花在徑，隨意硯爲田。鄉土何須戀，烟雲自不遷。一區幽遠甚，相訪更悠然。

山中曉行二首

客途當暑候，何暇去看山。偶入林陰裏，偏宜曉色間。峰峰生遠近，步步見躋扳。領此幽清意，徐行自不艱。

漸漸入山氣，渾身帶露過。谷虛人跡響，林密鳥聲多。稍坐皆松竹，相牽是薜蘿。莫言行路者，何處不巖阿。

度仙霞

經過非一度，此度動孤情。回首空瞻望，前山俱送行。峰巔皆竹翠，烟杳有泉聲。百感盈天際，歸雲片片生。

山夜坐月

月色孤高甚，偏來照我心。自然隨道遠，添却此山深。巖笋燒無厭，村醪醉不禁。有懷難假寐，可羨是棲禽。

至清湖邸樓見新月

湖山跡已陳，月色見彌新。使我影相顧，照人情太真。氣應含水石，光欲動精神。入越今宵始，孤清共此身。

宿蘭溪晨起訪章無逸即別

屢宿此烟水，今朝纔入城。山光留夢在，爽氣接談生。交且慰孤思，別寧殊故情。從兹舟可繫，來去事難輕。

雨宿桐江有感

桐江江上幾經過，今日維舟暮雨多。此地亦堪君子至，傷心不見友朋何。憐兹獨客寄烟水，愧爾先生在薜蘿。未免巖前聊信宿，夢魂仍去涉風波。

語溪僧舍尋林興朝孝廉

他鄉欣得見，去住兩難禁。共慰客中事，應論天際心。寺雲凉獨滿，溪月夜同深。不遠還家路，無忘訪竹林。

坐月語溪

暑氣夜生凉，蓬窗天一方。情偏添往事，語每入清光。歸夢寄孤月，聞歌切遠鄉。盈盈溪色裏，坐對但微茫。

天聖寺尋管夫人壁上竹石

壁上疎疎竹石真，今朝方識管夫人。烟霜雖老難移態，閨閣相師果有神。可見清名宜後世，得逢遺墨亦前因。禪堂佇立忘歸去，不異文心對面陳。

至茗訪范叔不值時在燕中未歸

亦知相憶各紛紛，豈有來兹不訪君。滿擬湖山重此晤，那知門徑寂無聞。行時遥想燕山月，宿處還依震澤雲。自是薄遊今已倦，歸途仍復寄殷勤。

舟宿鴛鴦湖晨起登烟雨樓懷馮茂遠馬遠之

湖夜宿幽清，晨興爽氣平。登樓觀往跡，思友是深情。舟倚柳邊動，鷺飛波上明。一天長水色，望望片雲生。

過岳石帆先生齋中

忽忽十年餘，形神不異初。深憐爲客事，細講養生書。道重明王夢，官尊隱者如。談來寧有極，復別轉踟躇。

至吴門仍宿徐元歎浪齋讀伯敬刻成遺稿感賦

齋居蕭寂古人風，今日重來事不同。性命長存文字外，死生相見語言中。每憐陳跡還吟想，欲挽遊魂使夢通。未免過君仍宿宿，竟陵煙水自無窮。

同元歎過顧青霞池上

何須他處覓郊居，林木青蒼烟水如。未了清言添茗酒，更移幽興入圖書。情因事勝彌能遠，交以文深自不疎。晨夕與君那可盡，荷香猶帶夢魂餘。

過蔣公鳴使君園居二首

有懷難久别，不遠此相尋。見即生文事，談應了夙心。徑花藏點綴，林木得幽深。屈指經季矣，容光直至今。

日日感天涯，今朝慰所思。公情何顯晦，世事任推移。三徑資新意，一尊敦昔時。歸心仍不免，談及轉成悲。

訪文文起姚孟長二太史前在維揚相别

維揚風雪别遲遲，十載升沉付遠思。縱以文章爲性命，最難甥舅是臯夔。聖人在上身何隱，名世如君道已知。今日晤言敦夙好，吴山閩嶺已心期。

五人墓詩有序

逆璫煽禍，言之長也。五人者，未有好勇之名。僞命逮賢，慕義奮擊者不可數計，獨五人挺身而出，不避斧鉞。是歲戊辰七月朔日，客吴門，訪文文起太史，備述此事。且就死之日，尚以忠義激人。有司亦有淚下者，竟不敢忤主者之意而生之。肉食者真可恥矣。時吴中鉅公請逆祠毁地於虎丘之傍，爲五人墓，墓傍餘地田以祀之。人心稱快，鬼憒庶平。文起以商子不可無詩，以爲詠歎之始。偶值葬日，往拜墓前，爲之涕泣。遂賦詩一章，兼識其略。

氣運值反覆，陰氣長魑魅。麟鳳入網羅，甚者衆死備。行令與行意，相竊成狐媚。禍中深於吴，媚者以爲利。五人奮烈心，争死心不二。死者積古今，五人抱仁義。陽德忽昭明，君子漸以位。死者不復生，墓有五人字。逆祠燬霆雹，穢土表靈異。余偶爲吴客，聞此感天地。登舟拜墓門，碑前一墜淚。夙意稱一快，更爲媚者愧。從兹有媚者，五人立指視。

紀夢有序

七月三日，商子至虞山，宿於河上。是夕，夢鍾子伯敬貽書，題記印跡不異平生。讀之，神領意得，覺猶在口。晨起急録，前者頓忘矣，只後數語曰：『殊途合氣，情理曉然。有所貽者，當書文敬。』想與鍾子别在梁溪，今六載矣。往往見之夢寐，語言、遊讌，多是閲歷實境。閩楚阻脩，書札最難，今死生異路，魂魄相達，且改伯敬爲文敬，亦奇矣。鍾子一身毫髮皆是文章，是天地清機所寄也，真可謂之文也。其冥謚者邪？鍾子向與予言：『吾嘗夢遊天章閣，又每夢人授以圖史。』皆夙具文根。生於文，返於文也。冥冥相告，不忘筆墨。遂賦詩紀之，傳爲靈異。

有生因有身，身爲生所累。妙者文爲生，其根出聖智。向也與鍾子，折疑而質義。一十餘年間，數千里外事。面目落世人，神跡滿天地。方寸已爲一，生死原不二。昨夜貽我書，誦讀如指視。未了者冥心，相與爲真寄。抱文何所去，曉然惟我示。文是鍾子常，冥語靈且異。應請當世賢，即以文爲謚。

那菴詩選卷三十九

閩中商　梅孟和著
竟陵譚元春友夏選

栖尋草上

訪錢受之宿津逮軒時與受之别五載矣晤語依然

别經五載事難言，閩嶺虞山有夢存。道路遠來雖跋涉，情文老去轉寒温。心同巢許能忘友，道是伊周可閉門。便欲言歸仍宿宿，月光依舊照林園。

同受之舟行至水邊寺登塔

携手入輕航，禪林水一方。客心隨遠近，塔影上蒼茫。草樹碧無際，江湖澹有光。相邀雲氣裏，呼吸是空香。

七月六夜同受之津逮軒賦時受之將還朝予欲南歸

入秋生秋心，百感成此遇。今夕即明夕，河漢同離聚。神思入微月，笑語飄涼露。驚魂雖頗慰，言別愈相慕。酌酒坐太清，雙星如我顧。眷眷南北情，出處但平素。人生會靡常，每每傷遲暮。幸際聖明時，林泉安可務。嘯歌望河漢，賢者氣稍吐。

七夕立秋孫大參招看還魂記

一點秋情從此起，秋情今夕銀河裏。世間天上同悲歡，識得此情可生死。我輩所鍾有淺深，淺深之際宜靜尋。不然入耳風吹斷，古者安能留至今。今夕何夕聚懽讌，還魂遺事相繾眷。此聲但恐牛女聞，淚洒銀河君不見。聲聲相感淚雙垂，竹風松露來凄而。涼秋與客成涼緒，情聲相合魂相爲。浮生如夢誰真假，今夕悲懽同摹寫。死生轉盼積歲年，看來今夕却真也。孫君識此寄歌曲，會盡世間笑與哭。一聲一情互往還，方知絲竹不如肉。更殘攜手雙星前，明年今夕思無邊。

哭何季穆

來茲非昔者，思友倍傷神。落落從孤客，依依有幾人。晤言因夢感，涕泗爲情真。細向遺文讀，寧殊把酒論。

拂水感賦

山色湖光共一村，交遊零落尚何言。埜航泛泛仍浮客，雲木蕭蕭似有魂。此地能憐陳跡否，傷心不見故人存。來兹只是空延停，滿徑秋聲閉竹門。

喜陸孟鳧黄子羽至虞山遂暫别受之同舟至印溪坐月桐樹下

何意别虞山，同君溪上還。言言秋葉裏，宿宿水烟間。載得蟾光好，坐添桐影閒。舉杯風露下，相與一開顔。

七月十三日徐令公招遊北園

昔遊似忽忽，景物在心目。雖以林塘佳，情意恒有屬。兹來事已再，離思應可續。朋喜得如故，客至不爲獨。俯仰認雲烟，徘徊倚桐竹。秋氣即同幽，秋響漸以肅。觴行魚鳥内，笑語帶寒燠。深坐墜月光，清切洗衆緑。對之以高妙，存之以淵穆。未免今昔懷，慨慷均有觸。情意兹復加，彌日思不足。

同顧仲恭陸孟鳧黄子羽坐月虎丘遂移宿僧房

秋月既能好，況於山水深。露華凝石色，樹影滿峰陰。客棹倚烟磴，僧樓上竹林。幽情與清福，今夕更相尋。

雨泊惠山下同仲恭孟皃子羽賦二首

屢泊此山色，今朝烟雨邊。既難堪客思，而況是秋天。幽意一帆隱，寒聲衆壑傳。采泉應煮茗，相與坐悠然。

客況雨聲侵，蓬窗且静尋。凉催歸路意，雲掩出山心。一水從來去，諸峰無淺深。得朋聊自慰，能慰此蕭森。

逢周安期以新詩見示

昔聞今始見，情理各生生。頓使客添思，應知君得名。談依江水闊，坐恰埜航輕。即把新詩翫，秋光有此清。

與徐令公舟次梁溪晨起即别

相見各相慰，何期在慧山。含情同信宿，隨意獨先還。夢寄秋雲裏，談尋暮雨間。如斯丘壑好，胡不共躋扳。

毘陵送别受之二首

客裏逢秋自不禁，况於離思共蕭森。毘陵烟水征帆遠，閩嶺風霜别路深。言行預知垂帝典，聲名久已眷天心。雖然有癖宜泉石，還出柴門聽好音。

朝野清明慶此身，尚留民物待君新。斯時最要扶元氣，有道真堪見聖人。交以文章仍夙昔，生來神骨恐寒貧。看茲分手燕吴路，風露蕭蕭滿白蘋。

客病吴門别孟鼂子羽還印溪予宿奉倩園館

堪此客中病，别君思奈何。溪將清夢接，艇載一情過。全賴藥能聖，還驚詩有魔。林塘聊宿宿，秋氣感彌多。

早起有懷

兀坐對清曉，薇花風雨時。飛翻鄉思亂，憔悴客身宜。氣薄凉先受，神清秋易欺。良朋雖一水，凝望已天涯。

送徐元歎入山

了然觀世事，果遂入深山。念我得相送，何人如此閒。緣歸僧佛内，樂寄母妻間。除却雲來往，終朝可閉關。

答别黄奉倩和其來韻

客情秋豈可，而况病相兼。倚榻怯風冷，窺簾畏月纖。稍留魂且慰，復别思頻添。若使忘歸路，閒談共不厭。

别蔣公鳴

一病已難支，堪兹言别時。體癯嫌露重，道遠願寒遲。晤語每成夢，見聞還自疑。預知重把手，先訂出山期。

八月初六夜奉倩招遊虎丘分得松字

樽攜勝地喜相從，領盡秋山見晚容。古石偶添林影澹，深杯偏揖露華濃。月光皎皎來新水，雲氣英英作遠峰。自是徘徊增别思，臨行還倚兩三松。

臨行過姚孟長齋中夜坐

登舟舟復繫，訪友友相留。墻半桐風細，堦前蘭露周。閒談寬遠思，强醉慰孤愁。分得齋中月，蓬窗夜夜秋。

吴門發舟公鳴過别河上

最難堪别事，臨發更相存。秋水照情緒，寒山接夢魂。須臾應復立，凄切不勝言。預識長林下，思君忍閉門。

江上寄别徐令公

不盡淹留意，懷歸奈此時。且憑真率别，恐益話言悲。江樹碧爲氣，秋雲澹有思。知君情未已，遊事再相期。

江上寄答淳如衍門二上人

難使歸心息，空江憶見聞。静言尋昨日，清夢隔閒雲。愧我還留髮，爲僧且好文。能忘禪榻上，孤月白紛紛。

舟至平湖值馮茂遠有檇李之行移宿道觀月下賦此

來茲安客況，未見尚天涯。宫館且移宿，湖山仍夢思。秋聲堪與語，月色便相隨。即此爲良晤，朋來任所宜。

八月十一夜喜馮茂遠自檇李回過集有作

久别積魂夢，山水各有慕。忽忽十載餘，至止如夙晤。執手視顔色，髩髮果如故。相慰能俱存，尤恐夢魂遇。慷慨時事更，語默神理具。虚堂坐凉月，空堦踏清露。彌篤今夕歡，勸醉追昔趣。不覺遂陶然，客思忘所務。文心日以細，肝膽日以素。仍戀此清光，對景惜離聚。

十二夜同茂遠舜稽坐月庭前仍移醉河上水天俱净神思彌生賦詩紀之

連宵皆得月，見月便開尊。夙昔每興感，清輝真可言。河先澄露氣，雲不染秋痕。一醉忘時序，憑君當故園。

十三日馮茂遠招遊耘廬二首有序

登舟出城，十有餘里至園，園即耘廬也。更小舟從池入，池水清徹，異於他水。時殘荷尚花，芰蒲菱芡陰映於内。雖未歷覽高深，而神機已爲之蕩漾矣。樓閣亭館之屬，徑路多迷，非指引不能到。登陟稍遍，與美人登舟采菱，雜以戲謔。酒至飲之，而明月已照於林水間。幽情愈動，樂事相繼，遂洗盞更酌。露坐於舟，或緩或速，穿於林影水光之中，不知其近與遠也。忽然美人當歌，童子和之，恬聲遠韻，與風相交。余病骨頹然，亦同趣而靡倦矣。更深返棹，月色彌佳，況有良朋，酒多忘醉。遂紀一日之遊，而賦是詩。同遊者爲孫令弘、陳舜稽、趙退之、查公度及素雲美人也。

次第尋遠邇。夢寐不能忘，良朋與山水。來兹豁囊懷，晨夕得所喜。招要泛秋色，不遠十餘里。沿洄遡清碧，高林吐凉月，澄徹水如此。結搆成獨思，登陟集衆美。景氣易變幻，耳目何起止。高者憑虚空，邃者有精理。露坐狎鷗凫，鼓枻空明裏。美人謔且歌，勸醉未能已。平野既已曠，水石亦已全。開鑿與積累，漸漸成自然。林木異早晚，蒼翠爲雲煙。賞幽情更入，望遠思無邊。聲容照娟妙，魚鳥相周旋。凉風起清切，湛露何澄鮮。俯仰天水間，百感盈目前。我友展餘興，樂事靡不宣。更殘仍嘯歌，並醉寧後先。還期同月光，相對無缺圓。

中秋茂遠爲素雲索詩書扇贈之

景與人俱美，閒情亦偶多。相看憐月滿，獨宿奈秋何。每惜笑歌别，肯尋魂夢過。懷哉垂柳底，戲謔不妨苛。

八月十五夜同陳舜稽查公度看月時茂遠有檇李之行

月色滿秋空，同看有不同。笑談朋自好，斟酌意無窮。圓影形神顧，孤愁霜露通。清輝相迫甚，願醉此宵中。

蝶翅詩有序

秋日，馮子牧齋中偶持蝶翅，不異落葉。凉氣凋傷，芳心何在。微物興懷，爲之賦詩。

何意墜秋風，看來一葉同。情雖芳昔日，翅偶委深叢。剩此霜痕冷，寂然花事空。應知栩栩處，時在漆園中。

零落豈翩然，衣留古砌邊。殘魂潛曉露，片影傍秋烟。摧折時難守，芳菲思未捐。仍懷春色裏，趁伴每仙仙。

題畫四家與茂遠

異境偶摹寫，奇懷即共尋。峰巒頻隱顯，烟水忽冲深。暝氣方浮石，晴光未出林。其中今古意，坐臥已相臨。

墨水行神跡，静然得所爲。淺深幽意足，高妙白雲知。對景忘言處，焚香寂討之。敦兹情與理，晤語可時時。

時雖同寂寞，事更入清幽。葉落夢魂冷，林疎風露周。雲天中作想，筆墨外堪求。觸目俱丘壑，何須慕遠遊。

山淡情彌遠，林枯趣不稀。幽栖宜水石，高臥憶柴扉。妙發古人意，閒生静者機。請看雲木理，悟得此精微。

題畫與趙退之

自是神情遠，彌令筆墨殊。君真會此者，文不在兹乎。古木藏幽澹，閒雲去有無。閉門相對處，心跡未全孤。

八月二十二日馮子牧招泛耘廬

載得凉雲共出門，行餘十里復林園。閒尋勝事景如昨，更續清遊天未昏。秋色愈添孤客思，月光仍照美人言。杯深不覺魂俱醉，别在何方夢寐存。

喜馬遠之自姑蘇歸

但說來兹即見君，那知旬日始相聞。纔消檇李重重夢，更載姑蘇片片雲。閱盡升沉俱已老，談深離聚又焉文。雖然作客情彌苦，友可周旋豈忍分。

馬季冲遠之叔姪相招聞玉如美人歌

歸心雖急復蹉跎，友既相招且一過。别趣難將談裏盡，閒情偶向坐中多。願留秋色敦前好，豈耐涼風聽雅歌。自是佳人嚴酒政，今宵不醉更如何。

燈夜讀譚友夏詩集有感余與友夏俱丁艱而余貧病若此不知友夏何如也

交知淪落幾人存，每念寒河聚弟昆。舊事談來添趣苦，新詩讀罷覺神尊。露華獨洒文章淚，風木同傷爾我魂。自是科名差得意，莫將貧病便相根。心心固已期疇昔，字字寧殊接語言。思入月光頻往返，情如秋葉但飛翻。雖然作客將歸去，兩地烟霜俱閉門。

自吴門過武塘聞林元甫明府遍訪余舟不得時余已抵當湖矣賦詩寄答其意

同里未相親，聞名即故人。途窮宜訪友，俗薄畏呈身。元叔辭家傲，陶公乞食真。感兹尋我意，寄語不無因。

至海寧縣尋查公度不遇有感

憐余空訪泊，信宿只孤舟。炎氣休相感，秋情且獨遊。往還時偶值，離聚客難留。可見懷中刺，非人不易投。

題畫與馬遠之

客思淒以清，山水乃真寄。寄者自有存，領者隨所至。是以至文人，入神而精義。晨起坐淵默，秋情滿天地。會以山水理，筆之幽且異。木石湛其魂，雲泉涼其意。可以接語言，可以行夢寐。對之以妙遠，今古無不備。

過遠之閒談薄暮飲季冲齋中逢素雲美人更分同舟歸別河上

如此秋光客屢尋，與君坐對便深深。正當煮茗親幽事，況復開尊待隔林。露下笑言人可醉，燈前澹艷意相臨。更殘最好同舟者，分手河橋思不禁。

夜坐遠之春雪堂出詩相示

靜夜靜相爲，一尊聊酌之。文從情性見，談使鬼神思。清籟石邊答，幽光露下滋。坐深俱不覺，殘月入簾時。

茂遠自虞山歸持龔淵孟書至喜賦兼答淵孟

友既敦良晤，山應當遠尋。去來途縱便，期待意彌深。半札通秋感，一時觀古心。因君爲騎驛，情更篤於[一]今。

與茂遠夜坐清歌頓發繼以簫管

客心無不秋，愈爲秋氣生。夜夜坐凉月，月殘坐彌清。寂靜而對言，百慮歸燈明。持杯寬遠懷，肝膽相與傾。忽復肅耳目，歌聲而秋聲。初如泉溜滴，漸漸兒女鳴。竹音妙間之，斷續如相迎。四顧留虚響，坐中風露盈。收聲余出門，衆籟還隨行。

八月晦日同舜稽茂遠夜談

坐深情未已，談快酒無違。八月今宵盡，一身何日歸。桂分香氣冷，蟲語露華微。醉裏心猶覺，明朝已授衣。

坐馬遠之春雪堂懷錢牧齋遠之索畫寄之兼題

淹留難預言，得友意所若。晨暮對湖色，事以文而着。文事共悠悠，遠邇非各各。肅氣感霜夜，離聚每斟酌。念此毘陵別，魂夢慰期約。有懷依北風，欲寄何所托。聊借長□秋，寫之以澹泊。子

[一]於，即『于』，底本作『千』，疑誤，據改。

道在天下，余趣在丘壑。秋泉寒欲聲，秋樹疎不落。妙理發清真，淳意挽凉薄。寫者與寄者，秋思盈寥廓。

九月朔日晨起感賦二首

一室晨光集，頓生霜露悲。孤情傳肅氣，佳節付鄉思。物每因親感，心堪與佛知。砧聲催漸急，歸路可遲遲。

百感是秋深，寒偏與我尋。重陽先屈指，遠道已驚心。木葉風聲過，琴書霜氣臨。良朋情每篤，此際自難禁。

秋夜馬遠之攜觴過談應感冶城諸子

客夜坐寂寂，聲寒未有邊。過談應稍慰，興感共凄然。對面古人在，傷心時事遷。秦淮二十載，今夕此燈前。

題畫與陳舜稽

郊居君自好，花竹隱柴扉。萬物静中去，一心間處歸。山情通遠夢，雲氣護清機。對此焚香坐，追隨何是非。

那菴詩選卷四十

閩中商　梅孟和著
竟陵譚元春友夏選

栖尋草下

桂花初引答馮茂遠

秋氣漸深桂花發，雖未即看花恍惚。玆來徧向花間行，且復移尊坐新月。月正新時客正歡，一片古香裹神骨。此香堪憐言猶淺，此香微妙知者鮮。獨有素心花底人，日日相看百情展。余始入園猶未開，凉風瀶露時相催。雖然我友招要意，花先約我今日來。月光不足嗣燈影，花體空明火中冷。與花相照花欲言，枝上心中同一境。看花貴得花之意，不知花間多少事。夜深繾眷忍出園，我魂與花寧有二。

桂花引二

但恐花落花猶未，却是花仍待我至。入園撫花俱寂然，纔别一日似憔悴。因之相對各相慰，倚樹倚石俱有意。我友識得花理微，斟酌其中與花醉。晚色稍動月氣凉，杉松之際浮新光。形神相入不相格，但覺世界同一香。月去燈來坐如昨，花氣總爲光所托。更有佳人婉轉歌，消盡今宵花魂魄。花理靈妙難盡言，看者未看花晨昏。可知花理友朋理，余將歸去君閉門。余將歸去君閉門，他年兩地思烟村。

耘廬看桂花歸與玉如同舟賦

屢到郊園喜遇君，雖然重晤始慇懃。花間有曲偶同賞，世上此聲非易聞。滿地古香摇澹月，一林秋思動孤雲。夜深無限舟中意，笑語燈前不忍分。

九日客中

肅氣已先感，况於佳節臨。三秋霜入候，九日菊生心。夢裏鄉魂冷，天涯花意深。亦知能載酒，門外任相尋。

九日過伯新仲維叔寅三兄弟招泛東湖登塔望海上山歸坐燈下

日日理歸心，理之即如醉。敢曰不能客，多有疇昔累。偶值菊花節，百感集夢寐。此際集登遊，勝具各有備。初泛湖之水，淵然洗神意。一塔湖中央，泊舟踏空翠。層層上秋氣，海山望已至。高遠入心目，懷思盈天地。餘興繼月光，更酌未能已。湖歸坐一燈，耿耿神相視。紀茲今日遊，豈獨循往事。

題畫與伯新仲維叔寅兄弟三首

秋晚肅於林，烟霜相對深。以茲入道意，聊寄出山心。洗研幽思滿，焚香清氣臨。細看泉與石，寧獨筆間尋。

淡淡行神氣，疎疎見客情。願言何遠近，持贈是幽清。理以友朋發，文因天地成。知君能閉户，静裏自秋聲。

烟樹兩依依，對之心已微。此山知所往，何地不堪歸。神跡偶遊止，古今無是非。尋茲聞與見，且試養清機。

題讀書養母圖與馬遠之

夙昔攜手好，與君如雁行。歲月隔山川，懷思縈衷腸。茲來各相慰，晨夕談其方。君友遍天下，古道誰相商。余忝天下士，拜母同登堂。嘉君篤根本，讀書惟母將。非無讀書者，此志非尋常。松柏超歲寒，欝欝於烟霜。養兹聖賢心，寧論行與藏。天地有生氣，妙合真文章。爲君一寫之，山高而水長。

爲馬遠之題畫寄蜀中陳太史

夙慕蜀山水，此身難一至。口述與記載，未必盡靈異。觀兹産奇人，亦識山水意。此意深相求，可入筆墨義。良朋敦太古，論交有微意。相值於秋光，蕭疎寫夢寐。寫此秋氣生，片紙爲天地。曰余有深知，古道今所備。高士自蕭疎，非此不可寄。余心亦欣欣，沉吟繼秋思。夙慕即在兹，寄此真文字。

爲遠之題畫寄德州盧計部

昔者過平原，徘徊在晨暮。豈無古君子，可以與之遇。兹秋訪我友，文事以爲務。屈指當世賢，切切道其故。求寫一片秋，欲寄心如素。寄者君所思，寫者余所慕。疎林與寒泉，聲聞入静趣。一點山水心，未語先已晤。

題畫與查公度

無聊歸思裏，枯寂自相親。古道堪存世，秋光每贈人。雲林疎不着，泉石静何因。坐到忘言處，將君入此身。

别馮茂遠二首

相存一點心，何地不如此。輾轉十五年，晤語各悲喜。雖然慰魂夢，胡能罄底裹。羈栖安我身，使我神不鄙。非不欲久淹，身累有所以。歸計君慮深，感歎何能已。情既昔日積，别復今日始。不似昔年遊，人止亦曰止。

世路日以趨，交遊君所選。至止寫曩懷，相對猶眷眷。追隨日以歡，薄遊得無倦。既驚道里遠，復感時序變。思親淚自零，戀友心可見。鄉園在夢中，此念胡能遣。木葉脱將盡，山水寒已薦。凄風來日夜，吹心不吹面。踟躕湖之水，歸雲同片片。

九月望日馬遠之邀過春雪堂叙别且期明年同遊吴越山水

舉世論交道，交道常不足。大抵無清真，精神靡有屬。精神以文生，久久情愈篤。余來期一月，百感抒心曲。雖接杯酒歡，微妙相與觸。縱未據當世，清氣養其福。是以共陶然，且深悟倚伏。來時秋漸凉，忽忽霜已肅。有友可忘歸，魂夢夜相促。歸路知不免，期約慰所欲。吴越烟水間，明春遊可復。寒色滿庭除，急風催落木。閉户盡此尊，詩成不忍讀。

十五夜同遠之泛東湖登弄珠樓看月二首

得月泛湖色，孤雲行處光。登樓驚影寂，倚樹覺魂涼。萬象但爲氣，四邊俱有霜。歸心非一際，此際更微茫。

月色坐彌圓，虛明共一天。夜爲霜所化，情與景相憐。洲影蒼蒼外，寒花寂寂邊。何期幽遠事，今夕向湖宣。

題蘭石贈別過伯新

花葉疎疎風露分，石邊芳氣若相聞。欲留一段幽思在，是以臨行寫贈君。

題墨竹贈別過叔寅

清韻如君共遠期，出林心事入林知。莫言幾筆堪爲別，掃盡雲天是此枝。

九月十七夜過叔寅攜尊話別復坐月階際散步河橋

臨行復踟躇，情覺未能已。我友欣欣至，別事談起止。相與慰嘉夜，斟酌月光裏。別忘月亦忘，清氣發心理。坐久月愈白，坦步隨遠邇。霜色墜於河，萬象涵片水。精神洗寒潔，顧影與天倚。抗言俱有得，妙境難摹擬。遠思驚冷凄，真意表終始。幸有明歲期，雖別亦足恃。

爲唐欽一題活園圖

湖山滿目可相親，載得圖書不繫人。底事區區營木石，請看烟水盡隨身。

河上發舟馬遠之至再與之別

蕭然執手在河干，別事今朝倍覺難。杯酒風前君意煖，片帆霜裏客心寒。亦知鄉夢從茲近，最畏秋聲不肯殘。自是能堅明歲約，湖山不道路漫漫。

泊舟鴛鴦湖題小青遺照寄孫令弘

湖光如鏡泊舟宜，極目傷心只自知。獨客懷歸憐此際，佳人寫照憶當時。千重積水迴腸是，一抹輕烟遠黛疑。無故情深原有故，因君離思滿天涯。

語溪見芙蓉四首

薄暮歸舟過語溪，那知花映石橋西。輕盈立在秋風裏，便是佳人出會稽。

溪水悠悠解語存，來茲不遠苧蘿村。何爲醉倚烟霜畔，獨客相逢少一言。

掩映波光起夕涼，露華湛湛濕衣裳。獨憐語後那堪語，含笑含嚬秋思長。
盈盈水態想當初，點綴寒花西子如。何異若耶溪上過，此花還是笑言餘。

題畫贈雲石禪師

昔者到武林，禪室亦一至。所見與所聞，不如今日異。師也坐祖山，與衆渾不二。清净人我間，導引孝友意。戒行示精嚴，語默收靈慧。予偶訪友來，晨夕心已寄。敦兹山水趣，展此遊戲事。知己會微妙，何所礙文字。解者寧在多，片語了其義。至止却如歸，言歸轉慚愧。聊寫高遠情，真幻理已備。臨別深相貽，彼此爲夢寐。

止樓詩爲陳浪公題畫松石

飄風與浮雲，世事何所止。今登我友樓，坐對止其理。知止更何去，萬物且如是。我友根於禪，樓居禪境裏。圖書澹其情，言笑延其喜。予來偶宿宿，晨暮慰彼此。戲爲松與石，風泉來案几。松石皆不移，止心差可比。

西湖逢友

經過未免到湖濱，吴楚欣逢兩故人。共語感兹聞内事，相憐存却别來身。朋因老大情彌篤，客是清貧品乃真。曾奈歸心當此際，一番離聚轉傷神。

僧來乞畫題以與之

秋思寄秋山，不言萬物閒。聲聞何所着，幽寂偶相關。觸目雲天外，置身林水間。豈須頻策杖，對此是躋攀。

題竹浪齋

四邊疎竹意脩脩，別有聲聞別有幽。洗盡光陰長閉户，却令身世但如秋。

西湖別友

屢閲升沉得見君，遥遥情事各云云。一時攜手真難別，十載傷心豈忍聞。南國鶯花頻入夢，西湖烟水且平分。踟躇更向長堤立，轉盼前峰是白雲。

湖上山寺題竹石與南海僧

海上僧來好，山中客坐宜。禪心參有得，幽意寫應知。竹透聲聞理，石觀静定時。焚香清氣滿，悟此更何爲。

立冬日登舟錢塘遇雨

已識西湖不了遊，欲歸難免此登舟。波濤却與冬心急，風雨能將客思留。山色溟濛偏向晚，江聲蕭瑟尚含秋。計程多少鄉園事，纔入蓬窗百慮周。

釣臺曉霽登嚴先生祠

難辭風雨宿凄清，偏喜晨開山色明。江水悠悠懷往事，祠堂屢屢訪先生。曾於隱顯窺微意，那得孤高繼往情。最是臺前延佇處，深林一點白雲生。

度仙霞關對月山店

纔度關來是故鄉，主人迎客酒先嘗。閒談忽墜杯中月，信步還行地上霜。道路息肩聊早晚，溪山屈指共清光。憂心到此真如醉，不遠還家思更長。

舟至建溪逢陳振狂遂移宿符山禪室

年來情事殆何如，遊興相看尚有餘。雖返故鄉猶客路，欣逢老友是僧居。霜飛鬢髩驚寒重，月在谿山對影虚。一夜歸心灘上水，因君攜手且踟躕。

登黄花山歸訪山下園池同陳振狂

但説維舟信宿還，因逢我友復看山。四圍峰翠殘烟裏，一片松聲落照間。遊興縱隨飛鳥倦，歸心未免羨雲閒。登臨不了情猶剩，重訪林塘扣竹關。

到家感賦四首

薄遊未免薄言歸，雖曰歸來心事非。四體還能勤稼穡，雙親那得共庭闈。蕭蕭門徑烟霜重，寂寂林園鳥雀飢。明發有懷應不寐，淚零但見屢沾衣。

跋涉寧辭返故園，最傷心處亦何言。青燈獨對憐形影，白髮相看只夢魂。尚有烟霞來竹徑，堪茲松菊掩柴門。雖然剩得寒貧在，泉石還能矢弗諼。

觸目堪悲事已陳，入門誰復慰艱辛。仲宣賦縱工爲客，東皙詩徒戒養親。山水頗能容我輩，弟昆未免羨它人。自憐老大還踈放，日憶慈顔愧此身。

滿徑蓬蒿未掃除，尚留木石伴幽居。風霜作客難歸路，晨夕何人更倚閭。田薄還能耕筆硯，樓空原可積詩書。莫言八口仍多累，至善相貽自有餘。

題畫贈别友人之金陵

冬氣積於林，疎疎對亦深。那堪歸客思，復寫别君心。静裏有清聽，夢中生遠尋。休將佳麗地，忘却此蕭森。

爲林懋禮題小雙遺照

仿佛春風去復還，豈徒魂夢偶相關。思深芳草那能盡，怨逐落花俱未閒。帶得郎情歸地下，尚留妾貌在人間。重登粧閣褰簾望，一片朝雲蔽遠山。

冬夜與僧坐月寂樂齋

萬事了無際，一心静有歸。齋居安寂寂，僧語每依依。林色霜中古，月光樹裏微。且休參妙理，坐對已清機。

往溪上居感賦五首

入徑氣蕭蕭，溪山對寂寥。親顔懷昔日，人事且今朝。松竹根雖固，烟霜思未消。空林行復立，聞見每無聊。

眷眷生形影，煢煢感弟昆。林泉情不若，農圃事猶存。榻讓寒雲宿，庭從野鳥言。那堪頻觸目，惆悵閉柴門。

俯仰傷風水，懷思甚歲時。魂來無不曉，物在每增悲。庭際偶如至，林間望復疑。最憐諸手植，枝上子垂垂。

貧來知教子，老去倍思親。無改謀生事，能忘式穀人。林園藏語默，木石寄精神。羨彼磯頭鳥，將雛戲水濱。

每想音容裏，晨昏安在哉。山風吹几杖，霜露積根荄。閱世成何益，作歌聊告哀。感茲鄰父老，相慰坐莓苔。

溪居坐月

百感坐清切，月來不忍看。光從林葉動，寒迫水烟殘。峰影對彌寂，霜痕照未乾。盈虧今古事，情起息應難。

溪上看殘梅

冬氣積溪陰，寒香尚在林。疎疎含雪意，寂寂到春心。入夢魂彌冷，臨流思轉深。獨憐花事老，惆悵此相尋。

十二月二十四日自溪上抵家

溪上寒非遠，家中歲欲除。時清寧媚竈，俗薄且安居。閉户隨春迫，開尊帶臘餘。焚香何所禱，身世但詩書。

戊辰除夕

棲遲又閲一年身，辛苦那能盡此辰。花徑將春思解凍，硯田無歲敢言貧。愁來但覺生千種，夢去常懷見二人。遯跡高深猶不忍，且於鄉黨學循循。

附録一　輯佚

别沈將軍兼呈董見老商家梅

沈公歷歷多奇事，復縛生倭海上至。昔者戚俞兩將軍，未必履海如平地。余未見公聞其名，深知公者董先生。從今南北有長城，塞上無塵波不驚。

沈有容《閩海贈言》卷四，臺北：杭縣方氏愼思堂景日本東京大學藏明崇禎刊本一九五六年

得家書

忽見平安字，封題是老親。自驚爲客久，不敢述家貧。松菊縱多故，路途惟一身。臨風應不盡，還問寄書人。

錢謙益《列朝詩集》丁集第十三之下，原注：『吴凝父苦愛此詩。』

送裴二還家

自然畏秋色，豈可視歸人。此際猶家信，何時非客身。淡雲行水次，寒月過江津。囑爾無他事，爲余慰老親。

錢謙益《列朝詩集》丁集第十三之下

附録二　諸家序

那菴詩選自序

商　梅

余不佞，自壬子後詩始存於世，前此付之水火，或有存者，以才情見録，而抱鏡自照，失其本來，故尋求之極，稍稍露出，然亦不敢自信其然也。

逮鍾子伯敬爲余選刻《種雪園》，於是海内始知余詩，始知壬子後詩。自壬子後，凡有所作，皆入伯敬選而後存，存而復選，積至癸亥春，與伯敬至吴門，以前後所作再示之，伯敬顧謂吴中作者曰：『是集也，深而無痕，淺而有力矣。』吴中作者深以伯敬之言爲然，而余之詩亦以之自信焉。夫詩文一道，天地之清氣，與日月同其光明，古今作者遊於光明之中而不知也。但求臻其境者，非極弘極博之後造之，則情不深，氣不厚，空靈之品反開不學便門，宜乎真詩少見於天下也。伯敬一生不輕毁譽，余詩豈私所好哉？真見余所臻之境，公言於天下後世，而天下後世之有目者，斷以伯敬之言爲然也。故不世出之才，不世出之品，不世出之識，必相成於天地之間，以光明世界欲闕之而不能矣。故自甲子歲遡至壬子，幾二十年，天時人事，變態靡常，必有静定之見以守之，則一段光明自文字之外浮出。然非有静定之見，必不與之見焉，蓋它途別趣横於其中。而古今之真文字有難入其目者，則知稀我貴之道起，而知己不知己之間，成古今之大快，成古今之大憾。宜乎，伯敬述虞翻之言爲余言也！

今伯敬往矣，吾友錢受之、譚友夏，知己不殊伯敬。近遊婁江，復得馮公爾賡一見余詩，定交千載，曰：『孟和人品、詩畫品當在淵明、摩詰間，不覺神遠而形親矣。』馮公豈容易發此言，余豈容易受此言哉！交道文章，日趨於下，初借此爲迎合之資，至失其面目、失其性情而不自知，安能讀他人之詩而得其面目、得其性情也哉？故余感馮公之知，復再尋求將伯敬、友夏平日所選者，與受之、爾賡二公互相參閲。二公不肯恕余詩，余亦不敢自恕，遂改《種雪園》詩，曰《那菴詩選》。凡四十卷，於虞山、婁江兩地梓行。

自丙子遡至甲子，又十餘年矣。所臻之境又不知何如？但余甲子後心愈困，遇愈窮，而骨愈傲，有所作亦不欲示人。今受之、爾賡不肯恕余詩，則其發一言，定足以取信於天下後世，而余之自信益堅矣。虞翻曰：『天下有一人知己，足以不憾。』伯敬往矣，受之與爾賡、友夏，固一人之心也。

崇禎丙子仲冬朔日，商梅孟和書於海寧禪室。

商梅《彙選那菴全集》卷首，崇禎刻本

那菴詩選序

鍾惺

虞翻曰：『天下有一人知己，足以不憾。』此非致慨於天下之莫己知，而姑求知於一人以自慰也。蓋古信心獨行之士，有輕於取天下之名而重於得一人之知者。夫知己而求之天下，則亦烏有知己哉！

吾友商孟和稱詩二十餘年，取材多，用物宏，假途遠，富有日新，使天下知之有餘。孟和曰：『詩，不選不詩也；選，不鍾子不選也。』於是，選那菴詩斷自壬子後詩，前此不存焉。蓋自壬子後始能爲孟和，始能爲孟和詩。此予一人之言，及孟和自視，斷以爲必然者也。然則，壬子前孟和無詩乎？曰：烏能無！有壬子以前之孟和，而後有孟和今日也。

孟和好長生，長生家服食必言藥物。夫藥物之所爲而物，非藥也。物者，金石草木之滋也；藥成，而金石草木之滋去矣。然捨金石草木而爲藥，可乎？雖然，持大藥與人，人不之識；金石草木粲然列肆，人見而攫之囊中。孟和試取其壬子前詩，質之海内名人，有權者將必駭爲富有日新，其力必能使天下知之，而今詩或反廢。孟和寧爲此，不爲彼，曰：『知己不在是焉。吾所欲知己而恐不得當者，一人耳。』一人者，何也？孟和不答。孟和問予，予亦不能答。

天啓癸亥春三月朔日，景陵社弟鍾惺伯敬重書於武林湖上。

商梅《彙選那菴全集》卷首，崇禎刻本

那菴詩選序

李繼貞

孟和，八閩奇士，才名滿天下，交游亦滿天下。而獨予寡陋，交孟和最晚。丙子之冬，孟和客婁，乃過予，而出其詩刻數種相示，大抵經竟陵鍾先生評定者居多。

予方驚詫叫絶，乃孟和意殊嗛然，曰：『予所爲詩，無過楚派耳。』

予曰：『孟和豈以楚派自少哉？夫《三百篇》後，莫古於《離騷》矣，是固五、七言祖也。乃三閭大夫楚産也，嗣是而宋玉、唐勒、景差之徒工爲詞賦者，皆楚派也。奈何少楚派哉？』

孟和曰：『若是，則鍾子之選吾詩也，無慮數過。每一選輒一去取，各不相沿，是又何居？』

予曰：『此鍾子之所以妙於知音，而君之所以妙於音也。夫詩播之聲歌，被諸管絃，即樂耳。聞樂者以悦心聽之悦，以悲心聽之悲，雖聽之，人人殊哉。要亦樂中備有諸趣耳。是故五音不具，不可言樂；六律不具，不可云音；八風二十四氣不具，不可云律。而興觀群怨、忠孝人物，有一不具者，尚可云詩哉！惟孟和之爲詩也，體不一趣；故鍾子之爲選也，法不一成。藉使經百千番選，則將無所不去，亦將無所不取。無所不取，而孟和詩不加美；無所不去，而孟和詩不加貶。善乎！司馬子長之論《騷》也，曰《國風》好色而不淫，《小雅》怨誹而不亂。夫以爲好色、怨誹也，可以一無取；以爲不淫、不亂也，可以一無去。然則，鍾子之評商詩也，與龍門氏之評《楚騷》也，有二派乎哉？君又何以楚派自少乎哉？』

孟和曰：『善。夫子之説詩也，幾於匡鼎矣。請遂以序吾詩，可乎？』

時丙子歲之除夕也。婁中散尹李繼貞題。

商孟和詩序

馬之駿

癸丑夏，予自燕之吴，得孟和爲朝夕，屏汰他慮，一意課詩。孟和嘗謂予曰：『凡海内所稱大詞人，縱横壇壝，負數十年名，交與遍垓埏。而既其殺青之業，不能寸許。即未交臂，吾心下之。若夫行盛贊人，啟櫝而作騷賦，白雲、黄澤、郊廟、鐃歌等次第，則吾不覺已伸腰眵目矣。此不足畏也。』予用其法，驗之良然。

夫詩，要歸於可傳耳。草木昆虫，精神湛滿，可以動天地、變日星。矧人以三寸管入玄洞冥，苟意至才竭，寧弗有千古如見者？乃自匿其精神笑貌，取他人已傳之迹而尺尺寸寸之，即今毫髮無遺，肖顧其人，亦自傳矣，而安所容我？此近世詩文之陋習也。

孟和初爲詩，取穠縟彫繪，少年負秇林盛名。已，折節鍾伯敬，淡遠古質之致，名稍稍去之。而比在吴中，刻意賦詩，詩成，衆輒譁然，以爲未當。孟和私心獨喜，曰：『今庶幾爲商生之詩哉！』予曰：『奈羣咻何？』孟和曰：『否否。不知己而毁，寧惟不受；不知己而譽，尤非所甘也。吾旁睨四方，於閩有曹能始，於楚有伯敬、譚友夏，於中原有吾子，吾所得實多，不則於閉門得小友焉。』嗟乎，大哉言！獨以予配諸君子，則未安。

其云小友者，孟和所納廣陵姬人也。偕隱秦淮上，日扃户弄筆研，作墨蘭，拂拂欲舞。此其致已足傳矣。

《妙遠堂全集·文收集》，崇禎刻本

刻商孟和黍珠樓詩稿序

謝兆申

予既識孟和也，以詩；及讀其《寤真記》，則以仙；乃今朝夕横論也，則又以人。人哉，孟和！吾見若温矣，無德貌矣；見若稿矣，無盈志矣；見若理矣，無棼緒矣；見若澹矣，無靡嗜矣。與之居，殆不可親；去之，似亦不可疎。比予叩焉，則朝言之，不既久；久言之，不既朝。而後知其有異授焉。夢者之非真也，覺者之非夢也，不夢不覺者之非夢夢覺覺也。孟和蓋瞭焉，而廼父不知其瞭也。已而後，知其瞭也。則子父交證焉。以仙爲命，以詩爲毛矣。其詩則以柔澹爲宗，而不與市詩者競户。蓋有人，乃有詩哉！

詩之道，生以乎情，協以乎聲，永以乎味。廼其非神而神寄，非空而空寄焉，則莫妙乎韻。韻也者，以音聞之，則爲空音，爲神音。不以音求之，則傾耳而不可聞，竭口而不可宣。故聲可譜而反切可諧也，人也；而韻在聲音之表，則非人也，天也。風之聲，樹籟之竅。風也，孰不聞其翏翏，見其刁刁，而吾以爲氣之作也，聲之厲也，則詩之所由發也。廼工詩者徒取諸聲，不必本諸情，亦不必嘗諸味焉。何哉？徵其詩以其情，則萬不有一；徵其聲以其味，則千不有一；徵其情若聲若味而以其韻，則又億不有一矣。故情迫而後聲，則其味永，其韻悠然，而不可以詩盡；若有詩而無情乎，則聲律之所較，皆拾影耳。

予讀孟和詩，益竊有憬焉。工若不如今，聲旨若不如古。味而情，情則情，情志則志，情近則近，情遠則遠，情合則合，情離則離，情凡則凡，情仙則仙，一如其素而勿餙焉。然其由情者十六，其非由情者亦十有六，則諷之而可盡者，是其人之用也。夫人天介而韻不可傳，今古介而韻不可成。譬之樂焉韶，非忘於天地也；孔子之忘味，非聞其聲龢，見其容澹而爲美，善之至於斯也，有韻存焉。故情形於文，有必盡者，盡之善，未若讀之而無盡之善。情形於詩，有不必盡者，盡之亦善，未若盡之而復無盡之善。第達其情於詩，而情即盡於詩者，吾見亦罕矣。得見孟和，則有情其人，有情其詩，使吾忽然而忘其人，又忽然而忘其仙也。廼知盡孟和，故不以詩；盡孟和詩，故不以今日。然而有盡者也，非無盡者也。無盡之味，吾賞其人而之仙；無盡之韻，吾將待其人而之天。夫惟神則遠，空則清，而後孟和有大悟焉。正寄之若反，怨寄之若慕，諷寄之若譽，刺寄之若美，憂寄之若樂，歎寄之若羡，頌寄之若規，則孟和不盡於詩，與詩之不盡孟和也，不幾幾乎仙哉！仙玄而無色，詩韻而無聲，世或以聲色索孟和，則孟和必曰：我愚人之心哉！非予所云見若者矣。

萬曆三十有三年，歲次乙巳七月七夕日，綏安友弟謝兆申頓首譔於樵川客邸。

謝兆申《謝耳伯先生初集》卷六，崇禎刻本

附録三　傳記

商秀才家梅

錢謙益

家梅，字孟和，閩縣人。萬曆末年，遊金陵，與鍾伯敬交好。伯敬舉進士，從之入燕。馬仲良榷關滸墅，偕仲良之吴門。其交於余也，以鍾、馬，而其遊吴中也，最數且久。居閩之日，與遊吴相半，則以余故也。

孟和少爲詩，饒有才調，已而從伯敬遊，一變爲幽閒蕭寂，不多讀書，亦不事汲古。鑱心役腎，取給腹笥，低眉俯躬，目笑手語，坐而書空，睡而夢囈，呻吟咳唾，無往非詩，殆古之詩人所謂苦吟者也。

崇禎丙子，自閩入吴。馮爾賡備兵東倉，好其詩而刻之。明年，余被急徵，孟和力不能從，而又不忍余之鋃鐺以行也，幽憂發病，死婁江之逆旅。爾賡庀喪事，返葬焉。

余嘗與孟和論詩，舉歐陽子論梅聖俞之言，以爲：『聖俞之詩，辭非一體，不若唐諸子爲詩人者僻固而狹隘也。夫僻固而狹隘，是可以爲詩人乎？雖然，惟僻固，則心思不亂營，神志專一，而可以屏營魄之外遊；惟狹隘，則見聞不奢，取聰明陶汰，而可以蠲意象之旁誘。今之人，不安於僻固狹隘，而哆然自鶩，窮大而失其居，博采而不領其要。今之所以不及唐人者，豈非懲歐陽之云，而反失之乎？』

孟和俯而深思，喟然而長歎曰：『善哉，子之教我也！我今而知所以自處矣。我寧規規封己爲僻固狹隘之唐人，不願爲不僻固不狹隘之今人也。子幸以斯言叙我詩，百世而下有指而目之者曰：「此有明之世一僻固狹隘之詩人也。」視歐陽子之稱聖俞者，不尤有餘榮矣乎！』

余既諾孟和之請，而未及爲。今録其遺詩，追憶平時往復之語，聊舉其緒言，以慰孟和於地下，並以諗於世之知詩者。

《列朝詩集小傳》丁集下

商梅傳

郭柏蒼

商梅，本福清籍。按：梅入省會居城中，由嶺南歸徙鄉居，顏曰『玄曠山房』。少有才調。父令竟陵，往任所，因與鐘伯敬訂交。伯敬成進士，從之入燕，其詩遂變爲幽閒蕭寂。馬仲良榷滸墅，偕之吴門，目笑手語，無往非詩。馮爾賡備兵太倉，好其詩而刻之，共得四十卷。較諸蔡復一淫於邪説，雕肝琢腎，盡棄其學而學者，稍間矣。梅落拓京陵，妾楊烟死，葬雨花臺側。曹能始詩：『姬人一水隔，獨寢意何堪？』注：時孟和有吴姬在圅關，所云『吴姬』，殆即楊煙。久之，以幽憂卒於婁江逆旅。馮爾賡爲歸其葬。馮公以嗜痂而全友誼，亦難得矣。

《柳湄詩傳》，《全閩明詩傳》卷四十二

商梅傳

商梅，字孟和。邑西石竹山下人。善詩畫。與景陵鍾惺、譚元春最友善。鍾先爲選刻《種雪園詩》，稱其取材多，用物宏，假途遠，富有日新。後同至吴門，見其吴中作，曰：『是集也，淺而無痕，深而有力矣。』吴中作者深以鍾之言爲然。復游婁江，與馮元颺、李繼貞定交。馮曰：『孟和人品、詩畫，當在淵明、摩詰間。』李曰：『孟和八閩奇士，才名滿天下，交遊亦滿天下。』所至見推如此。後自訂詩稿，改《種雪園詩》爲《那菴集》，凡四十卷，迄今海内多傳頌之云。

［乾隆］《福清縣志》卷十四《人物志·文苑》

商梅傳

商家梅，字孟和。諸生。萬曆末年遊南京，與鍾惺交好。家梅詩饒有才調，既從惺遊，一變爲幽閒蕭寂。不多讀書，亦不事汲古，劌心役腎，取給腹笥，目笑手語，無往非詩。崇禎中，復自閩入吴，馮元颺備兵蘇州，好其詩，爲刻之。後旅死太倉，元颺爲返葬焉。

［民國］《閩侯縣志》卷七十一《文苑傳》上

附録四　集評

姚旅《露書》三則

吴元瀚詩如吴兒度曲，丰韻可人。林初文詩如秋風羌笛，聲聲悽婉。曹能始詩如隔水名園，梅花盛開，清韻自遠，人罕得見。胡彭舉詩四言韻詩如空山泉響，薄晚江霞。章吉甫詩如洞庭雪後，怪景疊出。范東生詩如楊柳當風，嫋嫋有態。吴非熊詩如青猿夜嘯，斷續凄人。鍾伯敬詩如河朔邀賓，盤餐無宿味。林茂之《遊燕詩》如虢國夫人，不施脂粉。商孟和《遊楚詩》如秣陵俊少，衣衫冠履色色皆新。郭聖僕詩如秋柳鶯聲，聽者竦耳而惜其稀。郭聖胎《長安詩》如遠客逢故人，言皆肝鬲。葛震父詩如五陵俠少，不依時裝束，寶劍蒯緱，氣韻自别。柳陳父詩[如]田舍翁暴作封君，舉止生澀。洪仲韋詩如名優戲單，擅場有數。袁中郎詩如丑净登場，嬉笑怒罵皆令人喜。王百穀詩如名士齋頭，瓦礫亦佳。梅季豹《壬寅詩》如霧豹既死，猶想其斑。（姚旅《露書》卷三《韻篇》上）

商孟和父令西楚，自父許攜資入金陵，因遊曲中，作《秦淮詩》三十首，甚麗，又《贈妓詩》有『可憐十二峯頭雨，化作秦淮八月波』句，或改曰：『可憐幾兩江西錁，買得秦淮一個波。』曲中謂不在行曰

『波老』。（姚旅《露書》卷十二《諧篇》）

米元章謂蔡襄勒字，沈遼排字，黄庭堅描字，蘇軾畫字，臣刷字。余謂今人皆描詩，唯袁中郎可免此語。能始體似描，意不描。伯敬似袁，孟和似曹。（姚旅《露書》卷四《韻篇》中）

汪端《明三十家詩選》一則

閩中詩人與忠節同時者，如鄭翰卿、康元龍、陳伯孺、幼孺，鄧汝高、商孟和、陳磐生等，皆負盛名，然其詩麤有才情，頗傷平熟，不足驂乘也。（《明三十家詩選》二集卷七下）

郭柏蒼《柳湄詩傳》一則

萬曆癸卯至甲寅，前後十二年，世顯與詩人曹能始、徐興公、林子真、袁無競、鄭思闇、王玉生、王粹夫、黄伯寵、王元直、林子直、康季鷹、陳惟秦、陳伯孺、陳幼孺、高敬和、董允叔、陳履吉、陳振狂、陳平夫、馬季聲、商孟和、王相如於芝園結社，又結玉鸞社、瑤華社。直社者或假勝地，或集園亭，人司一局，拈題分詠。（《全閩明詩傳》卷二十七『趙世顯』條引《柳湄詩傳》）

附録五　商梅年譜

陳慶元

目録

萬曆二十二年甲午（一五九四）　八歲
萬曆二十三年乙未（一五九五）　九歲
萬曆二十四年丙申（一五九六）　十歲
萬曆二十五年丁酉（一五九七）　十一歲
萬曆二十六年戊戌（一五九八）　十二歲
萬曆二十七年己亥（一五九九）　十三歲
萬曆二十八年庚子（一六〇〇）　十四歲
萬曆二十九年辛丑（一六〇一）　十五歲
萬曆三十年壬寅（一六〇二）　十六歲
萬曆三十一年癸卯（一六〇三）　十七歲
萬曆三十二年甲辰（一六〇四）　十八歲
萬曆三十三年乙巳（一六〇五）　十九歲
萬曆三十四年丙午（一六〇六）　二十歲
萬曆三十五年丁未（一六〇七）　二十一歲
萬曆三十六年戊申（一六〇八）　二十二歲
萬曆三十七年己酉（一六〇九）　二十三歲

萬曆三十八年庚戌（一六一〇）二十四歲
萬曆三十九年辛亥（一六一一）二十五歲
萬曆四十年壬子（一六一二）二十六歲
萬曆四十一年癸丑（一六一三）二十七歲
萬曆四十二年甲寅（一六一四）二十八歲
萬曆四十三年乙卯（一六一五）二十九歲
萬曆四十四年丙辰（一六一六）三十歲
萬曆四十五年丁巳（一六一七）三十一歲
萬曆四十六年戊午（一六一八）三十二歲
萬曆四十七年己未（一六一九）三十三歲
萬曆四十八年、明光宗朱常洛泰昌元年庚申（一六二〇）三十四歲
明熹宗朱由校天啟元年辛酉（一六二一）三十五歲
天啟二年壬戌（一六二二）三十六歲
天啟三年癸亥（一六二三）三十七歲
天啟四年甲子（一六二四）三十八歲
天啟五年乙丑（一六二五）三十九歲

天啟六年丙寅（一六二六）　四十歲
天啟七年丁卯（一六二七）　四十一歲
明毅宗朱由檢崇禎元年戊辰（一六二八）　四十二歲
崇禎二年己巳（一六二九）　四十三歲
崇禎三年庚午（一六三〇）　四十四歲
崇禎四年辛未（一六三一）　四十五歲
崇禎五年壬申（一六三二）　四十六歲
崇禎六年癸酉（一六三三）　四十七歲
崇禎七年甲戌（一六三四）　四十八歲
崇禎八年乙亥（一六三五）　四十九歲
崇禎九年丙子（一六三六）　五十歲
崇禎十年丁丑（一六三七）　五十一歲

凡例

一、商梅詩集，早在萬曆三十三年（一六〇五）就刻過《黍珠樓詩稿》，已佚。崇禎八年（一六三五）前一兩年遊粵，歸有《粵詩》二卷，似未傳世。商梅詩傳世的著作僅有《彙選那菴全集》。《彙選那菴全集》四十卷録萬曆四十年（一六一二）至崇禎元年（一六二八）十七年詩。《彙選那菴全集》是本譜撰著最重要的依據。故本譜詳於萬曆四十年（一六一二）至崇禎元年（一六二八）事跡，而早年和晚歲較略。

一、本譜引用《彙選那菴全集》，崇禎刻本，藏日本内閣文庫。該本封面作《彙選那菴全集》，正文各卷作《那菴詩選》，本譜統一作《彙選那菴全集》，簡作《那菴全集》。

一、商梅詩與文友酬倡頗多，但是概括起來不外爲：與閩中詩人的酬倡；與竟陵詩人鍾惺、譚元春等的酬倡；與吴楚詩人主要是錢謙益的酬倡。本譜盡可能引證其詩友的作品，以見當時活動之情形。不過，錢謙益天啟之前的作品今不存，無從引證，反倒從商梅的作品略微可以看出錢氏天啟之前創作之一斑。

一、譜主與他人倡酬頗多，凡可考其姓名里籍者，則以按語略作簡要説明。里籍括注今名，凡福建府縣，略去『福建』二字，以省篇幅。

一、譜主在福建省城福州活動較多，省城地名、名勝略去『福州』二字。

萬曆十五年（一五八七）丁亥　一歲

是歲，十月生。

按：《送子長》：『人生過三十，倏忽即大半。』（《那菴全集》卷十八《自陶詩》）

又按：《送子長》作於萬曆四十三年（一六一七）。『過三十』，剛過三十，或即三十一。

又按：是歲徐𤊹十八歲，鍾惺十四歲，曹學佺十四歲，蔡復一十二歲，林古度八歲，錢謙益六歲，文震亨三歲，譚元春二歲。

萬曆十六年戊子（一五八八）　二歲

是歲，馬之駿生。

萬曆十七年己丑（一五八九）　三歲

是歲，姚希孟生。

萬曆十八年庚寅（一五九〇）　四歲

是歲，徐波生。

萬曆十九年辛卯（一五九一） 五歲

萬曆二十年壬辰（一五九二） 六歲

是歲，同郡翁成春、鄧原岳、謝肇淛成進士。

萬曆二十一年癸巳（一五九三） 七歲

萬曆二十二年甲午（一五九四） 八歲

萬曆二十三年乙未（一五九五） 九歲

是歲，曹學佺、蔡復一成進士。

萬曆二十四年丙申（一五九六） 十歲

萬曆二十五年丁酉（一五九七） 十一歲

是歲，聞姑蘇有弇園。

按：《過弇園》：『二十年前聞此園，來茲寂寂似荒村。』（《那菴全集》卷十四《北園詩》）

又按：此詩作於萬曆四十六年（一六一八）。

又：弇園，王世貞（一五二六—一五九〇）園林，在蘇州太倉。

萬曆二十六年戊戌（一五九八）　十二歲

是歲，董應舉成進士。

萬曆二十七年己亥（一五九九）　十三歲

是歲，徐熥卒。

萬曆二十八年庚子（一六〇〇）　十四歲

萬曆二十九年辛丑（一六〇一）　十五歲

萬曆三十年壬寅（一六〇二）　十六歲

秋，與謝兆申、張無念看月。

作《與謝耳伯張無怠看月》。（詩佚，題筆者所擬）

謝兆申《與商孟和張無怠看月》：『清清秋夜涼，明月照高堂。高堂天無雲，獨有露霑裳。蕭蕭木下陰，皜皜階上霜。相對舒夭紹，顧我在他鄉。他鄉不能寐，與子徬以徨。我從石上臥，但見白泱泱。子從石上坐，皎皎含清光。深夜一行遊，其誰來相羊。行行有三嘯，嘯與影俱狂。浩浩天何碧，悠悠夜詎央。寐者既長夢，寤者亦相忘。行樂須何時，何不翱與翔。』（《謝耳伯先生全集》卷三）

按：謝兆申（一五六七—一六二一），字耳伯，邵武人。萬曆中貢生，藏書數萬卷。卒葬江西麻姑山。有《謝耳伯先生初集》《謝耳伯先生全集》。

十月，與趙世顯、陳益祥、林世吉、王崑仲、陳仲溱、陳宏己、王宇、陳邦注、陳价夫、陳薦夫、馬歘、王毓德、徐㶿、袁敬烈、曹學佺、鄭登明、林光宇、康彥揚、黃應恩等結芝社。趙世顯於芝園開社；之後，頻繁社集。

作《趙仁甫芝園開社分韻》。（詩佚，題筆者所擬）

趙世顯有《賓嵩堂開社陳履吉王上主（元按：疑作玉生）陳惟秦陳振狂陳平夫伯孺幼孺馬季聲王粹夫徐惟起袁無競曹能始鄭思闇林子直康季鷹黃伯寵商孟和過集分得七虞韻》：『寒色澹平蕪，虛亭倒玉壺。風楊全卸綠，霜橘半垂朱。意氣雷陳洽，才名沈謝俱。荒筵陪上客，敢謂得驪珠。』（《芝園稿》卷十一）

按：趙世顯（一五四二—一六一〇），字仁甫，侯官人。萬曆十一年（一五八三）進士。官梁山知縣，歷池州推官。在閩中結芝社。有《芝園稿》《趙氏連城》等。

又按：據趙詩題，開社參與者姓名排列順序，商梅年最少。

曹學佺有《趙仁甫芝園開社分韻》：『有山能傍舍，因以割爲園。松樹半幽壑，藤蘿皆古垣。夕陽散霞采，明月切霜痕。頗喜從兹集，應添勝事繁。』（《石倉詩稿》卷七《續遊藤山詩》）

按：曹學佺（一五七四—一六四六），字能始，侯官人。萬曆二十三年（一五九五）進士，歷任户部主事、南大理寺正、四川参議、粤西副使。在南都，組織金陵詩社，在閩與徐𤊹共同主持詩壇數十年。有《石倉全集》《石倉十二代詩選》《大明天下一統名勝志》等。

又按：芝園，趙世顯園名。趙世顯《芝園稿類序引》：『芝園者，予乞歸養以來所闢也。園曾産芝，故名。園之景十。』（《芝園稿》卷首）

萬曆三十一年癸卯（一六〇三）　十七歲

三月，上巳，登烏石山；又與趙世顯、王崑仲、陳伯孺等十數人於桑溪修禊，趙世顯隸書題刻，後人稱『癸卯題刻』；又遊集西湖，於塔影園送春。

趙世顯有《上巳同友人桑溪禊飲》『陽春耀晴景，選勝偕朋儔。嘉水周廻溪，碧草彌汀洲。羽觴泛緑水，引酌激浮漚。班荆藉蒲席，興寄清且幽。遠駕洛濱會，詎羨蘭亭遊。日昃未言返，

新詩欣倡酬。相期鏤石壁，一日垂千秋。只此愜襟愫，焉用尋丹丘。』（《芝園稿》卷二）

按：『相期鏤石壁』，即趙世顯隸書題刻石。

趙世顯有《三日社集桑溪分得八言體》：『佳辰欣修禊向東溪，藜杖朋尊共竹裏携。未盡水中觴欲沉醉，任傳勝事與永和齊。』（《芝園稿》卷二十八）

徐𤊹有《癸卯三月三日同趙仁甫王玉生陳伯孺馬季聲王粹夫陳惟秦袁無競王永啟林子真曹能始鄭思闇黄伯寵商孟和高景倩王元直桑溪禊飲分得四言》：『條風扇煖，臨彼清流。韶光易邁，逝川悠悠。良朋式讌，芳醴載浮。灌木繁蔭，鳥鳴相求。歌以永日，樂而消憂。乘時對景，美哉斯游。』（《鼇峰集》卷三）

曹學佺有《雙溪流觴分得四言平字體王玉生、王粹夫值社》。（《石倉詩稿》卷十二《芝社集》）

按：雙溪，即桑溪，又作鱣溪，在福州城東二十里。《大明一統志》卷七十四《福州府》：『鱣溪，在府城東二十里。相傳閩越王郢時，有鱣長三丈，郢射中之，鱣以尾纏繞，人馬俱溺。唐貞元時，廉帥王翃祀雨有感，因立廟祀焉，今名鱣溪廟。』

按：郭伯蒼《全閩明詩傳》卷二十七：『萬曆癸卯，世顯集郡人於福州東郊之桑溪修禊，隸書題曰：「郡人趙世顯、王崑仲閩縣，見三十一卷、陳仲溱懷安，見三十一卷、陳价夫閩縣，見三十一卷、馬欻懷安，見三十一卷、王毓德侯官，見三十七卷、徐興公閩縣、袁敬烈閩縣、王宇閩縣，俱見三十八卷、曹學佺侯官，見三十四卷、王繼皋、鄭登明俱未詳、高景侯官、林光宇閩縣，俱見三十九卷、康彦揚侯官，彦登弟，見四十卷、黄應恩福州府庠生，天啟間貢生，後官中書舍人。會觴於此。」石刻尚存，《郡志》未收。道光間重修《通志》，蒼墨拓呈局，近桑溪磄石爲圃，溪流幾絶。二十年前，村人廁於「癸卯題刻」之旁，官若不禁，恐桑溪不久湮塞也。蒼於趙仁甫題刻之旁，勒石紀遊，使村人不得汙穢。』[一]

又按：徐𤊹詩有商梅名，可證商梅預其會。刻石無商梅，或因其時年尚稚，未列入。

八月，謝兆申至會城，爲題畫蘭之作。林世吉主瑶華社集，全閩詞客四十餘人皆來會，疑商梅亦與會並有詩。十八日，阮自華司理大會詞人於福州烏石山鄰霄臺，曰『神光臺大會』，或稱『神光大會』『鄰霄臺大社』，與會者可百人，疑商梅亦與會並有詩。

謝兆申有《題商孟和畫蘭》：『畫蘭豈畫香，畫香豈畫色。白綾着碧烟，幽蘭如可即。若爲同心人，馨香盈我側。』（《謝耳伯全集》卷三）

作《林天迪瑶華社集詩》。（詩佚，題筆者所擬）

謝兆申有《林天迪瑶華社集詩》。（《謝耳伯先生全集》卷三）

按：趙世顯有《瑶華社集得卮字》，《序》云：『是日，全閩詞客四十餘人皆來會，而四明屠

[一]［民國］《福建通志》載刻石：『萬曆癸卯，郡人趙世顯、王崑仲、陳仲溱、陳价夫、馬欻、王毓德、徐興公、袁敬烈、王宇、曹學佺、王繼皋、鄭登明、高景、林光宇、康彦揚、黄應恩觴詠於此。』（《金石志》卷十四）據此，郭所録題刻前應有『萬曆癸卯』四字。此刻晚近尚存。

緯真、新安吴非熊、邵陵唐堯胤亦與期盟。』（《芝園稿》卷十三）

又按：林世吉（一五四七—一六一七），字天迪，瀚曾孫、庭機孫、燫子，閩縣林浦人。萬曆中官生。有《叢桂堂集》。

作《陵霄臺大會詩》。（詩佚，題筆者所擬）

阮自華有《陵霄臺大會詩》。（《霧靈山人詩集》卷四）

按：謝兆申有《巘巘五章》，其《序》：『巘巘者，阮司理集隣霄臺作也。時入社可百人，而東海屠隆，莆田佘翔，清漳鄭懷魁，閩趙世顯、林世吉、曹學佺爲之長。』（《謝耳伯先生全集》卷一）

八、九月間，遊吴楚。

按：説詳次歲。

是歲，鍾惺鄉試中式。

萬曆三十二年甲辰（一六〇四）　十八歲

秋，此前，已喪母。別謝兆申等友人，往贛州，時父爲縣令。

作《別謝兆申諸子》。（詩佚，題筆者所擬）

謝兆申有《楊承寬集諸子餞商孟和詩》：『去秋別我去，遨遊滯吴楚。今秋返故閭，移家仕虔土。有父試爲令，乃違將後母。若母既已逝，銜恤亦靡所。踽踽獨西行，悠悠孰相輔。良友感仳别，釃酒列肥羜。敦交有餘殷，爲子比廬旅。我亦狎以欵，念子道日阻。遥遥望庾嶺，相思誰共語。惠我仙茅根，於汝學輕舉。』（《謝耳伯先生全集》卷三）

按：虔，江西贛州别稱。『移家虔土』，疑商梅父初爲虔地令，故曰『試令』。

又按：贛州仳連大庾嶺，故曰『遥望庾嶺』。

又按：『去秋』，商梅與謝兆申參加神光大會之後别去。

是歲，鄧原岳卒。

萬曆三十三年乙巳（一六〇五）　十九歲

七月七日，謝兆申爲《黍珠樓詩稿》撰序。商梅往金陵。

謝兆申有《刻商孟和黍珠樓詩稿序》，略云：『予既識孟和也，以詩；及讀其《寤真記》，則以仙。乃今朝夕横論也，則又以人。人哉，孟和！吾見若温矣，無德貌矣；見若稿矣，無盈志矣；見若理矣，無棼緒矣；見若澹矣，無靡嗜矣。與之居，殆不可親；去之，似亦不可疎。比予叩焉，則朝言之不既久，久言之不既朝，而後知其有異授焉……正寄之若反，怨寄之若慕，諷寄之若譽，刺寄之若美，愛寄之若樂，歎寄之若羡，頌寄之若規，則孟和不盡於詩，與詩之不盡孟和也。不幾幾乎仙哉！仙玄而無色，詩韻而無聲，世或以聲色索孟和，則孟和必曰：我愚人之心哉！非予所云見若者矣。萬曆三十有三年，歲次乙巳七月七夕日，綏安友弟謝兆申頓首。譔於樵川客邸。』（《謝耳伯初集》卷六）

按：《黍珠樓詩稿》今佚。據謝序，此集收萬曆三十三年之前詩，皆爲少作。謝兆申有《送商孟和之金陵五首代》其一：『瑟瑟金風動，蕭蕭吹客衣。子有千里行，我有寸心悲。所悲亦何迫，念子貧羈棲。子昔來樵川，劉子相因依。見我如故好，樂我新相知。』其二：『新知不能別，故好心如結。謖謖淩松風，暉暉照明月。明月入君懷，松風增我咽。悠悠長路難，楚楚嗟掘閱。安得長留此，與君懽以悦。』其三：『君去何所懽，客路淒以寒。行行西江道，從此路漫漫。宮亭分以風，揚子波以瀾。波瀾何浩蕩，遊子何間關。焉能乘雙翮，翱翔以盤桓。』其四：『盤桓在斯須，離別在天隅。天風爲我愁，衰林爲我噓。差池感燕羽，參辰隔路衢。婉婉不欲前，送送復躊躇。執子以佇立，酌子以清酤。』其五：『清酤如水白，我心徒脈脈。秣馬戒前驅，滔滔遠行客。我有鐘與鼓，子御絺與綌。何當淒以風，誰爲頌詩伯。子且覲爾親，白首惟肝膈。』（《謝耳伯先生全集》卷三）

按：『金風動』，初秋景。『樵川』，邵武别稱。由會城之金陵，經邵武越郴關，進入江西，取道九江，順流下金陵，故曰『西江道』。此詩謝氏代人作，所代之人爲『新相知』。據此詩，此前商梅還有一位劉姓舊友。

萬曆三十四年丙午（一六〇六）　二十歲

是歲，謝汝韶卒。

萬曆三十五年丁未（一六〇七）　二十一歲

是歲，與趙世顯結忘年交。

按：《夢趙仁甫》：『仁甫予忘年交也，丙午至今，依稀十載，死生相别，耿耿於懷。因夢而賦詩焉。』（《那菴全集》卷十一《種雪園》）

又按：此詩作於萬曆四十三年（一六一五），萬曆三十五年至四十三年，近十年，故云『依稀』。

萬曆三十六年戊申（一六〇八）　二十二歲

是歲，謝肇淛與徐𤊹等在福州結紅雲會，組織紅雲社。

萬曆三十七年己酉（一六〇九）　二十三歲

正月，在金陵。同林古度散步，過梅慶生；同到晦園看梅。

林古度有《同商孟和珠河散步因過梅子庾小酌》：『寂寂步河干，平橋一倚闌。幾行新柳色，

都入暝煙看。春月送佳影，水風生薄寒。還言覓杯酌，欲盡故人歡。』（《林茂之詩選》下）

按：林古度（一五八〇—一六六五），字茂之，林章子，林懋弟，福清人，居金陵。入清，以年望爲遺民領袖。王士禛爲選刻《林茂之詩選》。

林古度有《同夏君矩梅子庾商孟和子丘兄過周用晦園看梅》：『花事逐年新，重來訪隱淪。千林寒竹暮，一樹古梅春。命賞多閒思，相看盡故人。不能留信宿，空説厭風塵。』（《林茂之詩選》下）

五月，與鍾惺、林懋等訪袁中道，並同遊天界寺。

按：袁中道《遊居柿録》卷三：『（己酉）商孟和、林子丘，予同年鍾伯敬等來訪。……同遊天界，坐毗虛閣，飯於石頭庵。』

又按：袁中道（一五七〇—一六二三?），字小修，宗道、宏道弟，公安（今屬湖北）人。萬曆四十四年（一六一六）進士，官南京吏部郎中。有《珂雪齋集》。

九月，與鍾惺、惺弟快、林古度等遊金陵靈谷寺。

按：鍾惺《題靈谷遊卷》：『予於靈谷，五載之内凡作兩遊：一以己酉秋末……兩遊與予皆同者，獨茂之、五弟快；皆不與者，爲彭舉、昌昱、友夏；有與有不與者，則康虞及商孟和。』（《隱秀軒集》卷三十五）

又按：乙未秋，商梅在金陵。

又按：鍾惺（一五七四—一六二四），字伯敬，號退谷。竟陵（今屬湖北）人。萬曆三十八年（一六一〇）進士。除行人，歷郎中，出爲福建提學僉事，卒於家。有《隱秀軒集》。

又按：鍾快，字居易，鍾惺五弟。惺卒，快手録其稿以傳。

又按：昌昱，即胡耀昆，宗仁子，上元（今南京）人。

又按：康虞，即吴惟明。惟明，安徽歙人。

萬曆三十八年庚戌（一六一〇）　二十四歲

是歲，錢謙益、鍾惺、王宇、孫昌裔成進士。

萬曆三十九年辛亥（一六一一）　二十五歲

二月，十七日，偕喻叔虞訪張燮。二十九日，徐𤊹、喻應益、張燮等來集烏石山麓玄曠山房。

張燮有《豫章喻叔虞故邦相使君仲子也久客滯閩過余旅舍談詩甚適留酌賦贈》。（《霏雲居集》卷七）

徐𤊹有《二月晦日同喻叔虞張紹和郭汝承集商孟和玄曠山房分得巖字》：『春草芊芊緑未芟，别開芳墅隔塵凡。小樓斜倚將枯樹，絶磴斜通欲斷巖。寒信催花三月近，夕陽流影半峰銜。携來茗椀堪供客，新啟旗槍白絹緘。』（《鼇峰集》卷十八）

按：徐𤆬（一五七〇—一六四二），字惟起，又字興公，徐熥弟，閩縣人。布衣。萬曆中後期，接替曹學佺主閩中詩壇。後進學其詩，人稱『興公詩派』。有《鼇峰集》《筆精》《榕陰新檢》等。

又按：喻應益，字叔虞，應夔弟，新建（今屬江西）人。

又按：張燮（一五七三—一六四〇），字紹和，龍溪（今漳州）人。萬曆二十二年（一五九四）舉人，布衣，屢上春官不第。有《霏雲居集》《霏雲居續集》《群玉樓集》等。

又按：據徐𤆬詩，商梅有玄曠山房，在福州烏石山麓。

張燮有《偕喻叔虞過徐興公綠玉齋小集》：『短榻幽齋徑未封，間攜麈尾一相從。客來賦已名司馬，汝在才應字士龍。貧借圖書圍四壁，富於文史答三冬。臨窗蒨蒨窺能舞，竹隙茶煙第幾重？』（《霏雲居集》卷十三）

張燮又有《二月晦日商孟和招飲山園同喻叔虞陳長孺徐興公分賦得曛字》：『樓閣重重俯夕曛，小橋曲檻遍成文。依山石出盤孤磴，近樹亭間掃白雲。杯曲浮春知過半，筆花送臘欲平分。蕭疏我自躭幽者，喜得歌殘次第春。』（《霏雲居集》卷十三）

按：張燮《榕城遊記》下：『丁酉（二十七日），叔虞挾商太學孟和來。戊戌（二十八日），興公見招綠玉齋……己亥（二十九日），集商孟和山園，園在烏石山之麓。巍石高懸，因山作壁，軒閣綢疊，磴道蜿蜒。是日，四座客滿，然余所知，獨陳茂才長孺及叔虞、興公數人。』

（《霏雲居集》卷三十二）

九月，十四日，商梅招集烏石山園看黄緋二色菊。

作《重九後五日社集烏石山園看黄緋二色菊》。（詩佚，題筆者所擬）

徐𤊹有《重九後五日商孟和社集烏石山園看黄緋二色菊》：『重陽律中當無射，倏忽良辰五朝易。主人種菊滿東籬，露浥霜侵有佳色。黄英絳蕚總堪飡，金鑛硃砂相並看。鵠翎肅肅初飛起，鶴頂團團始結丹。圃邊徑裏叢分二，顔色雖殊香不異。誰言屈子賦離憂，争説陶公剩幽致。金杯在手勿須停，採摘先浮竹葉青。聞説長房曾有術，此花真是制頹齡。』（《鼇峰集》卷八）

謝肇淛有《重陽後五日商孟和招集山齋看黄緋二色菊》：『誰云佳節邁，且續薜蘿盟。坐看東籬菊，平臨北斗城。衣疑金鏤疊，色借錦紋成。共砌争陳豔，分叢亂落英。徑回香乍遠，風動露初盈。映竹參差影，含煙淺淡情。曲欄斜對酒，孤岫遠當楹。爲問將圓月，花前幾度明。』（《小草齋集》卷十六）

按：謝肇淛（一五六七—一六二四），字在杭，長樂（今屬福建）人，居會城。萬曆二十年（一五九二）進士，官至廣西左布政使。有《小草齋集》《小草齋文集》《小草齋詩話》等。

是歲，謝肇淛在福州朱紫里築泊臺，結泊臺社。

萬曆四十年壬子（一六一二）　二十六歲

二月，離閩往金陵應試，徐𤊹有送行詩。至劍溪，逢友。客樵川（今邵武），病。

作《出門》。（《那菴全集》卷一《遠道草》一）

徐𤊹有《送商孟和應試留都》：『新柳如絲拂地齊，送君遥向石城西。春明草色迷牛首，秋老槐花上馬蹄。二水烟波移舴艋，六朝鐘磬認招提。讀書借得憑虚閣，古埭霜寒聽曉雞。』（《鼇峰集》卷十八）

按：徐𤊹詩作於是歲，詳《𤊹譜》。

作《劍溪逢友即别》：『對酒與春醉，啼鵑欲客聞。』（《那菴全集》卷一《遠道草》一）

作《沮雨溪上逢鄉友至》。（《那菴全集》卷一《遠道草》一）

三月，龍興巖訪叢公，與叢公試新茶。

作《龍興巖訪叢公》《喜叢公至》。（《那菴全集》卷一《遠道草》一）

作《試茗同叢公》：『一時色澹草芳處，幾片香行花落先。』（《那菴全集》卷一《遠道草》一）

三、四月間，在邵武（樵川）。客中病。留别杜生，往江西。

作《宿友人齋》《客樵川寄友》。（《那菴全集》卷一《遠道草》一）

作《逢友》：『猶恐隨春去，論心固所宜。』《病中答友》。（《那菴全集》卷一《遠道草》一）

作《答贈》《訪友時新貧移居》《留别杜生》《成别》。（《那菴全集》卷一《遠道草》一）

五月，至江西臨川，五日集帥氏兄弟。訪湯顯祖。至南昌，過訪朱謀墇。與朱統鉳登滕王閣。有詩寄湯顯祖。與李晦叔同舟至金陵；在金陵，與譚元春坐林古度齋中。商梅爲譚元春所畫山水，林古度作題記，譚作歌紀之。送别譚元春，有詩寄鍾惺。

作《臨川訪湯義人先生》。（《那菴全集》卷一《遠道草》一）

按：義人，即義仍。湯顯祖（一五五〇—一六一六），字義仍，江西臨川人。萬曆十一年（一五八三）進士，有《臨川四夢》等。

又按：商梅父爲虔令時，與湯顯祖有交往；歸閩後，湯尚有詩爲之壽。

作《五日集帥氏兄弟》《過湯義人坐月》《臨川别友》。（《那菴全集》卷一《遠道草》一）

作《南州重過朱鬱儀宗侯》。（《那菴全集》卷一《遠道草》一）

按：朱謀墇（？—一六二四），字鬱儀，號海岳。明宗室。

作《朱安仁王孫招登滕王閣安仁晚歸余與帥從龍宿月閣上》。（《那菴全集》卷一《遠道草》一）

按：朱統鉳，字安仁，統鋋（夢得）弟，明宗室。弋陽輔國中尉。有《挹秀軒詩》。

作《章江寄湯義人》《與李晦叔同舟白下懷阿弟虎臣》。（《那菴全集》卷一《遠道草》一）

作《到白門同譚友夏坐茂之齋中説别》：『暫得清言到夜分，逢遲别促思紛紛。庭前一片高梧影，明月來時即似君。』（《那菴全集》卷一《遠道草》一）

按：譚元春（一五八六—一六三七），字友夏，竟陵（今湖北天門）人。天啟間鄉試第一。

竟陵詩派代表詩人。有《譚友夏合集》。

譚元春有《商孟和至同坐茂之齋中》：『待我歸時君始來，幸猶能及我將回。流螢火冷南風歇，默坐空庭桐影開。』（《譚元春集》卷十）

譚元春有《雨中過茂之洗兒同百雉孟和》：『小階來急雨，歸緒自然生。賴有聞啼處，因深共話情。竹光斜帶潤，桐韻頻垂清。記取高人致，庭規待長成。』（《譚元春集》卷五）

譚元春《商孟和爲予畫山水林茂之題其上余並作歌》：『商一畫景但畫意，林二題畫無畫字。山光水光不歸紙，無故煙嵐落階次。泉欲濺衣晝分寒，樹不落葉冬留翠。觀者縹緲於其傍，眼光不入神高寄。』（《譚元春集》卷四）

作《寄鍾伯敬》《得友夏舟行別詩賦寄》。（《那菴全集》卷一《遠道草》一）

六月二十一日，同馮茂遠過永興寺。

作《立秋日過永興寺同馮茂遠》。（《那菴全集》卷一《遠道草》一）

按：立秋，六月二十一日。

六、七月間，送劉冲倩。

作《次張美人韻送劉冲倩三首》《有訪不遇歸飲得月》。（《那菴全集》卷一《遠道草》一）

八月，南都鄉試，得鍾惺書。

作《秋試後集別邸園》《得鍾伯敬譚友夏武昌書》。（《那菴全集》卷一《遠道草》一）

九月九日，雨花臺訪友，不值。同諸友遊燕子磯。下第，鍾惺攜商梅、林古度之楚，有詩別金陵諸友；林懋送至江干。經和尚港、蕪湖、霜港、彭澤、湖口，至九江。過訪曹學佺匡山草堂。在九江會梅慶生。發九江，宿黄州界。登道士洑，遊龍窟寺。過赤壁，宿夏口。泊漢口，曉登晴川樓。

作《九日雨花臺訪友不值》《同諸友遊燕子磯》《送友還閩》。（《那菴全集》卷一《遠道草》一）

作《下第楚遊留別白下諸友》《次鄭無美遊燕子磯韻》《得宣城諸友書》《別鄭無美》《臨行值友燕歸》《江上寄友》《別芙蓉》。（《那菴全集》卷二《遠道草》二）

作《江上寄胡彭舉》。（《那菴全集》卷二《遠道草》二）

按：胡宗仁，字彭舉，一字長白，上元（今南京江寧）人。隱於冶城山下。有《知載齋稾》《韻詩》。

作《訪菊》。（《那菴全集》卷二《遠道草》二）

作《別林子丘》詩：『處處是秋聲，江干復送行。深憐余失意，益見爾多情。露帶黄花立，風從候雁生。掛帆猶不忍，屢顧石頭城。』（《那菴全集》卷二《遠道草》二）

按：林懋，字子丘，林章子，古度兄，福清人。能詩。居金陵。

作《宿和尚港》《蕪湖江樓看菊》《聽同舟人吹簫》《白門待友不至江上有懷》《又泊》《沮風題同舟僧詩卷》《夢歸》《江村》《舟月》《宿月江上望伯敬友夏》《茅屋》《喜風》《霜港沮風寄白門友人》《見樹》《屢險》《江店》《過彭澤再示舟菊》《湖口風雨》《到九江》。（《那菴全集》卷二《遠

道草》二）

按：《寄梅子庾時壬子歲别在九江》。（《那菴全集》卷二十一《秀情居》）

又按：梅慶生，字子庾，南城（今屬江西）人。有《梅子庾集》《音注文心雕龍》。作《盧山草堂》：『尋山來築室，亦復借山名。今日堂前見，閑雲林際明。峰常瞻五老，地果卜三生。到此聊延佇，真能澹世情。』（《那菴全集》卷二《遠道草》二）

按：『盧山草堂』，即林古度詩曹學佺『匡盧草堂』，名『雪桂軒』。曹學佺於是歲初在九江修雪桂軒，有終焉之志，即此。

鍾惺有《潯陽經曹能始廬下懷寄兼貽梅子庾》，云：『我北鴈南來，我南鴈北歸。有似所期者，後先與我違。築室匡盧側，舟往返由之。入室見玆山，其人則遠而。山水存乎人，匡盧空爾爲。匡盧邇不至，而非心所悲。梅生從子處，六載今乖暌。寄書有無間，雁途矧參差。且更作一想，以豁今所思。如我在燕楚，曾未至於斯。如子在閩蜀，尚未卜居時。』（《隱秀軒集》卷二）

按：『先後與我違』，萬曆三十七年（一六〇九）三月，曹學佺入蜀道中，訪鍾惺不遇。詳該年《譜》。

林古度有《九江過曹憲長匡山草堂》：『江上九江非一到，此行如覺倍相關。昔曾作客同遊覽，今獨因君重往還。節鉞何時移蜀道，草堂終日對匡山。寒雲古木能留賞，不負停舟幾度

閒。』(《林茂之詩選》卷下)

作《曉發九江暮宿黄州界》《登道士洑》《龍窟寺》《道士洑宿雨懷伯敬友夏》《赤壁》《宿夏口》《風急》《寒甚》《泊漢口》《曉登晴川樓》。(《那菴全集》卷二《遠道草》二)

十月，在竟陵住鍾惺小園。譚元春至。與鍾惺、譚元春、林古度倡酬。

作《到伯敬家二首》。(《那菴全集》卷三《遠道草》三)

作《伯敬山齋喜友夏至》。(《那菴全集》卷三《遠道草》三)

作《佛燈和伯敬》：『寒色隔窗外，殘朝影復清。』(《那菴全集》卷三《遠道草》三)

鍾惺有《佛燈》：『寒照星星内，能通静者機。幽明歸一點，情理在餘輝。欲續何曾盡，將殘似有依。此中如悟得，膏火已皆非。』(《隱秀軒集》卷六)

譚元春有《佛燈》：『何分光近遠，日月與同情。能破無窮暗，全因不用明。照殘身益幻，看定妄難生。自覺淵然處，依依寒磬聲。』(《譚元春集》卷五)

作《寒月》《浴應城湯池歌》。(《那菴全集》卷三《遠道草》三)

十一月，生日，客鍾惺家，慶生。登白龍寺閣。題鍾惺所藏李流芳《寒林圖》。暫別鍾惺，往譚元春湖上。到徐惕北菴，回到鍾惺處，題鍾惺隱秀軒。題鍾恮新園，又與鍾惺觀賞林古度所藏陳昂《白雲集》稿本。擬隨鍾惺入燕，有詩別林古度。

作《山房看月分韻》。(《那菴全集》卷三《遠道草》三)

作《生日客伯敬家》。（《那菴全集》卷三《遠道草》三）

按：商梅生日在十一月中旬。

作《登白龍寺閣》《山月》。（《那菴全集》卷三《遠道草》三）

作《山夜聞鴉同諸子分韻得安字》。（《那菴全集》卷三《遠道草》三）

鍾惺有《山夜聞鴉同諸子分韻即成得明字》：『亂處高飛每易驚，出林誰是最初鳴？幾千萬點孤村遠，過兩三聲片月明。山晚後棲須好侶，天寒羣影見慈情。閒聞亦復關何事？能使空齋客思生。』（《隱秀軒集》卷十）

譚元春有《山夜聞鴉》，題下注：『同諸子分韻，即成。』詩云：『寂歷空山何所聞，寒鴉離樹不離群。東西南北皆來宿，雨雪風霜若有云。萬點淒涼從此遠，一聲哀樂向誰分。同時聽罷憐孤客，是物含情可似君。』（《譚元春集》卷七）

林古度有《山夜聞鴉同伯敬友夏諸子分得辛字限即成》：『山氣初寒夜未晨，寒鴉忽復動村鄰。驚棲自不離高樹，聚散能無似遠人。定觸淒風歸歷落，漸防深雪出艱辛。物情頗覺關閒思，亂擾悲鳴何所因。』（《林茂之詩選》卷下）

作《野坐》《伯敬新理山齋與茂之友夏同移其中》。（《那菴全集》卷三《遠道草》三）

作《爲伯敬題李長蘅寒林圖》。（《那菴全集》卷三《遠道草》三）

按：李流芳（一五七五——一六二九），字長蘅，嘉定人，居常熟。『嘉定四先生』之一。萬曆三十四年（一六〇六）舉人。文品爲士林翹楚。工山水，書撫東坡，詩在斜川、香山間。有《檀園集》。

作《題伯敬隱秀軒》。《那菴全集》卷三《遠道草》（三）

譚元春有《自湖上過伯敬道中》：『酸風起樹末，落葉失其枝。平疇交蓼花，煙露蒙蓋之。着煙露似霜，霜非白露爲。稍待煙露收，日出已防遲。僕夫趨日光，能知心所期。莫畏重湖阻，有不風波時。』（《譚元春集》卷三）

譚元春有《冬月可愛將赴伯敬招與孟和茂之彦先諸子賞焉》：『寄托全無適，友朋西以東。會面不可暢，景色雨以風。夙昔備茲艱，償之自今冬。前月月太明，冬趣畏其窮。及此復皎皎，清絶不言中。孤雁一聲煙，星辰惟有空。磬氣入窈冥，千里高寒通。來宵留月在，山間照青松。』（《譚元春集》卷三）

按：吴中彦，字彦先，號竺靈居士，浙西人。

鍾惺有《寒月同友夏叔静作》：『清切山中月，依稀水際看。入霜惟覺澹，過雨自然寒。夕净來無累，窗深到已殘。添衣須一出，此後對逾難。』（《隱秀軒集》卷六）

譚元春有《伯敬孟和茂之叔静同坐河上》：『人家將盡處，已即接孤村。水落沙邊渡，天寒川上原。各分衰草坐，相對斜陽言。羣動息歸路，山房明月存。』（《譚元春集》卷五）

譚元春有《同伯敬孟和坐茂之榻上》：『陰晴有時有，故人無時無。閉此朔風門，語笑聚一

隅。晴明各散步，山前山後殊。』（《譚元春集》卷三）

鍾惺有《讀林茂之所藏陳白雲五言律七百首追贈》，題下注：『翁諱昂，字雲仲，莆田人。避亂楚、蜀，窮死金陵。聞人誦其詩，輒從傍哭。』詩云：『落落含毫際，煢煢織屨翁。一生窮老裏，五字險夷中。眇矣置心眼，淵然具化工。似聞君痛哭，屢讀不能終。』（《隱秀軒集》卷六）

鍾惺有《友夏再至晤商林二丈與予兄弟山居旬餘將歸》：『計爾南歸三月餘，十之五六住吾廬。此回良晤尤非偶，前度奇談亦不虛。賓主豈能同世法？眠餐直欲作家居。頻來久聚渾忘卻，只記明朝又別予。』（《隱秀軒集》卷十）

鍾惺有《孟和茂之將過友夏湖上》：『與共經旬過小園，何須更往扣渠門。義宜拜母兼兄弟，趣必由山及水村。縱去猶當寬信宿，即留寧得幾朝昏。行行予欲之官矣，此際情辭不可言。』（《隱秀軒集》卷十）

按：鍾恮，初名恬，字叔静，惺三弟，竟陵（今湖北天門）人。有《半疏園集》。作《題鍾叔静新成園居》。（《那菴全集》卷三《遠道草》三）

作《暫别伯敬過友夏湖上》。（《那菴全集》卷三《遠道草》三）

譚元春有《伯敬將還朝始同孟和茂之往湖上》：『匹馬輕裝不計遥，來如驟雨去如潮。齋前竹樹閒時共，山外陰晴寒裏消。我所思兮人已至，子將行矣客當邀。村家酒是重陽熟，與逐

溪禽過野橋。』（《譚元春集》卷七）

譚元春有《孟和茂之同過南湖道中》：『山勢忽然止，誠哉壤地偏。晴光澹在水，野色遠於天。鳥過溪猶見，人來渡已還。何知寥廓意，不出小村邊。』（《譚元春集》卷五）

譚元春有《茂之孟和至湖上作》：『晴遊仍雪泛，從此度朝昏。壞道行多里，貧家住一村。馬兼舟並用，湖與河相呑。有賴情文古，無慚風俗敦。入廚勤老母，愛客導諸昆。賓主非常調，悠悠同入門。』（《譚元春集》卷六）

作《到徐乾之北菴》。（《那菴全集》卷三《遠道草》三）

按：徐惕（？——一六二〇），字乾之，景陵（今湖北天門）人。太學生。不染塵俗，善畫。

作《到友夏譚家堰二首》。（《那菴全集》卷三《遠道草》三）

譚元春有《道乾之北庵不值值吴彦先一宿而去》：『有約亦何久，相逢如此難。賴茲僮意洽，能使客心安。松小風吹壁，水明星下灘。此中迎送者，多少異鄉寒。』（《譚元春集》卷五）

作《初香》。（《那菴全集》卷三《遠道草》三）

譚元春有《初香》：『寂然自一室，斯心未有托。何以栩栩間，妙香過而掠？相觸領其機，六根同知覺。眇矣不成煙，纖氣從何索？香與人未習，爐火方斟酌。有如見新月，清魂乍微着。』（《譚元春集》卷三）

作《湖上菴》。（《那菴全集》卷三《遠道草》三）

譚元春有《冬日彌陀庵同茂之孟和作》：『亂踏寒蕪路，因之過野庵。眼隨無限往，心與自然含。遠樹煙鐘接，行人水鳥參。近來朋侶有，出入此湖南。』（《譚元春集》卷五）

作《友夏湖上夜樂》。（《那菴全集》卷三《遠道草》三）

譚元春有《南湖鼓吹曲》，題下注：『同諸子限作古體，即成。』詩云：『良夜宴君子，萬籟歸中正。水凍無興波，條衰貞餘勁。眇嘿何以歎，鞄革通人性。深寒濕鼖鼓，欻與簫管競。廣楹散喧闐，密坐還淵静。聲音之所爲，仲冬行春令。融融冰以解，温温霜欲竟。心樂同與衆，耳力竭惟聖。賓也詩言志，人協自歌詠。』（《譚元春集》卷三）

作《南湖蕩船歌》。（《那菴全集》卷三《遠道草》三）

譚元春有《南湖蕩船引》，題下注：『宴諸子作。』詩云：『湖如盆盎船如葉，兒童用篙不用楫。幾人曠蕩任所之，歌船吹船忽相接。放船正值日落時，天地漸小雲烟隨。喧聲四合客不言，新月滿湖湖未知。漁人渺渺還其村，我亦落落歸黄昏。風吹湖水凍兩岸，異情各趣同入門。』（《譚元春集》卷四）

作《别南湖重到北菴》《晚出竟陵城望北菴》《月中有待》《同友夏返伯敬山齋》。（《那菴全集》卷三《遠道草》三）

鍾惺有《之燕留别茂之時孟和偕予往茂之南歸》二首，其一：『南北路皆寒，之情非一端。同來有聚散，此别最悲歡。主反先賓去，君今送我難。叮寧弟與侄，看爾發江干。』其二：

『別家兼別客，之北且之南。此後知何似？斯時已不堪。往歸情正等，辭送事相參。感爾分良友，征途共夜談。』（《隱秀軒集》卷六）

按：鍾惺《書所與茂之前後遊處詩卷》：『予己酉與茂之晤金陵也，予往。庚戌，與茂之晤燕邸，今年壬子，與茂之晤於楚也，茂之往。遊覽棲託，皆以日月，計合離三番，寒暑四易。茂之客予山園，出此卷索書前後詩。予後日之視今日詩也，進退去留不可知；但由今日視前日詩，其慚悔者多矣。强書之，作聚散中一部年譜可也。』（《隱秀軒集》卷三十五）

作《答别林茂之與伯敬入燕二首》。（《那菴全集》卷三《遠道草》三）

林古度有《楚中送別伯敬之燕都》（題筆者所擬）殘句云：『明歲重銜命，江南儻路中。』（《至金陵過林古度宅》詩後小注引，《隱秀軒集》卷七）

作《答別譚友夏》《別叔静居易》。（《那菴全集》卷三《遠道草》三）

閏十一月，鍾惺還京，商梅隨行；古度歸金陵，譚元春以詩寄林懋。經應城、白兆山、德安、信陽、確山、遂平、西平、郾城、臨潁、許州、八龍里、新鄭，晦日，渡黄河。過安微舒城，途中遇謝肇淛，有酬倡。

譚元春《寄懷林子丘》：『寂寂楚江事，摇摇朋好情。聞君不得意，爲我未成名。有約母同望，無書弟寄聲。扁舟暫難發，諸累在家生。』（《譚元春集》卷五）

譚元春《送茂之南還三首》，其一：『萬愁不敢道，又是送君還。心事江邊路，母兄天外山。

竟陵無一好，臘月在其間。去去何嗟及，寒花背棹開。』其二：『一見一情深，徐徐留至今。肯來同語默，安忍計升沈。月洩江城氣，雨收湖舍陰。踟躕分手澀，要我更相尋。』其三：『君家事頗悉，肯不速君歸。同樂見帆了，孤吟與浪依。裝仍白門薄，身過漢川微。曠野良朋遠，惟餘一掩扉。』（《譚元春集》卷五）

作《酬謝在杭》。（詩佚，題筆者所擬）

謝肇淛有《次韻答商孟和》：『憐爾來燕市，知余別故園。相逢俱已老，握手復何言？風雪消青鬢，鶯花憶白門。黄金臺上望，駿骨可猶存。』（《小草齋集》卷十五）

按：時謝肇淛由閩往山東桃丘。

作《宿月應城》。（《那菴全集》卷四《遠道草》四）

按：《遠道草》四下自注：『自竟陵之燕。』

作《應城月夜同伯敬看臘梅花》《望白兆山》《曉發德安度恨這關宿信陽》《自確山過遂平抵西平》《晚度郾城河》《曉出郾城》《臨潁署中同伯敬看含胎牡丹》《曉發許州過八龍里》《至新鄭》《又十一月晦日渡黄河》。（《那菴全集》卷四《遠道草》四）

十二月，經過吕梁洪、新鄉、鄴城、漳河、真定、邯鄲、新樂、慶都、固城店、涿鹿。途中有詩懷譚元春。十七日，到京，題其所住曰『僦月居』。作畫贈魏士爲，鍾惺題之。同鍾惺在丘坦宅看梅花。除夕前一日與鍾惺集馬之騏邸。

作《過淇》。(《那菴全集》卷四《遠道草》四)
按:《遠道草》五注:『燕中作。』
作《新鄉同伯敬過郭季昭大行逢俞孺子》《宿鄴城懷友夏》《渡漳河》《至真定》《過邯鄲謁鍾呂夢處》。(《那菴全集》卷四《遠道草》四)
作《新樂初雪》。(《那菴全集》卷四《遠道草》四)
鍾惺有《新樂始雪》:『臘殘纔有雪,此事北來稀。氣結原無漸,寒添幸亦微。土沾行欲動,塵懶不能飛。明歲重過處,沿途二麥肥。』(《隱秀軒集》卷六)
作《新樂途中對雪》。(《那菴全集》卷四《遠道草》四)
鍾惺有《雪夜同孟和作》:『屈指王程盡,驚心歲事終。三冬無日別,一雪此宵同。食息思南土,衣裘試北風。朝行能霽否,片月晚寒中。』(《隱秀軒集》卷六)
作《雪陰》。(《那菴全集》卷四《遠道草》四)
作《慶都雪後同伯敬賦》。(《那菴全集》卷四《遠道草》四)
作《曉發慶都望晴雪》。(《那菴全集》卷四《遠道草》四)
鍾惺有《慶都早發望晴雪》:『親朋曾慮我,栗烈薊門行。豈意今朝雪,先從昨夜晴。半林初日上,幾樹白雲生。曉看征衣色,輕寒亦有情。』(《隱秀軒集》卷六)
作《宿固城店同伯敬作》《暫駐涿鹿》。(《那菴全集》卷四《遠道草》四)

作《十七日到京其夜與伯敬看月屋後因題曰僦月居詩一首》。（《那菴全集》卷五《遠道草》五）

鍾惺有《十七夜到京看月所寓因題其軒曰僦月》：『不見長安月，那知近二年。卜居惟問此，對影已欣然。光在更深後，圓當我到先。清寒真可僦，絕勝買鄰錢。』（《隱秀軒集》卷六）

鍾惺有《題孟和蘭石畫扇贈魏士爲年丈》：『片石何其介，叢蘭但有幽。自然能臭味，不復異堅柔。並立原無附，相憐不待求。同心誰證取？疎竹數枝秋。』（《隱秀軒》卷六）

按：魏國光，字士爲，江西東鄉人。萬曆三十八年（一六一〇）進士。授行人，曾參與鍾惺校刻陳昂《白雲集》事。著有《兼古堂集》。

作《冬夜看煖室梅花》。（《那菴全集》卷五《遠道草》五）

鍾惺有《丘長孺宅看暖室梅花》，題下注：『同馬時良、仲良、商孟和。』詩云：『臘盡寒花未可尋，見花偏不必寒林。移當密坐人同邇，聞值他鄉意獨深。一室冬春俱在眼，數枝遲速頗經心。冰霜祇隔軒窗外，似惜幽貞不忍侵。』（《隱秀軒集》卷十）

按：丘坦，字長孺，湖北麻城人。萬曆三十四年（一六〇六）鄉試第一，官至海州（今江蘇東海）參將。善詩，工畫。有《度遼集》《楚丘集》《南北遊草》等。

馬之駿有《丘長孺宅觀煖室梅花》：『夜深殘燭換，春早曲房催。隨意枝相對，非時種並開。韻穠宜近枕，香細欲沾杯。誰道幽州苦，江南信已廻。』（《妙遠堂全集·詩黃集》）

作《吴伯霖師徒至》。（《那菴全集》卷五《遠道草》五）

按：吳之鯨，字伯霖，又字伯裔。浙江錢塘人，萬曆三十七年（一六〇九）舉人，官浮梁知縣。有《武林梵志》。

鍾惺有《喜吳伯霖至兼逢馮宗之》：『伊我南來楚，當君北到燕。幾三年不老，每一見相憐。理數俱無説，文章合有權。以何酬不足？奇事定須傳。』（《隱秀軒集》卷六）

按：馮振宗，字宗之。浙江海鹽人。有《采薇集》《幽貞集》等。

作《除夕前一日集馬時良仲良邸第同鍾伯敬丘毛伯》。（《那菴全集》卷五《遠道草》五）

按：馬之騏，字時良，之駿兄，河南新野人。萬曆三十八年（一六一〇）進士，以榜眼入翰林，終禮部侍郎。

又按：馬之駿（一五八八—一六二五），字仲良，之騏弟，河南新野人。萬曆三十八年（一六一〇）進士，権滸墅關，左遷順天通判，卒。有《妙遠堂全集》。

萬曆四十一年癸丑（一六一三） 二十七歲

正月，在京城。訪十方菴。與鍾惺過訪張金銘。過訪謝肇淛。讀莆田陳昂遺著《白雲集》。

作《癸丑元日同伯敬賦》。（《那菴全集》卷五《遠道草》五）

作《同鍾伯敬張金銘夜坐見新月》。（《那菴全集》卷五《遠道草》五）

按：張慎言（一五七七—一六四五），字金銘，號藐山，山西陽城人。萬曆三十八年（一六一〇)進士,除壽張知縣。有《泊水齋詩集》。

作《月夜過金銘》《同伯敬金銘訪湖上十方菴》。(《那菴全集》卷五《遠道草》五)

作《過謝在杭水部》。(《那菴全集》卷五《遠道草》五)

作《讀白雲集有序》,《序》云:『白雲者,陳昂也,莆之黄石人。倭至,逃入楚、蜀,寄食於僧,或賣卜織屨焉。老歸金陵,爲人傭書。有誦其詩者,輒向隅淚下。竟以貧死。余友梓其集,因係以詩。』(《那菴全集》卷五《遠道草》五)

按:《白雲集》,莆田陳昂著。昂避倭患,流離楚地,窮困卒於金陵,卒,林古度爲之葬,得其集。鍾惺刻於京城,並爲之序。

馬之駿有《讀陳白雲集追贈》:『每讀君詩後,令人愧藝林。衹憑殘缺字,重想亂亡心。一飽生無恃,千秋證必深。轉悲巖壑底,幾許没希音。』(《妙遠堂全集·詩黄集》)

按:馬氏此詩作時可能稍早於商梅。

張燮有《吴伯霖藩昭度見過小集商孟和後至》。(《霏雲居續集》卷二十五)

按:《霏雲居續集》卷二十五缺,有目無詩。

作《得家信》《南寺古松》。(《那菴全集》卷五《遠道草》五)

二月,在京城,與鍾惺、張燮、吴之鯨、方應祥、李流芳、聞啟祥集韋園。

作《吴伯霖招遊韋氏郊園同方孟旋張紹和鍾伯敬》,其一:『郊遊春自好,況復在林園。日影重千樹，烟光輕一村。石泉清起坐，雲鳥樂飛翻。若使愆斯約，落花何可言。』其二：『攜手莫踟躕，春光樂只且。谿雲平野水，林木密郊居。客醉鳥聲下，僧歸花雨餘。從前吟賞處，到此殆何如。』其三：『人境雖不遠，斯園倍有幽。芳時難獨守，我輩且同遊。石上群雲至，香來衆壑周。夕陽肯相待，歸路轉悠悠。』（《那菴全集》卷五《遠道草》五）

張燮有《聞子將邀同吴伯霖方孟旋鍾伯敬李長蘅商孟和偕游韋園分得論字》：『春郊樹遶衆芳繁，花信風催第幾番。徑引明霞杯裏度，亭臨白石座中蹲。穿籬葉逗欹巾幘，倚岫苔深惹屐痕。林水會心人自遠，片時濠濮尚堪論。』（《霏雲居續集》卷十三）

按：聞啟祥，字子將，錢塘人。萬曆四十年（一六一二）舉人。有《自娱齋稿》，錢謙益爲之撰墓誌銘。

又按：方應祥，字孟旋，浙江西安人。萬曆四十四年（一六一六）進士。歷南京兵部主事、轉祠部郎中，後任山東布政司參政兼按察司僉事，學政。

鍾惺有《春日集韋氏郊園》二首，題下自注：『同吴伯霖、方孟旋、張紹和、李長蘅、商孟和、聞子將。』其一：『城中諸所見，到此已皆非。時至花雖後，煙深柳肯稀。禽魚太無事，水石自爲機。遊興今方起，殘春未可歸。』其二：『聞時誠不易，抑亦在其人。地有何常主，花非無故春。琴尊皆勝友，山水況佳辰。物候參差好，重來想更新。』（《隱秀軒集》卷六）

三月，與鍾惺訪王象春。逢漳浦薛士彦方伯。過訪同郡陳一元。

作《同伯敬訪王季木》。(《那菴全集》卷五《遠道草》五)

按：王象春，字季木，濟南新城(今屬山東)人。萬曆三十八年(一六一〇)進士，官南京考功郎中。有《問山亭詩》。

作《伯敬納南姬歌》。(《那菴全集》卷五《遠道草》五)

作《喜逢薛道譽方伯》。(《那菴全集》卷五《遠道草》五)

按：薛士彦，字道譽，號欽宇，漳浦人。萬曆八年(一五八〇)進士。督學秦楚，歷任廣西、雲南左右布政使。

作《訪友不值》。(《那菴全集》卷五《遠道草》五)

作《過陳泰使臺諫》：『本是思鄉客，過君似故園。』(《那菴全集》卷五《遠道草》五)

按：陳泰使，即陳泰始。陳一元(一五七三—一六四二)，字泰始，又字四游，侯官人。萬曆二十九年(一六〇一)進士。知四會、南海、嘉定三縣，官至應天府丞。在福州烏石山建漱石山房，有《漱石山房集》。

四月，集別馬之駿宅。送王原静克仲下第。夏重遊十方菴，將出都。臨行前一日集陳一元處。

作《初夏集别馬仲良宅》《送王原静克仲下第還蘇州》《初夏重遊十方菴時余將出都》《園中坐月同鍾伯敬俞君宣》《臨行前一日集陳計部》。(《那菴全集》卷五《遠道草》五)

五、六月間，告别鍾惺，出都。馬之駿榷吴關，從行。經涿州、白溝河、河間、德州、穀城、銅城驛、曲阜孔林，登嶧山，又經滕縣，登雲龍山、黄樓，過漂母祠，泛邵伯湖，集廣陵蜀岡，發楊子津，登金山、北固山，於焦山沮雨。與馬之駿至吴門。在吴門，日與馬之駿課詩、論詩。

作《出都》：『去歲冬殘始到燕，於今當暑路悠然。無多烟柳三春事，又是舟輿五月天。』（《那菴全集》卷六《朝爽篇》）

按：『朝爽篇』下注：『自燕之吴門。』

鍾惺有《别孟和從仲良之吴門》：『臨期寬一宿，猶勝即時行。不覺已明日，居然是遠程。稍能爲北計，豈至又南征？莫謂官貧好，今朝媿友生。』（《隱秀軒集》卷六）

鍾惺有《送馬仲良榷吴關時孟和别予從行》：『燕地信風塵，俱留反成趣。吴門自清華，獨往意反悟。以兹分素交，征途共朝暮。維夏發春明，舟車何時駐？荷蕩千人觀，楓橋六月路。同游景事佳，徘徊中反顧。兩度居燕中，君皆先我去。此行别兩人，悄然生百慮。』（《隱秀軒集》卷二）

按：『兩人』，馬之駿、商梅。

譚元春有《代書答伯敬燕中五首》，小引云：『九月十四日，江黄游返，得伯敬六月書。……』其四云：『書中喜商孟和得馬仲良館。』商梅當以坐館而從馬游吴。（《譚元春集》卷五）

又按：馬之駿有《於役吴關别時良兄四首》。（《妙遠堂全集·詩黄卷》）

作《朝爽有序》，《序》云：『癸丑五月，繇燕抵吴，見星即駕。朝暉爽色隱見於高柳間，使人精

神遠潔，忘馳驅之事而賦詩焉。』（《那菴全集》卷六《朝爽篇》）

作《寄答鍾伯敬》二首，其一：『臨別且無語，俱知不忍聞。燕吴片雨外，南北一樽分。客思隨青草，天涯盡白雲。休將離緒亂，許以夢從君。』（《那菴全集》卷六《朝爽篇》）

作《雨宿涿州懷伯敬》《新晴曉發》。（《那菴全集》卷六《朝爽篇》）

作《雨後過白溝河二首》。（《那菴全集》卷六《朝爽篇》）

馬之駿有《白溝道中同孟和作》二首，其一：『三宿征途裏，今朝乃賦詩。別愁殘爾後，遊興始於斯。蛙怒爭喧草，蟬新未擇枝。腰鐮麥秋日，吾亦憶東菑。』其二：『樹濕餘涼在，煙開晚翠流。偶隨村改路，稍見水能舟。戰伐誰堪問，軒車苦未休。客旌引初月，炎暑不須讎。』（《妙遠堂全集·詩黄集》）

作《河間看新月》《夜行》《德州署中訪馬遠之》《穀城道中》《宿銅城驛月下聞笛》《孔林》《登嶧山四首》《與仲良約遊泰山不果》《滕縣道中》。（《那菴全集》卷六《朝爽篇》）

作《登雲龍山》。（《那菴全集》卷六《朝爽篇》）

馬之駿有《過彭城盧虹仲倉曹招登雲龍山》：『地果如兹勝，山非易得名。煙中河漸小，天外嶺難平。曲折纔過寺，高深盡俯城。鶴飛今不返，林麓厭鴉聲。』（《妙遠堂全集·詩黄集》）

作《黄樓詩蘇公建以鎮水》《漂母祠》《聞蛙》。（《那菴全集》卷六《朝爽篇》）

作《舟晚》。（《那菴全集》卷六《朝爽篇》）

馬之駿有《舟晚》：『偶從林外宿，遂對雨餘天。殘日行空水，孤村在晚煙。葉光新沐樹，岸響乍停船。鷗鷺關幽思，依依客路前。』（《妙遠堂全集·詩黄集》）

作《望湖》。（《那菴全集》卷六《朝爽篇》）

作《野眺》。（《那菴全集》卷六《朝爽篇》）

馬之駿有《野眺》：『孤蓬一以眺，落日半高原。湖白煙爲岸，村疎水映門。魚蝦舟子業，菱稻野人餐。即此關游覽，羈愁未暇論。』（《妙遠堂全集·詩黄集》）

作《雨泊》。（《那菴全集》卷六《朝爽篇》）

馬之駿有《雨泊》：『客行三日雨，豈敢怨前途。林影深難測，山痕遠若無。蒼蒼對雲水，歷歷響菰蒲，著眼邗溝勝，孤舟亦未孤。』（《妙遠堂全集·詩黄集》）

作《晴發》《泛邵伯湖歌》《集廣陵蜀岡得泉字》。（《那菴全集》卷六《朝爽篇》）

作《夜發楊子津二首》。（《那菴全集》卷六《朝爽篇》）

馬之駿有《夜發揚子喜晤張冶生先生俞羨長汪遺民山民同賦》二首，其一：『爲有朝來約，輕舟晚不停。悲歡情互勞，離合語難聽。波影從星白，林煙逆雨青。十年何限意，相對且沉冥。』其二：『水光昏亦辨，江氣暑能除。境好堪分應，情多不易書。曳杖何處鳥，映火隔村漁。更指潮頭月，蒼涼夢醒初。』（《妙遠堂全集·詩黄集》）

作《登金山》《郭璞墓》《研山園》《登北固》《約焦山沮雨》。（《那菴全集》卷六《朝爽篇》）

作《蓼花》。（《那菴全集》卷六《朝爽篇》）

馬之駿有《蓼花和孟和》：『鄉心以花亂，況復與舟迎。尚未照秋水，似多含暮情。傍橋猶細見，背岸忽叢生。旅泊知無定，相思風露清。』（《妙遠堂全集·詩黄集》）

作《望惠山》。（《那菴全集》卷六《朝爽篇》）

馬之駿有《望惠山》：『客舟乘漲急，又失此山緣。幽勝閒能説，林原望不前。峰晴時換影，岸静遠流煙。卻笑維揚泊，先探第五泉。』（《妙遠堂全集·詩黄集》）

按：馬之駿《商孟和詩序》：『癸丑夏，予自燕之吴，得孟和爲朝夕，屏汰他慮，一意課詩。』（《妙遠堂全集·文收集》）

又按：馬之駿《借竹軒四評序》：『客夏偕友人商孟和南征，論詩竟日夜。予戲「竪」一義曰：「夫士，必攻苦公車業，於以揣摩聖賢之脣脗，傳其才藻，而後可以盡文章之變，而後可以入詩。」孟和啞然曰：「此非子之言，而臨川義仍湯先生之言也。」』（《妙遠堂全集·文冬集》）

七月，錢謙益到吴過訪吴闗。錢謙益招泛荷花蕩。

作《觀種竹》《七夕》《蚤起》《秋夕聽雨》。（《那菴全集》卷七《江滸篇》）

作《錢受之過訪吴闗》。（《那菴全集》卷七《江滸篇》）

按：錢謙益（一五八二—一六六四），字受之，號牧齋，常熟人。萬曆三十八（一六一〇）

進士。有《初學集》《有學集》《投筆集》等。

作《受之招泛荷花蕩》《秋病》。（《那菴全集》卷七《江滸篇》）

八月，暫別馬之駿，之廣陵。有詩寄鄒迪光。往金陵，客林懋宅，懷古度；古度時在九江。過胡宗仁，見案上奇石。返回吴門。中秋，與馬之駿借竹軒坐月。

作《趙郎返魂歌》。（《那菴全集》卷七《江滸篇》）

作《暫別仲良之廣陵二首》。（《那菴全集》卷七《江滸篇》）

馬之駿有《寄調孟和廣陵二絶》，其一：『秋半看山取次行，看花一倍有心情。看山宜遠花宜近，和霧和煙較不明。』其二：『須擇幽奇安手眼，正愁艷麗損風神。尋常衰草迷樓地，真解關情有幾人？』（《妙遠堂全集·詩宿集》）

作《遊愚公谷寄鄒督學》。（《那菴全集》卷七《江滸篇》）

按：鄒迪光（一五五〇—一六二六），字彦吉，號愚谷，江蘇無錫人。萬曆二年（一五七四）進士，官至副使，提學湖廣。有《愚公谷乘》。

作《過聶侍御》《自廣陵過白下》。（《那菴全集》卷七《江滸篇》）

作《客子丘宅時茂之在九江》：『別來經兩載，門徑只蕭疎。阿弟還爲客，知君屢念余。』（《那菴全集》卷七《江滸篇》）

作《過胡彭舉見案上奇石》《歸吴門子丘送余江上對月》。（《那菴全集》卷七《江滸篇》）

作《中秋與仲良坐月二首》。（《那菴全集》卷七《江滸篇》）

馬之駿有《借竹軒與孟和看月》：『幽心何所着，每與月相關。此夜似初對，前時知未閒。光應添遠水，煙已半前山。吟苦能忘暑，搘頤竹露間。』（《妙遠堂全集·詩黄集》）

八、九月間，馬之駿爲其詩集撰序。商梅姬人善畫蘭，馬之駿有詩紀其事。丘兆麟大行至，得鍾惺書。與鍾惺約於金陵。同丘兆麟、馬之駿集桐雨齋，賦題。盛譽吴姬楊烟畫蘭之妙。

馬之駿有《商孟和詩序》：『癸丑夏，予自燕之吴，得孟和爲朝夕……孟和初爲詩，取穠縟彫繪，少年負秋林盛名。已，折節鍾伯敬淡遠古質之致，名稍稍去之。而比在吴中，刻意賦詩，詩成，衆輒譁然，以爲未當。孟和私心獨喜，曰：「今庶幾爲商生之詩哉！」予曰：「奈羣咻何？」孟和曰：「否否。不知已而毁，寧惟不受；不知已而譽，尤非所甘也。吾旁睨四方，於閩有曹能始，於楚有伯敬、譚友夏，於中原有吾子，吾所得實多，不則於閉門得小友焉。」嗟乎，大哉言！獨以予配諸君子，則未安。其云小友者，孟和所納廣陵姬人也。偕隱秦淮上，日扃户弄筆研，作墨蘭，拂拂欲舞。此其致以足傳矣。』（《妙遠堂全集·文收集》）

按：此集尚未經鍾惺删定，存萬曆四十年（一六一二）之前詩，故馬氏得以比較商梅折節事鍾惺前後所作詩。

馬之駿有《孟和盛譽其姬人畫蘭之妙詎之以詩》二首，其一：『墨池香浸洗殘脂，煙水湘南别有姿。作葉作花都已了，含情多在點心時。』其二：『弱腕淋漓墨未乾，章華九畹怯朝寒。

雙枝並蒂圖俱好，莫寫閩山荔子酸。』（《妙遠堂全集·詩宿集》）

作《丘毛伯大行至得伯敬書時伯敬使齊約金陵相聚》。（《那菴全集》卷七《江滸篇》）

按：丘兆麟（一五七二——一六二九），字毛伯，號太丘，江西臨川人。萬曆三十八年（一六一〇）進士，授行人，官至河南巡撫。有《水暄亭詩集》《遊衡紀事》等。

馬之駿有《喜丘毛伯至同賦》三首，其一：『依然共杯酒，數月別來心。始覺經過味，翻因聚散深。語多山水理，問得友朋音。細刻官曹燭，清言共苦吟。』其二：『旅懷饒病緒，倒屣便相寬。使我神能王，酬君語倍難。梧陰深掩映，竹響競高寒。漁火江橋路，還邀殘夜看。』其三：『幾許登臨趣，問之秋水濱。好山今有主，初菊亦留人。是勝必孤往，所懷須細陳。品茶兼選石，驅遣作閒身。』（《妙遠堂全集·詩黃集》）

作《與毛伯仲良夜坐分韻二首》。（《那菴全集》卷七《江滸篇》）

馬之駿有《舟次招集丘毛伯陳上之沈虎臣商孟和分得蕭字》：『山意秋容手倦描，况逢名勝坐相招。煙蘿影裏殘高燭，水木聲中過短簫。坐近危談還浪語，觴行舊譜復新條。醉醒偏記分行處，十里霜楓照野橋。』（《妙遠堂全集·詩荒集》）

按：沈德符，字虎臣，一字景倩。浙江秀水人。萬曆四十六年（一六一八）舉人。有《清權堂集》《萬曆野獲編》。

作《同毛伯集仲良桐雨齋賦題二首》。（《那菴全集》卷七《江滸篇》）

馬之駿有《自題桐雨齋和毛伯韻》：『不雨陰先濕，因秋影漸寒。賴君堪作侶，多我尚稱官。煙後高枝重，霜前墮葉殘。所饒疎遠意，竟日許閒看。』（《妙遠堂全集·詩黄集》）

九月九日，同錢謙益登方山。訪趙宧光。别馬之駿，由金陵至廣陵。

作《九日同受之仲良登上方山》。（《那菴全集》卷七《江滸篇》）

馬之駿《九日同錢受之沈氏虎臣秦京商孟和登高上方》二首，其一：『何時山不可，到此必今時。獨以地能遠，易爲秋所悲。水寒峰影定，霜緊葉聲知。隨意徵鄉士，舟航百戲爲。』其二：『所貴吴山勝，無山不見湖。時將殘橘柚，地已半菰蘆。巒壑青相帶，雲天白漸無。持螯雖樂事，搔首屢躊躕。』（《妙遠堂全集·詩黄集》）

作《夜泛有遇》《菊夜二首》。（《那菴全集》卷七《江滸篇》）

作《訪趙凡夫山中二首》。（《那菴全集》卷七《江滸篇》）

按：趙宧光（一五五九—一六二五），字凡夫，號廣平，太倉（今屬江蘇）人，太學生。卜築吴郡寒山之麓，有《寒山蔓草》等。

作《山中坐月》《月中歸凡夫送至山半》《廣陵行答别仲良》。（《那菴全集》卷七《江滸篇》）《月夜至廣陵》。（卷八《涉江篇》）

作《舟中曲》：『廣陵城外秋邊水，但見人烟水光裏。秋色欲殘如未殘，楓葉林林比桃李。』（《那菴全集》卷八《涉江篇》）

作《舟中曉粧》《爲姚百雉題錢姬》。(《那菴全集》卷八《涉江篇》)

十月,由廣陵至京口,逢林懋、鍾悌;又於丹陽舟中同林懋看月。

作《新寒》:『冬情自無限,初歷廣陵寒。淰淰雲何去,遥遥霜不乾。』(《那菴全集》卷八《涉江篇》)

作《泊瓜州》《曉起渡江》。(《那菴全集》卷八《涉江篇》)

作《京口逢子丘同居易至》:『菊花零落盡,楓葉未爲遲。』(《那菴全集》卷八《涉江篇》)

按:鍾悌,字居易,惺五弟。

作《丹陽舟中同居易子丘看月》:『縱有清霜色,渾忘今夕寒。深論吴楚事,且共友朋歡。』(《那菴全集》卷八《涉江篇》)

作《毘陵有訪不值》《雨泊梁溪》。(《那菴全集》卷八《涉江篇》)

十、十一月間,至吴關。與林懋、鍾悌晤馬之駿。僦居吴門。

作《至吴關同居易子丘晤仲良》:『二子俱君友,兼之弟與兄。……葉正紅秋色,霜將凍水聲。』(《那菴全集》卷八《涉江篇》)

按:『弟與兄』,林懋之弟古度,居易之兄鍾惺。馬之駿有《林子丘鍾居易過訪兼得伯敬茂之書》:『得書如見友,佳客况能併。到不驚名姓,先皆識弟兄。閒心添快事,微語具深情。尚覺來差晚,江程近石城。』(《妙遠堂全集·詩黄

集》)

作《僦居吳門柬仲良》《寒夜受之仲良過集所居》。(《那菴全集》卷八《涉江篇》)

十一月，初十日，魏士爲、鄒之麟過訪。别魏士爲，同林懋、鍾悌往吳江。同錢謙益、馬之駿重訪趙宧光。訪錢謙益，宿雨湖上。顧大猷至。聞鍾惺至金陵，答别馬之駿，欲前往金陵；鍾惺已至金陵，遣信促之往。

作《至日魏士爲鄒臣虎過訪小集》。(《那菴全集》卷八《涉江篇》)

按：冬至，十一月初十日。

又按：鄒之麟，字臣虎，號衣白，武進(今屬江蘇)人。萬曆三十四年(一六〇六)解元，三十八年(一六一〇)進士。

作《夜别魏士爲同子丘居易往吳江》《同受之仲良重訪趙凡夫山中》《訪受之宿雨湖上》。(《那菴全集》卷八《涉江篇》)

作《顧所建至》。(《那菴全集》卷八《涉江篇》)

按：顧大猷，字所建，江都(今屬江蘇)人。襲補勳衛帶刀侍從。私謚孝譽先生。著書數千卷，有《總丱草》《廣陵懷古》。

作《送所建爲尊人進香天竺》。(《那菴全集》卷八《涉江篇》)

馬之駿有《送顧所建代太夫人供香天竺》：『香燈自切承歡志，文酒兼深覽勝情。雪後溪橋

疑轉换，雲中瓢笠有將迎。短衣踐石樹千怪，疎磬隔林春一聲。自是璧人争看殺，豈須仍借蔡邕名。』（《妙遠堂全集·詩荒集》）

作《聞伯敬舟沮時余將往白下二首》。（《那菴全集》卷八《涉江篇》）

作《答寄》《答别仲良之白下》《得家信》《寒夜鄉友過吴門小集》《伯敬已至白下遣信相促》《答姚君佐》《試别詩》。（《那菴全集》卷八《涉江篇》）

十二月，别馬之駿，與林懋、鍾悌由吴門登舟回金陵。清涼寺訪謝兆申。二十七日，立春，同鍾惺、鍾悌集林懋、古度宅。除夕與林懋、林古度及鍾惺等守歲。

作《吴門别仲良同子丘居易登舟》：『水色一寒天，江流到客前。交情能自好，歸約向誰堅。路背吴關去，臘殘楚友邊。預知難久别，風雪各淒然。』（《那菴全集》卷八《涉江篇》）

馬之駿有《送商孟和之南都迎晤伯敬》：『又作行舟計，頻令座榻虚。長年看面熟，小婦試啼初。念我非輕别，籌君儻定居。江山與賓客，終恐不能疎。』（《妙遠堂全集·詩宇集》）

馬之駿有《送鍾五居易之白下其兄伯敬已先至》：『虎阜匡廬悉署名，每因玄賞見幽清。置身煙水談多韻，落腕峰泉墨有聲。自是勝情輕作客，况於歸路喜從兄。相期易有重尋約，不敢臨岐説楚行。』（《妙遠堂全集·詩荒集》）

作《寒雨》《丹陽道中遇雪二首》《晤伯敬》《遺信返吴門移家白下》《寄仲良》。（《那菴全集》卷八《涉江篇》）

作《清凉寺訪謝耳伯》。(《那菴全集》卷八《涉江篇》)

鍾惺有《立春日同商孟和弟居易子丘茂之宅十二月二十七日》:『良辰復佳晤,皆值此寒天。雪與冬終始,春居雨後先。新詩茶酒内,密意燭燈前。共待梅花霽,歸舟又隔年。』(《隱秀軒集》卷七)

作《除夕客林子丘茂之家》:『念此兩年事,燕山與秣陵。歲除俱遠道,南北乃良朋。密坐歡多酒,餘情照一燈。與君宜到曙,鄉夢恐相仍。』(《那菴全集》卷八《涉江篇》)

鍾惺有《除夕守歲子丘茂之宅時子丘與孟和居易至自吴門》:『好住雖君宅,終爲客子身。所欣來遠道,各自有周親。盡室廡邊夕,明年江上人。秣陵纔到曉,便已歷冬春。』(《隱秀軒集》卷七)

按:去歲閏十一月,商梅與鍾抵京,前後已是『兩年事』。商梅與林懋、古度同爲福清人,故有同鄉之夢。

萬曆四十二年甲寅(一六一四)　二十八歲

正月,元日,集雞鳴寺塔下亭。二日,與鍾惺、惺弟快、林古度、吴惟明、僧無息往攝山,作聯句詩。三日,登絶頂,題石,並作圖畫。有詩贈蒼麓老僧、攝山寺僧戒凡。歸,過靈谷寺、華林園、天界善權菴。鍾惺返,送之登舟。

作《元日集雞鳴寺塔下亭》：『白門春復始，勝事亦同新。草木有靈意，湖山來遠神。逢僧談不俗，得友興方真。覽盡亭將晚，烟光至客身。』（《那菴全集》卷九《邃閣篇》）

鍾惺有《元日集雞鳴寺塔下亭》：『發春雖一日，萬家不能扃。汩汩風煙動，冥冥草樹靈。餘寒一以素，欲霽自然青。百步城中地，湖山積此亭。』（《隐秀轩集》卷七）

鍾惺有《攝山偈·序》：『甲寅正月三日，辰霽，登攝山頂焉，蓋至攝山之二日也。寺僧戒凡者……時同遊者爲新安吴康虞惟明、閩商孟和家梅、林茂之古度、弟居易快、僧無息。茂之忽從柱上見聯句云：「暮鼓辰鍾，驚惺河山名利客；經聲佛號，喚回苦海夢迷人。」與予姓名點畫波撇絲毫不差。蓋「鐘鼓」之「鐘」作「鍾」，警醒之「醒」作「惺」，神或告之矣。相與驚心動骨，爰書其事，係之以偈。仍書一卷，孟和爲圖，命凡公藏之山中，作異日一段公案。而胡彭舉宗仁聞其事，爲予寫此卷。詩自《疊浪巖》以下皆是日作，而先一日有《攝山道中》及《明月臺》《白鹿泉》三詩，並同遊者題詠皆書左方。』（《隱秀軒集》卷三十九）

按：疑林古度亦作有《疊浪泉》《明月臺》《白鹿泉》諸詩，已佚。

作《攝山道中》：『風日不期好，欣欣共出城。湖從山掩映，雲與樹流行。吟想心難暇，幽深趣獨成。松間兼竹裏，蒼翠屢相迎。』（《那菴全集》卷九《邃閣篇》）

鍾惺有《攝山道中》，題下自注：『甲寅正月二日，同吴康虞、商孟和、林茂之。』詩云：『出郭心誠暇，俄焉應接分。湖山春格韻，草木晝情文。半壁深留雪，千林遠共雲。齋鐘不知處，

隨意示聲聞。』（《隱秀軒集》卷七）

按：鍾惺《隱秀軒集》不載《明月臺》詩。

作《明月臺》：『片石幽光内，清虚似月來。鐘聲隔風露，峰影静莓苔。江上雲常過，林間花自開。閒情依夕陽，木末尚徘徊。』（《那菴全集》卷九《邃閣篇》）

作《白鹿泉》：『澹澹石邊明，淵然如有聲。幾時逢鹿飲，一酌覺神生。只映藤蘿寂，常涵鐘磬清。梅花開未了，香與甃中盈。』（《那菴全集》卷九《邃閣篇》）

鍾惺有《白鹿泉》：『半嶺尋源上，寒泉閉户中。餘飛難作雨，輕吹不關風。梅影過橋立，苔文與石同。早春流尚細，澗脈未能通。』（《隱秀軒集》卷七）

作《天開巖》。（《那菴全集》卷九《邃閣篇》）

鍾惺有《天開巖》：『初不容思議，中天忽削成。寒松通石魄，幽竹覆泉聲。蘿蘚多無緒，冰霜别有情。高深巖洞理，潛玩長靈明。』（《隱秀軒集》卷七）

作《登絶頂》。（《那菴全集》卷九《邃閣篇》）

鍾惺有《攝山頂》：『即論兹山絶，登兹者亦稀。定須尋磴遍，肯不見江歸？遠色何由正，群形妙在微。下看巖塔處，來路似皆非。』（《隱秀軒集》卷七）

作《贈蒼麓老僧》。（《那菴全集》卷九《邃閣篇》）

鍾惺有《贈蒼麓老僧》：『逢君亦不遲，已是再來期。猿鶴曾無怪，巾裾有所疑。人天中國

老，鬒髮外真師。好記今年夕，空山初月時。』（《隱秀軒集》卷七）

作《贈凡公》。（《那菴全集》卷九《邃閣篇》）

按：凡公，攝山寺僧戒凡。

鍾惺有《贈凡公》，自注：『公年五十六，出家未三年。』詩云：『猶是新披剃，頭顱已颯然。悲歡興頋日，五十拜師年。地若曾來後，機緣未到先。遊棲關志氣，相待不無緣。』（《隱秀軒集》卷七）

作《攝山歸過靈谷》。（《那菴全集》卷九《邃閣篇》）

鍾惺有《攝山歸過靈谷》：『歸途即靈谷，同日往非難。客在梅前到，春當雪後看。澗迴流水邃，野净夕陽寬。物色晴争起，深松不肯寒。』（《隱秀軒集》卷七）

按：鍾惺《題靈谷遊卷》：『予於靈谷，五載之内凡作兩遊……一以甲申春初。』（《隱秀軒集》卷三十五）參見萬曆三十七年（一六〇九）。

作《春日訪華林園》《過天界善權菴》《吴門家至》《集别伯敬居易》《送鍾子江上沮風舟宿》。（《那菴全集》卷九《邃閣篇》）

作《看鍾子發舟》。（《那菴全集》卷九《邃閣篇》）

鍾惺有《舟發金陵留别諸友》：『四年中北邸，一月内長干。再見如初至，新知及故歡。無能頻几席，未免爲衣冠。又問春江楫，垂楊不可看。』（《隱秀軒集》卷七）

三、四月間，回姑蘇，過訪馬之駿。

作《邃閣雨後看月》《答仲良》《春晚邃閣偶題》《至吴關與仲良坐雨二首》。（《那菴全集》卷九《邃閣篇》）

五月二日，雨集津亭。

作《五月二日雨集津亭得青字》。（《那菴全集》卷九《邃閣篇》）

馬之駿有《雨集限韻》，題下注：『五月一日，同俞羨長、戚不磷、黄伯傳、范東生、商孟和、汪遺民作。』詩云：『纔堪試蒲酒，豈足具蘭肴。暇自深情課，疎能恕素交。高林聞亂葉，稚竹偃叢稍。未改軒廊色，幽情苦遠郊。』（《妙遠堂全集·詩宇集》）

按：據馬氏詩，一日尚有一場雅集。

五、六月間，避暑虎丘。遇岳元聲。於虎丘爲馬之駿題畫。爲范允臨作《雙童拜月歌》。又入金陵。

作《避暑虎丘僧房》《僧房值岳石帆先生至》《枕上聞蟬》《虎丘爲仲良題畫》。（《那菴全集》卷九《邃閣篇》）

按：岳元聲，字之初，號石帆，浙江嘉興人。萬曆十一年（一五八三）進士，除旌德知縣，官至南兵部左侍郎。有《潛初子集》。

作《雙童拜月歌爲范長倩督學賦》。（《那菴全集》卷九《邃閣篇》）

按：范允臨（一五五八—一六四一），字至之，號長倩，又號石公。吴縣（今屬江蘇）人。萬曆二十三年（一五九五）進士。授南京兵部主事。有《輸寥館集》。

作《舟晚》《泛雨虎丘同黄元榦》《虎丘别僧返白下》《雨宿吴關答仲良》。（《那菴全集》卷九《邃閣篇》）

作《入門》。（《那菴全集》卷九《邃閣篇》）

按：入門，即入白門。

七月，寓金陵溪邃閣。吴姬楊烟病。

作《七夕真珠河作》《月夜看秋海棠》。（《那菴全集》卷九《邃閣篇》）

作《見烟姬病中臨鏡》：『默然何所感，自惜可憐身。意向花前減，愁從鏡裏真。奄奄無限事，脈脈有餘春。細語深相慰，當思病後人。』（《那菴全集》卷九《邃閣篇》）

作《强起看月》。（《那菴全集》卷九《邃閣篇》）

八月，楊烟卒於金陵，有詩悼之。

作《悼楊烟》：『未圓一載事，兩閲半秋光。貌與花同落，思因水獨長。香魂來鏡影，蘭氣積衣裳。猶記深深囑，君家是故鄉。』（《那菴全集》卷九《邃閣篇》）

按：半秋光，八月。

九月，金陵溪邃閣新月，因憶楊烟病時所作《秋海棠》詩（見七月），此時見秋海棠，有感而賦。歸吴門。有詩答茅元儀。舟中逢阮自華。八日，泛舟石湖。後往惠山、揚州。林懋有詩贈商梅，商梅有詩答之。

作《邃閣望新月》《月下見秋海棠感賦》《仲良以書相慰兼使事將滿招返吴門》。（《那菴全集》卷九《邃閣篇》）

作《答茅止生》。（《那菴全集》卷九《邃閣篇》）

按：茅元儀，字止生，坤孫，國縉子，歸安（今浙江湖州）人。好談兵，進《武備志》。有《石民集》。

作《别友青溪遂題邃閣》。（《那菴全集》卷九《邃閣篇》）

作《紅葉吴門賦》：『紅葉映江微，江寒葉葉飛。秋光雖澹泊，霜氣更芳菲。』（《那菴全集》卷十《楓落篇》）

作《舟中逢阮堅之計部》。（《那菴全集》卷十《楓落篇》）

按：阮自華（一五六二—一六三七），字堅之，號澹宇，懷寧（今屬安徽）人。萬曆二十六年（一五九八）進士。曾任福州司理、邵武郡守。有《霧靈山人詩集》。

作《過吴門舊居》。（《那菴全集》卷十《楓落篇》）

作《重陽前一日泛舟石湖》《惠山園集别仲良》《廣陵送别仲良》《雨中柬茅止生》《爲止生挽陶姬》。（《那菴全集》卷十《楓落篇》）

作《答林子丘》：『莫以空歸去，客身道路輕。寄書離合事，念子往來情。雁斷烟霜色，秋深木葉聲。別無堪説處，惆悵尚蕪城。』（《那菴全集》卷十《楓落篇》）

九、十月間，譚元春題楊烟所畫《墨蘭》。有詩答張師繹。由揚州渡江往京口，過梁溪。

作《得譚友夏寄題楊烟墨蘭》。（《那菴全集》卷十《楓落篇》）

作《答張夢澤先生》。（《那菴全集》卷十《楓落篇》）

按：張師繹，字夢澤，武進（今屬江蘇）人。

作《得劉特倩書時待余京口不值》《渡江別施沛然》《雨宿京口》《梁溪舟雨寄鄒督學》。（《那菴全集》卷十《楓落篇》）

十一月，客半塘寺，生日。因過訪錢謙益緩歸閩；題其壁，又題其軒，又於津逮軒同錢謙益看月。虎丘逢宋懋澄，即別。與錢謙益同到胥江，別之，啟程歸閩。

作《生日客半塘寺》：『摇落冬將半，我生當此辰。每憐爲客久，亦自見僧親。』（《那菴全集》卷十《楓落篇》）

作《半塘歌贈陳姬》。（《那菴全集》卷十《楓落篇》）

作《虎丘月下逢宋幼清即別》。（《那菴全集》卷十《楓落篇》）

按：宋懋澄（一五六九—一六二〇），字幼清，號稚源，又作自源，華亭（今上海）人。萬曆四十年（一六一二）舉人。有《九籥集》。

作《虎丘夜別》。(《那菴全集》卷十《楓落篇》)

作《過錢受之賦此題壁》，其一：『何限鄉園意，因君却緩歸。交情深古道，應世入禪機。』其二：『情温冰雪下，談極燭燈深。好學知良友，吟詩見夙心。』(《那菴全集》卷十《楓落篇》)

作《同受之津逮軒看月》《題受之津逮軒》(四首)《與受之同舟至胥江夜別》《胥江曉發》。(《那菴全集》卷十《楓落篇》)

十一、十二月間，歸家途中，一路風雪，經杭州，過吴之鯨園宅。過富陽、蘭溪、江山、清湖，度仙霞關微雪，至浦城雪霽。舟行至延平，與友人小集。

作《范鴻超庭前舞蛟石作短歌》《武林邸夜》《過吴伯霖江園》《錢塘發舟》《次富陽》《微雪宿釣臺下》《蘭溪泊雨》《舟霽》《發舟看梅》《舟淺》《次江山》《清湖客邸》《度仙霞關》《山行微雪》《雪霽》《浦城舟中》《延平小集》。(《那菴全集》卷十《楓落篇》)

十二月，歲除前到家。

作《到家》：『萬事到家初，堪茲歲欲除。庭闈多喜懼，物候只蕭疎。』(《那菴全集》卷十一《種雪園》)

萬曆四十三年乙卯(一六一五)　二十九歲

正、二月間，家居。

作《春曉樓居》《答贈林廷尉》。（《那菴全集》卷十一《種雪園》）

二月，花朝，過蘿山寺。

作《花朝過蘿山寺》。（《那菴全集》卷十一《種雪園》）

按：蘿山，即羅山；蘿山寺，即羅山法海寺，在山西麓。

三月，借題畫懷楊烟。陳鳴鶴爲作《楊烟傳》。過徐𤊹紅雨樓。同趙珣出城。湯顯祖有詩壽商梅父，商梅感而賦謝。往南都應試，別諸友，經嵩溪到延津。

作《春雨》。（《那菴全集》卷十一《種雪園》）

作《題畫》：『碧波芳草積落花，多少垂楊拂春暮。於今正是三月時，此身入畫人不知。』（《那菴全集》卷十一《種雪園》）

作《寄贈武夷隱者》《蘿山訪僧不值》。（《那菴全集》卷十一《種雪園》）

作《陳汝翔作楊烟傳詩以答之》：『寫出如生面，看來是後身。事因文可紀，情與貌俱真。』（《那菴全集》卷十一《種雪園》）

按：陳鳴鶴，字汝翔，懷安縣（今福州）人[一]。去舉子業，與徐熥兄弟、謝肇淛攻聲律，有《泡庵詩選》《晉安逸志》《閩中考》《東越文苑傳》。

[一] 郭柏蒼《全閩明詩傳》卷三十一《陳鳴鶴傳》注：《郡志》誤作閩縣。

作《過徐興公紅雨樓》《夢趙仁甫》。（《那菴全集》卷十一《種雪園》）

作《出城同趙十五》。（《那菴全集》卷十一《種雪園》）

按：趙十五，即趙珣，本名璧[一]，字枝斯，莆田人。

作《送林廷尉之延平二首》《移竹》《烹茶》《洗石》《栽松》《答林廷尉應試南畿二首》《過韓衡之晉之》。（《那菴全集》卷十一《種雪園》）

按：韓衡之，當爲韓廷錫之兄。

又按：韓廷錫，又名錫，字晉之，閩縣人。博士弟子員。築室福州烏石山，號『榕庵』，有《榕庵集》。

作《讀湯義人朱欝儀寄家君壽詩賦謝》。（《那菴全集》卷十一《種雪園》）

作《將之白門留别諸友》：『到家纔兩月，又是出門時。目與友朋遠，心猶鄉國悲。』（《那菴全集》卷十一《種雪篇》）

作《雨宿江園》：『爲園恰好在江邊，暫繫孤舟山水前。信宿正當殘雨後，遠行仍是落花天。』（《那菴全集》卷十一《種雪篇》）

作《登舟》《次嵩溪》《延平舟中送春》。（《那菴全集》卷十一《種雪園》）

[一] 據周亮工《閩小記》卷二『陳叔度』條。錢海岳《南明史》卷九十九《文苑傳》六『字之璧』。

四、五月間，經建溪、過仙霞嶺、嚴陵、杭州到吴門。吴之鯨、聞啟祥招南屏竹閣。

作《建溪宿陳無美署中》《再度仙霞》《訪方孟旋不值時在湖上》《謁嚴先生祠》《江晚》《吴伯霖聞子將招南屏竹閣》。（《那菴全集》卷十一《種雪園》）

作《再過岳石帆》。（《那菴全集》卷十一《種雪園》）

作《吴門宿雨》：『暑雨從吴客，客身何處安。新流迷岸易，薄暮繫舟難。』（《那菴全集》卷十二《吴吟》）

五、六月間，夜至錢謙益家。與錢謙益往遊破山寺、破龍澗。題畫贈僧。自虞山至梁溪。至金陵，移居高座寺。天界寺訪善權菴。

作《同友人過劉冲倩》《夜至錢受之家共賦志喜》《同受之往破山寺》《僧房坐雨》《破龍澗同受之觀水》《觀受之洗石澗上》《薄暮同受之洞師坐龍澗》《僧房夜坐》《題畫贈僧》《别洞師》《山寺别受之》《自虞山至梁溪》《至白下同友坐雨》《移居高座寺逢友》《天界寺訪善權菴》《訪友》《瞿元初何季穆至》。（《那菴全集》卷十二《吴吟》）

七月，在金陵備試。

作《秋夕集馮茂遠秦淮閣》：『虚閣受新秋，簾前秋水流。』（《那菴全集》卷十二《吴吟》）

七、八月間。在金陵。

作《泛秦淮》《看月新桐館》。（《那菴全集》卷十二《吴吟》）

八月，試畢，暫住蘇州。

作《試畢暫住蘇州》。（《那菴全集》卷十二《吴吟》）

八、九月間，過錢謙益；又招舟往金陵。居秦淮，秦淮泛月。

作《徭期》《過受之》《蕉窗雨下同受之賦》《招舟白下》《包鳴甫遣信吴門賦答》《秦淮泛月》《淮上園居》《送友人還家》。（《那菴全集》卷十二《吴吟》）

九月，在金陵。二十日，雪。

作《九月二十日園雪》：『白門多見雪，昨夜乃冬前。』（《那菴全集》卷十二《吴吟》）

九、十月間，施沛然、林懋等雨花臺過弔商梅小姬楊烟墓。病中同林懋等泛舟燕子磯，宿弘覺寺。鷲峰寺訪武燕卿，不值。

作《施沛然林子丘登雨花臺過弔小姬楊烟墓同賦是詩》：『一丘臺畔草如烟，已過落花事惘然。去歲催妝今酹酒，數聲啼鳥晚風前。』（《那菴全集》卷十二《吴吟》）

作《客裏》《病中王忘機同武燕卿至》《鷲峰寺訪武燕卿不值時燕卿北上，余欲南歸》《移居僧房》《同友人夜坐僧房》《答別施沛然》。（《那菴全集》卷十二《吴吟》）

作《舟至燕磯宿弘濟寺同侯蓋夫林子丘》：『晚入峰頭色，潮從窗外風。我南君向北，悲喜語難終。』（《那菴全集》卷十二《吴吟》）

十一月，到廣陵。

作《廣陵至日》：『何爲逢至日，今歲又他鄉。』（《那菴全集》卷十二《吴吟》）

按：冬至，十一月初三日。

十一、十二月間，喜文震孟、姚希孟至吴。京口道院，對雪。過吴關懷馬之騏、馬之駿。

作《顧所建齋中喜文文起姚孟長至》。（《那菴全集》卷十二《吴吟》）

按：文震孟，字文起，長洲（今江蘇蘇州）人。徵明孫。天啟二年（一六二二）第一人進士及第。有《藥圃詩稿》。

又按：姚希孟，字孟長，吴縣人（今屬江蘇）。從舅父文震孟。萬曆四十七年（一六一九）進士，入翰林。爲人剛直。有《秋旻集》等。

作《京口道院對雪同錢密緯》。（《那菴全集》卷十二《吴吟》）

作《過梁溪望慧山晴雪》。（《那菴全集》卷十二《吴吟》）

按：慧山，即惠山。

作《過吴關懷馬時良仲良》。（《那菴全集》卷十二《吴吟》）

十二月，十六日，復到錢謙益家，早起看雪。過何允泓，夜坐。嚴太守齋中聽燕姬彈琴。屢題畫贈友。

作《立春前一日復到受之家》。（《那菴全集》卷十二《吴吟》）

按：立春日，十二月十七日。

作《訪瞿元初於拂水喜逢等公》《早起受之招登臺上看雪》《雪後有作》。（《那菴全集》卷十二《吴吟》）

作《過何季穆夜坐聽雪》。（《那菴全集》卷十二《吴吟》）

按：何允泓（一五八五——一六二五），字季穆，江蘇常熟人。諸生。有《恒庾齋詩存》。

作《嚴太守齋中聽燕姬彈琴》：『客思春情兩相與，忽見燕姬作吴語。』（《那菴詩選》十三《虞山詩》）

作《春寒柬友》《題畫贈友》《同等公夜坐》《拂水詩因爲元初題畫》《拂水除夕同元初等公》。（《那菴全集》卷十三《虞山詩》）

萬曆四十五年丙辰（一六一六）　三十歲

正月，元日，同瞿元初等登虞山。初三日，大雪，與錢謙益、何允泓至拂水。初七日，同錢謙益返津逮軒。沈春澤病，過訪之。離開虞山，懷錢謙益。

作《丙辰元日同瞿元初等公登虞山》《虞山望齊女墓》《送朱白民入山》《返照》《正月初三日大雪受之同季穆至拂水》《山夜翫雪》《山中晴雪》《觀等公湖上放生》《人日同受之返津逮軒》。（《那菴全集》卷十三《虞山詩》）

作《過沈雨若病》。（《那菴全集》卷十三《虞山詩》）

按：沈春澤，字雨若，常熟（今屬江蘇）人。能詩，善草書，畫竹，吴下名士。

作《春月》《春寒》《雨坐》《見春草》《答友》《元夕詩》《宛山尋友》《又雪懷受之》《湖上雪夜》《湖上度曲》《舟晚留宿草舍》《曉起湖上望虞山》《與受之待田郎》《夜坐見殘月如新月思而賦之然三春去一皆津逮軒所歷之候也》。（《那菴全集》卷十三《虞山詩》）

二月，往婁江、崑山。訪徐文任。逢藴公，曉登印溪閣看古桂。黄子羽園中看梅，因憶故園藤山及白下、姑蘇、武林等處看梅情景。送藴公遊天台。客婁江徐文任北園。題桐月畫意與陸孟凫。過王世貞弇園。同何季穆宿溪園，登溪閣看玉蘭花柬黄翼。至津逮軒同錢謙益談北園之事。

作《題雲林畫意》《買舟往婁江》《舟中阻雪》《崑山舟宿》《待潮》。（《那菴全集》卷十三《虞山詩》）

作《訪元晦》。（《那菴全集》卷十三《虞山詩》）

按：徐文任（一五七三——一六二三），字元晦，太倉（今屬江蘇）人。少有才俊，弱冠入南太學。

作《逢藴公》《印溪訪遇》《曉登印溪閣看古桂》。（《那菴全集》卷十三《虞山詩》）

作《黄子羽園中看梅歌》：『昔在故園看梅起，看到藤山三十里。復留白下與姑蘇，維揚嶺畔孤山裏。但看梅花品格同，看到沙溪溪上花盡空。』（《那菴全集》卷十三《虞山詩》）

按：黄翼，字子羽，太倉（今屬江蘇）人。曾任新都知縣。

作《送蘊公遊天台》。（《那菴全集》卷十三《虞山詩》）

作《北園詩》，題下注：『北園者，婁江徐元晦園也。以丙辰二月元晦客余，遂家之。園倚城北，以竹爲牆，池水通澗，曲注其中，若亭館之屬。皆以水爲遠近，而花樹間之。酒至輒醉，醉則吴歌。或散步園外，穿於亂竹之中，遠望皆麥隴菜畦，踏青之女如雲。每每於微月疎星之候，獨立澗上，細聞水聲，則竹陰花氣迷而失路，常呼老圃導余。籬落犬吠，則余歸也。就中以筆硯爲晨夕，麗情幽事，相與寄暢，遂名詩焉。』（《那菴全集》卷十四《北園詩》）

作《移居北園》《山水歌》《喜陸孟鳧汪無際黄奉倩子羽至》《春夜詩四首》。（《那菴全集》卷十四《北園詩》）

作《花朝》：『何曾虚一日，不在此園林。花意今朝盛，春情連夜深。』（《那菴全集》卷十四《北園詩》）

作《與黄子羽同宿北園池上》。（《那菴全集》卷十四《北園詩》）

作《新柳》：『亦將殘二月，乃見柳條新。』（《那菴全集》卷十四《北園詩》）

作《雨坐池上》《簾外玉蘭花開晨起喜賦》《元晦至共坐玉蘭花下》《畫松歌》《題桐月畫意與陸孟鳧》《北園即事》《過弇園》《印溪過子羽夜坐》《同何季穆宿溪園》《蚤起登溪閣看玉蘭花遂柬子羽》《暫别》《津逮軒同受之談北園事》。（《那菴全集》卷十四《北園詩》）

作《寄瞿元初等公於拂水》：『春草碧何意，將爲三月天。』（《那菴全集》卷十四《北園詩》）

作《宿津逮軒有懷》《將返北園與受之説别》《與受之舟中宿别》《返北園》。（《那菴全集》卷十四《北園詩》）

三月，上巳，徐文任載酒北園。錢謙益遣信，作答。與黄子羽河上夜别。登北城至南過徐文任留别。自吴門登舟，晦日，到達杭州。

作《上巳元晦載酒北園》：『三春今欲晚，令節且相催。』（《那菴全集》卷十四《北園詩》）

作《開門》《朝雨》《池上看花落》《受之遣信北園賦答》《與子羽河上夜别二首》《南園看牡丹》《蘭學》《北園試茶二首》《題蘭》。（《那菴全集》卷十四《北園詩》）

作《將歸留别北園》：『尚未别斯園，别意滿林木。且向徑中行，春緒亂耳目。』（《那菴全集》卷十四《北園詩》）

作《答子羽》《北園代别其舅氏子羽》《登北城至南過元晦集别》《寄廣陵諸友》《臨行示園草》《寄别虞山諸同好》《與元晦夜别舟中二首》《至吴門訪友虎丘》《發舟吴門尋友不值》。（《那菴全集》卷十四《北園詩》）

作《舟次吴門同妻江許子》：『忍别吴門去，臨行復此鄉。扁舟維柳色，隔岸動山光。語入春風細，情含江水長。』（《那菴全集》卷十四《北園詩》）

作《自吴門登舟武林二首》。（《那菴全集》卷十五《湖山草》上）

作《三月晦日到武林》：『不意春歸日，方爲我到時。』（《那菴全集》卷十五《湖山草》上）

四月，往天竺。

作《往天竺》：『東風猶不息，且着落花行。路指人天界，春歸山水情。』（《那菴全集》卷十五《湖山草》上）

作《佛日詩》：『客邊當佛日，盥漱禮精誠。』（《那菴全集》卷十五《湖山草》上）

五月五日，泛西湖，憶及去歲四日遊湖。又雨中遊泛。在西湖試武夷茶。

作《五月五日泛湖舊歲乃四日也》：『兩度逢端節，湖游紀後先。』（《那菴全集》卷十五《湖山草》上）

作《西湖雨泛》《試武夷茶》。（《那菴全集》卷十五《湖山草》上）

五、六月間，遊西湖週邊諸景：葛井、南屏、石屋。

作《葛井詩》《遊南屏》《石屋詩》《月夜聞潮》。（《那菴全集》卷十五《湖山草》上）

六、七月間，言歸，因病且留杭州。

作《立秋》：『百感集新秋，言歸且復留。』（《那菴全集》卷十五《湖山草》上）

　按：立秋日，六月二十五日。

作《劉公壯猷堂宴詩》。（《那菴全集》卷十五《湖山草》上）

作《病賦》：『逆旅嘗百藥，夜夢紛無端。』（《那菴全集》卷十五《湖山草》上）

七月，在杭州。病愈。病後，聞啟祥招同吴之鯨。

作《七夕》：『病骨星光裏，歸心河漢前。』（《那菴全集》卷十五《湖山草》上）

作《病後聞子將招同吴伯霖》：『病愈友仍在，相過得所期。』（《那菴全集》卷十五《湖山草》上）

八月，湖上看桂花。中秋樓上看月。遊孤山。十八日，觀潮。

作《湖上看桂花》《中秋樓上看月》《孤山詩》。（《那菴全集》卷十五《湖山草》上）

作《觀潮歌八月十八日》。（《那菴全集》卷十六《湖山草》下）

八、九月間，寄家書。

作《寄書》：『病中難一字，今始寄書歸。露氣催林葉，秋聲墜客衣。』（《那菴全集》卷十六《湖山草》下）

作《夜雨》。（《那菴全集》卷十六《湖山草》下）

九月九日，登杭州吴山，靈隱寺看紅葉。崔世召下第，過杭州，商梅有詩相送。往十八澗，待何允泓不值，遂遊南高峰。自南高峰往法相寺。送喻應益之吴，送何允泓歸。錢謙益書至，答之。遊南屏、法相寺。宿後湖，早起散步蘇堤。湯顯祖、陳勳卒，有詩悼之。

作《九日登吴山》：『九日登山好，何期在武林。只緣爲客久，是以畏秋深。』（《那菴全集》卷十六《湖山草》下）

作《移菊》《醉菊薛刺史招》《湖上晚望》《靈隱寺看紅葉》《秋日山行》《再至竹閣》。（《那菴全集》

卷十六《湖山草》下）

作《逢崔徵仲與王元直還家相過坐月》。（《那菴全集》卷十六《湖山草》下）

按：崔世召，字徵仲，寧德人。舉人，官崇仁縣知縣，陞連州郡守。家有問月樓，集名《問月集》《秋谷集》。

又按：王繼皋，字元直，福州人。太學生。

作《十八澗中待何季穆不至賦詩於佛石庵遂有南高峰之遊》《登南高絶頂》《自南高往法相輿月而歸》《逢僧入剡寄海門周先生》《湖園偶集》。（《那菴全集》卷十六《湖山草》下）

作《送喻叔虞之吴門兼寄吴中諸友》。（《那菴全集》卷十六《湖山草》下）

按：喻應益，字叔虞，應夔弟，新建（今屬江西）人。

作《泛舟後坐月於堤》《錢受之書至有可能專席舊吴娃句詩以答之》《送何季穆歸兼寄虞山婁江諸友》《與季穆酌别湖閣》《待友不至》《南屏訪友不值》《夜起看月見床頭菊》《法相寺禮肉身定光佛》《送薛侗孺守廣德》《喜陳善長計部至》《湖上看芙容》《高仁趾招泛西湖》《宿湖園》《早起散步蘇堤》。（《那菴全集》卷十六《湖山草》下）

作《寄挽湯義人先生》：『故人猶在夢，忽忽死生論。……臨川余不遠，惆悵問丘園。』（《那菴全集》卷十六《湖山草》下）

作《寄挽陳元愷先生》：『先生遽云逝，痛哭是深知。寄迹多清遠，居心自等夷。行堪爲世法，

廉不受人疑。幸有遺言在，千年係我思。』（《那菴全集》卷十六《湖山草》下）

按：陳勳（一五六〇—一六一七），字元凱（又作愷），又字景雲，鄭善夫外曾孫，閩縣人。萬曆二十九年（一六〇一）進士，仕南都，時與曹學佺等併稱『四賢』。出知紹興府，未任，卒。有《元凱集》《堅臥齋雜著》。

作《集別湖上》：『忽忽已深秋，秋光湖上浮。』（《那菴全集》卷十六《湖山草》下）

十、十一月間，留別越友。登六和塔。啟程歸閩，舟中題蘭。至衢州西安縣，晤知縣俞琬綸，集其滋畹堂。舟中題畫。經爛柯山、常山、鵝湖，越分水關，武夷阻雨，到建陽。

作《將歸留別越友》：『春晚及冬初，越中半載餘。』（《那菴全集》卷十六《湖山草》下）

作《題畫》《登舟同陳善長》《登六和塔》《登江上奇石》《舟中題蘭》《隔舟聽友彈琴》《返照》《舟月》《淺》《越女詩》。（《那菴全集》卷十六《湖山草》下）

作《至越西喜晤俞君宣明府》。（《那菴全集》卷十六《湖山草》下）

按：俞琬綸（一五七六—一六一八），字君宣，長洲（今蘇州）人。萬曆四十一年（一六一三）進士，授衢州西安知縣。有《自娱集》。

作《集君宣樹滋堂》《柯山道中》《柯山詩二首》《寄別君宣》《常山作》《晚渡》《鵝湖山下作》《雨後度關》《武夷道上》《武夷沮雨》《曉行微雪》。（《那菴全集》卷十六《湖山草》下）

十一月，建溪公署中慶生。過灘，次延津，到家。

作《生日建溪署中賦》：『杯香林下雪，梅寂署中花。』（《那菴全集》卷十六《湖山草》下）

作《過謝孝廉聞舊歌者》《舟中有贈》《過灘有所示》《次劍浦》《訪空生》。（《那菴全集》卷十六《湖山草》下）

作《入門》《客至》。（《那菴全集》卷十七《庭草》）

十二月，集康仙客香霧樓，遇俞安期；過訪孫昌裔；又集陳一元宅。

作《集康仙客香霧樓值俞羨長至》。（《那菴全集》卷十七《庭草》）

按：俞安期（一五五一—一六一八），初名策，字公臨，更字羨長，吴江（今蘇州）人，徙陽羨，老於金陵。萬曆間布衣。有《翏翏集》。

作《同婁江許子看園内梅花》《過孫子長》。（《那菴全集》卷十七《庭草》）

作《集陳泰始聽董小雙歌》。（《那菴全集》卷十七《庭草》）

按：董小雙（一六〇四—一六二八），初名添，江右之鄱溪人。林叔學妾。善歌，有才情。

作《夜寒友人携酒至遂與散步月中》。（《那菴全集》卷十七《庭草》）

萬曆四十五年丁巳（一六一七） 三十一歲

正月，初七日，登烏石山。十七日，夜集友。課童子浄園。烏石山房訪董崇相。

作《丁巳元日》《人日登烏石山》《正月十七夜集友》《看紅梅有所示》《課童子浄園》《移花》《園

草》。(《那菴全集》卷十七《庭草》)

作《烏石山房訪董大理》。(《那菴全集》卷十七《庭草》)

按：董大理，即董應舉。應舉(一五五七—一六三九)，字崇相，一字見龍，閩縣人，家連江。萬曆二十六年(一五九八)進士。有《董崇相集》。

正、二月間，題畫與陳計部。過施計部看所藏唐人畫意。新居成，集友宅中。

作《題畫與陳計部》《過施計部看所藏唐人畫意》《雨後同友人訪城内園池》《紅蕉雨下作》《春夜蕉窗聽雨》。(《那菴全集》卷十七《庭草》)

作《集友新居得八齊》，其一：『二月今將盡，相招客到齊。』(《那菴全集》卷十七《庭草》)

三月，烏石山房訪友。孫昌裔自福清福廬山歸，過談。送友之南雍。

作《烏石山房訪友》《園中看新柳》。(《那菴全集》卷十七《庭草》)

作《孫子長自福廬歸春夜過談二首》，其一：『出門相約百花歸，待到花殘春事非。』(《那菴全集》卷十七《庭草》)

作《送友之南雍》。(《那菴全集》卷十七《庭草》)

按：福廬山，在福清，葉向高闢。

四月，偶過徐𤊹齋，爲倪范作《柳岸維舟圖》，徐𤊹題其上。初八日，芝山禪房看放生。

徐𤊹有《倪柯古商孟和偶過山齋孟和爲柯古作柳岸維舟圖漫題其次丁巳》：『清和當首夏，

客過竹中談。偶拾鸞踐出，頻將兔潁含。遥峰濃抹黛，積水淺拖藍。小艇維新柳，依依似漢南。』（《巃峰集》卷十一）

按：倪范（一五七三—？），字柯古，福州人。有《古杏軒稿》。

作《佛日芝山禪房看放生》。（《那菴全集》卷十七《庭草》）

夏，登松風樓晚歸越王山，訪華林寺，過訪鄭登明。

作《江園四首》《乍晴》《自西城至北登松風樓晚歸越王山》《過華林禪室》《訪石林》《據梧齋聽雨》。（《那菴全集》卷十七《庭草》）

作《過鄭思闇》。（《那菴全集》卷十七《庭草》）

按：鄭登明，字思闇，福州人。

七月，七夕，集禪室。曹學佺浮山堂阻雨。

作《立秋日偶集禪室》。（《那菴全集》卷十七《庭草》）

按：立秋，七月初七日。

曹學佺有《立秋》：『今年無伏日，已是立秋期。縱脱炎蒸苦，其如節令虧。潦餘仍恐旱，疫止便憂饑。林下悠悠者，歡情欲對誰。』（《石倉詩稿》卷二十三《浮山堂集》）

作《七夕浮山堂沮雨》。（《那菴全集》卷十七《庭草》）

按：浮山堂，在曹學佺石倉園内。

曹學佺有《七夕遇雨》：『苦憶看星會，飜成對雨吟。小鬟聊倚席，無意復持針。消息明河斷，淒涼此夜深。今年寒事早，幾處促秋砧。』(《石倉詩稿》卷二十三《浮山堂集》)

七、八月間，雨後小集。登烏石山房，又集。

作《雨後小集》《秋日登烏石山房三首》《蕉窗坐月》《烏石山房又集》。(《那菴全集》卷十七《庭草》)

八月，十四夜，平遠臺看月。

作《八月十四夜平遠臺看月》《中秋樓上坐月》《集友鄰園》。(《那菴全集》卷十七《庭草》)

九月，訪孫昌裔於烏石山山館，送別孫昌裔。集龔懋壓園。曹學佺有讀商梅詩之作，商梅答之。

作《九日孫子長招登山館》《訪菊》。(《那菴全集》卷十八《自陶詩》)

按：孫昌裔山館在烏石山。

作《送子長》：『人生過三十，倏忽即大半。攜手愁日傾，況復頻聚散。去歲喜同歸，晨夕却如貫。』(《那菴全集》卷十八《自陶詩》)

按：『過三十』，年齡應在剛過三十，時應三十一歲。

作《集別龔克廣園居》。(《那菴全集》卷十八《自陶詩》)

按：龔懋壓，字克廣，號求如，又號元同，狀元龔用卿孫，懷安(今福州)人。

作《月下別意》。(《那菴全集》卷十八《自陶詩》)

作《答曹觀察讀余詩》：『寥寥成獨往，自不願人知。談到情深處，真如論定時。月因霜愈寂，泉與石相資。它日盧山裏，同君謁遠師。』（《那菴全集》卷十八《自陶詩》）

曹學佺有《讀商孟和詩》。（詩佚，題筆者所擬）

按：學佺非詩或有意不存。商梅追隨鍾惺，關係甚密，詩學竟陵；學佺與竟陵的詩學觀點有很大不同，觀商梅此詩，學佺似有勸勉之意。

作《送菊》。（《那菴全集》卷十八《自陶詩》）

十月，過古田困溪訪林子實山人。

作《送陳計部去歲十月同歸》：『每憶同歸好，方知此別難。一年離聚意，十月往來寒。』（《那菴全集》卷十八《自陶詩》）

按：陳計部，即陳勳。

作《江上與陳叔向宿舟中》《曉起江上望別》《至困溪與孫子長舟中飲別》。（《那菴全集》卷十八《自陶詩》）

作《訪林子實山人》。（《那菴全集》卷十八《自陶詩》）

按：林子實，古田縣人。居古田困溪。

冬，在困溪。在山中一個月，出山，沿江還家。

作《溪上逢寶公》《觀穫》《溪月》《酌於溪上》《村婦詩》《溪上紅葉》《過農家》《見殘月》《曉起》

《農家邀酌》《夜坐鄰農携酒》《山行》。（《那菴全集》卷十八《自陶詩》）
作《湯泉詩》：『霜露亂新冬，元氣相灌沃。』（《那菴全集》卷十八《自陶詩》）
作《出山二首》：『欲親農圃意，一月共依依。纔向山中別，將尋江上歸。家園從水近，雲霧戀峰微。不識明年裏，重來是與非。』（《那菴全集》卷十八《自陶詩》）
是歲，沈有容將軍擒生倭六十七名於東沙（屬長樂縣，今暫歸馬祖管轄，改名東莒）。歸宣城，商梅有詩別之。
作《別沈將軍兼呈董見老》：『沈公歷歷多奇事，復縛生倭海上至。昔者戚俞兩將軍，未必履海如平地。余未見公聞其名，深知公者董先生。從今南北有長城，塞上無塵波不驚。』（沈有容《閩海贈言》卷四）

按：此詩《那菴詩選》不載。

又按：沈有容（一五五七—一六二七），字士弘，宣城（今屬安徽）人。武舉人。福建水標參將。輯有《閩海贈言》。

又按：董見老，即董應舉。

萬曆四十六年戊午（一六一八） 三十二歲

正月，元日，看園中紅白桃花。初七日，郊遊歸過友人樓。過馬達生玉尺山房。題《春山欲雨圖》

詩》）

與武燕卿。爲武燕卿《夢草》撰序。

作《戊午元日看園中紅白桃花》《人日郊遊歸過友人樓居晚酌》。（《那菴全集》卷十八《自陶詩》）

作《柬武燕卿時在官舍》《題春山欲雨圖與燕卿》《燈夜客至》《燕卿以夢草屬余序兼答來詩》《集石林二首》。（《那菴全集》卷十八《自陶詩》）

作《過馬達生玉尺山房》。（《那菴全集》卷十八《自陶詩》）

按：玉尺山房，在烏石山南麓。

二月，往南都應試，徐𤇆有詩送之。

作《臨行》：『未息風波事，難聞春鳥啼。老親恒顧别，良友偶思齊。』（《那菴全集》卷十九《遥尋草》）

徐𤇆有《答商孟和見過山居戊午》：『露壓竹微醉，日薰花欲然。迂踈成我性，寂寞得君憐。絮落鶯啼後，蔬肥蝶化先。晚鐘仙觀起，清韻過林烟。』（《鼇峰集》卷十一）

二、三月間，離家往金陵。經建溪，到崇安裴村。遊武夷山，萬年宫看月，登大王峰、天游峰。於天游望接笋峰。自天游歸，泛月溪上。宿萬年宫。

作《芋江發舟同李仲承林守易》。（《那菴全集》卷十九《遥尋草》）

按：林弘衍（？—一六五〇），字得山，又字守易，材子，之蕃父，閩縣人。與徐𤇆同纂《雪峰志》，又有《警草》《退耕堂集》。

作《觀瀑於溪上》《僧房坐雨》《溪閣有訪》《建溪坐月有懷》《至裴村》《訪武夷有序》《問渡》《武夷道上》《萬年宫看月》《蚤起望幔亭峰》《登大王峰》《大王峰頂逢一僧於巖壁間》《往天游觀》《天游詩二首》《天游望接笋峰》《自天游歸泛月溪上》《宿於宫》。（《那菴全集》卷十九《遥尋草》）

三月，十一日，登接笋峰，試新茶。遊虎嘯巖、小桃源、三曲望玉女峰、雲窩、城高峰、鼓子峰、止止庵，訪宋時茶園。由武夷至杭州，遊西湖，時春已晚。

作《登接笋二首》《登接笋峰頂》。（《那菴全集》卷十九《遥尋草》）

作《清明日試茶於接笋》。（《那菴全集》卷十九《遥尋草》）

按：清明，三月十一日。

作《贈接笋峰道人》《九曲試茶歌》《逢僧於虎嘯峰半》《還自虎嘯巖息於僧舍》《待月於溪》。（《那菴全集》卷十九《遥尋草》）

作《遊小桃源有序》，《序》云：『余讀陶公《桃源記》，仿佛身遊。今復到此，又仿佛在記中也。俛仰徘徊，心冥情依。恐所存既往，詩以志之。戊午清明後兩日也。』（《那菴全集》卷十九《遥尋草》）

按：清明後兩日，即十三日。

作《第三曲望玉女峰》《九曲詩》《雲窩》《登城高峰僧飯》《欲登鼓子峰不及薄照從溪上歸》《尋陳道士不值》《望百花巖》《白玉蟾止止菴》《訪宋時茶園》。（《那菴全集》卷十九《遥尋草》）

作《春暮泛西湖十首》，其三：『春晚半陰晴，柔條習習生。舟中通笑語，水上盡輕盈。』（《那菴全集》卷十九《遥尋草》）

四月，雨中至金陵；暮雨至林懋、古度家；鍾惺在林家等待商梅已多時。

作《雨中至白門息於僧舍》。（《那菴全集》卷十九《遥尋草》）

作《暮雨至子丘茂之家晤伯敬》：『中途聞我友，相待已多時。稍得雨中坐，應寬天際思。别前恒有夢，晤後更何爲。一片燈光裏，幽情共不移。』（《那菴全集》卷十九《遥尋草》）

夏，題鍾惺畫。秦淮贈蔣姬，因感舊遊。城南訪陸孟鳧、何允泓、黄翼。陳衍來訪，留宿禪院。遊天界古柏禪房。送石公還廬山。董崇相索詩畫。

作《題伯敬畫》《秦淮贈蔣姬因感舊遊》《喜黄子羽至》《城南訪孟鳧季穆子羽》。（《那菴全集》卷十九《遥尋草》）

作《天界古柏禪房詩四首》其二：『青青圍一院，雖暑却如秋。竹月偶相過，山雲恒獨遊。』（《那菴全集》卷二十《聞草》）

作《董崇相大理攜尊至》。（《那菴全集》卷二十《聞草》）

作《陳磐生相訪留宿禪院》。（《那菴全集》卷二十《聞草》）

按：陳衎（一五八六——一六四八），字磐生，閩縣人。太學生。有《玄冰集》《大江集》《大江草堂二集》。

作《送石公還廬山》《雨後遠雲禪師移蓮花至與之共坐花下》《坐雨同遠師》。（《那菴全集》卷二十《聞草》）

作《董吏部相訪索予詩畫賦此贈答》。（《那菴全集》卷二十《聞草》）

按：董吏部，即董應舉。已見。

七月，鍾惺到金陵。楊大名孝廉攜酒相訪。鍾惺至。由天界寺移居到秦淮流影閣。七夕，施沛然招泛秦淮。

作《楊君實孝廉攜酒相訪賦答》：『薄暮涼風起，蟬聲尚可聞。』（《那菴全集》卷二十《聞草》）

按：楊大名，字君實，江夏（今湖北武漢）人。萬曆四十八年（一六二〇）任清流縣知縣。商梅前往訪之。

作《伯敬至》。（《那菴全集》卷二十《聞草》）

作《虞伯醇孝廉招泛秦淮詩以謝之》：『但恐各歸去，情寒江上秋。』（《那菴全集》卷二十《聞草》）

作《自天界移居秦淮流影閣二首》《七夕施沛然招泛秦淮》。（《那菴全集》卷二十《聞草》）

八、九月間，鄉試下第，南歸，鍾惺有詩送之。發燕子磯，宿京口，登惠山。

作《試畢南歸伯敬以詩相送賦答》。(《那菴全集》卷二十《聞草》)

作《曉發燕子磯》《宿京口》《登慧山》。(《那菴全集》卷二十《聞草》)

九月，至滸關，孫昌裔留宿署中。錢謙益邀看紅葉。與何允泓同舟到婁江。爲黄子羽畫壁，遂題其上。與黄翼同舟至徐文任南園，宿別。自婁江登舟至虎丘，宿月僧舍。

作《至吴關孫子長計部留宿署中》：『爲期春到此，葉落始相過。官舍故園似，客情秋水多。』(《那菴全集》卷二十《聞草》)

作《錢受之沈雨若同邀吾谷看楓葉二首》《與季穆同舟至婁江》《重到北園》《訪黄子羽宿於溪樓二首》《爲子羽畫壁遂題其上》。(《那菴全集》卷二十《聞草》)

作《與子羽同舟至元晦南園宿別》《自婁江登舟至虎丘宿月僧舍》《虎丘曉起》。(《那菴全集》卷二十《聞草》)

十月，吴關別孫昌裔。過吴門聞俞琬綸卒，哭之。過寒山寺，宿楓橋。發舟吴江，至杭州。寒夜舟宿西湖。月夜步六橋。發舟錢塘。

作《還吴關別子長歸》：『到此菊花發，言歸冬漸深。』(《那菴全集》卷二十《聞草》)

作《吴門哭俞君宣明府》《過寒山寺歸宿楓橋》《自楓橋發舟晚泊吴江對月感賦》。(《那菴全集》卷二十《聞草》)

作《寒夜舟宿西湖》：『春盡湖遊遍，秋歸客復來。』(《那菴全集》卷二十《聞草》)

作《月夜步六橋見美人歌於堤上邀坐醉别二首》《錢塘發舟》。(《那菴全集》卷二十《聞草》)

十、十一月間，度仙霞關入閩。

作《舟行對月》《泊月釣臺》《雪中度仙霞關》。(《那菴全集》卷二十《聞草》)

十一、十二月，到家，再納新姬。又往困溪，逢徐㶿，集林子實樓居。送徐㶿往豫章。

作《到家旬餘往困溪逢徐興公遊豫章送之兼寄朱欝儀宗侯》:『春半辭家冬始還，送君仍不在家山。離心更積寒溪裏，無意相逢别路間。』(《那菴全集》卷二十《聞草》)

徐㶿有《困溪逢商孟和下第歸同集林子實樓居時孟和再納新姬次韻》:『君方落第異鄉還，我正漂零出故山。無奈别離殘歲裡，且拚談笑片時間。關河莫阻羈人夢，風雪潛消壯士顔。誰似故園歸去好，如花雙擁醉眠閒。』(《鼇峰集》卷二十)

萬曆四十七年己未(一六一九) 三十三歲

正月，元日，過吴汝鳴園看紅梅。二日，又集。某日，集高景倩宅。十五日，集西湖澄瀾閣。

作《己未元日過吴汝鳴園中看紅梅》。(《那菴全集》卷二十《聞草》)

按：吴汝鳴，侯官人。太學生。

作《正月二日又集》。(《那菴全集》卷二十《聞草》)

作《集高景倩賦得白海棠》。(《那菴全集》卷二十《聞草》)

按：高景（一五七六—一六三七），字景倩，一字景和，侯官人。萬曆諸生。有《木山齋詩》。

作《元夕集澄瀾閣》。（《那菴全集》卷二十《聞草》）

正、二月間，閑居。將之楚，有詩留別友人。

作《觀友人所藏前代墨蹟》。（《那菴全集》卷二十《聞草》）

作《春日閒居四首》：『忽忽春將半，偶然成獨居。』（《那菴全集》卷二十《聞草》）

三月，擬遊楚，於延津阻雨，宿空生禪室。楚遊不果。

作《將之楚留別友人》《沮雨延津宿空生禪室》。（《那菴全集》卷二十《聞草》）

作《衡湘之遊不果寄張夢澤林中區二先生》：『春晚思楚遊，山水先在目。吾師官於楚，好音來我屋。期我衡之陰，邀我湘之澳。出門楚不遠，中途事反覆。』（《那菴全集》卷二十《聞草》）

按：張師繹，字夢澤。時守常德。

四月，諸友過草堂看所藏前代名窑。

作《董源山水歌》《初夏諸子過集草堂看所藏前代名窑各賦古詩》。（《那菴全集》卷二十一《秀情居》一）

五月，竹醉日移竹入齋中。

作《竹醉日移竹入齋中》。（《那菴全集》卷二十一《秀情居》一）

按：竹醉日，五月十三日。

五、六月間，僧來乞畫，題與之。

作《僧來乞畫題以與之》。（《那菴全集》卷二十一《秀情居》一）

六月，集西湖荷亭看蓮，遂宿湖上。

作《夏日集荷亭看蓮遂宿湖上》。（《那菴全集》卷二十一《秀情居》一）

八月，十五日，坐月。十六日，集野意亭。家居畫蘭、臨帖、焚香、煮茶、彈琴。

作《中秋坐月》《中秋十六夜集野意亭》《閨中植蘭》《畫蘭》《臨帖》《焚香》《煮茶》《彈琴》。（《那菴全集》卷二十一《秀情居》一）

九月九日，登烏石山。鍾惺書至。題畫送李子述。有詩寄梅慶生。將往嵩溪，暫別家園。

作《重陽登烏石》《訪菊西園》《秋日閒居四首》。（《那菴全集》卷二十一《秀情居》一）

作《題畫與沈仲含》。（《那菴全集》卷二十一《秀情居》一）

按：沈仲含，沈朝焕（伯含）弟，仁和（今杭州）人。遊閩，入三山詩社。

作《枕上聞鴈》《送李居士進香海上二首》。（《那菴全集》卷二十一《秀情居》一）

作《伯敬書至》：『還家一載餘，半是閉門居。鴻雁偶然至，夢思應儼如。』（《那菴全集》卷二十一《秀情居》）

作《烏石訪妓入道》《送僧還天竺寺》。（《那菴全集》卷二十一《秀情居》一）

作《題畫送李子述》。（《那菴全集》卷二十一《秀情居》一）

按：李子述，四明（今寧波）人。

作《寄梅子庚時壬子歲別在九江》。（《那菴全集》卷二十一《秀情居》一）

按：萬曆四十年在九江別梅慶生。

作《送元常伯兄以鄉貢北上》。（《那菴全集》卷二十一《秀情居》一）

作《將往嵩溪暫別家園三首》：『圖書分草閣，霜露半秋衾。』（《那菴全集》卷二十一《秀情居》一）

九、十月間，至困溪，山居。與林子實訪徐㶿於舟中；題畫送徐㶿往滇南訪謝肇淛（㶿行至湖南而返）；吴姬畫蘭，與徐㶿題之。作《溪山耕隱》詩呈父。

作《未央硯磚歌》《渡江至嵩溪》《溪上山居》。（《那菴全集》卷二十一《秀情居》一）

作《嵩溪舟中題畫送徐興公游滇南》：『到兹成遠別，又是晚秋時。溪色寒如此，客情君所知。鴈飛閩嶺信，峰過楚天疑。山水南中異，臨流寫入詩。』（《那菴全集》卷二十一《秀情居》一）

徐㶿有《困關與商孟和别》：『兩年於此地，總值殞霜時。仗劍去鄉國，出關逢故知。立談成顧戀，欲别轉遲疑。疋馬遵前路，頻吟送我詩。』（《鼇峰集》卷十一）

作《滄峽重逢徐興公舟宿用前韻各賦》：『别君方三宿，相遇亦何期。泊向寒溪裏，欣然暮雨時。野航獨往易，水驛上流遲。不盡臨行語，今宵乃盡之。』（《那菴全集》卷二十一《秀情居》

一）

徐㶿有《舟至尤溪口逢商孟和再用前韻》：『驛口曾携手，溪頭復遇之。得拚燒燭話，却賴挽舟遲。不了重逢意，同吟再别詩。只愁天易曉，帆影背分離。』（《鼇峰集》卷十一）

按：徐㶿《題子實遺稿》：『己未十月初二日，余過囦溪，子實同商孟和、林臣芝訪余舟中。時余爲滇遊，子實戀戀不忍分手。』（《重編紅雨樓題跋》卷一）

又按：參見萬曆四十八年（一六二〇）《徐㶿年譜》。

徐㶿有《爲商孟和題吴姬畫蘭》：『吮墨含毫口有檀，爲郎珍重寫幽蘭。吴姬共説如燕姞，移入清宵夢裏看。』（《鼇峰集》卷二十六）

作《溪山耕隱四章賦呈家君》《夜宿田家》。（《那菴全集》卷二十一《秀情居》一）

十月、十一月間，囦溪山居，遊囦溪週邊諸景。暫還會城。家居，課童。

作《山居述懷五首》。（《那菴全集》卷二十二《秀情居》二）

作《新寒》《僧來》《溪上》《觀瀑過僧舍閒坐》《山月有懷》《林子實隱者至》《移竹》《松濤》《觀穫》《冬菊》《月夜過宿松間小屋》《山行二首》《楓林坐月》《湯泉村》《山中見宋代屋宇》《月下聽泉》《登關山》《山行見竹間門徑》《山行逢僧遂同坐石上看溪畔紅葉》《返溪上所居》。（《那菴全集》卷二十二《秀情居》二）

作《嵩溪暫歸》：『蚤梅看兩岸，寧異故園生。』（《那菴全集》卷二十二《秀情居》二）

作《家園課童掃葉》。（《那菴全集》卷二十二《秀情居》二）

十二月，有吴姬（疑所納新姬）在困關，初一日重往。江上阻風，過宿曹學佺浮山堂，聽雪；與廖淳、芝姬等泛舟池上，看蚤梅。送廖淳歸清流。五日以後方成行。在嵩溪過除夕。

作《臘月一日重往嵩溪沮風江上過浮山堂夜坐聽雪時芝姬在侍》：『雪色偏逢臘，吾閩有此冬。肯消行客思，恰映麗人容。氣積平池水，光分半嶺松。明朝堂上見，點綴是前峰。』（《那菴全集》卷二十二《秀情居》二）

曹學佺有《柳南新居值雪同廖淳之商孟和陳可權陳有美芝卿分得潭字時孟和有吴姬在困關》：『薄雪覆深潭，圍爐入夜談。已須墐户北，不信在閩南。柳短枝猶潤，梅香蕋更含。姬人一水隔，獨寢意何堪。』（《石倉詩稿》卷二十六《夜光堂近稿》）

按：廖淳，字淳之，清流人。有《瑯環集》五十卷行世。

作《浮山堂望晴雪得山字》：『清氣浮來異，堂前雪在山。但隨巖壑滿，不共夕陽還。翠滴深松裏，光垂古石間。悠然此相對，已覺素心閒。』（《那菴全集》卷二十二《秀情居》二）

曹學佺有《浮山堂看晴雪同淳之孟和芝卿分得堂字》：『自有浮山景，纔成對雪堂。坐來錦步障，放出玉毫光。枕上千聲失，松間幾點藏。却憐多變幻，猶得映斜陽。』（《石倉詩稿》卷二十六《夜光堂近稿》）

作《泛舟池上望蚤梅》：『人可梅花似，盈盈一棹餘。香分歌扇弱，枝拂髻雲疎。與雪開深淺，

因風望疾徐。園中勝村落，相約定移居。』（《那菴全集》卷二十二《秀情居》二）

曹學佺有《泛舟見早梅仝淳之叔度孟和芝卿長君共用六魚韻》：『棹發趁梅發，風餘兼雪餘。依然臨水曲，何必問村墟。過岸防枝損，迎香出扇初。弄珠纔可擬，漫許落裙裾。』（《石倉詩稿》卷二十六《夜光堂近稿》）

按：陳鴻（一五七七—一六四八），字叔度。一字軒伯，籥孫，侯官人。萬曆布衣。有《秋室篇》。

作《移宿夜光堂得兼字》：『依山堂更好，況有石泉兼。雪意猶前壑，松聲未隔簾。遠鐘林杪斷，初月竹間纖。多少嵩溪路，翻爲此地淹。』（《那菴全集》卷二十二《秀情居》二）

按：夜光堂，在曹學佺石倉園。

作《聽泉閣送廖醇之歸九龍值支提二僧至共用泉字》：『九龍灘上夢，知爾更悠然。』（《那菴全集》卷二十二《秀情居》二）

按：聽泉閣，在曹學佺石倉園。

作《浮山堂紀雪》：『今來宿江上，風嚴雪花出……不得忘山堂，臘月之朔日。』（《那菴全集》卷二十二《秀情居》二）

曹學佺有《初五日浮山堂見新月喜鄭孟麐駱以狂至而孟和長君以前後行》：『會已淹時日，自然成去留。鵁飛投水驛，鶴唳憶山樓。解佩人何遠，當尊客善謳。前林徒極目，新月掛如

鈎。』（《石倉詩稿》卷二十六《夜光堂近稿》）

作《聽泉閣看梅》：『梅與僧同古，泉與花同清。』（《那菴全集》卷二十二《秀情居》二）

作《嵩溪除夕》。（《那菴全集》卷二十二《秀情居》二）

萬曆四十八年庚申、明光宗朱常洛泰昌元年（一六二〇） 三十四歲

正、二月間，在嵩溪。歸會城。

作《溪上元夕》。（《那菴全集》卷二十二《秀情居》二）

作《江上春歸二首》，其一：『移居纔半載，底事復言歸。』（《那菴全集》卷二十二《秀情居》二）

按：商梅九月底到嵩溪，至此時半年。

三月五日，同陳一元、華大生、黃廷賓、徐𤊹、曹學佺、陳鴻、李岳、陳衎、吴汝鳴、林寵諸子集曹學佺石倉。與徐𤊹、陳鴻等再宿曹學佺浮山堂。與陳衎等於自家草堂觀賞舊窑爐。

曹學佺有《吴興華大生清漳黃維良廣陵駱以狂及社中徐興公陳泰始陳叔度李子山陳磐生吴汝鳴林異卿商孟和女郎長君再集石倉初憩琴香榭泛舟宿夜光堂分得徑字》。（《石倉詩稿》卷二十六《夜光堂近稿》）

按：黃廷賓，字維（惟）良，漳州人。太學生。

又按：林寵，字異卿，一字墨農，閩縣人。天啟諸生。有《聊樂齋小草》。

又按：李岳，字子山，大金所（今霞浦）人。有《湖草集》。

陳一元有《暮春五日仝華大生黄維良徐惟起李子山諸子集石倉限韻》：『豫遊固余懷，況乃前期訂。紅妝曲迎郎，纖步候蘿徑。初憩琴香亭，已占茲園勝。徐聞指下音，林木若相應。容與上輕橈，天水互光瑩。岧嶢松雲間，丹樓隱青磴。憑欄俯長江，忽發謝公興。飛鳥亂斜陽，千山萬山暝。四座足歡娱，誰辨明珠贈。淙淙瀉泉聲，迸入松間聽。』（《漱石山房集》卷一）

陳鴻有《能始先生招遊石倉先憩琴香榭次復泛舟池上是夜宿聽泉閣次韻》：『春花落復開，客亦後先訂。欲知新雨多，池痕上莎徑。東風三月柔，林間鳴戴勝。幽人坐焚香，孤琴語誰應。隔竹瞰素波，淼淼何明瑩。輕橈載紅妝，垂楊亞迷磴。不但竟日歡，且續連宵興。泉聲滿石閣，月出忽以暝。襆被詎須攜，主人互相贈。話久桑樹巔，晨雞忽然聽。』（《秋室篇》卷二）

陳衎有《曹能始先生招集石倉泛舟次琴香社夜宿夜光堂限韻和答》：『春色隨所往，乃有佳期訂。入門心已閑，鶯聲引行徑。水窮花氣深，孤亭領其勝。誰彈花下琴，石泉遠相應。耳目既云曠，神理亦以瑩。微風信輕舟，平瀾拍山磴。几榻日煙波，客主俱清興。坐見蒼藹逼，松檜資空溟。美人侍揮毫，瑤篇謝留贈。隔竹高梵音，連床寂聞聽。』（《玄冰集》卷二，又《大江集》卷二）

作《同興公叔度再宿浮山堂》。（詩佚，題者者所擬）

曹學佺有《興公叔度孟和再宿浮山堂分得春字》：『忽復池頭暮，都忘月色新。燈幽時驗雨，花重故勝春。濠濮此間想，禽魚恒覺親。但能留客宿，便不是家貧。』（《石倉詩稿》卷二十六《夜光堂近稿》）

徐𤊹有《春夜同叔度孟和宿浮山堂分韻》：『剪燭話宵長，圖書列一堂。雨聲微到枕，花氣暗蒸牀。白鳥呼朱栅，玄禽夢畫梁。交歡三十載，幾得臥江鄉。』（《鼇峰集》卷十一）

陳鴻有《春夜宿浮山堂》：『花滿池塘夕，留人早掩關。春愁多爲雨，夜夢不離山。詩就燈光裏，床聯水氣間。芳菲看欲盡，誰遣片時閒。』（《秋室篇》卷四）

作《哥窑詩》。（詩佚，題筆者所擬）

徐𤊹有《集商孟和草堂看舊窑爐次韻》：『憐君有奇尚，遊踪遍寰宇。博雅同茂先，事物辨前古。家藏前代窑，客至便出覩。色澤觸如新，全玩無朽窳。形匪郜鼎侔，制非博山伍。名香手自焚，恒疑致雲雨。奇貨君已居，却笑陽翟賈。但得娱賞心，何論賓與主。鵲尾烏能奇，寶鴨焉足數。啜醖乃盡歡，慎毋辭以窶。』（《鼇峰集》卷五）

陳衎有《商孟和哥窑詩賦此》：『天地生尤物，出處皆有數。感此千百年，得因君作主。冰紋隱幽潤，素質無苦窳。製造雖民間，鳳凰上下土。對之情自深，置之貴得所。璜何重於周，珩何輕於楚。』（《玄冰集》卷二）

五月五日，泛舟西湖。

作《端午泛舟湖上》。（《那菴全集》卷二十二《秀情居》二）

五、六月間，李岳回甬東，作畫送之，曹學佺題其畫。

曹學佺有《題商孟和畫送李子述歸甬東》：『夏日林樹榮，高低復蒙密。蒼蒼雲霧裹，多少山水窟。何處結茅茨，其人想遺逸。君但住山中，山中無得失。』（《石倉詩稿》卷二十六《夜光堂近稿》）

徐𤊹有《送李子述還四明因寄令兄子敏》：『世路無媒歎嶮巇，匆匆聚首又天涯。忽思堂北榮萱草，不待閩南熟荔枝。倒篋更無錢子母，防身空有劍雄雌。還家因寄難兄信，正是池塘得夢時。』（《鼇峰集》卷二十一）

夏，曾堯臣來訪。

作《曾堯臣相訪》。（《那菴全集》卷二十二《秀情居》二）

七月，往清流，泊延津。

作《七夕泊延津》。（《那菴全集》卷二十二《秀情居》二）

八月，在清流，訪知縣楊大名。宿裴汝申山館。過鄒時豐孝廉。中秋，裴養清攜酒過訪。過裴鼎卿南園看芙蓉。裴其爲以玉華石相贈。留别楊大名。臨行，裴汝申攜酒至漁滄亭相送。

作《清溪訪楊君實明府》。（《那菴全集》卷二十二《秀情居》二）

按：清溪，今清流縣。

作《宿裴翰卿山館》。（《那菴全集》卷二十二《秀情居》二）

按：裴汝申，字翰卿，應章子，清流人。有《薛月軒文集》。

作《過鄒當年》。（《那菴全集》卷二十二《秀情居》二）

按：鄒時豐，字有年，又字當年，清流人。萬曆四十六年（一六一八）舉人。有《二雅集》。

作《集裴其爲溪上園居》。（《那菴全集》卷二十二《秀情居》二）

作《中秋裴聖之攜酒山館》。（《那菴全集》卷二十二《秀情居》二）

按：裴養清，更名賴案，字聖之，清流人。天啟元年（一六二一）舉人。

作《過裴鼎卿南園看芙容》。（《那菴全集》卷二十二《秀情居》二）

按：裴鼎卿，應章子，清流人。

作《楊明府署中坐月》《題溪山秋意》《裴其爲以玉華石相贈詩以答之》《將歸題於山館》《留别楊明府》《臨行劉瞻白裴翰卿攜酒至漁滄亭相送賦此爲别》。（《那菴全集》卷二十二《秀情居》二）

九月，自清流歸家。家居。送米良崑還楚。清流縣知縣來訪，留坐看菊。上杭丘衍箕過訪。

作《送米彦伯還楚》：『楚水不可極，秋天無限悲。』（《那菴全集》卷二十三《秀情居》三）

按：米良崑，字彦伯，蒲圻（今屬湖北）人。舉人。詩新異而彩，行草字亦佳。

作《楊君實明府過訪留坐看菊》《移菊就玉華石》《河上看菊有贈》《喜僧一徑至題畫與之》《送一徑之建武兼寄諸舊遊》《園居題畫》。(《那菴全集》卷二十三《秀情居》三)

作《丘克九相過》。(《那菴全集》卷二十三《秀情居》三)

按：丘衍箕，字克九，上杭人。長於古文詞。

十月，園居。遊野意亭。

作《冬日集野意亭》。(《那菴全集》卷二十三《秀情居》三)

十、十一月間，艷集西園池上。袁穉圭相訪即歸。

作《艷集西園池上》《袁穉圭相訪即歸因賦詩寫蘭爲別》。(《那菴全集》卷二十三《秀情居》三)

十一月，夜至田家。

作《冬夜至田家》。(《那菴全集》卷二十三《秀情居》三)

十二月，溪上觀釣，山園看殘梅。

作《溪上觀釣》《見竹間園池訪之宿焉》《山園坐月》《山園看殘梅二首》。(《那菴全集》卷二十三《秀情居》三)

天啟元年辛酉(一六二一)　三十五歲

正月，九日，生子。

作《辛酉元旦》。（《那菴全集》卷二十三《秀情居》三）

作《正月九日生子二首》：『處世無營剩此身，今方生子繼前人。新君正值開新歲，老友相攜慶老親。』（《那菴全集》卷二十三《秀情居》三）

按：商梅生子，時年譜已三十五。

正、二月間，過友人園坐月。

作《春夜過友人園中坐月》。（《那菴全集》卷二十三《秀情居》三）

作《抱子詩》：『兒生遲更喜，懷抱出重幃。』（《那菴全集》卷二十三《秀情居》三）

二月，花朝小集。

作《花朝草堂小集》。（《那菴全集》卷二十三《秀情居》三）

三月，上巳，陳一元招集西園修禊。武夷寄茶至，試之。有詩懷趙世顯、陳价夫。

作《修禊日陳泰始招集西園》。（《那菴全集》卷二十三《秀情居》三）

作《放鵲》《竹窗聽雨》《武夷寄茶至試之作歌》。（《那菴全集》卷二十三《秀情居》三）

作《齋中偶得趙仁甫先生手書感賦》：『故人二十載，一札儼如存。舊事夢中語，深心紙上痕。古今情可見，生死别何言。寂寂空齋裏，懷思屢有魂。』（《那菴全集》卷二十三《秀情居》三）

作《陳伯孺多學寡言人可以風懷想賦詩惜其不聞》：『我友古之人，不言萬物親。圖書敦至理，泉石肯安貧。處世心無競，論交情最真。細思香國裏，定是去來身。』（《那菴全集》卷二十三

《秀情居》三）

按：陳价夫（一五五七—一六一四），原名藩，以字行，改字伯孺，薦夫兄，閩縣人。有《招隱樓集》《吴越遊草》。

三、四月間，劉孝則相訪；同孝則登平遠臺。同趙珣至越山菴訪僧。送孝則至西郊，過心珠上人庵中，清齋而別。山僧攜支提茶，約韓錫烏石山泉烹茶。

作《劉孝則相訪兼得曾堯臣書》《同孝則訪友遂邀登平遠臺止於石磴菴》《越山菴同趙十五訪僧》《題卷贈心珠上人》《劉孝則爲其尊人乞墓銘於葉相公歸時送之仍寄曾堯臣》《送孝則至西郊過心珠上人庵中清齋而別》。（《那菴全集》卷二十三《秀情居》三）

作《山僧攜支提茶約韓晉之就烹烏石山泉詩以代柬》。（《那菴全集》卷二十三《秀情居》三）

四月，初八日，逢超公來自白下。

作《浴佛日過空生禪室逢超公來自白下》。（《那菴全集》卷二十三《秀情居》三）

四、五月間，繪畫布施，有詩紀之。送僧遊雪峰山。金雞寺尋僧不值。僧送竹，謝之。陳衎往南都應試，有詩送之。與徐𤊹等集緑野亭。

作《施畫詩》，略云：『筆墨本清緣，寫兹千佛意。點墨乃心液，墨往心已至。遍布廻向人，捨身原不異。幅幅生光明，神鬼盡趨避。』（《那菴全集》卷二十四《秀情居》四）

作《送僧遊雪峰》《種秋海棠》《種菊》《羈猿》《馴鶴》《金雞寺尋僧不值》《謝山僧送竹》。（《那

菴全集》卷二十四《秀情居》四）

作《送陳磐生應試南都兼寄遠雲上人時戊午歲予與磐生同寓彼處》。（《那菴全集》卷二十四《秀情居》四）

按：萬曆四十六年（一六一八）作有《陳磐生相訪留宿禪院》。（《那菴全集》卷二十《聞草》）

作《雨中訪友樓居》《湖上艷別泛雨》《徐興公鄭汝交招集野意亭雨後見月》。（《那菴全集》卷二十四《秀情居》四）

五、六月間，往樵川。至嵩溪，宿雲崖山閣。逗留延津，訪唐朝梵宇。慕趙姬，題趙姬墨蘭，不勝繾綣。

作《河上贈別時予往樵川》《至嵩溪宿雲崖山閣賦贈》《客延平訪唐朝梵宇三首》《月夜登山閣》《獨坐聽泉》《贈趙姬》《題趙姬墨蘭二首》《溪上別意》《贈別趙姬》。（《那菴全集》卷二十四《秀情居》四）

七、八月間，草堂小集。有詩和鍾惺作。同諸友登烏石山堂，又登平遠臺。謝兆申卒，遺命葬江西麻姑山，諸友人有詩吊之。

作《秋日草堂小集》。（《那菴全集》卷二十四《秀情居》四）

作《和伯敬姬人手植盆蘭引》。（《那菴全集》卷二十四《秀情居》四）

鍾惺有《新姬手植盆蘭引》：『平生憐花如自憐，未必花花儂盡然。國香本自房中物，歲植牀邊獨浣拂。今歲人情始學分，但看入手孰芳芬。物生有命在時地，亦關心力勤不勤。難惜纖纖暫同湼，情知手與花終潔。郎曰此花名宜男，郎今且莫向儂説。此事應亦有人知，儂去女兒今幾時。』（《隱秀軒集》卷五）

作《題趙姬小像》《同諸友登烏石山堂》《登山歸過城南園池看月》《秋日集平遠第一峰》《趙姬相訪留坐草堂》《出城訪莊聞修遂登大夢山尋前代墨池》。（《那菴全集》卷二十四《秀情居》四）

作《挽謝耳伯》。（《那菴全集》卷二十四《秀情居》四）

按：商梅父爲虔令，商梅往返閩贛，過往邵武，與謝兆申結識較早。

曹學佺有《秋夜懷謝耳伯因作古風輓之》：『秋至思友生，夜静步林樾。荷香迫新露，燈影避微月。時運久不常，容華坐消歇。家貧隔首丘，兒長恥干謁。他鄉有片石，藁葬鐫碑碣。藏書佚四方，神魂想飛越。平生費搜討，視此同肌骨。余家山水間，清音日以發。頗事絲竹歡，心性多所伐。假化且冥冥，書空徒咄咄。聊爲述此懷，仰視飛鴻没。』（《石倉詩稿》卷二十七《淼軒詩稿》）

徐𤊹有《哭謝耳伯》：『托跡江湖無定居，一生精力爲躭書。命奇不售長楊賦，身死空回廣柳車。剩有文章傳海宇，但留靈爽在匡廬。楚魂漂泊招難返，九辯歌殘淚滿裾。』（《鼇峰集》卷二十）

按：兆申卒於江西建武，㘬詩作於豫章。詳《徐㘬年譜》。

王宇有《輓謝耳伯》：『自厭爲斯世，還尋古人語。一棺韞萬卷，賢聖相爾汝。麻源聽松風，長疑讀書所。纍纍馬鬣封，繁華在何許。』（《烏衣集》卷四，又《亦園詩略》）

游適有《綏安謝耳伯積書好遊卒於建武遺命就麻姑之麓瘞焉蓋有伯鸞之高矣詩以當哭》：『離家三百里，寄骨在他山。意或有高曠，魂應自往還。奇書殉地下，才鬼避墳間。春草茸茸處，依□□□□。』（《遊草》，《石倉十二代詩選》之《社集》）

八月，秋夜江樓坐月。中秋泛西湖。

作《秋夜江樓坐月》《中秋湖上艷泛》。（《那菴全集》卷二十四《秀情居》四）

九月九日，與曹學佺、謝肇淛、汪善卿、周千秋、高景、陳鴻、徐㘬、李岳等石倉登高，時謝肇淛遷粵西憲長，各有詩。

作《九日石倉登高喜謝在杭自滇中適粵西憲長至各賦五言古風》。（詩佚，題筆者所擬）

曹學佺有《九日石倉登高喜謝在杭自滇中遷粵西憲長至各賦五言古風分得屑字》，題下自注：『客爲汪善卿、陳汝翔、周喬卿、高景倩、陳叔度、徐興公、李子山、商孟和、康仙客。』（《石倉詩稿》卷二十七《淼軒詩稿》）

按：周千秋，字喬卿，如塤子，莆田人。學佺采其詩入《石倉十二代詩選》。

謝肇淛有《辛酉九日曹能始招偕同社石倉登高分得四質》：『宦轍如蓬轉，終歲不得逸。滇絨乍可投，粵馭行當叱。幸因沐休暇，一造故人膝。良辰叶登高，名園欣邇室。蘭槳溯回漪，荔亭逗修日。崇岫倚天開，飛泉當座出。趺共老僧閑，行任遊人密。何必聲與伎，黄花有佳質。清暉恣流連，晷移歡未畢。自憐風塵蹤，思君煙霞疾。』（《小草齋續集》卷三）

陳鴻有《重陽石倉登高時謝在杭還西粵憲長至分韻》：『季秋江氣偏，殘暑未云歇。節候屬重陽，登臨思超忽。虚樓抱池光，爽籟生林樾。使節萬里歸，正值籬花發。握手欣有期，尊罍詎愁竭。天漢澄高清，遥見飛鴻没。行樂勉及時，流年遞華髪。蕭蕭落帽晨，悠悠授衣月。明歲卜佳遊，相思隔閩粵。』（《秋室篇》卷二）

作《秋日西郊訪友》《往嵩溪夜宿聽泉閣》。（《那菴全集》卷二十五《采隱篇》）

十月，十日，與曹學佺、吴栻、康仙客等集淼軒聽雨。與曹學佺、吴栻等六人送超宗上人歸支提寺。與僧同舟至梅溪。過友人園，聞鍾惺病，作詩書問訊。畢往返於會城、嵩溪。

作《小雪日吴去塵康仙客同集淼軒聽雨》。（詩佚，題筆者所擬）

曹學佺有《小雪日吴去塵商孟和康仙客同集淼軒聽雨遲恬卿美人不至予得聲字》：『江舟遲不發，山雨肯教晴。似雪仍無色，添泉却有聲。重林幽梵雜，淺黛暮雲横。夢裏空相逐，陽臺一處行。』（《石倉詩稿》卷二十七《淼軒詩稿》）

按：小雪，十月十日。

又按：淼軒，在曹學佺石倉園。

又按：吴栻，字去塵，新安（今安徽徽州）人。布衣。好讀書鼓琴，喜游名山水。受業雲間陳繼儒，故詩、字差有仿佛。

又按：支提寺，在寧德霍童山。

作《浮山堂同諸友分韻送超公重興説法臺》。（《那菴全集》卷二十五《采隱篇》）

曹學佺有《超宗上人建六度堂於支提之説法臺欲招同志入社頃予與去塵孟和仙客一甫共上人正滿其數忻然有合因作五言古風送之還山予得社字》：『支遁遊朱門，遠師開白社。古來習淨業，自不廢風雅。兹山具名勝，結宇當其下。説法固有徵，團沙亦非假。六度萬行中，何緣分取捨。咄彼小乘人，河伯於海若。遭逢適同志，還期結冬夏。虎溪眉獨攢，竹林臂堪把。俯仰千載間，風流誰繼者。』（《石倉詩稿》卷二十七《淼軒詩稿》）

作《與僧同舟至梅溪月下别友》。（《那菴全集》卷二十五《采隱篇》）

按：梅溪，在閩清。

作《宿嵩溪》《清晨飯於僧閣》《溪上訪雲崖老僧》。（《那菴全集》卷二十五《采隱篇》）

作《過友人園中聞伯敬尚病是日作書畢兼賦是詩》：『天寒思我友，霜露感飛鴻。何意題書處，仍聞在病中。』（《那菴全集》卷二十五《采隱篇》）

作《謝山僧送黄精》。（《那菴全集》卷二十五《采隱篇》）

十二月，南臺梅塢看梅。至嵩溪尋舊居後梅花，被樵者伐去，歎之。拜墓。崔世召在囦關（嵩溪）

訪商梅不遇。

作《山園看梅二首》。（《那菴全集》卷二十五《采隱篇》）

作《同山僧遊江上梅塢遂作江梅歌送僧還山》。（《那菴全集》卷二十五《采隱篇》）

按：梅塢，在福州南臺。梅花盛開，連綿十里。

作《看梅後宿於僧舍待月復尋花下》。（《那菴全集》卷二十五《采隱篇》）

作《至嵩溪尋予屋後梅花被樵者伐去詩以歎之》。（《那菴全集》卷二十五《采隱篇》）

作《拜墓詩四首》，其一：『山水會靈奇，親墳一拜之。髮膚藏此地，雲木戀他時。』（《那菴全集》卷二十五《采隱篇》）

崔世召有《困關阻舟待閘訪商孟和不遇》：『扁舟維水口，待閘泊山腰。思急難飛渡，顔頹任見譙。始知津吏貴，翻恨故人遥。世路行行是，題詩破寂寥。』（《問月樓詩集·五律》）

是歲，願捨百金爲寧德支提建六度堂之説法臺，詘於貲，乃作畫百幅以代之。

按：曹學佺《支提山説法臺超宗上人募建六度堂引》：『予友商孟和，宿根有慧性者，而檀施一門，未之啟仞。茲獨喜超宗上人建六度堂於支提之説法臺，其地故與辟支巖相近，絶壁龍潭，噴流千仞，爲支提山最勝處。而昔天冠菩薩説法於斯，雨花繽紛者也。孟和願捨百金，而詘於貲，乃作畫百幅以代之。勝緣韻事，兩者兼焉。』（《翠娛閣評選曹能始先生小品》卷二）

是歲，劉孝則入閩，商梅與之盤桓數朝。

按：徐𤊹《答喻宣仲》：『今春劉孝則遊閩，先訪王永啟及弟，隨與林異卿、商孟和盤桓數朝，最後始出石倉。』（《紅雨樓集·鼇峰文集》册七，《上海圖書館未刊古籍稿本》第四四册，第二十八——二十九頁）

天啟二年壬戌（一六二二）　三十六歲

正月，九日，由嵩溪歸家。元夕，石倉園森軒雨霽，與曹學佺、陳鴻、陳可權、包一甫、陳有美等觀燈。

作《正月九日到家》：『倏忽山中歲序遷，還家春日亦陶然。』（《那菴全集》卷二十五《采隱篇》）

作《江園元夕四首》，其一：『林園多勝集，春夕喜相留。池上月同滿，林中花更幽。歌宣山氣出，燈向水光浮。如此良宵好，何須秉燭遊。』其二：『晴陰非一景，爲樂事方新。對酒成佳夜，淩波渡美人。笙簫隨畫舫，蠟炬照歌塵。不信幽清地，繁華有此春。』其三：『春寒花未滿，燈燭盡教開。風帶林香細，月從扇影廻。松間聞度曲，水際坐傳杯。更踏長堤上，裙裾掃落梅。』其四：『一林銀樹發，數里寶山行。魚鳥更何意，園池別有情。人煙籠閣影，火氣煖泉聲。但恐羲和急，東方易啟明。』（《那菴全集》卷二十五《采隱篇》）

曹學佺有《元夕森軒雨霽觀燈同陳叔度商孟和陳可權包一甫喻子奮陳有美賦》四首，其一：

『久雨驟聞晴，元宵喜氣盈。雖然山谷隱，亦動冶遊情。燭照千重樹，天含不夜城。人間詎多見，或擬是蓬瀛。』其二：『鼓吹入雲中，燈光映水紅。由來意在遠，所以樂無窮。響雜嵒邊溜，濤生松際風。欲將凄絶趣，點綴百枝叢。』其三：『前船載絲竹，相遶泛松陰。昨雨不爲害，春池還借深。酒衝微靄散，妓畏薄寒侵。淡月憐人意，堤頭步可尋。』其四：『事偶故云勝，朋來約未曾。村氓方賽會，古佛有燃燈。花果先時見，禽魚傍樹升。何論非實相，世法本難憑。』（《石倉詩稿》卷二十八《林亭詩稿》）

陳鴻有《元夕雨後石倉池上觀燈》四首，其一：『池上駐香車，風光勝習家。燈如重暈月，屏有百枝花。泉眼含烟媚，山容着雨加。園林儘堪戀，不但爲繁華。』其二：『漫爾怯寒生，層巒變火城。應知五夜樂，不出六街行。山路渾疑晝，波塘若弄晴。高樓鐘鼓近，緩報曉來聲。』其三：『九枝懸竟夕，月榭復雲廊。虹散空中綵，犀沉水底光。夾堤調玉柱，別館出瓊漿。夜永廻舟後，猶聞珠翠香。』其四：『暫停元夕雨，爲樂倍堪憐。曲豔庭梅落，杯光火樹聯。華燈欺淡月，畫舫約輕烟。明日歸城市，還將勝賞傳。』（《秋室篇》卷四）

正、二月間，衆香樓延僧禮誦。蔡復一往山西布政使任，與諸詩友送之。往天台，曹學佺有詩贈之；登舟後阻雨，復回浮山堂宿。後不果行，詳三月。往福清石竹山拜祖，宿石竹山。福清蒼霞亭見壁間前代所題詩。蔡復一爲山西布政使，有詩送之。

作《衆香樓延僧禮誦》。（《那菴全集》卷二十五《采隱篇》）

按：去歲十二月拜墓，是歲春延僧禮誦，疑商梅繼母卒於去歲（母卒於萬曆三十二年〔一六〇四〕）。

作《樓居同僧雨坐》。（《那菴全集》卷二十五《采隱篇》）

作《送僧還秦川》。（《那菴全集》卷二十五《采隱篇》）

按：秦川，寧德別稱。僧，當爲支提寺之僧。去歲請布施，商梅以作畫百幅抵之。

作《將往浙東訪張夢澤先生兼遊天台雁蕩兩山同社以詩相送留別二首》。（《那菴全集》卷二十五《采隱篇》）

曹學佺有《送商孟和游天台兼寄張克儁憲副》二首，其一：『積雨家林内，出門應倍難。忍將離別苦，博得治遊歡。霽壑滿羣影，春江流急湍。因君買棹去，寧免滯留歎。』其二：『天台名勝地，洞穴倚丹梯。爲訪故人去，且多靈物棲。茂先稱博洽，康樂好攀躋。華頂如相憶，蒼苔剔舊題。』（《石倉詩稿》卷二十八《林亭詩稿》）

作《石竹拜祖詩》：『草木重本根，人生貴有始。返此如禽何，休言述作事。吾家昔石竹，賢達多宋季。華夏忽然羶，吾祖兵好義。氣數不可挽，食粟恥天地。揭家如蹈海，田廬成遐棄。兹來尋一丘，稽首慰夢寐。祠宇寰山鬼，丘壟縈古荔。聽覩雲樹寒，佇立空顛頞。踟躇訢埜老，感歎復慚愧。』（《那菴全集》卷二十五《采隱篇》）

按：據此詩，商梅祖宋季避兵亂，遷至福清石竹山，後世子孫建祠於此。

作《石竹道上》《宿石竹山》《乞夢》《靈巖寺》《夜宿靈巖僧舍讀王觀洛先生詩》《蒼霞亭見壁間前代所書》《靈巖道上別林伯龍歸》。（《那菴全集》卷二十五《采隱篇》）

作《答蔡敬夫方伯之晉二首》，其一：『讀詩知我友，每歎古人存。交豈論今日，情偏得故園。小心爲世出，厚道與時敦。極目東西事，君宜不閉門。』其二：『吾黨多先達，如君別有期。晤言旬日裹，夢想十年時。身已關家國，名應重鼎彝。一天芳草處，攜手自遲遲。』（《那菴全集》卷二十五《采隱篇》）

按：蔡復一（一五七六—一六二五），字敬夫，同安浯嶼（今金門縣）人。萬曆二十三年（一五九五）進士。除刑部主事，官至川貴總督，兵部右侍郎。工駢文。與竟陵鍾惺、譚元春友善。有《遯庵全集》。

曹學佺有《送蔡敬夫方伯之晉》二首，其一：『艱難天步日紛紛，戡亂持危定屬君。牧領河山新入晉，望來宮室舊臨汾。關愁獨石多□種，塞指雙峰有雁羣。報國許身男子事，憑將肝膽立功勳。』其二：『王程離思渺難裁，水榭山堂隔雨開。柳似有情遮路遍，鶴因無偶覺聲哀。敢言高臥終忘世，自料劻勷故乏才。底蘊數時君盡見，有何蹤跡使人猜。』（《石倉詩稿》卷二十八《林亭詩稿》）

蔡復一有《答別曹能始》二首，自注：『以下俱用原韻。』詩云：『去鴻來雁思繽紛，臨發江亭獨待君。豈有卿才能用晉，漫將賦予答橫汾。月因林濕難窺影，雲到風驚易失群。泉閣圍棋占破賊，可徒（疑爲徙字之訛）松火策茶勳。』其二：『雨絲雲片若爲裁，春緒茫茫酒未開。草色連天從此去，猿聲帶浪一何哀。誰當談笑銷兵刼，轉向經營憶憐才。憂樂由來關出處，蒼生寧管白鷗猜。』（《遯庵全集·詩》卷四）

陳鴻有《送蔡敬夫方伯之太原》：『離杯酒盡上河橋，薇省西行晉水遥。夢逐暮雲過紫塞，心隨秋月傍青霄。胡沙未起鷹先没，邊吹初涼柳半凋。四岳藉君藩屏重，晏然真可慰漁樵。』（《秋室編》卷六）

作《送僧遊支提》。（《那菴全集》卷二十五《采隱篇》）

二月，花朝，坐雨。西園看新柳。二十五日，山僧送茶，謝之。

作《花朝坐雨》《初霽西園看新柳》。（《那菴全集》卷二十五《采隱篇》）

作《清明日謝山僧送茶》。（《那菴全集》卷二十六《得度詩》）

按：清明，二月二十五日。

又按：此詩編入《得度詩》，未知其故。

三月三日，泛舟西湖。擬往天台，過梅溪（閩清），舟覆，别船而渡；同舟十六人，失其半，僕三人溺其一；舟師家口五人，溺其二；天台遂不果行。

作《三月三日泛舟湖上》。（《那菴全集》卷二十五《采隱篇》）

作《梅溪溺詩有序》，其《序》云：『渡江至梅溪，百有餘里。予正晝寢，若有喚者，急起視之。

俄頃，風狂舟覆，予得別舟渡焉。是時，同舟者十有六人，而失其半。予僕三人，而失其一。舟師婦子五人，而失其二。飄没風波，流浪生死，可歎也。身世靡常，感賦是詩。』（《那菴全集》卷二十五《采隱篇》）

作《舟發梅溪坐月有感》《到家答友》。（《那菴全集》卷二十五《采隱篇》）

按：據此二詩，天台之行未果。

作《天台不往與僧約遊支提》：『春將殘此日，身已寄諸天。』（《那菴全集》卷二十六《得度詩》）

四月，往寧德支提寺，出東門，度北嶺，宿湯溪。過白鶴嶺。遇雨，白鶴嶺望海。至崔世召家；晚坐崔氏問月樓，遂題之。世召有詩送其往支提寺。

作《初夏出東門度北嶺宿於湯溪》《浴湯池》《訪白塔寺二首》《山行遇雨》《白鶴嶺望海》。（《那菴全集》卷二十六《得度詩》）

作《至崔徵仲家》《晚坐問月樓遂題其上》。（《那菴全集》卷二十六《得度詩》）

崔世召有《喜商孟和至余小樓將訪史羽明別駕兼與超宗上人有支提之行詩以送之》：『約我已云久，兹來慰我懷。交情何太淡，月色問誰佳。詩貯奚奴背，山遊老衲偕。前途有知己，不費兩芒鞋。』（《問月樓詩集·五律》）

五月一日，至秦川。五日，客壽山。別秦川，往遊支提。遊支提週邊諸景：華嚴寺、袈裟嶺、説法臺、化成林、金燈峰；宿那羅巖，題壁；宿辟支巖。古田林居士聞而來，遂同遊支提諸景，一路同止宿，至嵩溪方别去。

作《五月一日至秦川暫息僧舍》《五日客壽山僧房柬史羽明三首》《送王參軍還新安》《寄徵仲兼約同遊支提》《送僧還説法臺》《答王參軍示製茶法》。（《那菴全集》卷二十六《得度詩》）

作《往支提暫别秦川諸友》《支提道上》。（《那菴全集》卷二十六《得度詩》）

作《遊支提有序》，《序》云：『值玉田林居士有聞而來，邀予同歸，遇幽即宿，又經旬，而至嵩溪，遊止矣。』（《那菴全集》卷二十六《得度詩》）

按：玉田，古田縣别名。

作《初到華嚴寺題於山門三首》《禪房雨宿》《新晴山閣曉望》《禪房題畫》《山夜枕上聞猿》《贈安公》《晚晴坐澗上》《從袈裟嶺抵説法臺》《説法臺贈寶相禪師》《登説法臺二首》《化成林》《金燈峰》《宿那羅巖題壁》《宿辟支巖二首》《僧房聽經》《辟支巖訪樵雲上人不值賦此寄之》《别支提山四首》。（《那菴全集》卷二十六《得度詩》）

六月，從支提歸宿九峰菴，同林居士留宿嵩溪山樓。

作《從支提歸宿九峰菴》《林居士留宿山樓》。（《那菴全集》卷二十七《檀餘草》）

七月二日，由嵩溪買舟抵家，過閩清，趁便拜墓。十五日，同諸友自瓊河泛舟至洪江，集曹學佺浮山堂；次日，登小金山寺。

作《立秋日溪上買舟抵家過豫陽同僧拜墓》。（《那菴全集》卷二十七《檀餘草》）

按：立秋，七月初二。

又按：豫陽，今作義陽，在閩清。閩清位於古田岡關至會城水路之間，故得以趁便拜墓。作《送遠雲上人還白下》。（《那菴全集》卷二十七《檀餘草》）

作《壬戌七月望日同諸友泛舟至浮山堂次日登江上山寺泛月而歸》。（《那菴全集》卷二十七《檀餘草》）

按：江上寺，即小金山寺，建在江中，故云。

陳鴻有《壬戌秋七月望夜自瓊河泛舟至洪江集曹能始石倉次日登小金山塔寺》：『月色夜轉佳，涼氣朝稍變。舟行自南江，西山忽當面。秋水若秋空，望之心眼眩。始入前路遥，肆跡懼難遍。淹留易昏晨，山水非一戀。絶阜仍可登，兼游互忘倦。懷哉逝景光，昔賢不得見。釃酒坐深更，江花復如霰。』（《秋室篇》卷二）

王宇有《壬戌初秋望夜泛舟出石倉次日登江心塔》：『天人遞新故，壬戌重經秋。江山不隨往，風月爲我留。廼謀五六人，入夜命扁舟。河灣三十六，不棹任夷猶。返顧城内山，疑是雲際浮。絲竹發清籟，餘音入高樓。大江漸以遠，歌聲逐船流。鳳岡富嘉荔，濃緑繞芳洲。轉見人烟近，石倉在其幽。别自成世界，山川恣索求。高柳水中央，亭臺四望周。一時臥湖心，梵音如獻酬。平明步林壑，荷香泉響悠。野人時對語，坐處皆丹丘。自笑衰病侵，三年纔兩游。信宿復爲别，行行滄江頭。孤塔峙危石，廻環沸龍湫。登眺萬山列，屹若金焦儔。

曠覽娱心情，煙波散人愁。篙師報潮落，吾生且歸休。行樂隨緣耳，浪跡比浮漚。試問眉山翁，佳會如我不。』(《亦園詩略》，又《烏衣集》卷四)

按：王宇(一五七四—一六二四)，字永啟，夢鱗子，閩縣人。萬曆三十八年(一六一〇)進士。有《亦園文略》《亦園詩略》《烏衣集》。

七、八月間，題畫贈清流裴汝申。

作《題畫與裴翰卿》。(《那菴全集》卷二十七《檀餘草》)

按：萬曆四十八年(一六二〇)，商梅往清流宿裴汝申山館。

八月，中秋，集陳一元漱石山房，遇雨。

作《中秋社日陳泰始招集烏石山房遇雨得一東韻》。(《那菴全集》卷二十七《檀餘草》)

按：漱石山房，在烏石山南。

曹學佺有《中秋集陳泰始漱石山房遇雨分得寒字》：『五株松樹立雲端，登陟何愁避雨難。倚石臨軒聊共語，銜杯望月强成歡。鐘聲已報諸天暝，燈影空懸古塔寒。詞客誰同枚乘賦，廣陵江上待潮看。』(《石倉詩稿》卷二十八《林亭詩稿》)

崔世召有《中秋陳泰始漱石山房落成社集分得十三覃》：『一丘贏得傍精藍，新引林鐘到石龕。秋半可能閒月色，雨中偏喜足烟嵐。家傳觴政原投轄，客是詞壇舊盍簪。莫唱淋鈴辜好景，驪珠如月手中探。』(《問月樓集·詩二集》)

八、九月間，送友回邵武。同僧宿曹學佺浮山堂。阻雨江上。集延津朱士美園。題畫贈友。

作《送友還樵川》《雨泊江上同僧宿浮山堂》。（《那菴全集》卷二十七《檀餘草》）

作《艷集朱士美園居分韻》。（《那菴全集》卷二十七《檀餘草》）

按：朱士美，延津（今南平市延平）人。曹學佺門人。

作《雨集楊羽侯看菊》《題畫贈友》《悼鶴》《客病》。（《那菴全集》卷二十七《檀餘草》）

十、十一月間，邵武何望海過訪；過倪范新成池館。

作《冬日見園菊》《移梅》。（《那菴全集》卷二十七《檀餘草》）

作《何若士過訪賦別二首》。（《那菴全集》卷二十七《檀餘草》）

按：何望海，字金陽，又字若士，號樵陽，邵武人。天啟二年（一六二二）進士，授揭陽（今屬廣東）令。曾校訂嚴羽《滄浪詩話》。

作《過倪柯古新成池館》。（《那菴全集》卷二十七《檀餘草》）

十一月，初度，到芝山寺看放生。二十日，同諸友西園池上待月。

作《壬戌初度過芝山看放生》《山房坐月喜僧至》。（《那菴全集》卷二十七《檀餘草》）

作《長至夜同諸友西園池上待月》。（《那菴全集》卷二十七《檀餘草》）

按：冬至，十一月二十日。

十一、十二月間，省墓後，往其父梅溪居。到家，鍾惺以父憂促相見，答之。

作《省墓後往家君溪上居》《過溪上農家相留晚酌》《溪上見梅花》。(《那菴全集》卷二十七《檀餘草》)

作《從溪上到家鍾伯敬以父憂促晤先答是詩》:『一冬風雪別家山,歲欲除時身始還。念我有懷應有感,憐君多病復多艱。殷勤遣信情何極,痛哭思親語未閒。自是古人論世誼,傷心先已淚潺湲。』(《那菴全集》卷二十七《檀餘草》)

按:是歲鍾惺爲福建提學僉事。鍾惺《家傳》:『壬戌三月入閩。』(《鍾伯敬先生遺稿》卷四)

又按:鍾惺之父鍾一貫(一五五〇—一六二二),號魯菴。鍾惺《家傳》:『九月二十六日終於正寢,壽七十有三。蓋生卒同日。』(《鍾伯敬先生遺稿》卷四)

十二月,除夕,同鍾惺在其署中。

作《同伯敬署中除夕》。(《那菴全集》卷二十七《檀餘草》)

天啟三年癸亥(一六二三)　三十七歲

正月,有詩柬鍾惺。過鍾惺,夜坐;鍾惺出所注《楞嚴經》。同諸友重遊西禪寺。十五日,過芝山僧舍。喜譚友夏書至。題畫贈蜀僧。觀鍾惺姬人血書《觀音經》。

作《癸亥元旦二首》。(《那菴全集》卷二十七《檀餘草》)

作《春日柬鍾子》：『纔同卒歲復新春，仍似天涯共此身。』（《那菴全集》卷二十七《檀餘草》）

按：『纔同卒歲』，去歲除夕，與鍾惺守歲。見去歲《譜》。

作《過鍾子夜坐出所注楞嚴經》《春日同諸友重遊西禪寺》《答馮茂遠見寄》《正月十五過芝山僧舍》《喜譚友夏書至》《題畫與蜀僧》《觀伯敬姬人血書觀音經》。（《那菴全集》卷二十七《檀餘草》）

正、二月間，鍾惺丁父憂歸楚，鍾惺門生韓廷錫等送到囦關。舟中題畫贈鍾惺；又贈鍾惺姬吴香才。過豫陽，得一小宋硯持至茶洋驛贈鍾惺。陪鍾惺遊武夷山。

曹學佺有《鍾太翁挽章》二首，其二：『竟陵有三彦，於翁實誕出。夢寐數載間，周旋亮非一。客歲月維夏，長公表閩率。神交欣罕遘，升堂復入室。宴笑未及終，哀毁忽云即。撫念存没餘，臨岐意蕭瑟。』（《石倉詩稿》卷二十八《林亭詩稿》）

韓廷錫有《送鍾退庵夫子以外艱歸楚》三首，其一：『夫子言歸切，交深欲别難。負經從杖履，侍坐上溪灘。曾得白眉目，還荷青眼看。那堪分手處，柳色滿江干。』其二：『詞華漓大雅，振起在於兹。錫亦有心者，師嘗屬意之。文學聲氣好，肝膽吐傾時。默默相關處，非人所可知。』其三：『遡風長雪涕，其忍别吾師。蓋爲當今惜，非關小子私。碩人於出處，世道視興衰。順變姑眠食，將毋過毁滅。』（《榕庵集·癸亥》）

按：『侍坐上溪灘』，韓廷錫送至囦關水驛。詳下。

又按：萬曆中年鄧原岳、謝肇淛、徐熥重振閩詩，風雅相號召；韓廷錫稱鍾惺振大雅，閩楚均標榜振起雅正，而内涵詞華則相逕庭。

鍾惺《别閩士二首》，題下自注：『爲許玉史、韓晉之、徐望子。』其一：『多生爲學究，官不脱諸生。斟酌隨群品，寬嚴在一誠。未能朞月化，聊復此時情。但勿相浮慕，空留師友名。』其二：『别事閩偏早，交情楚最悲。江飄猶未掛，岸柳已先垂。此去吾將隱，君歸自有師。維舟無限意，端在執經時。』(《鍾伯敬先生遺稿》卷一)

按：許豸(？—一六四〇)，字玉史，又字玉斧，友父，侯官人。崇禎四年(一六三一)進士，榷滸墅關。有《春及堂集》《易經義》等。

又按：齊莊，字望子，侯官齊坑人。天啟間諸生。受知於鍾惺，林蕙《齊望子》云：『海内鍾竟陵，擊節稱知己。』(《全閩明詩傳》卷五十三)有《雅作堂集》。

鍾惺有《答韓晉之秀才詩並書》：『憐君冰銕骨，風雅又多情。古學煩相守，高懷從此生。窮常欣創獲，孤不廢浮名。斟酌清和理，相期德有成。』(《鍾伯敬先生遺稿》卷一)

作《舟中題畫與伯敬》：『幽情同出門，幽事有所以。偶爾洗精神，溪山落片紙。重泉界樹杪，孤烟浮澗底。昏旦變耳目，暝霽生遠邇。隨意少與多，會心起復止。衆聲歸静聞，一情化妙理。山水向人非，筆墨向君是。寫成坐咨嗟，相對不能已。』(《那菴全集》卷二十七《檀餘草》)

作《題蘭與鍾姬吴香才》。(《那菴全集》卷二十七《檀餘草》)

按：據此詩，鍾惺姬，姓吴，名香才。

作《舟中題香才畫贈水仙花三首》《太平驛賦題壁上》。（《那菴全集》卷二十七《檀餘草》）

作《至茶洋驛坐澗上小亭同伯敬賦》。（《那菴全集》卷二十七《檀餘草》）

鍾惺有《商孟和送予還楚憇茶洋驛澗亭有作奉和》：『勞勞暫止意無加，忽值山亭小澗斜。屋裏聞聲驚夜壑，牆頭飛片覓春花。爲官興盡仍求友，送客情深欲到家。歸路漸看酬對少，身心隨處入幽遐。』（《鍾伯敬先生遺稿》卷一）

作《過豫陽得一小宋硯於農家持至茶洋驛與伯敬試墨》《建溪訪別》。（《那菴全集》卷二十七《檀餘草》）

二月，鍾惺歸楚，同遊武夷山幾遍，酬倡甚夥。越分水關，過浙江常山、釣臺等地，到達杭州，遊湖，堤上看桃花，净慈寺尋僧，遊靈隱遇雨，月下泛湖上至曉，訪飛來峰。

作《重到天游觀》。（《那菴全集》卷二十八《登峰草》）

按：鍾惺《遊武夷山記》：『天啟三年癸亥歲北歸楚……二月初八日友人商梅身送予至此。』（《鍾伯敬先生遺稿》卷二）

作《宿月天游聞道士吹笛》。（《那菴全集》卷二十八《登峰草》）

鍾惺有《過溪至萬年宫舟歷六曲上天遊觀宿》，其一：『丘壑最深處，不離衢路間。静喧争一渡，次第入諸山。流去峰相顧，舟停石所攀。回看溪未遠，車馬幾曾閒。』其二：『登山從

水始，此理有難言。一棹聲將没，孤峰影若存。不須將某處，定以屬何源。曲直成單複，牽攣變客魂。』（《鍾伯敬先生遺稿》卷一）

鍾惺《月宿天遊觀》：『静者夜居高，覩聞自孤遠。奇光被形神，所照皆如瀞。草樹與溪山，共此煙霜晚。立身仙掌上，接筍峰初偃。天月如逝波，悠然何時返。春淺夜復深，萬象戎戎短。笛聲起一隅，千山萬山滿。虛衷憶忘一，遭物偶興感。』（《鍾伯敬先生遺稿》卷一）

作《天游曉望》。（《那菴全集》卷二十八《登峰草》）

鍾惺有《宿天遊觀已是第六曲初由五曲捨舟至此次日將入舟終九曲之遊輿行里許已至七曲作《從六曲欲終九曲之遊輿行里許至七曲》。（《那菴全集》卷二十八《登峰草》）

詩紀往還所歷》，其一：『武夷源九曲，上下以舟從。捨棹無三里，過溪第七重。前途猶未定，來路卻相逢。只似遊方始，新看昨日峰。』（《鍾伯敬先生遺稿》卷一）

作《下城高巖訪僧即渡溪歸》。（《那菴全集》卷二十八《登峰草》）

鍾惺有《宿天遊觀已是第六曲初由五曲捨舟至此次日將入舟終九曲之遊輿行里許已至七曲詩紀往還所歷》，其二，題下自注：『下城高巖，一僧所止。』詩云：『名山何所憾，遊半未逢僧。照水憐孤影，懸巖占一層。威儀粗已具，燈鉢果誰承。送我前溪去，依依别未能。』（《鍾伯敬先生遺稿》卷一）

作《重訪小桃源》。（《那菴全集》卷二十八《登峰草》）

鍾惺有《宿天遊觀已是第六曲初由五曲捨舟至此次日將入舟終九曲之遊輿行里許已至七曲詩紀往還所歷》，其三，題下自注：『小桃源。』詩云：『仙源一以閉，雞犬去悠哉。山徑偶然盡，水聲何自來。暫因人未識，聊許洞猶開。豈復如秦隱，頻爲漁子猜。』（《鍾伯敬先生遺稿》卷一）

作《望接笋峰喜僧茶至》。（《那菴全集》卷二十八《登峰草》）

鍾惺《宿天遊觀已是第六曲初由五曲捨舟至此次日將入舟終九曲之遊輿行里許已至七曲詩紀往還所歷》，其四，題下自注：『仰接筍峰不得上。』詩云：『亦識險將盡，到時心目寬。斷連無百尺，俯仰若千盤。自歎來偏晚，非關上獨難。郤思登岱日，垂手步層巒。』（《鍾伯敬先生遺稿》卷一）

作《三曲捨舟行七曲尋靈巖一線天風洞諸處》。（《那菴全集》卷二十八《登峰草》）

鍾惺有《宿天遊觀已是第六曲初由五曲捨舟至此次日將入舟終九曲之遊輿行里許已至七曲詩紀往還所歷》，其五，題下自注：『三曲捨舟，行七里，尋靈巖、一線天、風洞諸處。』詩云：『歸舟溪且盡，中止亦何心。清泛所不到，幽棲聞更深。天分巖一寸，月半壁千尋。斟酌今宵宿，應逢光滿林。』（《鍾伯敬先生遺稿》卷一）

作《宿虎嘯巖二首》。（《那菴全集》卷二十八《登峰草》）

鍾惺有《宿天遊觀已是第六曲初由五曲捨舟至此次日將入舟終九曲之遊輿行里許已至七曲

詩紀往還所歷》，其六，題下自注：『宿虎嘯巖。』詩云：『若比天遊宿，高深漸不同。置身星月上，濯魄水煙中。登涉頻勞目，眠餐可息躬。明朝仍理檝，往返此山中。』（《鍾伯敬先生遺稿》卷一）

作《臥龍潭》。（《那菴全集》卷二十八《登峰草》）

鍾惺有《過溪至萬年宫舟歷六曲上天遊觀宿》，其三，題下注：『臥龍潭。』詩云：『武夷溪妙處，不以淺深求。山勢有時止，潭聲至此幽。魚龍千古夜，陵谷一隅秋。卻自能沖照，燃犀無可搜。』（《鍾伯敬先生遺稿》卷一）

作《雲窩有懷》。（《那菴全集》卷二十八《登峰草》）

按：『有懷』，懷陳省。陳省（一五二九—一六一二），字孔震，初號約齋，更名幼溪，長樂縣江田人。嘉靖三十八年（一五五九）進士，官至少司馬。晚年隱於武夷五曲雲窩。有《幼溪集》。

鍾惺有《過溪至萬年宫舟歷六曲上天遊觀宿》，其四，題下注：『雲窩，陳少司馬幼溪所住。』詩云：『溪山將半處，止此意何如。早入高人眼，先成静者廬。筍茶隨所取，妻子可同居。井竈猶堪問，鳩巢借鵲餘。』（《鍾伯敬先生遺稿》卷一）

作《重望玉女峰》。（《那菴全集》卷二十八《登峰草》）

鍾惺有《宿天遊觀已是第六曲初由五曲捨舟至此次日將入舟終九曲之遊輿行里許已至七曲

詩紀往還所歷》，其七，題下自注：『玉女峰。』詩云：『脉脉盈盈處，行行止止時。變如頻作態，静不可求思。影好禽魚悦，神寒水月知。分形垂顧眄，迎送意無疲。』（《鍾伯敬先生遺稿》卷一）

作《九曲歸月下望幔亭峰》。（《那菴全集》卷二十八《登峰草》）

作《自九曲返萬年宫燈下同伯敬賦》。（《那菴全集》卷二十八《登峰草》）

作《登大王峰尋僧留坐》。（《那菴全集》卷二十八《登峰草》）

作《翰墨石和伯敬》。（《那菴全集》卷二十八《登峰草》）

鍾惺有《翰墨石》：『往來詩客畫師身，一笏懸煙獨自珍。閲盡遊人終不與，千年巖壁墨磨人。』（《鍾伯敬先生遺稿》卷一）

作《仙船》。（《那菴全集》卷二十八《登峰草》）

鍾惺有《仙船》，題下自注：『在藏峰壁中』，詩云：『因巖刳木戲爲船，更着危橋閣半煙。有意欲添疑一段，不居溪畔不天邊。』（《鍾伯敬先生遺稿》卷一）

作《呼來泉》。（《那菴全集》卷二十八《登峰草》）

鍾惺有《呼來泉》，題下自注：『在御茶園内，製茶最佳。每茶時，令衆以金鼓揚聲，呼曰：「茶發芽！」泉即至，一名通仙井。』，詩云：『水愛靈芽聽所需，每隨茶候應傳呼。從今不作官家物，臺上猶能唤出無。』（《鍾伯敬先生遺稿》卷一）

作《仙掌峰》。(《那菴全集》卷二十八《登峰草》)

鍾惺有《仙掌峰》:『一壁能專數折流,朝煙夕照未曾周。分明有指無伸屈,數盡來人又去舟。』(《鍾伯敬先生遺稿》卷一)

作《百花莊》。(《那菴全集》卷二十八《登峰草》)

鍾惺有《百花莊》:『尺寸荒園盡種茶,山中二月恨無花。誰知買地營香國,自有閒情別一家。』(《鍾伯敬先生遺稿》卷一)

作《别武夷山》。(《那菴全集》卷二十八《登峰草》)

鍾惺有《别武夷山》:『九曲將終奈若何,豈應歷遍意無它。花争麗日誰能後,鶯惜新聲不肯多。因想未忘知在夢,居遊難卜且留歌。買田築室良非易,珍重機緣一度過。』(《鍾伯敬先生遺稿》卷一)

按:鍾惺丁父憂歸楚,商梅送到蘇州。鍾惺入閩時間不長,與閩人有較多交往,年長一輩有曹學佺、王宇等,年輕一輩則有韓廷錫、許豸等。商梅追隨鍾惺已經超過十年,是閩人與竟陵詩人交往最久的詩人之一。以上所録,多爲鍾、商倡和之作。略可見商梅與竟陵接近之一斑,故詳録如此。

作《出山十里訪水簾洞有序》,《序》略云:『入洞,洞中列館宇,翼以朱欄,而香氣冥發,與水珠相亂。而水之游移靡定,以風爲分合,乍捲乍舒,乍明乍晦,一日之内,耳目屢更。伯敬記中甚

得其似。』(《那菴全集》卷二十八《登峰草》)

鍾惺有《出山十里訪水簾洞》:『出山又入山,原爲水簾計。本以水得名,卻有群峰衛。峰立如兩雄,有時揖相避。削壁外無覩,水源何所自。各自成思理,恥爲武夷隸。觀其斷連時,實爲一而二。中劈即徑竇,紆直行幽隧。天日在峽中,少虧恒多蔽。載實或履虚,置身有無際。欣慨交形神,俯仰失天地。石交橋洞生,往來劣得濟。倏焉身世寬,孤高覆幽異。微雨日中來,頭數若可記。看山行路人,此物最所忌。遊絲與貫珠,潤氣流清霽。乃知是飛瀑,遠從千仞墜。至棼反無喧,聲光歸一細。東西不自由,分合果何意。水風若交蘆,依倚作寒喉。吁嗟水一簾,蓄泄高且邃。群峰養微源,起落難思議。』(《鍾伯敬先生遺稿》卷一)

作《出關遇雨》《常山舟雨》《同伯敬登釣臺詩改舊作》。(《那菴全集》卷二十八《登峰草》)

作《戧舫湖上與伯敬移宿》《堤上看桃花》《净寺尋僧坐於香閣》《遊靈隱遇雨飯於僧室》《雨晴見月遂泛湖上》《湖船曉起》《訪飛來峰月下見老僧誦經石上》。(《那菴全集》卷二十九《送送詩》)

三月,初一日,往天竺。此前以先後所作示鍾惺,鍾惺評曰『深而無痕,淺而有力』,鍾惺已爲商梅詩集撰序,到武林之後重書之。鍾惺盡棄商梅萬曆四十年(一六一二)壬子之前詩,詩集所存自壬子歲始。商梅與鍾惺遊湖上及週邊諸景:法相寺、孤山、龍井;僧來湖舫,題畫與之。陪鍾惺至吴門,作別詩;於虞山晤錢謙益。鍾惺爲徐波索畫,並題之。訪劉虚受園池。泛舟至虎丘晚坐石。譚元春梓陳鏡清詩，商梅題其後。

作《吳門別伯敬二首》，其一：『自閩來至此，千里未爲多。未免與君別，其如歸路何。停舟聊水次，分夢到巖阿。可見忘情好，輕鷗在碧波。』（《那菴全集》卷二十九《送送詩》）

作《與元歎送伯敬至梁溪舟中夜坐共賦詩書卷而別》《寄沈雨若於金陵時訪虞山不值》。（《那菴全集》卷二十九《送送詩》）

作《三月朔日往天竺》。（《那菴全集》卷二十九《送送詩》）

鍾惺《那菴詩選序》，略云：『吾友商孟和稱詩二十餘年，取材多，用物宏，假途遠，富有日新，使天下知之有餘。孟和曰：「詩，不選不詩也；選，不鍾子不選也。」於是，選那菴詩斷自壬子後詩，前此不存焉。蓋自壬子後始能爲孟和，始能爲孟和詩。此予一人之言，及孟和自視斷以爲必然者也。然則，壬子前孟和無詩乎？曰：烏能無！有壬子以前之孟和，而後有孟和今日也……壬子前詩，質之海内名人，有權者將必駭爲富有日新，其力必能使天下知之，而今詩或反廢。孟和寧爲此，不爲彼。曰：「知己不在是焉。吾所欲知己而恐不得當者，一人耳。」一人者，何也？孟和不答。孟和問予，予亦不能答。天啓癸亥春三月朔日，景陵社弟鍾惺伯敬重書於武林湖上。』（《那菴全集》卷首）

按：《隱秀軒集》卷十七載此文，作《種雪園詩選序》，無『天啓癸亥春三月朔日，景陵社弟鍾惺伯敬重書於武林湖上』二十四字。

又按：《那菴詩選自序》：『余不佞，自壬子後詩始存於世，此前付之水火，或有存者，以才情見録，而抱鏡自照，失其本來，故尋求之極，稍稍露出，然亦不敢自信其然也……自壬子後，凡有所作，皆入伯敬選而後存，存而復選，積至癸亥春，與伯敬至吴門，以前後所作再示之，伯敬顧謂吴中作者曰：「是集也，深而無痕，淺而有力矣。」吴中作者深以伯敬之言爲然，而余之詩亦以之自信焉。』（《那菴全集》卷首）

作《湖上泛雨》《遊法相寺止於竹閣》《孤山訪林處士墓》《放生池坐月》。（《那菴全集》卷二十九《送送詩》）

作《清明日訪僧龍井喜試新茶》。（《那菴全集》卷二十九《送送詩》）

按：清明，三月初六日。

作《僧來湖舫題畫與之》《僧泛》《同伯敬訪雲栖宿於僧舍》《湖上見落花三首》。（《那菴全集》卷二十九《送送詩》）

作《虞山晤錢受之何季穆即别二首》，其一：『每思違五載，兹晤喜三春。共語無他事，相憐有此身。容看今日老，情覺向時親。曾奈歸心切，遲明復遠人。』（《那菴全集》卷二十九《送送詩》）

按：别錢謙益已經五載。

作《聞黄子羽讀書洞庭山詩以寄之》《同陸孟鳧往印溪宿顧伯雍宅》。（《那菴全集》卷二十九

《送送詩》)

作《伯敬爲徐元歎索畫伯敬題畢余和是詩》。(《那菴全集》卷二十九《送送詩》)

按：徐波，字元歎，吴郡(今江蘇蘇州)人。有《新舊詩》。

作《訪劉虚受園池》《同諸友吴門泛舟至虎丘晚坐石上月下聞歌》《譚友夏梓陳鏡清六詩伯敬索題詩後》《寄答譚友夏》。(《那菴全集》卷二十九《送送詩》)

作《吴門别伯敬二首》，其一：『自閶來至此，千里未爲多。未免與君别，其如歸路何。停舟聊水次，分夢到巖阿。可見忘情好，輕鷗在碧波。』(《那菴全集》卷二十九《送送詩》)

作《與元歎送伯敬至梁溪舟中夜坐共賦詩書卷而别》《寄沈雨若於金陵時訪虞山不值》《寄鍾居易》。(《那菴全集》卷二十九《送送詩》)

四月，歸舟過錢塘，有詩致鍾惺、譚元春。過嚴陵灘、信州。

作《歸舟至錢塘逢僧入楚遂寄伯敬友夏》。(《那菴全集》卷二十九《送送詩》)

作《嚴灘雨宿》《至信州蔣一先太守以舟屋相留是日攜尊至詩以答之》《蔣一先過予舟中坐雨薄暮見月》《觀水》《月下移舟》。(《那菴全集》卷三十《歸鴻草》)

五月，端午，抵家，懷鍾惺。

作《端午日抵家》：『三春偏作客，五月乃歸身。情偶關佳節，思猶存遠人。』(《那菴全集》卷三十《歸鴻草》)

五、六月間，往閩清豫陽省墓。山居畫石，題其上。題竹石畫意與高茂弘。鍾惺由白下抵楚，轉遞曹學佺、王宇、商梅、徐波致譚元春書，譚各題絶句一首於書。病中謝客。

作《豫陽省墓》《山居畫石遂題其上》《答友過那菴詩》《别友人病中之官白下》《題竹石畫意與高茂弘》《月夜泛西湖》。（《那菴全集》卷三十《歸鴻草》）

作《得鍾伯敬武昌書時病中謝客》：『别思楚江長，知君住武昌。著書删應接，善病等尋常。』（《那菴全集》卷三十《歸鴻草》）

譚元春有《伯敬閩歸得閩中曹能始王永啟商孟和蘇州徐元歎四書各題一絶句》，其三：『聞我園林非舊觀，自言出户較前難。閩中天地不能雪，積入君書一寸寒。右得孟和書。』（《譚元春集》卷十）

作《移石池上二首》。（《那菴全集》卷三十《歸鴻草》）

十一、十二月間，看梅。病後訪僧。

作《園中蚤梅》《郊外移梅植於月下》《病後訪僧西庵》。（《那菴全集》卷三十《歸鴻草》）

十二月，除夕，感歎爲詩名書名所困及多病。

作《癸亥除夕》：『詩書困我名何益，天地生才理亦微。只爲投閒成傲骨，却因多病養清機。』（《那菴全集》卷三十《歸鴻草》）

天啟四年甲子（一六二四） 三十八歲

正月，在會城。登烏石山。與婁江許子同酌園中雪毬花下。有詩答婁中黃翼。

作《甲子元旦》《人日登烏石山瓢菴》。（《那菴全集》卷三十《歸鴻草》）

作《春夜坐月園中》。（《那菴全集》卷三十《歸鴻草》）

正、二月間，林懋有書及詩寄商梅，商梅和其韻答之。移種碧桃花。雨後坐寂樂齋。有詩答婁江黃子羽。

作《得林子丘雪中書兼詩一首和韻答之》：『去冬書寄到春雲，千里關情幾似君。兀坐正憐花寂寂，開緘仍覯雪紛紛。秦淮久別遊魂夢，閩嶺相思觸見聞。今歲出門知不免，鴻歸猶未報殷勤。』（《那菴全集》卷三十《歸鴻草》）

作《園中雪毬花開與婁江許子同酌其下》《移碧桃花》《蚤起見所移桃花將開詩以催之》《雨後坐寂樂齋》《答婁江黃子羽書去歲在洞庭未晤》。（《那菴全集》卷三十《歸鴻草》）

三月，馬欻自楚歸，過訪。將之金陵，許豸贈詩，有詩告別親友。李岳過宿那菴。得袁稺圭燕中書，李岳過宿那菴。馬欻自楚歸，過訪。題竹石與僧。將從白下過楚，許豸以詩贈行。

作《那菴同友夜坐》：『月因憐夜好，花每惜春深。』（《那菴全集》卷三十《歸鴻草》）

作《李子山過宿那菴》：『春暮緑陰生，春與情欲止。』（《那菴全集》卷三十《歸鴻草》）

作《馬季聲楚歸過訪》：『歎息如君萬事艱，今朝方得挂冠還。』（《那菴全集》卷三十《歸鴻草》）

按：馬歘（一五六一——？），字季聲，户部尚書森次子，懷安（今福州）人。萬曆中鄉貢。有《漱六齋集》《廣陵遊草》《南粵概》《下雉纂》。

作《得袁穉圭燕中書兼寄姬人墨蘭》《題竹石與僧》。（《那菴全集》卷三十《歸鴻草》）

作《將從白下過楚許玉史以詩贈行賦答》：『三春別路吴天遠，一水懷人楚澤微。』（《那菴全集》卷三十《歸鴻草》）

作《送春日留別諸友》：『春光欲盡客遲遲，客去春歸偶一時。』（《那菴全集》卷三十《歸鴻草》）

作《臨行答贈湖石》。（《那菴全集》卷三十《歸鴻草》）

四月，出門前往金陵；啓兒送行舟中。建陽考亭謁朱文公祠。

作《佛日齋行》。（《那菴全集》卷三十一《行吟》）

作《見啟兒送行舟中喜作》：『小子生來僅四年，牽衣獨自到門前。』（《那菴全集》卷三十一《行吟》）

按：此兒生於天啟元年正月，時四歲。詳該年《譜》。

作《九里潭坐月》《建溪訪泊》《考亭謁文公祠》。（《那菴全集》卷三十一《行吟》）

五月五日，經江西清湖。至杭州，遊六橋三竺。至吴門，陳古白與唐君俞招舟相尋。

作《端陽至清湖客邸》《同僧湖上看新荷》《六橋晚坐待月而歸》《登上天竺宿於僧舍》《舟行見桑間小屋》《至吴門雨後見月陳古白與唐君俞招舟相尋更分而別》。（《那菴全集》卷三十一《行

吟》）

五、六月間，至金陵。客秦淮水閣。過桃葉渡。

作《客秦淮水閣》《過桃葉渡有感》《逢友》。（《那菴全集》卷三十一《行吟》）

六月五日登牛首山，逢寓林上人。集秦淮閣，又集馬玉蕊館，遇臨川湯季雲（開先）；題蘭扇贈馬姬。西天寺訪張伯，過胡宗仁懶石齋，訪范迂。

作《六月五日登牛首頂上逢寓林上人時與余别十載矣感而賦此》。（《那菴全集》卷三十一《行吟》）

作《牛首望獻花巖》：『今日季夏來，他時理難忖。』（《那菴全集》卷三十一《行吟》）

作《登牛首歸宿於村屋》《集秦淮閣》《集馬玉蕊館喜遇臨川湯季雲》。（《那菴全集》卷三十一《行吟》）

按：湯開先，字季雲。江西臨川人。湯顯祖第四子，有文名。

作《題蘭扇贈馬姬三首》，其一：『曾奈未秋歸思急，倘能相憶即相看。』（《那菴全集》卷三十一《行吟》）

作《西天寺訪張伯迴時伯敬囑其相尋》。（《那菴全集》卷三十一《行吟》）

作《過胡長白懶石齋》。（《那菴全集》卷三十一《行吟》）

按：胡宗仁，安彭舉，一字長白。已見。

作《訪范漫翁聞其二姬善歌》。（《那菴全集》卷三十一《行吟》）

按：范迂，字漫翁，吴興（今浙江湖州）人。

六、七月間，過沈雨若松風堂，留宿；題其堂。遊莫愁湖。舟歸，過吴門，宿徐波浪齋。自吴門至婁江訪黄翼，與黄奉倩至陸公市望海，留别黄翼，集别印溪草堂，題畫贈别黄奉倩。徐文任卒，有詩哭之。同黄翼至虞山，夜宿江上；别之。宿錢謙益津逮軒，又與之同舟而宿，至甘露林而别。至武林，有詩寄岳元聲。訪吴之鯨墓。

作《過沈雨若松風堂留宿二首》，其二：『客途心與境，换去已無餘。』（《那菴全集》卷三十一《行吟》）

作《題松風堂三首》，其二：『但看青青歲月多，浮生榮落事如何。』（《那菴全集》卷三十一《行吟》）

作《如舫詩》：『多少升沉事，悠悠寄此情。』（《那菴全集》卷三十一《行吟》）

作《遊莫愁湖二首》，其二：『歸心倚寒水，芳思合秋波。』（《那菴全集》卷三十一《行吟》）

作《舟中夢鄭姬無美賦此寄之》《歸舟至吴門宿徐元歎浪齋》《自吴門至婁江訪黄子羽》《與黄奉倩至陸公市望海二首》《秋日同子羽賦》《留别子羽》《集别印溪草堂》《題畫贈别黄奉倩》《印溪草堂聞箏》《坐月印溪二首》。（《那菴全集》卷三十一《行吟》）

作《哭徐元晦》：『去歲别云云，兹來不見君。存亡堪此際，涕泗可能聞。』（《那菴全集》卷三

十一《行吟》）

作《同子羽舟至虞山夜宿江上》《舟中别子羽》《宿受之津逮軒》《同受之舟宿至甘露林而别》《答别劉虚受》《舟至吴江月下聞隔舟歌》《烟雨樓》《寄岳石帆先生》《武林訪吴伯霖葬處》《錢塘舟月》。（《那菴全集》卷三十一《行吟》）

七、八月間，由武林往富陽。發富陽，逢僧返雲栖，因談鍾惺同遊事。發富陽逢僧返雲栖，因談鍾惺。薄暮至嚴陵。

作《江上尋僧》《江月聞鴈》《江上寄義興蔣一先太守》《發富陽逢僧返雲栖因談伯敬同遊事》《薄暮至釣臺見月登嚴先生祠》。（《那菴全集》卷三十二《秋氣篇》）

八月，發江西鉛山，雨中度分水關。十日，到達浦城，十五日，到家。

作《雨後望江郎石》《雨中度關》《邸夜坐雨題主人壁》。（《那菴全集》卷三十二《秋氣篇》）

作《八月初十夜柘浦登舟酌於月下》。（《那菴全集》卷三十二《秋氣篇》）

按：柘浦，浦城縣。

作《山店謝歌者》《中秋到家》《柳下亭待月》。（《那菴全集》卷三十二《秋氣篇》）

八、九月間，友人述謗鍾惺者乃其同年友。

作《西閣曉望》《木蘭花開待月坐於花下》《友人述謗伯敬者乃其同年友也感而賦詩兼寄伯敬》。（《那菴全集》卷三十二《秋氣篇》）

九月，老圃送菊，月下那菴看菊。送秋日，諸子過小園坐菊畦。

作《九日園居》《謝老圃送菊》《月下那菴看菊》《那菴同諸友看菊以姓爲韻》《送秋日諸子過小園坐菊畦》。（《那菴全集》卷三十二《秋氣篇》）

十、十一月間，海上省祖墳。

作《冬日省祖墳海上二首》：『四十年來身始還，省墳方識海邊山。』（《那菴全集》卷三十二《秋氣篇》）

作《拜墓後雨宿家弟海上居》。（《那菴全集》卷三十二《秋氣篇》）

按：商梅福清人，據此詩，其祖居福清海邊。

十一月，生日。作《生日感賦》。（《那菴全集》卷三十二《秋氣篇》）

十二月，有『世路驚人原有故，文章憎命恐無邊』之句。

作《甲子除夕》。（《那菴全集》卷三十二《秋氣篇》）

是歲，徐𤊹有書答林古度，云向年索宋硯，近日商梅攜回皆贋。

按：徐𤊹《寄林茂之》：『近日，林異卿槖中所攜皆真，孟和皆贋，仁兄毋爲其魚目混也。見孟和以弟此語詎之，渠必罵我耳。草草布候，不盡衷曲。』（《紅雨樓集·鼇峰文集》册七，《上海圖書館未刊古籍稿本》第四十四册，第五十一—五十一頁）

天啟五年乙丑（一六二五） 三十九歲

正月，元旦，得『閉户每思無愧影，出門仍覺自嫌身』之句。

作《乙丑元旦》《人日喜山僧過訪留坐那菴二首》。（《那菴全集》卷三十二《秋氣篇》）

正、二月間，陳一元往南都任職，有詩送之。

作《答汪明生二首》。（《那菴全集》卷三十二《秋氣篇》）

按：汪元範，字明生，休寧（今屬安徽）人。諸生。好遊名山大川，足跡幾遍天下。有《汪明生詩草》《借研齋草》。

作《送陳京兆》。（《那菴全集》卷三十二《秋氣篇》）

按：陳京兆，即陳一元。已見。

三月，喜顧聽自吴至。

作《春暮感懷十首》，其九：『除却追隨麋鹿去，不然何地可逃名。』（《那菴全集》卷三十二《秋氣篇》）

作《喜顧元方至得徐元歎書》。（《那菴全集》卷三十二《秋氣篇》）

按：顧聽，字元方，吴郡人，工篆，其印章獨得秦漢遺法。

作《送汪明生還東都》。（《那菴全集》卷三十二《秋氣篇》）

四月，得金陵諸友詩。陳能遠携酌，集柳下亭。

作《得白門諸友書感賦》《夏日陳能遠携酌集柳下亭同文文瀛明府》。（《那菴全集》卷三十三《忍草》）

五、六月間，許豸過坐小園。有詩寄鍾惺，爲其受讒報不平。

作《許玉史過坐小園》《和韻詠折翅鶴》。（《那菴全集》卷三十三《忍草》）

作《寄鍾伯敬》：『念我依然居木石，讒人未免化蟲沙。』（《那菴全集》卷三十三《忍草》）

七月八日，秋日同友人看木蘭花。林寵過齋中。

作《秋日同友人看木蘭花》《七月八日雨後見月過林異卿齋中》。（《那菴全集》卷三十三《忍草》）

七、八月間，題畫贈僧。題蜀箋山水贈蔣使君。衆香樓坐月。得清流裴養清、崇安江仲譽、吴郡陸孟鳧、黄翼書。

作《題畫贈僧》《題蜀箋山水贈蔣公鳴》《衆香樓坐月有懷》。（《那菴全集》卷三十三《忍草》）

作《秋日裴聖之江仲譽二書至賦答》。（《那菴全集》卷三十三《忍草》）

按：江仲譽，崇安人。有《火後稿》《波餘草》。

作《僧舍坐月》《月夜湖上艷泛》《看僧除草》《小園掃葉》《得陸孟鳧黄子羽書》《驛館與林自銘大參夜坐值支提僧至》。（《那菴全集》卷三十三《忍草》）

八月，徐𤊹致友人書言及從商梅齋頭得《懷祖》詩帖。

按：徐𤊹《寄蔡宣遠平陰》：『於孟和齋頭得《懷祖》詩帖，向者兄委，久負諾責。』（《紅雨樓集·鼇峰文集》册八，《上海圖書館未刊古籍稿本》第四四册，第一百九十—一百九十一頁）

九月九日，送葉機仲楚遊。題松石壽玉峰禪師。

作《九日送葉機仲楚遊》。（《那菴全集》卷三十三《忍草》）

按：葉樞，字機仲，松陽（今松溪）人。投筆從戎。

作《題松石壽玉峰禪師》《題畫》《鄰園移菊至賞之有懷》《月下對菊》《看菊西園》《寄答蔡宣遠明府》。（《那菴全集》卷三十三《忍草》）

十月，在嵩溪，題畫與僧。入山，止宿於農屋。

作《冬夜宿嵩溪閣題畫與僧》《入山止於農屋》《攜酌看溪上紅葉》《題山居》《山中懷林子實》。（《那菴全集》卷三十三《忍草》）

十一、十二月間，山行看梅花。

作《山行見梅花二首》《宿月山閣》《月夜攜酌坐於梅下》。（《那菴全集》卷三十三《忍草》）

十二月，出山，回會城。夜坐，鄰農餉酒。出山，別梅花。

作《山居坐雪》《雪後夜坐喜鄰農餉酒》《出山別梅花》《乙丑除夕》。（《那菴全集》卷三十三《忍草》）

天啓六年丙寅（一六二六）　四十歲

正月三日，蔣公鳴使君招飲。烏石山訪僧。

作《丙寅元旦二首》《正月三日蔣公鳴招飲衙齋》《人日園居偶成》《烏石訪僧》。（《那菴全集》卷三十三《忍草》）

二月，花朝，蔣公鳴使君過訪。

作《花朝蔣公鳴使君期過那菴詩以柬之》。（《那菴全集》卷三十四《寤言》）

三月三日，集高景倩木山齋。有詩寄徐波，題《松窗讀易圖》贈高右公。

作《三月三日艷集高景倩木山齋》《寄徐元歎》《題松窗讀易圖贈高右公》。（《那菴全集》卷三十四《寤言》）

四月，馬欻、陳仲溱、西禪寺別山和尚過話。

作《夏日馬季聲陳惟秦別山和尚過話草堂》。（《那菴全集》卷三十四《寤言》）

按：陳仲溱（一五五四—一六三七），字惟秦，懷安人，萬曆布衣。有《陳惟秦詩》《響山集》。

五、六月間，有詩哭鍾惺，以鍾氏爲一生中之知己。

作《訪別山於西禪深談感賦二首》。（《那菴全集》卷三十四《寤言》）

作《香草十首哭鍾子伯敬也》，其一：『知己一生中，今朝忽不同。浮雲滿天地，與爾共虛空。

夙志其何極，流言果有終。聊將古人意，酹酒向東風。』（《那菴全集》卷三十四《寤言》）

按：鍾惺卒於去歲六月。

七月，集野意亭待月。題畫與黄三卿。畫《白湖隱居》贈李明時。又倣舊畫贈友。過陳圳齋中用西國紙畫併題贈。

作《秋集野意亭待月宿於僧舍》《題畫與黄三卿》。（《那菴全集》卷三十四《寤言》）

作《題白湖隱意贈李明六》。（《那菴全集》卷三十四《寤言》）

按：李時成，字明六，閩縣人[一]。天啟間貢生。晚年無子。有《白湖集》。

作《山齋倣舊畫贈友》。（《那菴全集》卷三十四《寤言》）

作《秋日過陳長源齋中寫西國紙併題》。（《那菴全集》卷三十四《寤言》）

按：陳圳（？—一六四一），字長源，閩縣人，布衣。有《得賁園集》；工於集句，有《宫閨組韻》。

八月九日，蔣公鳴邀同范叔集曹園看月。十六夜，范叔招集邸樓。

作《中秋初九夜蔣公鳴邀同范叔集曹園看月》《讀馬仲良詩感賦》《中秋十六夜范叔招集邸樓坐月》《過友園居》。（《那菴全集》卷三十四《寤言》）

［一］李時成有宅在福州城東東禪寺。韓錫《榕庵集》中有《李明六東禪小築初成招予樂之》《過李明六東禪故居》等詩。

九月，到莆田，宿東巖寺。同宋珏、徐玄生等遊九鯉湖。陳心謙招集東園看芙蓉。初八日，柯爾珍招集家園看菊；徐玄生攜觴於國懽寺。九日，同宋珏、徐玄生、超惟、覺滿、東林三僧往上生寺。十一日，與莆田諸子遊。國懽寺別宋珏、徐玄生。重陽後自莆田還家。送顧聽還吳。

作《至莆田宿東巖寺值宋比玉徐玄生同往九鯉湖未歸雨中有懷》。（《那菴全集》卷三十四《寤言》）

按：宋珏（一五七六——一六三三？），字比玉，自號荔枝仙，莆田人。以詩畫名世，有《古香齋詩輯》《荔枝譜》《宋比玉遺稿》。

又按：徐玄生，莆田人。

作《集秋樓得言字》《題柯爾珍雨築》《陳心謙先生招集東園看芙蓉前在武林相別》《重陽前一日柯爾珍招集家園看菊時徐玄生先攜觴於國懽寺相待詩以謝之》《至國懽寺見玄生同比玉載酒待於松際》《題畫與僧》《九日同比玉玄生超惟覺滿東林三上人往上生寺》《登高蓮山》《寺中聞莆曲二首》《九月十一日在國懽寺別比玉玄生諸上人》《重陽後自莆還家范叔招集邸樓看菊》。（《那菴全集》卷三十四《寤言》）

作《送顧元方還蘇州時元方客舅氏吴水蒼別駕署中》：『舅念賢甥秋水闊，余懷遠友暮雲寒。』（《那菴全集》卷三十四《寤言》）

作《送范叔還吴興》：『相逢秋半忽秋殘，花尚東籬對酒看。』（《那菴全集》卷三十四《寤言》）

十、十一月間，經清流等地往江西臨川。

作《將有臨川之遊別蔣公鳴》。（《那菴全集》卷三十四《寤言》）

作《別王龍光之臨川》：『冬氣將深客奈何，今朝送別客愁多。』（《那菴全集》卷三十四《寤言》）

按：王鏤鼎，字龍光，清溪人。

作《答別汪士元於江上》：『蕭蕭冬色滿江村，一札相聞別事存。』（《那菴全集》卷三十四《寤言》）

十二月，歎家貧，幸有詩畫之樂。

作《丙寅除夕》：『親老每思娱菽水，家貧猶喜剩詩書。』（《那菴全集》卷三十四《寤言》）

天啟七年丁卯（一六二七） 四十一歲

正月，元日雨坐。八日，與諸子集陳圳宅迎春。

作《丁卯元旦二首》《元日雨坐懷別山和尚》。（《那菴全集》卷三十五《放言》）

作《穀日迎春同吴潛玉鄭長白鄭巨濟諸君集陳長源宅分韻》。（《那菴全集》卷三十五《放言》）

按：鄭祺，字長白，邵武人。

二月，顔繼祖贈新詩。二十二日，同諸友山齋試茶。題《春山烟樹圖》。

作《顔同蘭大行書新詩見貽賦答》《得朱幼晉王孫書詩以報之》。（《那菴全集》卷三十五《放

言》）

按：顔繼祖（？—一六四〇），字繩其，號同蘭，龍溪（今漳州）人。萬曆四十七年（一六一九）進士。官至山東巡撫。有《又紅堂詩集》《雙魚集》。

作《清明二日同諸友山齋試茗分韻》。（《那菴全集》卷三十五《放言》）

按：清明，二月二十日。

作《題春山烟樹圖》《同諸友那菴試茶》。（《那菴全集》卷三十五《放言》）

三月，送興上人還支提。

作《同友待月那菴》《送友燕遊》《送興上人還支提》。（《那菴全集》卷三十五《放言》）

四月，世召子崔嵸投詩。擬往江西崇仁，建武鄭祺過訪。

作《初夏那菴小集》。（《那菴全集》卷三十五《放言》）

作《喜崔殿生以詩見投》。（《那菴全集》卷三十五《放言》）

按：崔嵸，字殿生，世召第四子，寧德人。諸生。少負異才。有《瑶光集》《秋耕集》等。

作《之巴陵鄭長白過那菴夜坐》。（《那菴全集》卷三十五《放言》）

按：巴陵，江西崇仁別稱。時崔世召爲崇仁縣知縣。

作《送友遊維揚》。（《那菴全集》卷三十五《放言》）

五月，往崇仁，江閣題畫，經嵩溪；五日，至延津，留空生禪室。

作《江閣題畫》《宿嵩溪閣喜山僧餉茗二首》《端午至延津留空生禪室》。(《那菴全集》卷三十五《放言》)

五、六月間,在延津;雨坐,題畫贈禪僧。洪士玉、盧旭日見過。禪齋逢宋珏。題《烟柳》贈裴鼎卿。題畫與田先登;欲登舟,題《雪山圖》。

作《喜洪汝如夜談》。(《那菴全集》卷三十五《放言》)

按:洪士玉,字汝如,閩縣人。布衣。

作《訪李仲連逢趙姬小春》《雨坐題畫贈禪僧》。(《那菴全集》卷三十五《放言》)

作《喜盧若木相過》。(《那菴全集》卷三十五《放言》)

按:盧旭日,字若木,順昌人,洪汝如門人。

作《禪齋逢宋比玉之白下同賦是詩》。(《那菴全集》卷三十五《放言》)

作《題烟柳贈別裴鼎卿應試南畿》《題畫與田先登》《題雪山圖時欲登舟復止寺中山館》。(《那菴全集》卷三十五《放言》)

七月,離劍津,别空生、洪士玉、田先登。初七日,由劍津登舟,經順昌。至邵武,訪杜元冲,宿龔而雅溪上居;城南發舟,李玄玄、龔而雅走送。經建武,未及訪梅慶生。往麻姑山尋謝兆申墓,失道,臨風酹酒賦詩。月底,抵達崇仁訪崔世召,止宿玉清觀。二十七日,崔世召誕日,讌集淩霄樓。題畫與崔坦公。

作《别空生》。(《那菴全集》卷三十五《放言》)

作《别洪汝如》。(《那菴全集》卷三十五《放言》)

作《别田先登》《别友兼有小桃源之期》《答别建溪諸友兼約遊武夷》《七夕登舟劍浦》《阻雨溪上尋盧熙民若木兄弟》《至樵川訪杜元冲感賦》。(《那菴全集》卷三十五《放言》)

作《宿龔而雅溪上居》《城南發舟李玄玄龔而雅走送賦别》。(《那菴全集》卷三十五《放言》)

按:龔而雅、李玄玄,皆邵武人。

作《至建武聞梅子庾攜姬人家於北村未及訪之賦寄》《望麻姑山有懷舊遊》。(《那菴全集》卷三十五《放言》)

作《麻源爲謝耳伯葬處余因迷路未尋其墓臨風增感酹酒賦詩》:『獨傷與子同遊地,生死途分思不禁。』(《那菴全集》卷三十五《放言》)

按:謝兆申卒,詳天啟元年(一六二一)《譜》。

又按:據此詩,商梅曾與謝兆申同遊麻姑山。

作《到巴陵崔明府邀止玉清觀》。(《那菴全集》卷三十六《西懷草》)

崔世召有《小誕前數日喜商孟和至巴陵相見慰勞因畫松並詩爲余壽走筆用韻和之》:『同是煙霞半老身,天涯良晤趂雌辰。秋鷩流火剛初度,客喜披雲未浹旬。雞黍漫陳盤似水,虯松親寫筆如神。猛焉想到秦淮事,二十年來意氣真。』(《秋谷集》下)

崔世召有《誕日招次嘉同孟和讌集淩霄樓分得茶字》：『十頃畦雲帶郭斜，憑欄拈賦散仙葩。山皴粉本牛毛畫，水戰磁瓶蟹眼茶。男子桑弧虛歲月，道人竹帛在煙霞。笙歌撩亂賓從樂，不管秋林准暮鴉。』（《秋谷集》下）

作《答彭次嘉夜坐見懷兼次來韻二首》。（《那菴全集》卷三十六《西懷草》）

作《題畫與崔坦公》。（《那菴全集》卷三十六《西懷草》）

八月，在崇仁，有詩贈崔世召，世召答之。送彭次嘉還豫章。離崇仁，世召遭璫逮，有詩唁之。舟宿臨川，途中病。過杉關；晦日，至邵武。

作《與崔明府》。（《那菴全集》卷三十六《西懷草》）

崔世召有《丁卯仲春（按當爲秋）喜商孟和過訪巴陵貽詩四首走筆和答》四首，其一：『秋風掠鬢賞心難，鎮日啣杯强自寬。但得嚶鳴來好友，莫論列宿映郎官。舟横剡水情無極，屐着蓬山夢乍安。往態清狂君記否，百年肝膽剖相看。』其二：『半生身逐懶雲閑，客路飄零踏蘚斑。夜月勾歌過郢里，秋烟和夢入廬山。知名到處流風韻，掩淚頻年備苦艱。留得一枝椽筆在，許君同醉竹林間。』其三：『拍手詩成笑咄嗟，斗邊精氣識張華。征車露重穿花畔，官舍雲生傍水涯。傲骨猶餘千古勁，巔毛如許半霜加。暫時樓憩朝真地，柱杖秋山處處家。』其四：『臨風偏得好懷伸，客裡秋光愛殺人。四百亂峰歸作手，十千沉湎領閑身。真形鍛煉幾成鶴，王路驅馳媿有騆。只尺仙源圖小史，桃花應説武陵春。』（《秋谷集》下）

作《聞友人客病豫章賦此寄懷》《送彭次嘉還豫章予亦南歸》《巴陵登舟二首》。（《那菴全集》卷三十六《西懷草》）

作《江水十章有序》，《序》云：『江水，唁崔令也。崔在巴陵得民也，遇謗出城，江上民望而哭之。商子感焉，述民之言，爲之賦《江水》。』（《那菴全集》卷三十六《西懷草》）

按：朱彝尊《静志居詩話》卷十七：『崔君令巴山，有爲魏璫祠請頌德詩者，峻拒之，遂被逮入都下獄。』

作《臨川舟宿》《舟病感懷》《度杉關宿月山店》《待舟》《八月晦日舟宿樵川寄友》。（《那菴全集》卷三十六《西懷草》）

九月一日，在舟中。六日，舟宿劍津。八日，到家。九日，移菊鄰園。喜莆田黄光鄉舉、清流裴汝申過話草堂。題竹石寄譚元春於燕，題蘭寄楚友。入山訪友，宿江上禪室。江上題畫與僧。舟至閩清豫陽，遇雨宿於墓下。

作《九月一日舟中賦》《九月六日舟宿劍潭七月之巴陵在此登舟》《重陽前一日到家》《九日移菊鄰園同老父酌於花下》《過鄭將軍草檄齋時余自巴陵返二首》。（《那菴全集》卷三十六《西懷草》）

作《喜黄若木鄉舉》。（《那菴全集》卷三十六《西懷草》）

按：黄光，字若木，莆田人。天啟七年（一六二七）舉人。有《九鯉湖志》。

作《裴翰卿過話草堂》《寄馮茂遠二首》《到家聞蔣公嗚挂冠還吴賦此寄之》《題竹石寄譚友夏於燕》《題蘭寄楚友》《入山訪友宿江上禪室》《江上題畫與僧》《舟至豫陽遇雨宿於墓下》《宿溪閣雨晴曉起》。（《那菴全集》卷三十六《西懷草》）

十月，在梅溪，山僧相訪，遂與閒遊，商梅父命見月詩。山朋招飲宿月樓。

作《冬日酌於農家》《山僧相訪遂與閒遊》《溪上新寒》《十月見溪上桃花》《溪上見新月家君命酌率爾賦詩》《山朋招飲宿月樓上》。（《那菴全集》卷三十六《西懷草》）

十一、十二月間，送林弘衍還朝。送伍君曉、黄而需北上。父卒，爲父興造墓廬，作《集蓼吟》寄托哀思。

作《聞譚友夏楚榜第一喜賦》。（《那菴全集》卷三十七《柳下亭》）

按：譚元春是歲鄉試楚榜第一。

作《有貽古墨齋中試之》《送林守易計部還朝二首》。（《那菴全集》卷三十七《柳下亭》）

作《送伍君曉北上兼寄鄒當年裴聖之》。（《那菴全集》卷三十七《柳下亭》）

作《送黄而需北上》。（《那菴全集》卷三十七《柳下亭》）

作《集蓼吟十首有序》，《序》云：『情有不可解者，必有所思。而思無所寄，則氣散而神傷。木火自焚，固然之理也。梅生不辰，身蒙多難。思父哀毁，幾至滅性。而戚友相臨，以保身之道勸勉。聞言有感，稍節其過，遂躬理葬事，經營墓次。而茹苦飲憂，抱膝伸吟。冰霜之際，成詩十章，題曰「集蓼」。然而神思幽遐，形響通夢，風木凄愴，明發泫然。讀是詩者，庶亦有感乎？』（《那菴全集》卷三十七《柳下亭》）

按：商梅父十月尚在世，命其作見新月詩。

崇禎元年戊辰（一六二八）　四十二歲

正月，爲父延僧禮懺。

作《戊辰元旦二首》。（《那菴全集》卷三十七《柳下亭》）

作《春日爲先父延僧禮懺》：『積誠已滿虛空界，學道無虧七十年。』（《那菴全集》卷三十七《柳下亭》）

按：據此詩，商梅父卒時在七十歲左右。

二、三月間，西禪寺訪別山和尚。曉渡馬江。將有吴越之遊。前贈李時成畫被盜，重題《白湖隱意》贈之。題《寒林圖》與空上人。有畫贈朱大典。

作《將有遠行值武夷道士餉茶留坐那菴》《西禪訪別山和尚》《馬江曉渡》《別友兼寄秋谷》。（《那菴全集》卷三十七《柳下亭》）

作《又題白湖隱意前卷盜者去矣》。（《那菴全集》卷三十七《柳下亭》）

按：贈李時成，時成居會城白湖。原題《白湖隱意》在天啟六年（一六二六）七月。

作《題寒林圖與空上人》《談易》。(《那菴全集》卷三十七《柳下亭》)

作《題畫贈朱未孩大參二首》。(《那菴全集》卷三十七《柳下亭》)

按：朱大典(一五八一—一六四六)，字延之，號未孩，浙江金華人。萬曆四十四年(一六一六)進士。

四月，過韓晉榕菴。有吴越之遊，樓居話别。題畫與劉霞起並留别。

作《初夏過榕菴》《初夏有吴越之遊樓居話别》《答贈别山和尚》《題畫與劉霞起》《留别霞起二首》《山閣曉起》。(《那菴全集》卷三十七《柳下亭》)作《題畫四首》。(《那菴全集》卷三十八《明發詩》)

五月一日，舟至建溪，宿僧房。答翁壽丞讀《種雪園詩》，商梅有詩紀其事。題蘭贈鄭女郎，題柳，題《秋山畫意》，倣倪筆並題。有詩寄漳州張燮、高君鼎。登溪舟，戴漢豫孝廉相訪。賦答渡仙霞關。

作《五月一日舟至建溪》《移宿僧房》《端午雨集》《僧房雨夜》《逢唐司李兼寄其弟孝廉》《雨集東樓分得乘字》《答翁壽丞讀余種雪園詩》《題蘭贈鄭女郎二首》《題柳》《題秋山畫意》《倣倪筆並題》《答贈婁江陳仲升學博》《答魯時泰》。(《那菴全集》卷三十八《明發詩》)

作《宿趙慧生園館》。(《那菴全集》卷三十八《明發詩》)

按：趙慧生，建州人。

作《答別徐雲將》。(《那菴全集》卷三十八《明發詩》)

作《林風玉下第還漳同宿符山方丈臨別寄張紹和高君鼎》。(《那菴全集》卷三十八《明發詩》)

按：高君鼎，克正子，海澄(今龍海)人。

作《登舟溪上值戴漢豫孝廉相訪賦答》《訪木公不值》《過武林友人溪上居》《山中曉行二首》《度仙霞》。(《那菴全集》卷三十八《明發詩》)

五、六月間，過清湖。至蘭溪，訪章無逸即別。宿桐江。過語溪，尋林興朝孝廉。遊天聖寺，至苕訪范叔不遇，舟宿鴛鴦湖。過岳元聲齋中。至吳門仍宿徐波浪齋，讀鍾惺遺稿。訪文震亨、姚希孟。過五人墓，有詩。

作《山夜坐月》《至清湖邸樓見新月》《宿蘭溪晨起訪章無逸即別》《雨宿桐江有感》《語溪僧舍尋林興朝孝廉》《坐月語溪》《天聖寺尋管夫人壁上竹石》《至苕訪范叔不值時在燕中未歸》《舟宿鴛鴦湖晨起登烟雨樓懷馮茂遠馬遠之》《過岳石帆先生齋中》《至吳門仍宿徐元歎浪齋讀伯敬刻成遺稿感賦》《同元歎過顧青霞池上》《過蔣公鳴使君園居二首》《訪文文起姚孟長二太史前在維揚相別》《五人墓詩有序》。(《那菴全集》卷三十八《明發詩》)

七月，初三日，夢鍾惺。訪錢謙益，距上次離別已歷五載。同錢謙益舟行至水邊寺，登塔。六日，同錢益之津逮軒，時錢將還朝；七夕，觀看《還魂記》。何允泓卒，哭之。陸孟鳧、黃翼至虞山，暫別錢謙益，至印溪。十三日，遊北園。同顧仲恭、陸孟鳧、黃翼坐月虎丘。同仲恭、孟鳧、黃翼雨泊惠山下。送別錢謙益。

作《紀夢有序》，《序》云：『七月三日，商子至虞山，宿於河上。是夕，夢鍾子伯敬貽書，題記印跡不異平生。讀之，神領意得，覺猶在口。晨起急録，前者頓忘矣。只後數語曰：「殊途合氣，情理曉然。有所貽者，當書文敬。」想與鍾子別在梁溪，今六載矣。往往見之夢寐，語言、遊讌，多是閱歷實境。閩楚阻脩，書札最難，今死生異路，魂魄相達，且改伯敬爲文敬，亦奇矣。鍾子一身毫髮皆是文章，是天地清機所寄也，真可謂之文也。其冥謚者邪？鍾子向與予言：「吾嘗夢遊天章閣，又每夢人授以圖史。」皆夙具文根。生於文，返於文也。冥冥相告，不忘筆墨。遂賦詩紀之，傳爲靈異。』（《那菴全集》卷三十八《明發詩》）

作《訪錢受之宿津逮軒時與受之別五載矣晤語依然》《同受之舟行至水邊寺登塔》《七月六夜同受之津逮軒賦時受之將還朝予欲南歸》《七夕立秋孫大參招看還魂記》《哭何季穆》《拂水感賦》《喜陸孟鳧黄子羽至虞山遂暫別受之同舟至印溪坐月桐樹下》《七月十三日徐令公招遊北園》。（《那菴全集》卷三十九《栖尋草》上）

作《同顧仲恭陸孟鳧黄子羽坐月虎丘遂移宿僧房》。（《那菴全集》卷三十九《栖尋草》上）

按：顧大韶（一五七六—？），字仲恭，大章孿生弟，江蘇常熟人。自負才敏，有《炳燭齋稿》。

作《雨泊惠山下同仲恭孟鳧子羽賦二首》《逢周安期以新詩見示》《與徐令公舟次梁溪晨起即

別》《毘陵送別受之二首》。(《那菴全集》卷三十九《栖尋草》上)

七、八月間，客病吳門，别陸孟鳧、黄翼，宿奉倩園館。送徐波入山。

作《客病吳門别孟鳧子羽還印溪予宿奉倩園館》《早起有懷》《送徐元歎入山》《答别黄奉倩和其來韻》《别蔣公鳴》。(《那菴全集》卷三十九《栖尋草》上)

八月初六夜，奉倩招遊虎丘。過姚希孟齋夜坐。十一夜，馮茂遠自檇李回，過集。十二夜，同茂遠、舜稽坐月。十三日，與孫令弘、陳舜稽、趙退之、查公度及素雲美人同遊馮茂遠耘廬。十五日，茂遠爲素雲索詩，書扇贈之，是夜同陳舜稽、查公度看月。題畫與茂遠，題畫與趙退之。二十二日馮子牧招泛耘廬。馬季冲、遠之叔姪相招。燈夜讀譚友夏詩集。自吳門過武塘，至海寧縣尋查公度不遇。題畫與馬遠之，夜坐遠之春雪堂。與茂遠夜坐。晦日，同舜稽、茂遠夜談；坐馬遠之春雪堂懷錢謙益。

作《八月初六夜奉倩招遊虎丘分得松字》《臨行過姚孟長齋中夜坐》《吳門發舟公鳴過别河上》《江上寄别徐令公》《江上寄答淳如衍門二上人》《舟至平湖值馮茂遠有檇李之行移宿道觀月下賦此》《八月十一夜喜馮茂遠自檇李回過集有作》《十二夜同茂遠舜稽坐月庭前仍移醉河上水天俱浄神思彌生賦詩紀之》。(《那菴全集》卷三十九《栖尋草》上)

作《十三日馮茂遠招遊耘廬二首有序》，《序》云：『登舟出城，十有餘里至園，園即耘廬也。更小舟從池入，池水清徹，異於他水。時殘荷尚花，茭蒲菱芡陰映於内。雖未歷覽高深，而神機已爲之蕩漾矣。樓閣亭館之屬，徑路多迷，非指引不能到。登陟稍遍，與美人登舟采菱，雜以戲謔。酒至飲之，而明月已照於林水間。幽情愈動，樂事相繼，遂洗盞更酌。露坐於舟，或緩或速，穿於林影水光之中，不知其近與遠也。忽然美人當歌，童子和之，恬聲遠韻，與風相交。余病骨頽然，亦同趣而靡倦矣。更深返棹，月色彌佳，況有良朋，酒多忘醉。遂紀一日之遊，而賦是詩。同遊者爲孫令弘、陳舜稽、趙退之、查公度及素雲美人也。』（《那菴全集》卷三十九《栖尋草》上）

作《中秋茂遠爲素雲索詩書扇贈之》《八月十五夜同陳舜稽查公度看月時茂遠有檇李之行》《蝶翅詩有序》《題畫四家與茂遠》《題畫與趙退之》《八月二十二日馮子牧招泛耘廬》《喜馬遠之自姑蘇歸》《馬季冲遠之叔姪相招聞玉如美人歌》。（《那菴全集》卷三十九《栖尋草》上）

作《燈夜讀譚友夏詩集有感余與友夏俱丁艱而余貧病若此不知友夏何如也》：『交知淪落幾人存，每念寒河聚弟昆。』（《那菴全集》卷三十九《栖尋草》上）

作《自吴門過武塘聞林元甫明府遍訪余舟不得時余已抵當湖矣賦詩寄答其意》《至海寧縣尋查公度不遇有感》《題畫與馬遠之》《過遠之閒談薄暮飲季冲齋中逢素雲美人更分同舟歸別河上》《夜坐遠之春雪堂出詩相示》《茂遠自虞山歸持龔淵孟書至喜賦兼答淵孟》《與茂遠夜坐清歌頓發繼以簫管》《八月晦日同舜稽茂遠夜談》《坐馬遠之春雪堂懷錢牧齋遠之索畫寄之兼題》。（《那菴全集》卷三十九《栖尋草》上）

九月，馬遠之攜觴過談。題畫與陳舜稽。九日過伯新、仲維、叔寅，三兄弟招泛東湖，登塔；題畫贈之。題《讀書養母圖》與馬遠之，爲馬遠之題畫寄蜀中陳太史，爲遠之題畫寄德州盧計部，題畫與查公度，别馮茂遠。望日，馬遠之邀過春雪堂叙别。十五夜，同遠之泛東湖登弄珠樓看月。題蘭石贈别過伯新，題墨竹贈别過叔寅。十七夜，過叔寅，攜尊話别。爲唐欽一題《活園圖》，發舟馬遠之至，再與之别。泊舟鴛鴦湖題小青遺照。

作《九月朔日晨起感賦二首》《秋夜馬遠之攜觴過談應感冶城諸子》《題畫與陳舜稽》。（《那菴全集》卷三十九《栖尋草》上）

作《桂花初引答馮茂遠》《桂花引二》《耘廬看桂花歸與玉如同舟賦》《九日客中》《九日過伯新仲維叔寅三兄弟招泛東湖登塔望海上山歸坐燈下》《題畫與伯新仲維叔寅兄弟三首》《題讀書養母圖與馬遠之》《爲馬遠之題畫寄蜀中陳太史》《爲遠之題畫寄德州盧計部》《題畫與查公度》《别馮茂遠二首》《九月望日馬遠之邀過春雪堂叙别且期明年同遊吴越山水》《十五夜同遠之泛東湖登弄珠樓看月二首》《題蘭石贈别過伯新》《題墨竹贈别過叔寅》《九月十七夜過叔寅攜尊話别復坐月階際散步河橋》《爲唐欽一題活園圖》《河上發舟馬遠之至再與之别》《泊舟鴛鴦湖題小青遺照寄孫令弘》。（《那菴全集》卷四十《栖尋草》下）

作《語溪見芙蓉四首》：『薄暮歸舟過語溪，那知花映石橋西。輕盈立在秋風裏，便是佳人出會稽。』（《那菴全集》卷四十《栖尋草》下）

九、十月間，題畫贈雲石禪師，止樓詩爲陳浪公題畫《松石》，僧來乞畫題，題《竹浪齋》，題《竹石》與南海僧。

作《題畫贈雲石禪師》《止樓詩爲陳浪公題畫松石》《西湖逢友》《僧來乞畫題以與之》《題竹浪齋》《西湖别友》《湖上山寺題竹石與南海僧》。（《那菴全集》卷四十《栖尋草》下）

十月，十二日，錢塘登舟。過釣臺，度仙霞關，建溪逢陳宏己；至建安宿符山寺，登黄花山。

作《立冬日登舟錢塘遇雨》。（《那菴全集》卷四十《栖尋草》下）

按：立冬，十月十二日。

作《釣臺曉霽登嚴先生祠》《度仙霞關對月山店》。（《那菴全集》卷四十《栖尋草》下）

作《舟至建溪逢陳振狂遂移宿符山禪室》。（《那菴全集》卷四十《栖尋草》下）

按：陳宏己（一五五七—一六四二），字振狂，閩縣人。於福州南台之倉山下洲，築三棄堂、吸江亭，與陳椿、葉向高、徐熥、徐𤊹、曹學佺多有贈答。有《陳振狂詩》。

又按：符山禪室，即符山寺，在建州（今建甌）。

作《登黄花山歸訪山下園池同陳振狂》。（《那菴全集》卷四十《栖尋草》下）

按：黄花山，在建州（今建甌）。

十月底或十一月初，到家。

作《到家感賦四首》。（《那菴全集》卷四十《栖尋草》下）

十一、十二月間，題畫贈別友人，爲林叔學題《董小雙遺照》。

作《題畫贈別友人之金陵》。（《那菴全集》卷四十《栖尋草》下）

作《爲林懋禮題小雙遺照》。（《那菴全集》卷四十《栖尋草》下）

按：董小雙（一六〇四—一六二八），名添，江右薌溪人。林叔學妾，是歲新亡。

作《冬夜與僧坐月寂樂齋》。（《那菴全集》卷四十《栖尋草》下）

十二月，往梅溪探墓，二十四日，自溪上抵家。

作《往溪上居感賦五首》，其一：『親顔懷昔日，人事且今朝。松竹根雖固，烟霜思未消。』其三：『俯仰傷風水，懷思甚歲時。魂來無不曉，物在每增悲。』（《那菴全集》卷四十《栖尋草》下）

作《溪居坐月》《溪上看殘梅》。（《那菴全集》卷四十《栖尋草》下）

作《十二月二十四日自溪上抵家》《戊辰除夕》。（《那菴全集》卷四十《栖尋草》下）

崇禎二年己巳（一六二九） 四十三歲

是歲，曹學佺長子曹孟嘉孝廉卒。

是歲，崔世召補桂東知縣。

按：曹學佺有《送崔徵仲之令桂東》。（《賜環篇》下）陳一元有《送崔徵仲之官桂東》。

(《漱石山房集》卷五)陳鴻有《送崔徵仲起補桂東令》。(《秋室編》卷六)

崇禎三年庚午(一六三〇) 四十四歲

是歲,兩度贈詩畫池顯方,顯方以爲商梅心尚未澹,規勸之。池顯方又作書致謝。

池顯方有《商孟和兩惠詩畫寄謝》,其一:『小閣蒼烟內,相從話夕曛。出門期棹訪,隔歲僅書聞。向寫萬條玉,今加一壑雲。細看諸畫法,嚴冷憚商君。』其二:『世驅餘早隱,天賜一幽岑。所少洪江水,猶同荔樹陰。毫端超太始,物外賞玄音。墨以稀爲寶,勸君還澹心。』(《晃巖集》卷四)

池顯方有《商孟和》,略云:『接佳詠佳畫,滿案光輝,窮兒暴富,快活無量。』(《晃巖集》卷二十二《書》)

按:池顯方(一五八八—一六四四後),字直夫,號玉屏子,浴德子,同安中左所(今廈門島)人。天啟四年(一六二四)舉人。有《晃巖集》《南參集》《玉屏集》等。

崇禎四年辛未(一六三一) 四十五歲

九月,茅元儀入閩借居浮山堂,索商梅畫。

按:茅元儀《孟和過浮山堂因索畫》:『疏雨寫秋色,點破一池碧。輕烟自來往,適以渲樹石。有腕不從心，萬里在咫尺。吾友及見之，天以藥我癖。着斯高詠人，亦自千古隻。』

（《石民横塘集》卷二）

崇禎五年壬申（一六三二） 四十六歲

四月，商梅遷新居，曹學佺與釋浪雲過訪。曹學佺觀商梅所藏鍾惺畫卷、詩卷，並題之。

曹學佺有《訪商孟和新居》：『素性元躭寂，移居韻覺新。空青澆宿雨，濃緑覆殘春。魚鳥誰爲主，江山盡可隣。知君讀書罷，祇是戲垂綸。』（《石倉詩稿》卷三十二《西峰集》中）

按：商梅《那菴詩選》四十卷，止於崇禎元年（一六二八），商梅崇禎元年之后的活動賴曹學佺等人的詩文保留隻麟片爪。

釋浪雲有《商孟和新居次曹汝載韻》：『山中野趣屋編茅，未必全辭筆硯交。問字人來導舊社，啣泥燕到結新巢。花應解笑時堪賞，婢倘能吟日可教，興發一尊浮薄暮，溪頭初月掛林梢。』（《雲游草》二集）

曹學佺有《題鍾伯敬畫跋》：『伯敬詩既多爲孟和而作，迺其畫平生不能三二幅，亦僅於孟和見之。蓋孟和、伯敬以詩畫相師資，此外無他好，無雜交。』（《西峰文集》上）

曹學佺有《題鍾伯敬錢受之詩卷跋》：『伯敬、受之，與孟和爲素心之友，此卷前後爲二兄書與孟和倡和詩，而伯敬者最多。雖然，伯敬已矣，吾猶恨其少也……予時爲孟和跋伯敬詩畫

者三，而此卷則不能不惡乎涕之無從也。』（《西峰文集》上）

五月，午日前後，觀競渡，曹學佺有詩嘲之。

曹學佺有《翁君發君實招遊金山觀競渡》：『江漲朝雖減，天然景愈嘉。漸當嵓骨露，不厭水聲譁。疊鼓開煙瞑，輕標拂浪花。龍舟何處鬬，半爲樹陰遮。』（《石倉詩稿》卷三十二《西峰集》中）

按：翁登彦，字君實，正春養子，侯官人。萬曆二十八年（一六〇〇）舉人，知合州，官至四川布政使右參政。君發，疑君實之族兄。

曹學佺有《仍用前韻嘲商孟和》：『乍構禪棲巧，何如託宿嘉。預愁閨裏婦，隔日見時譁。顰却春山翠，抛將夜合花。空江明月共，只是片雲遮。』（《石倉詩稿》卷三十二《西峰集》中）

五、六月間，曹學佺兩次過訪商梅。曹學佺訪商梅，商梅每每展示鍾惺遺畫、遺墨，並請曹學佺題跋。

曹學佺有《重過孟和》：『入君庭户内，幽事不期逢。石每令人拜，耕猶課僕慵。種蘭皆玉質，擘荔到金鐘。天末濤聲起，微風在谷松。』（《石倉詩稿》卷三十二《西峰集》中）

曹學佺有《題鍾伯敬畫跋》：『伯敬詩既多爲孟和而作，迺其畫平生不能三二幅，亦僅於孟和見之。蓋孟和、伯敬以詩畫相師資，此外無他好，無雜交。』（《西峰文集》上）

曹學佺有《題鍾伯敬錢受之詩卷跋》：『伯敬、受之，與孟和爲素心之友，此卷前後爲二兄書與孟和倡和詩，而伯敬者最多。雖然，伯敬已矣，吾猶恨其少也……予時爲孟和跋伯敬詩畫者三，而此卷則不能不惡乎涕之無從也。』(《西峰文集》上)

按：前一篇及後一篇，加上此篇，題跋共三篇。

曹學佺有《題伯敬尺牘跋》：『伯敬與余神交者，初頗以爲慮，既乃得茂之信，而信其不然。夫昔人著作，以爲得江山之助者有之，余所撰《名勝志》，滿目皆江山也。』(《西峰文集》上)

八月，往吳下，曹學佺、釋浪雲有詩相送。贈石曹學佺。

曹學佺有《臨賦閣宴集送商孟和林履基之吳下杜言上人之甬東》：『陂頭秋水向人清，色比滄浪可濯纓。不負先君名閣意，請看諸子賦詩成。行藏緇素雖然別，吳越關山共幾程。欲問離愁何所寄，柳枝蕭颯着霜輕。』(《石倉詩稿》卷三十二《西峰集》中)

釋浪雲有《秋日集臨賦閣送杜言上人還甬東商孟和林永明之吳越朱安仁陳鴻節適至分得五微韻》：『臨池高閣映秋暉，木時當風下翠微。招集可堪詩共賦，笑談難免跡相違。客遊吳越雙車發，僧戀茅茨一錫歸。雖曰別情愁不盡，新知又喜過荆扉。』(《雲游草》一集)

按：杜言上人，四明觀音寺僧。

曹學佺有《秋宵即事商孟和陳偉卿吳仲緯陳有美張子畏鄭君發在坐時孟和贈石二枚》：『老大羞爲少小緣，客來微露夕間筵。正須縱飲喧呼趣，博得新昏宴爾篇。欲拜丈人猶是石，況如雙玉總成田。入宮見妒尋常事，貯在林園妒更專。』(《石倉詩稿》卷三十二《西峰集》中)

陳仲溱有《和曹能始秋宵即事》：『塵世誰能結妙緣，秋宵新整合歡筵。夙生未了温柔夢，垂老猶吟嫵婉篇。酒進酴醾浮玉瓚，花開荳蔻勝藍田。畫屏銀燭應多冷，漫妬娥眉寵獨專。』（《響山集》，《石倉十二代詩選》之《社集》）

崇禎六年癸酉（一六三三）　四十七歲

正月，二十六日，翁君起招飲。

曹學佺有《廿六日翁君起招飲同林有道商孟和林永明觀妓共用氊字》：『通家閭里復相連，釀熟招呼半社賢。燈火續殘元夕景，桃花開早艷陽天。新聲翠挹尊前黛，舊物青看座上氊。却笑六旬於我是，每逢歡宴輒居先。』（《石倉詩稿》卷三十二《西峰集》下）

七、八月間，陪同汀州郡守笪继良游曹學佺石倉園。

曹學佺有《笪我貞郡守約遊石倉雨阻同蔡孝來商孟和館中少坐》：『使君登覽思超羣，問我林園在水濆。飛蓋何須風雨妒，拂嵩空待品題殷。提攜尊酒難爲興，只尺城居尚論文。祇是重來堅有約，汀州欲發預相聞。』（《石倉詩稿》卷三十二《西峰集》下）

按：笪繼良，字我貞（真），一字抑之。句容籍，京口（今江蘇鎮江）人。萬曆十九年（一五九一）舉人。崇禎三年（一六三〇）爲汀州太守。

九月，新閣落成，曹學佺等來集。

曹學佺有《集商孟和山居新閣共用陶體》：『季秋天氣炎，露寒頗乖節。入林尚思裸，飲酒庶無斁。同社三四人，且有遠來客。笑把黄菊枝，問此蒼松色。草閣雖新營，位置不可易。何必會稽峰，始爲安道宅。江霞既吐紫，山月仍生白。俄然雷電至，變幻胡匪測。雖欲秉燭遊，銜泥詎終席。始信籬徑廷，夐與市廛隔。惟有頽然翁，不復受拘迫。』（《石倉詩稿》卷三十二《西峰集》下）

十一月，二十日，爲柴一德作畫。

柴一德有《長至先一日孟和見過爲予作畫》二首，其一：『不可虚良會，深杯入夜時。遲梵鐘方動，處葭管欲飛。時節偏多感，風霜此未知。鸞溪三尺絹，掃取右丞詩。』其二：『墨痕濃淡異，此景宋元深。倩子烟雲筆，寫予山水心。腕勞所偃息，觴至復沈吟。牕暝焚高蠋，留懽興不禁。』（鈔本《芝山集》）

按：柴一德，字吉民，又字吉卿，柴閣子，子真弟，沔陽（今屬湖北）人。著有《涉泗草》《洪江集》《芝山集》。

又按：冬至，十一月二十一日。

崇禎七年甲戌（一六三四） 四十八歲

正月，崔世召之任粤西連州郡守。

按：曹學佺有《送崔徵仲之任連州》。（《西峰六一草》不分卷）徐𤊹有《送崔徵仲守連州》。（鈔本《鼇峰集》）

六、七月間，柴一德返楚，發洪江，遲商梅不至。擬往連州，遊崔世召幕。

柴一德有《七夕將發舟洪江林建侯留酌遲孟和不至作歌》：『今夕何夕，牛女渡河期遠客。西歸將發洪江湄，維舟且不揚帆去。來與故人話別離，故人一別三千里，不似一年一度會有時。君置酒，我歌辭，與君須盡百餘巵。君不見，洪江之水滔滔注海不復返；又不見，片月西斜去難挽。天上鵲橋事有無，坐上徵歌競琬琰。分手容易握手難，那得尊前不繾綣。中庭風露晚涼多，拍掌忘形側弁俄。坐間獨乏商家老，渺然相隔似銀河。應在樓頭看兒女，穿針乞巧笑呵呵。商翁商翁，奈爾何！』（《芝山集》）

曹學佺有《送商孟和之連州》：『買山已有資，營造未就緒。更急於飢寒，因之役道路。炎海饒鬱蒸，跋涉歎深阻。所賴連州牧，鳴琴有地主。地主今之人，却與古人伍。予聞劉中山，領郡亦其處。海内稱詩豪，云得江山助。洞前燕喜亭，留題賸佳句。聞猿斷離腸，似厭遷謫苦。君今與崔守，天涯展歡聚。閩粵東南陬，相宜自風土。唱和新詩篇，更收諸圖譜。仝社別友生，折柳在江滸。雖堅歲寒盟，秋光日延佇。』（《西峰六一草》）

按：是歲正月，崔世召陞任連州郡守。

是歲，曹汝載年六十五，爲作《古松圖》壽之。

曹學佺有《題古松圖爲叔父汝載壽》：『余叔父汝載今年六十有五，洪江社中商孟和繪《古松圖》以爲壽，而諸子賡諸聲歌，偕余兄弟稱觴於叔氏，禮也……余叔汝載之於學，蓋知而好之者，六十年如一日。是其莊敬而日彊，未嘗以一日使其躬儳然如不終日。』（《西峰六一集文》卷二）

按：曹汝載，學佺叔父，侯官人。能詩。

崇禎八年乙亥（一六三五） 四十九歲

二月，在連州，曹學佺有詩懷之。自連州歸，曹學佺、徐𤊹訪之山齋。商梅出示《嶺南詩》二卷，徐𤊹賞之。

曹學佺有《同宣哲過商孟和山居有懷》：『遇潦何妨揭，登山不廢程。雖云晴便暖，喜得氣猶清。草色沈江碧，松根繡壁明。片雲歸谷口，只是戀柴荊。』（《西峰六二草》）

徐𤊹有《訪商孟和山居時初自嶺南歸見示南詩二卷》：『城裏移家遠入鄉，園林寧減輞川莊。雲山恰稱商琦畫，嶺海初歸陸賈裝。屋後翠濤松葉響，樓前紅錦荔枝香。新詩擬得南音好，不似風人只面牆。』（鈔本《鼇峰集》）

按：據此詩，商梅賦城市移居山林。

又按：商梅去歲往粤西依連州知府崔世召歸。歸途與徐𤊹婿康守廉同行，知此時康婿亦歸。前此，徐㶿有書《寄崔徵仲》言及此事：『奉别兩載，音耗杳然。商孟和行，而弟不知，……小婿、孟和尚未到家耳。小婿爲元龍庶子，週歲而孤。』（《紅雨樓集·鼇峰文集》册三，《上海圖書館未刊古籍稿本》第四十二册，第三百九十一頁）

崇禎九年丙子（一六三六） 五十歲

十一月，由閩往吴。馮元飈爲刻詩集。撰《自序》。

作《那菴詩選自序》，略云：『余不佞，自壬子後詩始存於世，此前付之水火，或有存者，以才情見録，而抱鏡自照，失其本來，故尋求之極，稍稍露出，然亦不敢自信其然也。逮鍾子伯敬爲余選刻《種雪園》，於是海内始知余詩，始知壬子後詩。自壬子後，凡有所作，皆入伯敬選而後存，存而復選……近遊婁江，復得馮公爾賡一見余詩，定交千載，曰：「孟和人品、詩、畫品當在淵明、摩詰間，不覺神遠而形親矣。」馮公豈容易發此言，余豈容易受此言哉！交道文章，日趨於下，初借此爲迎合之資，至失其面目，失其性情而不自知，安能讀他人之詩而得其面目、得其性情也哉？故余感馮公之知，復再尋求將伯敬、友夏平日所選者，與受之、爾賡二公互相參閲。二公不肯恕余詩，余亦不敢自恕，遂改《種雪園》詩，曰《那菴詩選》。凡四十卷，於虞山、婁江兩地梓行。自丙子遡至甲子，又十餘年矣。所臻之境又不知何如？但余甲子後心愈困，遇愈窮，而骨愈傲，有所作，亦不欲示人。今受之、爾賡不肯恕余詩，則其發一言，定足以取信於天下後世，而余之自信益堅矣。虞翻曰：「天下有一人知己，足以不憾。」伯敬往矣，受之與爾賡、友夏，固一人之心也。崇禎丙子仲冬朔日，商梅孟和書於海寧禪室。』（《那菴全集》卷首）

按：錢謙益《列朝詩集小傳》丁集下『商秀才家梅』條：『孟和少爲詩，饒有才調，已而從伯敬遊，一變爲幽閒蕭寂，不多讀書，亦不事汲古。鐵心役腎，取給腹笥，低眉俯躬，目笑手語，坐而書空，睡而夢囈，呻吟咳唾，無往非詩，殆古之詩人所謂苦吟者也。崇禎丙子，自閩入吳，馮爾賡備兵太倉，好其詩而刻之。明年，余被急徵，孟和力不能從，而又不忍余之鋃鐺以行也，幽憂發病，死婁江之逆旅。』

又按：『明年』，即崇禎十年（一六三七），詳下。

又按：崇禎九年丙子刻本《彙選商孟和那菴全集》封面所署彙選者名單：『曹能始、錢牧齋、鍾伯敬、馮留仙、譚友夏、李寶弓六先生。』然此時鍾惺、譚元春已經先後謝世。

又按：馮元颺（一五八六—一六四四），字爾賡，號留仙，浙江慈溪人。崇禎元年（一六二八）進士，授工部都水清吏司主事。有《留仙詩集》。

又按：李瑞和（一六〇七—一六八六），字寶弓，號頑庵，別號鹿溪耄夫，漳浦人。崇禎七年（一六三四）進士。曾任松江府推官。有《莫猶居集》《牆東集》。入清不仕。

十二月，婁中李繼貞爲商梅詩集撰序，言商梅以竟陵派自期許。

李繼貞《那菴詩選序》，略云：『孟和，八閩奇士，才名滿天下，交游亦滿天下。而獨予寡陋，交孟和最晚。丙子之冬，孟和客婁，乃過予，而出其詩刻數種相示，大抵經竟陵鍾先生評定者居多。予方驚詫叫絶，乃孟和意殊嗛然，曰：「予所爲詩，無過楚派耳。」予曰：「孟和豈以楚派自少哉？夫《三百篇》後，莫古於《離騷》矣，是固五、七言祖也。乃三閭大夫楚産也，嗣是而宋玉、唐勒、景差之徒工爲詞賦者，皆楚派也。奈何少楚派哉？」孟和曰：「若是，則鍾子之選吾詩也，無慮數過。每一選輒一去取，各不相沿，是又何居？」予曰：「此鍾子之所以妙於知音，而君之所以妙於音也……司馬子長之論《騷》也！曰《國風》好色而不淫，《小雅》怨誹而不亂。夫以爲好色、怨誹也，可以一無取；以爲不淫不亂也，可以一無去。然則，鍾子之評商詩也，與龍門氏之評《楚騷》也，有二派乎哉？君又何以楚派自少乎哉？」孟和曰：「善。夫子之説詩也，幾於匡鼎矣。請遂以序吾詩，可乎？」時丙子歲之除夕也。婁中散尹李繼貞題。』（《那菴全集》卷首）

按：李繼貞（？—一六四二），字徵尹，號萍槎。太倉（今屬江蘇）人。萬曆四十一年（一六一三）進士。授大名推宫，陞工部屯田司主事，遷兵部職方司，巡撫天津。有《萍槎集》《雪虹閣集》。

崇禎十年丁丑（一六三七）　五十一歲

是歲，卒於姑蘇。

按：徐𤊹《答高君鼎》：『歲值龍蛇，敝社友商孟和卒於姑蘇，近高景倩、林懋禮相繼淪没，芝焚□歎，不勝驚愴。奈何，奈何……除夕前三日。』（《紅雨樓集·鼇峰文集》册八，《上海圖書館未刊古籍稿本》第四四册，二三五—二三六頁）

又按：徐氏此書作於是歲，考證詳拙稿《徐興公年譜長編》（未刊稿）。

參考文獻

明·商梅著,《那菴詩選》,明崇禎刻本,日本内閣文庫藏
明·董應舉著,《崇相集》,明崇禎刻本
明·徐𤊹著,陳慶元編,《徐𤊹集》,揚州:廣陵書社,二〇〇五年版
明·徐𤊹著,《幔亭集》二十卷,明萬曆刻本,縮微膠卷,美國國會圖書館藏
明·陳鳴鶴著,《泡庵詩選》,明萬曆刻本
明·謝肇淛著,《小草齋集》,明天啟刻本
明·謝肇淛著,《小草齋集續集》,明天啟刻本
明·謝肇淛著,《小草齋文集》,明天啟刻本
明·謝肇淛著,《史觿》,明崇禎刻本
明·謝肇淛著,陳慶元纂,《謝肇淛集》,南京:江蘇古籍出版社,二〇〇三年版
明·陳价夫著,《招隱樓稿》,明鈔本,上海圖書館藏
明·陳薦夫著,《水明樓集》,明萬曆刻本

明·馬之駿著,《妙遠堂全集》,明天啟刻本
明·謝兆申著,《謝耳伯先生初集》,明崇禎刻本
明·謝兆申著,《謝耳伯先生全集》,明崇禎刻本
明·陳益祥著,《陳履吉采芝堂文集》,明萬曆四十一年刻本
明·徐𤊹著,《鼇峰集》,明天啟刻本
明·徐𤊹著,《鼇峰集》,舊鈔本,福建師範大學圖書館藏
明·徐𤊹著,陳慶元、陳煒點校,《鼇峰集》,揚州:廣陵書社,二〇一二年版
明·徐𤊹著,《紅雨樓文集》,舊鈔本,藏福建師範大學圖書館
明·徐𤊹著,沈文卓校點,《重編紅雨樓題跋》,福州:福建人民出版社,一九九三年版
明·徐𤊹著,《紅雨樓集·鼇峰文集》,《上海圖書館未刊古籍稿本》,上海:復旦大學出版社,二〇〇九年版
明·徐𤊹著,《筆精》,福州:福建人民出版社,一九九七年版
明·徐𤊹著,《續筆精》,鈔本,藏福建師範大學圖書館
明·徐𤊹等著,《榕陰新檢》,明萬曆刻本
明·徐𤊹著,馬泰來整理,《新輯紅雨樓題記　徐氏家藏書目》,上海:上海古籍出版社,二〇一四年版

明·曹學佺著，《石倉全集》，明末刻本，日本内閣文庫藏
明·曹學佺編纂，《石倉十二代詩選》，明崇禎刻本
明·鍾惺著，《鍾伯敬先生遺集》，明天啟刊本
明·鍾惺著，李先耕等標校，《隱秀軒集》，上海：上海古籍出版社，一九九二年版
明·譚元春著，陳杏珍標校，《譚元春集》，上海：上海古籍出版社，一九九八年版
明·崔世召著，《問月樓集》，明末刻本，日本官内廳書綾部
明·崔世召著，《秋谷集》，明末刻本
明·陳衎著，《玄冰集》，舊鈔本，藏福建師範大學圖書館
明·陳衎著，《大江集》，明崇禎刻本
明·陳衎著，《大江草堂集二集》，南明弘光刻本
明·林古度著，王士禎選，《林茂之詩選》，清康熙刻本
明·林古度著，陳慶元、陳雅男輯，《林古度佚詩》，復旦大學中國古代文學中心《中國文學研究》十輯，北京：中國文聯出版社，二〇〇七年版
明·顔繼祖著，《雙魚集》七卷，崇禎刊本，藏臺灣傅斯年圖書館
明·周之夔著，《棄草集》，明崇禎刻本
明·韓廷錫著，《榕庵集》，明崇禎刻本

明·李時成著,《白湖集》,明崇禎刻本
明·沈德符著,《萬曆野獲編·補遺》,清道光七年姚氏刻,同治八年補修本
明·黄仲昭著,《八閩通志》,福州:福建人民出版社,一九八九年版
明·何喬遠著,《閩書》,福州:福建人民出版社,一九九五年版
明·喻政修,林烴、謝肇淛纂,《福州府志》,明萬曆刻本
明·王應山著,《閩都記》,北京:方志出版社,二〇〇二年版
清·錢謙益著,《牧齋初學集》,明崇禎刻本
清·錢謙益著、錢曾註,周法高輯,《錢曾牧齋詩註》,臺北:臺灣東亞製本行,一九七三年版
清·錢謙益著,《牧齋全集》,上海:上海古籍出版社,二〇〇三年版
清·錢謙益編纂,《列朝詩集》,北京:中華書局,二〇〇七年版
清·錢謙益著,《列朝詩集小傳》,上海:上海古籍出版社,一九八三年新一版
清·朱彝尊著,《明詩綜》,北京:中華書局,二〇〇七年版
清·鄭傑原輯,郭柏蒼編纂,《全閩明詩傳》,清光緒刻本
清·汪端纂,《明三十家詩選》,同治刻本
清·陳田纂,《明詩紀事》,上海:上海古籍出版社,一九九三年版
明·謝肇淛著,《小草齋詩話》,日本天保二年(一八三一)據明林氏耕讀齋刊本摹刻

清·朱彝尊著，《静志居詩話》，清嘉慶刻本
清·杭世駿著，《榕城詩話》，清乾隆刻本
清·徐永祚著，《閩遊詩話》，清乾隆刻本
清·鄭方坤著，《全閩詩話》，文淵閣《四庫全書》本
清·鄭方坤著，陳節、劉大治點校，《全閩詩話》，福州：福建人民出版社，二〇〇六年版
清·徐景熙修，魯曾煜、施廷樞等纂，《福州府志》，清乾隆刻本
清·張廷玉等著，《明史》，北京：中華書局，一九七四年版
清·萬斯同著，《明史》，清鈔本
民國·沈瑜慶、陳衍等著，《福建通志》，一九三八年刻本
民國·歐陽英修，陳衍纂，《閩侯縣志》，民國刊本
民國·陳衍著，《石遺室詩話》，北京：人民文學出版社，二〇〇四年版
郭紹虞、錢仲聯、王遽常編纂，《萬首論詩絶句》，北京：人民文學出版社，一九八一年版
陳祥耀著，《中國古典詩歌叢話》，臺北：華正書局，一九九一年版
蔡景康著，《明代文論選》，北京：人民文學出版社，一九九三年版
陳廣宏著，《鍾惺年譜》，上海：復旦大學出版社，一九九三年版
鄭利華著，《王世貞年譜》，上海：復旦大學出版社，一九九三年版

陳書禄著,《明代前後七子研究》,南昌: 江西人民出版社,一九九四年版
廖可斌著,《明代文學復古運動研究》,上海: 上海古籍出版社,一九九四年版
陳慶元著,《福建文學發展史》,福州: 福建教育出版社,一九九六年版
陳書録著,《明代詩文的演變》,南京: 江蘇教育出版社,一九九六年版
左東嶺著,《李贄與晚明文學思潮》,天津: 天津人民出版社,一九九七年版
李聖華著,《晚明詩歌研究》,北京: 人民文學出版社,二〇〇二年版
鄭利華著,《王世貞研究》,上海: 學林出版社,二〇〇二年版
陳慶元著,《文學: 地域的觀照》,上海: 遠東出版社、三聯書店,二〇〇三年版
李竹深輯校,《漳州古代詩詞選》,福州: 海峽文藝出版社,二〇〇四年版
黄仁生著,《日本現藏稀見文集考證與提要》,長沙: 岳麓書社,二〇〇四年版
鄔國平著,《竟陵派與明代文學批評》,上海: 上海古籍出版社,二〇〇四年版
黄卓越著,《明中後期文學思想研究》,北京: 北京大學出版社,二〇〇五年版
朱萬曙、徐道彬編,《明代文學與地域文化研究》,合肥: 黄山書社,二〇〇五年版
楊正泰著,《〈明會典〉所載驛考(增訂本)》,上海: 上海古籍出版社,二〇〇六年版
羅宗强著,《明代後期士人心態研究》,天津: 南開大學出版社,二〇〇六年版
陳廣宏著,《竟陵派研究》,上海: 復旦大學出版社,二〇〇六年版

謝國楨著《晚明史籍考》，上海：華東師範大學出版社，二〇一一年版
何宗美著《文人結社與明代文學的演進》，北京：人民出版社，二〇一一年版
尹恭弘著《明代詩文發展史》，北京：社會科學文獻出版社，二〇一二年版
陳慶元著《徐熥年譜》，揚州：廣陵書社，二〇一四年版
鄭利華著《前後七子研究》，上海：上海古籍出版社，二〇一五年版
黃霖、陳廣宏、鄭利華主編《二〇一三年明代文學國際學術研討會論文集》，南京：鳳凰出版社，二〇一五年版
鄭珊珊著《明清福建家族文學研究》，北京：書目文獻出版社，二〇一六年版
陳慶元著《晚明閩海文獻梳理》，北京：人民出版社，二〇一六年版
李時人編著《中國文學家大辭典·明代卷》，北京：中華書局，二〇一八年版
陳慶元撰《謝肇淛年表》，《小草齋集》附録，福州：福建人民出版社，二〇〇九年版
陳慶元撰《徐𤊹年表》，《福州大學學報》，二〇一〇第三期
陳慶元撰《林古度年表》，《南京師範大學文學院學報》，二〇一〇年四期
陳慶元撰《林古度年譜簡編》，復旦大學中國古代文學中心《中國文學研究》一六輯，北京：作家出版社，二〇一〇年版
陳慶元撰《曹學佺年表》，《福州大學學報》，二〇一二年第五期

陳慶元撰，《徐𤊹年譜簡編》，《鼇峰集》附録，揚州：廣陵書社，二〇一二年版
陳慶元撰，《金門蔡復一年譜初稿》，《二〇一二年金門學國際研討會論文集》，臺灣金門縣政府、成功大學人文社會科學中心出版，二〇一二年版
陳慶元撰，《日本内閣文庫藏曹學佺〈石倉全集〉編年考證》，《文獻》，二〇一三年第二期
陳慶元撰，《張燮年表》，《南京師範大學文學院學報》，二〇一三年第二期
陳慶元撰，《何喬遠年表》，《福建文史》，二〇一三年第四期
陳慶元撰，《張於壘年譜》，《閩南師範大學學報》，二〇一四年第四期
陳慶元撰，《徐熥年表》，《福州大學學報》，二〇一四年第五期
陳慶元撰，《新輯詩話摭議——以若干晚明詩話爲例》，《文獻》，二〇一五年第六期
陳慶元撰，《曹學佺生平及其著作考述》，《福州大學學報》，二〇一六年第三期
陳慶元撰，《徐𤊹尺牘稿本考論》，《文獻》，二〇一七年第二期
陳慶元撰，《商梅年表》，《閩學研究》，二〇一八年第一期
陳慶元撰，《漁滄舊社虚明月——王若與清溪漁滄社簡論》，《福州大學學報》，二〇一八年第三期

後記

明代竟陵派代表人物鍾惺與閩人交遊頗廣，著名的有董應舉、曹學佺、蔡復一、林古度、韓錫、周之夔等，商梅也是其中之一。商梅還與錢謙益關係至密，酬唱頗多，然而錢氏編詩文集時盡删與商梅交往詩文。商梅的六先生聯手《彙選那菴全集》流傳極有限，錢謙益詩文集又幾乎找不到與商梅往來的記載（《列朝詩集小傳》有傳記），單憑鍾惺與之交往的有限線索，商梅這位詩人、畫家，學界知之不多，也不太引起論者的注意。直到二〇〇六年陳廣宏教授在他的《竟陵派研究》（復旦大學出版社）一書中，纔有簡要論述。近年，本人傾心閩海文獻的整理研究，關注與鍾惺往來的閩作家及其著作，有計劃地進行整理與研究工作。商梅的《彙選那菴全集》是整理規劃中的一種；竟陵詩人鍾惺週邊人物系列研究論文，商梅論也是其中的一篇。《彙選那菴全集》一書整理已經完成，並交廣陵書社出版，爲《閩海文獻叢書》之一種。

《彙選那菴全集》一書的整理工作，除了點校之外，還注意對詩人相關資料的搜集，同時進行初步的研究。書前有長篇前言，書後附録五種：一、輯佚；二、諸家序；三、傳記；四、集評；五、商梅年譜。五種附録加上前言，字數超過全書的三分之一。做這些工作花費的時間更多，也更加艱苦。因此説此書是一部整理研究著作，也不爲過。

二〇一〇年，吾友臺北大學王國良教授來福州訪書，他正在從事龔易圖大通樓藏書的研究。龔易圖的名字，即使本地學者也未必知曉。國良先生説，現在知道龔氏的人不多，也没關係，假如我們的研究能取得成功，知道龔易圖這位藏書家的人也就多了。國良先生對福建省圖書館、臺灣大學圖書館龔易圖藏書作了仔細調查、分析、研究，最後完成《龔易圖大通樓藏書目録》一卷，又經兩岸學者介紹，現在知道龔易圖和大通樓藏書的人比以前多了。知道明代商梅這位詩人的人肯定也不會多，我在整理過程中既没有報過任何相關的項目，也没有聲張，没想到前幾天有外校研究生來詢問商梅集出版進展的情況。我同樣相信，《彙選那菴全集》出版之後，知道詩人、畫家商梅的人也會慢慢多起來。研究曹學佺、鍾惺、錢謙益的學者必然也會對商梅及本書加以關注。

與《彙選那菴全集》同時進行整理的别集，已經出版的有《鼇峰集》（二〇一二，廣陵書社），已經交稿或基本完成的有《石倉全集》《幔亭集》《林古度集》，還有若干種正在進行中，若干種正在規劃中。新年伊始，《彙選那菴全集》馬上就要見書，這對我來説，既是鼓勵也是鞭策，今後應該加快點步伐。

感謝廣陵書社多年的合作。《閩海文獻叢書》已經出版數種，裝幀、印製精美、排版疏朗大方，賞心悦目；同時，每一部書的責編都有很好的專業素養和責任心。感謝本書責編張敏、李潔女士，也感謝編輯部主任王志娟女士。感謝福州外語外貿學院資助本書的出版。

本書文字的輸入工作由内人温惠愛協助完成。有書在廣陵書社出版，是一件長年都很快樂的事。

二〇一九年一月十日

福州華廬